寺島町奇譚

滝田ゆう

目次

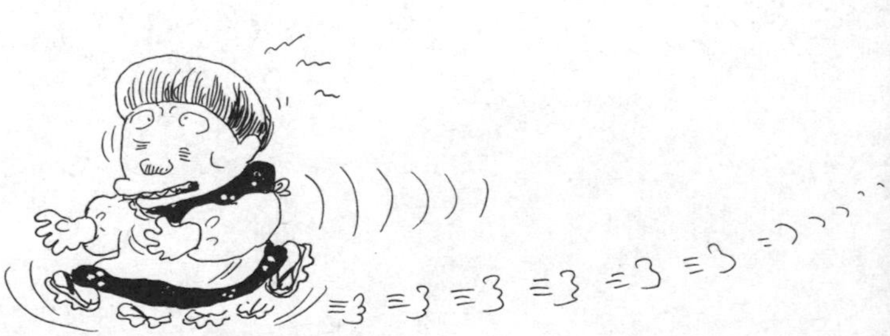

喀嗟
喀嗟
喀嗟

導讀——重新找回東京人的共同記憶

——蔡增家　政治大學國際關係研究中心教授

最近，在台灣與日本，都不約而同地興起一片懷舊風，無論自大歷史或是庶民文化的角度切入，抑或以小說或是漫畫的形式再現，都讓台灣人與日本人的共同回憶中，抹上一股淡淡的哀愁。

也許是對於二次大戰期間軍國主義的不堪回首，抑或是對於二次戰末原爆記憶的餘悸猶存，從記憶的視角來看，日本人所謂的近代史，通常只有江戶史、明治維新、大正史及二次戰後的復興史。而一九二三年關東大地震至一九四五年間，則彷彿一片空白之頁，它一向都留由軍事學家由對外發動戰爭的角度的詮釋，也任由中日關係學者從軍事擴張的視角來解讀。

這些只專注於上層的政治因素的論述，總是認為一九二三年關東大地震對日本經濟的重挫，導致日本軍部勢力的抬頭，驅使日本必須對外發動戰爭來尋求外部的經濟資源。正是在這種戰爭論的論調下，讓日本的近代史，猶如一部斷代史。而一九二三至一九四五年期間的日本庶民生活，自然也就被淹沒在戰爭的氛圍當中。

然而，值得我們關注的是：戰爭的烽火期間，日本底層的庶民，到底過著什麼樣的生活？二次大戰對日本的庶民文化的形式，究竟又產生何種的質變？可惜的是，這些問題都無法在目前的官方近代史中尋得解答。

＊＊＊

直到近幾年，日本學界才興起了一波「新史觀論」，以新的視角來重新探索日本的近代史，並重新定位所謂的「日本史觀」。

然而在這些作品中，談到日本的近代史時，大多著重在日本對中國史觀的重塑，例如山室信一的《滿洲國的實相與幻象》（八旗文化）、宮脇淳子的《這才是真正的中國史》（八旗文化）。另外，論及日本的庶民文化時，也大多著重在江戶時代底層文化的建構，例如茂呂美耶的《江戶日本》（遠流）、《物語日本》（遠流）。在這種所謂的新史觀下，一九二三至一九四五年期間，似乎仍然是不可觸碰的政治禁忌，而在二次大戰期間，日本底層的庶民，到底過著怎麼樣的生活，自然也就無人聞問。

從政治角度來看，一九二三至一九四五年的二十餘年期間，對日本人來說，那不但是一個尷尬年代，也是一個暗黑的時代。君不見，日本動漫大師宮崎駿的電影《風起》正是從反戰的角度，來檢討當時日本對外發動戰爭的政治氛圍，並暗示現今的安倍政權，似乎正走上軍國主義的老路。這種說法不但有違日本人的歷史觀，也不順應當前主流的民意期待，它觸碰到了日本政治最敏感的神經，而招致日本右翼人士的群起撻伐。

然而，從社會文化的角度來看，一九二三年至一九四五年這二十多年間，卻是日本庶民文化最為璀璨的年代。日本東京歷經關東大地震後的災後重建，重新塑造東京的新地圖、新面貌。在街道及建築物的重劃下，讓東京的庶民重心，從過去的日本橋，轉移到了隅田川畔，這也為日本庶民文化的互動找到了新方式、新窗口，這讓東京不再是江戶，也不再是過去的東京，日本彷彿進入第二次的文藝復興。

這段文藝復興的浪漫風貌，可以自當時日本文學家的著作中窺探出許多的線索，例如永井荷風的《隅田川》、佐藤春夫的《美麗的城》、江戶川亂步的《屋脊背後的散步者》等。我們可以看到，災後重建的東京散布著間錯有致的小公園、狹小的巷弄及蜿蜒不絕的小路，讓東京成為最佳散策（散步）旅遊的城市，而散步中所見的東京庶民風貌，則成為許多小說家筆下的最佳題材。

東京雖然歷經大改造，但是許多的河流與橋梁，卻依稀存在。這些橫跨隅田川、荒川、江戶川及古利根川的眾多河與橋，有如星點般點綴著東京。而遺留下來的無數紀念館、作家故居、博物館及美術館，正猶如燈塔般的地標，在東京四處閃耀著。它們成為東京城市文化的精髓，也是許多文學家、史學家及藝術家想像的最佳題材。

這也難怪知名作家劉檸在《東京文藝散策》（山東畫報出版社）中這麼說：「在東京，連空氣中都會瀰漫著隨筆和日本酒的氣味！」這也是日本為何有那麼多迷戀散步的作家以及優秀的散步文學之因吧！

在村上春樹的《挪威的森林》當中，男主角與直子及綠那種隱晦難懂的情愫，幾乎都是在東京市區散步時所滋生的。而北千住熙攘的傳統市場、寧謐的書街神保町以及高低起伏的神樂坂，都曾為東京巷弄文化寫下最佳的註腳。但那畢竟只是冷冰冰的人文風景，尚缺幾分人與人之間互動的熱情與溫度。

由此可見，一九二三年至一九四五年間是戰後日本庶民文化的濫殤，也是當今東京社會文化的雛形，如果我們忽視了這個年代，將無法看到日本庶民文化的轉變，也無法窺探出整體日本庶民文化的全貌。

日本知名漫畫大師瀧田祐的經典作品《寺島町奇譚》，恰好填補了這二十多年間東京庶民文化史的空缺，讓我們有機會重新探尋老東京人的情感與熱度。而這書中故事的發生地——玉之井地區，就在現今東京都墨田區的東向島一帶，它是戰前東京私娼寮、脫衣舞廳及風俗酒廊集中的花街之一，也是許多剛從外地漂流到東京的人們開始新生活的第一站，更是眾多在社會底層討生活人的首選，它是由挑夫、小販、妓女、尋芳客及無業遊民共同交織成的畫面。

玉之井是瀧田祐小時候生活的地方，也是日本東京著名的風化區，它和現今的歌舞伎町具有相同胭脂的粉味，只是玉之井卻多了一份人與人之間的情感連結，那是現今冷漠的東京人欠缺的情愫。而書中的主角小男孩阿清，就如同瀧田的化身，使得書中的場景更加生動、更充滿童趣。也讓我們知道，東京人的冷漠，其實並非是與生俱來的。

在作者生動的畫風下，我們看到了老東京那連綿不絕、可以在上面走跳的屋頂，四通八達的小巷，也看見躲在簾後的小姐，不斷地叫喚拉客；我們一同走進客人們勾肩搭背、尋歡作樂的小巷，也如同親臨現場般觀看著零食小販沾醬灑粉的步驟、當時的遊戲與童玩、掏糞阿伯的特有裝備，甚至有女孩袒胸露乳在陽台上抽菸、曬太陽的場景。

最特別的是，在當時戰爭時期的緊張氣氛下，人民一面躲著美軍轟炸的空襲警報，但在空襲過後，卻立刻又如常過著生活：挑夫繼續拉著車，小販大聲叫賣著，小朋友如常地在嬉戲，小姐也繼續呼喚著客人，彷彿空襲只是短暫的休息，我們在這裡又體會到了日本底層庶民文化的堅毅與韌性。

由此可見，瀧田祐所描述的寺島町，就如同過去台北萬華的華西街一帶。然而現今的華西街，鶯鶯燕燕早已不再，只剩下夜市及龍山寺，過往繁華亦煙飛雲散，只能追憶。但是東京卻何其幸運，有一本《寺島町奇譚》作為東京人的見證與回憶。

因此，瀧田祐的《寺島町奇譚》可不只是俚俗談資，它還說著老東京人才懂的話語。它是東京庶民文化的最佳呈現，也是老東京人的共同記憶，更是今日摩登的東京，再也無法尋回的過往。東京的發展史若欠缺了玉之井地區，將如一朵失去芬芳的玫瑰，少了那抹悠然神往的底蘊。

最近，台裔作家東山彰良的新作《流》，榮獲了日本文壇直木大賞。在這部描述七〇年代台北人文與地景風貌的小說中，我們看見人聲鼎沸的南門市場、摩頂放踵的中華商場，甚至髒亂街道瀰漫著濃濃的燒餅香……這些事物深深勾引起許多老台北人的兒時回憶，這是老台北人才懂的特有氣味。而瀧田祐的《寺島町奇譚》，彷彿就是漫畫版的《流》，只是一個在東京，另一個在台北，而《寺島町奇譚》更多了一份人的情感與淬鍊。

這股懷舊風正吹動不止，它觸動了人們心中最深刻的那段生活記憶，就讓我們跟隨著瀧田祐的樸實筆觸及小人物們，好好的來回味一下，東京人的兒時記趣吧！也許下次您到東京散策時，將會別有另一番滋味。

選書人序——衡量自己身在何方

鄭衍偉 Paper Film Festival 總策劃

我們都是從這個起點開始認識世界，從那條滿載童年回憶的路。只要你夠敏感，你就可以收集無限的細節。桂花暗香隨晚風輕輕搔弄鼻稍，一束塵埃在街燈下靜靜旋轉……從家門出發往返學校，或者陪伴媽媽、奶奶上市場，就是人生最初的旅途。

當我們有點年紀之後，回顧這些童年的原風景，意義又完全不一樣了。現在，LINE和臉書每天都在推送新鮮事，像鬧區的霓虹燈一樣坐不住。可是那些會在心頭停下來的，我們不願忘記，又或者不知不覺細細滲透到身體本能的片刻，才有辦法成為刻度，幫助我們衡量自己身在何方。

瀧田祐正是抱著這樣的心情，在三十七歲到四十一歲這段期間，畫出了他的經典代表作《寺島町奇譚》。

一九二三年，東京發生關東大地震，老城區淺草重建時禁止設立銘酒屋（掛酒牌賣私娼的商家）。隨著許多銘酒屋擴散到近郊寺島町玉之井開業，這塊街區也跟著越來越繁榮。一九三六年五月，法國詩人尚·考克多受巴黎報社委託進行環遊世界八十天之旅，隨同旅法畫家藤田嗣治走訪這裡，在日記中留下哀愁的速寫：「女孩們擠在公共澡堂更衣室大小的侷促小屋生活。紅燈烘托這些花市的玫瑰，門上小窗點綴一張張農村少女稚嫩醉人的臉……偶而，不幸女子當中也有人在打瞌睡。倦意沉沉的可憐的頭彷彿即將切斷似的，在窗緣上盪呀盪地。」同年九月，永井荷風以自己多次走訪玉之井觀察的體驗，開始撰寫小說《濹東綺譚》，呈現的卻是繽紛的懷舊場景：「一如既往盤著島田髻的阿雪身影、水溝污垢、與飛蚊的嗡聲強烈穿刺我的感受，喚醒過去三四十年消逝的幻影。」

就在同時，瀧田祐在這裡度過童年時光。這讓他用一種更自然親暱的觀點描寫此處的市井生活。

瀧田祐得以用私小說的形式創作並發表這部視覺文學作品，和日本出版史發展有很大的關係。一九四九年，瀧田祐投入兒童漫畫大師田河水泡門下學藝，然而發表管道有限難以維生，於是輾轉在老師推薦下，投入熱門的貸本漫畫出版界。時值五〇年代，書籍仍舊是價格昂貴的奢侈品，在那個電視尚未出現的年代，去租書店閱讀和看電影一樣，是庶民生活娛樂的重要一環。相較於競爭激烈、內容和篇幅範圍限制較大的主流期刊，「貸本」這種專攻出租市場不走書店通路、頁數規格較長可以敘述完整故事的出版品就這樣成為自由創作的重要園地。幾年後，瀧田祐透過劇畫運動發起人之一櫻井昌一介紹，加入日本最傳奇的漫畫雜誌《GARO》。六〇年代是日本成人視覺閱讀的關鍵轉折期，漫畫開始成為文化藝術領域的重要表現形式，關注現實社會、人性幽微與視覺敘事實驗，成為成人閱讀的一部分。這本傳奇出版人長井勝一創辦的漫畫雜誌不僅齊集安西水丸（插畫家）、系井重里（廣告創意總監）、鶴見俊輔（哲學家）、赤瀬川原平（前衛藝術家）、鈴木清順（藝術電影導演）、筒井康隆（小說家）、南伸坊（插畫裝幀設計師）、唐十郎（小劇場導演）等人供稿創作，更哺育了水木茂、柘植義春、丸尾末廣、杉浦日向子等等大師。電影大導園子溫二十歲的時候甚至帶著漫畫前往編輯部毛遂自薦，結果落選。

《GARO》雜誌讓《寺島町奇譚》得以生長。瀧田祐細膩的筆觸和敘事方式吸引文學圈注意之後，全書結局最後甚至發表在《別冊小說新潮》。此後，瀧田祐的發表重心轉移到藝文雜誌，改編《螢火蟲之墓》小說原作者野坂昭如、遠藤周作、吉行淳之介、藤澤周平等眾多文學作家作品，並經常受邀登上電視節目、拍攝廣告與雜誌彩頁專題，成為昭和懷舊的文化界代表人物，影響了後來《三丁目的夕陽》以及《深夜食堂》。若是以台灣讀者熟悉的人物來舉例，或許可以說他是日本漫畫界的吳念真……吧？

現在前往東京近幾年的熱門景點東京晴空塔，ＪＲ往北兩站東向島站，就是寺島町的舞台。這塊太宰治、德田秋聲都曾流連忘返的私娼區，在《寺島町奇譚》故事最終那場浩劫之後已經不復存在。身處視覺時代，我們卻連回顧三十年前的生活印象都不容易，可是瀧田祐靠記憶描繪的，近七十年前的街景卻栩栩如生。從嘴上的流行歌、玄關的掏糞工、孩子們賭陀螺的玩法、到水桶防火堆疊的形式……庶民生活切片就這樣留下紀錄。直到今天，這本書都還是昭和迷的重要參考藍本。

翻看《寺島町奇譚》的時候，我總是不免遙想台灣。漢娜·鄂蘭這麼說：「最大的為惡者是那些不記憶的人，因為他們從未思考，而沒有了記憶，他們就肆無忌憚了。對於人類而言，思考過去的事物意味著向深層境界移動，意味著紮根，讓自己穩定下來，使他們不至於被任何可能發生的事物席捲而去，不管那是所謂時代精神、大歷史，或者就只是單純的誘惑。最大的惡不是根本的惡，它沒有根，而正因它無根，它就沒有任何限制，所以它可以走向難以想像的極端，橫掃整個世界。」

從《鼠族》（*MAUS*）、《我在伊朗長大》（*Persepolis*）、《悲喜交家》（*Fun Home*）、到《我的青春，我的 FORMOSA》，當今視覺文學創作大量以紀實回憶為題材，或許正是為了和不記憶、不思考、瞬間沖刷而去的資訊爆炸對抗。日常生活有多難能可貴，就看你回想十年前、二十年前、三十年前……腦海中有沒有畫面。

前言

過了二十歲，我還是很常挨家母打。尤其是小學時，她動不動就拿菸管的雁首[1]用力敲在我端坐的膝蓋上。

我常常一邊在心底罵著「臭老太婆!!」，一邊忍著眼淚跑進曬衣場或是廁所之類的地方。

「混蛋傢伙。這個臭老太婆!!」

哈哈哈……我的故事真是太唐突了，哎呀，你們好，不好意思不知為何竟說起這陳年往事……。

總之呢，舞台為我的故鄉——寺島町（現為東向島）。得以在此重新出版的「寺島町奇譚」，的的確確已經是二十多年前[2]的作品了。

既然都已經過了那麼久，理應也沒什麼事情需要現在才來喋喋不休，但如果硬要我說些跟這部作品有關的想法，那就是對我而言，《寺島町奇譚》或許可以稱得上我的代表作（？），也讓我不時回想起當時生活的點點滴滴。

說實在話，構圖轉變了多少姑且先不談，這部作品啊，是試著以某些方式忠實呈現當時的心境，雖然畫工拙劣、圖案不精細、線條不流暢、亂七八糟，似乎不太負責任，但這部作品還是不知不覺趁勢完成了……就是這麼一回事……。

換句話說，這部作品裡的事物無論哪一件都或多或少有它的意義與主張，我花了相當多時間才切身明瞭到，這一切都是我成長自那環境所使然。

此外，身為作者，要以冷靜（？）並且客觀的角度來閱讀以前的作品，其實非常難受。

哎，說起來，當初為了畫這本書，一次一次又一次重新回憶往事的過程，對我來說還比較饒富興味，這才是我的心底話。

哈哈哈，哎呀，還是說出來了。我這個笨蛋，怎麼現在才變得那麼冷靜，別信口說出不常講的話比較好吧。畢竟當時世上正因為安田講堂裡交錯紛飛的汽油彈、催淚彈，以及灌水的攻防戰而一片混亂，無論政治面還是社會面都沸騰到頂點[3]，其實根本沒有關心漫畫的餘裕。

不過，漫畫還是要畫。該說漫畫家都很不善解人意嗎？先是嗚嗚噎噎地考慮怎麼填飽自己的肚子，接著筆尖喀噠喀噠地作畫展望明日，幾乎每天都過得忙碌不已。

某方面來說，《寺島町奇譚》這部作品裡透過漫畫描繪的「少年的阿清」這個角色讓我飽受折磨。我試著想刻畫出日本民主化以前的日日夜夜，以及伴隨於其中的不滿與怨恨，即使是以漫畫的手法來呈現，那個世界依舊充滿著不信任與短視近利。

只是，對《寺島町奇譚》的描繪，不知不覺一再地開展，終究也觸及那猶如迷宮，有著紅色燈火的後街巷弄。

好比那些心腸好又溫柔的姐姐們，雖然過著比阿清（自己）還辛苦的生活，身陷苦海卻仍然一直愛著這個町；或是迷戀於下町風情，夜夜流連於其中，即使醉醺醺卻還是一樣溫柔的叔叔伯伯。鈍拙的少年阿清雖然順應成長在那樣複雜的時代，仍薰染了這股怎麼樣都令人難以忘懷的溫暖氣息。

但是，那個時代正一同隨著街町風化，就算還剩下一根電線桿，也沒有當時的溫度。

就算我把社會大眾認定稱作玉之井一帶的地方當成鄉愁的一部分，那所謂的故鄉還是已經離自己太遙遠了。

哎，但這樣不也挺好的嗎？雖然在那裡成長的經驗還是像夢一樣，但因為我讓過去的真實生活反映在自己的作品裡，藉由《寺島町奇譚》再次出版，我現在才得以重新回想起當時的一切。

不過，其實還真有那麼點不好意思。

我有個習慣，那就是常常會撕掉自己剛畫好的原稿。

想了一下，這其實是我的劣根性，當我奮力思考作品畫得好不好時，不知道為什麼就會覺得如果現在不撕掉，就沒有其他更好的時機了……。「批哩!!」「嘶嚓!!」「批哩批哩—!!」因為這個人格缺陷，我常常撕毀一堆原稿。但是現在我不會這麼做了，因為就算撕光了稿子，最後還是必須要畫出和那些差不多的內容，這麼做反倒變成我的壓力，受不了。

可是說來說去，每個人還是新手時都爛得要命。《寺島町奇譚》就是個典型的例子，而且它可以說與形形色色的登場人物一起，教了我如何從一次又一次的失敗中摸索學習……（五體投地）。

譯註：

1「雁首」為日本傳統吸菸器具「菸管」的頭部。

2 此版本原出版於1988年。

3「安田講堂占領事件」為發生於1969年的學運事件，當時東京大學安田講堂遭學生占領，日本警方派出機動部隊與之對峙，除了發射催淚彈，還從空中及地面灑水與灌水進入講堂，試圖逼學生投降，最後由機動部隊攻堅壓制學生才終告落幕。

寺島町奇譚

えんがみみ
とんがつた

骯髒鬼附上身

喀噠喀咚
喀噠喀咚
衝啊ー
喀噠喀咚

喀噠
喀咚
喀噠
喀咚
喀噠

嘰
嘰
嘻嘻—好玩好玩~
再上去一點啦！
別推！別推！
喂，再擠進去一點啦
嗚哇—不要再擠了，會被罵啦！
噓—
喀噠
喀咚
喀噠
臭小鬼！
快逃啊~~
咚
嘿！
咚

喂，你還在那幹嘛？
你在那邊對我東催西催也沒用啊～
嘿咻！
哈！
咚！
嗚～!!
黏呼呼
啊—髒死了！
啌噹

*骯髒鬼~附上身。
骯髒鬼~附上身。
吼—
喂—那傢伙剛剛整隻手，咻~插進馬糞裡—
骯髒鬼！骯髒鬼！
哇—快逃！
嘻嘻—
拍

*「骯髒鬼附上身」為一種兒童遊戲，規則是當某個人摸到不乾淨的東西（例如馬糞、狗屎）就會變成「骯髒鬼」，他必須去碰觸身邊其他的人才能解開「骯髒鬼附上身的鎖」，鎖的形狀以及咒語在不同地區有不同形狀與說法。

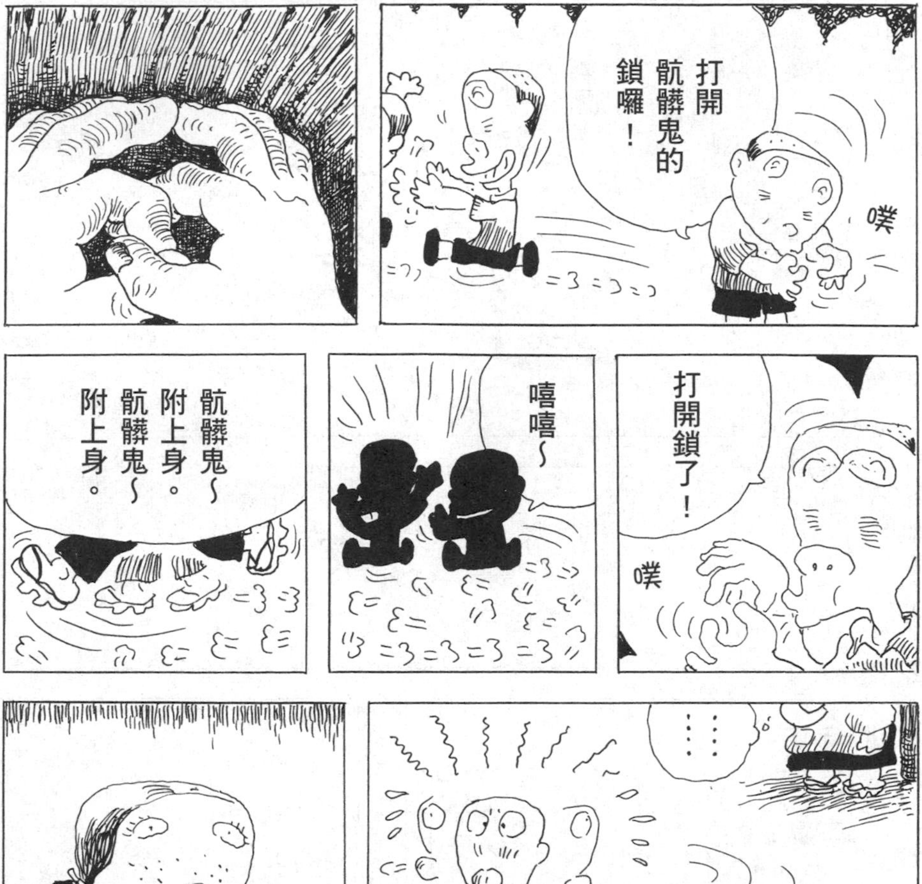
打開骯髒鬼的鎖囉！
噗
打開鎖了！
噗
嘻嘻~
骯髒鬼~附上身。
骯髒鬼~附上身。
……
鎖~打~開了！
噗
拍

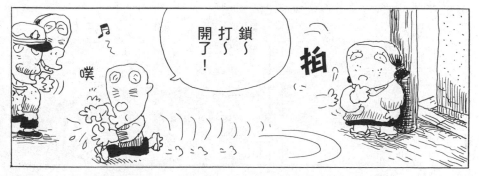

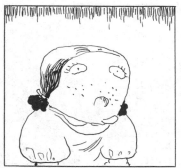

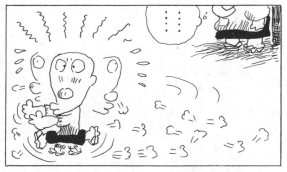

哇— 骯髒鬼~ 附上身。
骯髒鬼~ 附上身
嘿嘿……
哈哈— 傻呼呼的傢伙
哇— 好笨！好笨！
耶—
啊哈— 啊哈— 啊哈—
臉紅

*ぬけられます，字面意為『進得來出得去』，玉之井私娼區的街區看板標語。ちかみち，字面意為『近道』，捷徑之意。戰前玉之井地區的巷道如迷宮般錯綜繁雜，常令人迷路，這兩個尋常的標語看似指引，一方面降低行人對此地的戒心，亦可引誘行人走進巷弄，再次落入店家的招攬。

嘩啦─
嘩啦─
擦擦擦
擦擦擦擦
唰─
唰噗唰噗
唰噗唰噗
唰噗
真不好意思呀，下次再請妳吃飯唷！
呵呵，呵呵…
喀噠
等一下，等一下嘛～
喀噠
开
喀

ちかみち
來喔—磨剪刀、磨菜刀加剃刀唷！
啪
磨刀師傅，等一下—
哎唷，妳把這些令人緊張的東西拿出來，是想切掉男朋友的「那裡」嗎？
是呀！想說先存個三四把起來……
哈哈哈哈—
嘻嘻嘻—
等一下，等一下，回來時跟媽媽桑說我跟阿久先生去一下淺草那裡唷～

嘰ー
瞥
瞄
碰
真是的，原來是小瑛啊，要找容器的話，那裡有喔！
都已經洗好了。別看我這樣，我可是很愛乾淨的。
是說妳工作也真勤奮，老家在哪裡來著？仙台嗎……
喂ー
好ー來了來了！

嘻嘻……
喀唧
喀唧
喀唧
喀唧
喀唧
喀唧
喀唧
喀唧
喀唧
喀唧
喀唧
喀唧
喀唧
喀唧
喀唧
喀唧
喀唧
喀唧
喀唧
肛門科
喀喳
喀喳
喀喳

嘩啦—
拴緊
唰—
好燙！
啊哈哈哈！
……可惡~~
看我的！
啪啦
嘿嘿，看我反擊！
唰、唰、唰—
噗咻、噗咻、噗咻—
哇—

哎呀—
!!
咚
滑
混帳東西—!
......
......
噗嚕噗嚕
噗嚕
喂，沒事吧？
哇
我滑～
蹬

湯

骯髒鬼附上身
!!
噗

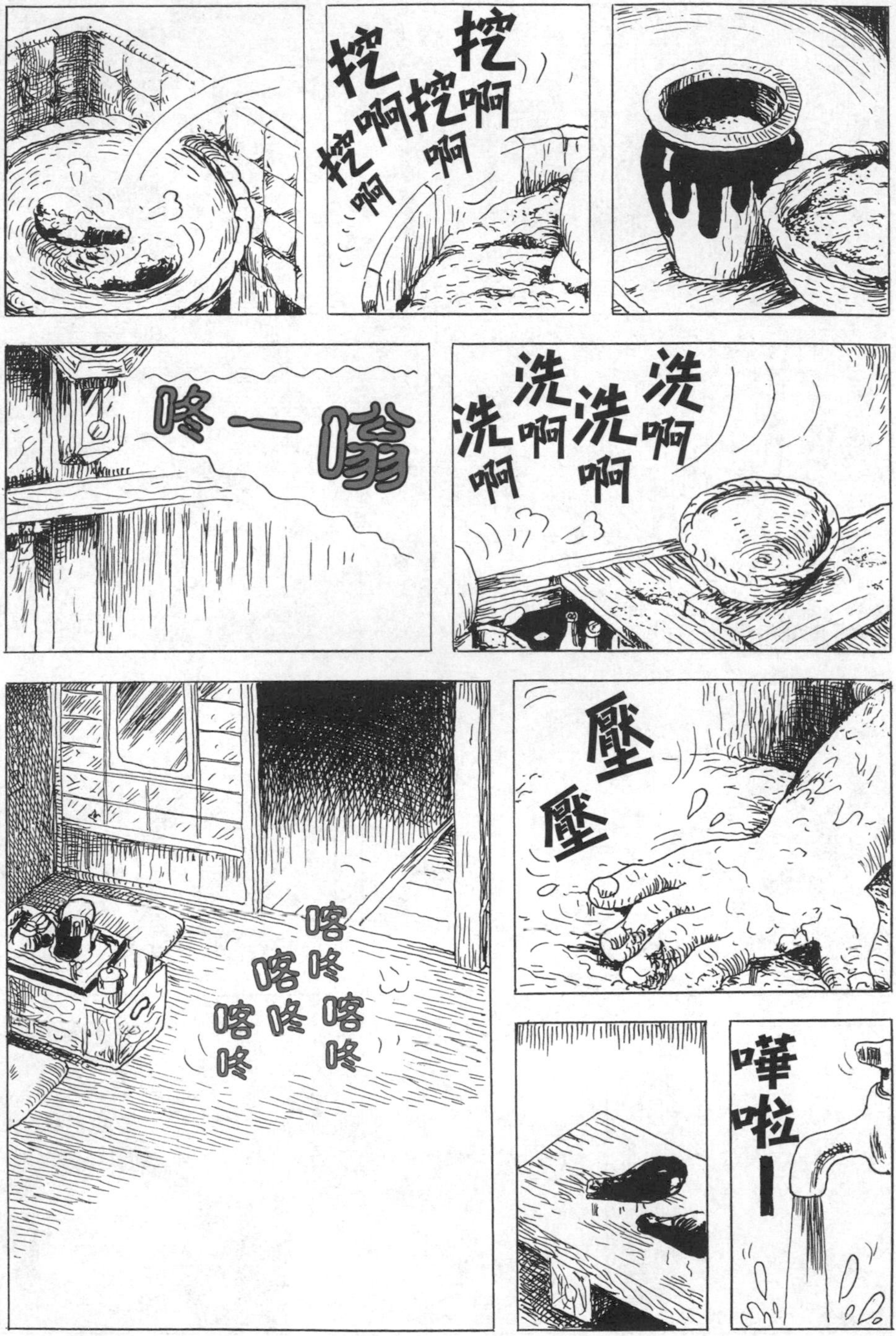
挖啊挖啊
挖啊挖啊
洗啊洗啊
洗啊洗啊
咚—嗡
壓壓
嘩啦—
喀咚喀咚
喀咚喀咚

*歌詞，出自〈野崎小唄〉（野崎小唄）1935年（昭和10年）。

頭也洗了嗎？
洗過了啦！
那背也有好好洗嗎，嗯—？
嘩啦
丟
你看，這樣不是乾淨多了嗎？
嗯—
再給我看看你的擦手巾。

哎呀，真是的，怎麼那麼黑？
都去了澡堂，擦手巾好歹也洗一洗啊！
打掃一下把門簾掛起來，不要再跑出去了。
……
……
酸

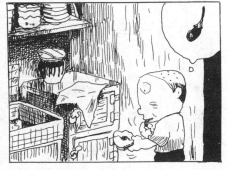

ONSTAND
ンタス
滴 滴 滴
啊，小玉！你呀，在外面幹什麼…
……

你看你，搞得全身濕搭搭的……
嘩啦—
喵嗚~
喵什麼喵!?
喵嗚哇嗚吼吼哇—
呸—
噗通
跑走—
臭小玉!!

喀啦
喀啦
小瑛，
回來時順便繞去梅子那裡，跟她說希望她今晚回來。
啊！還有要去醫生那裡幫我拿白色的藥喔～
啊－這邊請，這邊請－

不要打架，不要不要打架啦～
大猫病院
笑
咚

ん店
……
……

咚咚
喀噠
搖搖
晃晃
搖搖
啪啦
嘻嘻
嘻嘻……
ぬけら水ます

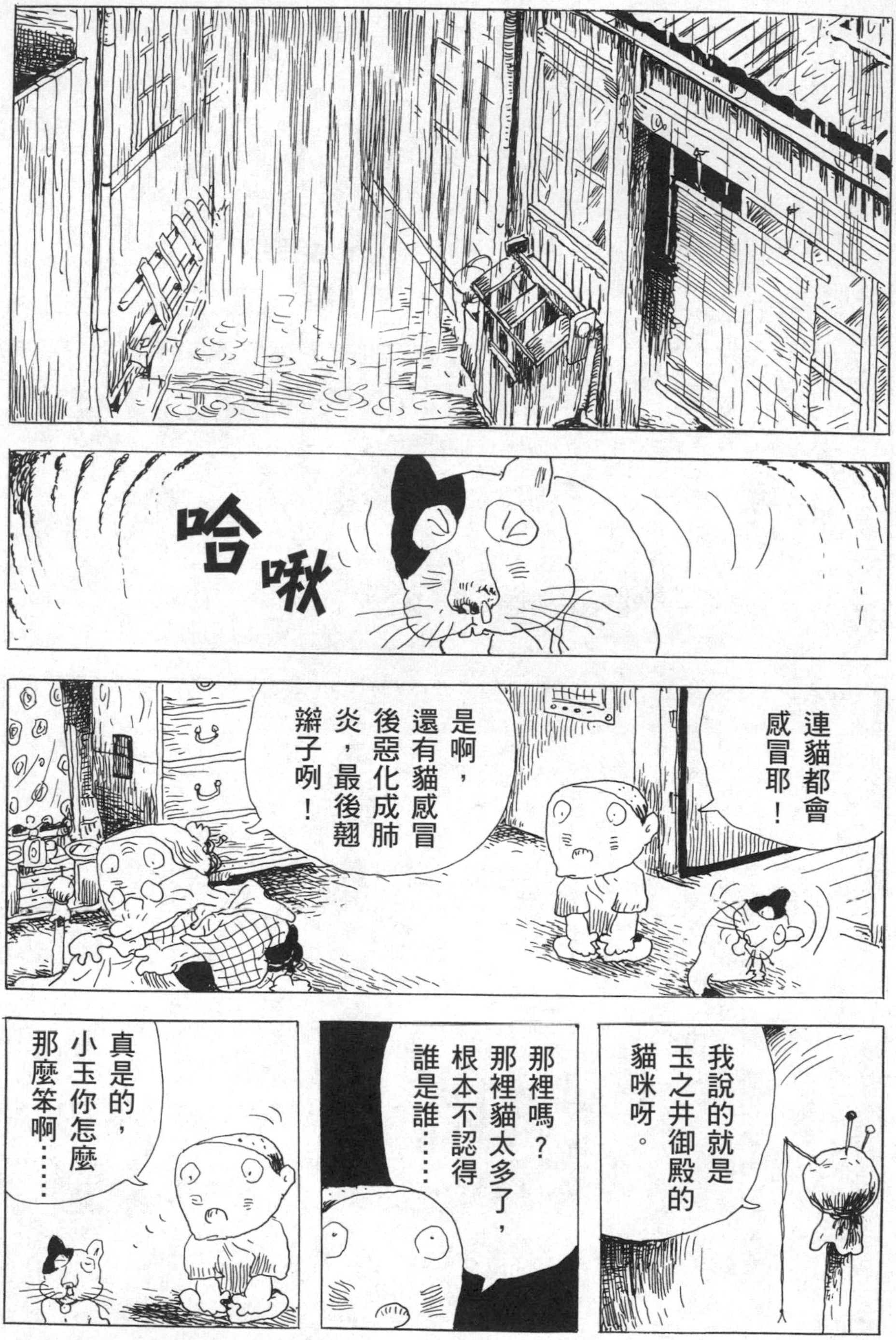
哈啾
連貓都會感冒耶！
是啊，還有貓感冒後惡化成肺炎，最後翹辮子咧！
我說的就是玉之井御殿的貓咪呀。
那裡嗎？那裡貓太多了，根本不認得誰是誰……
真是的，小玉你怎麼那麼笨啊……

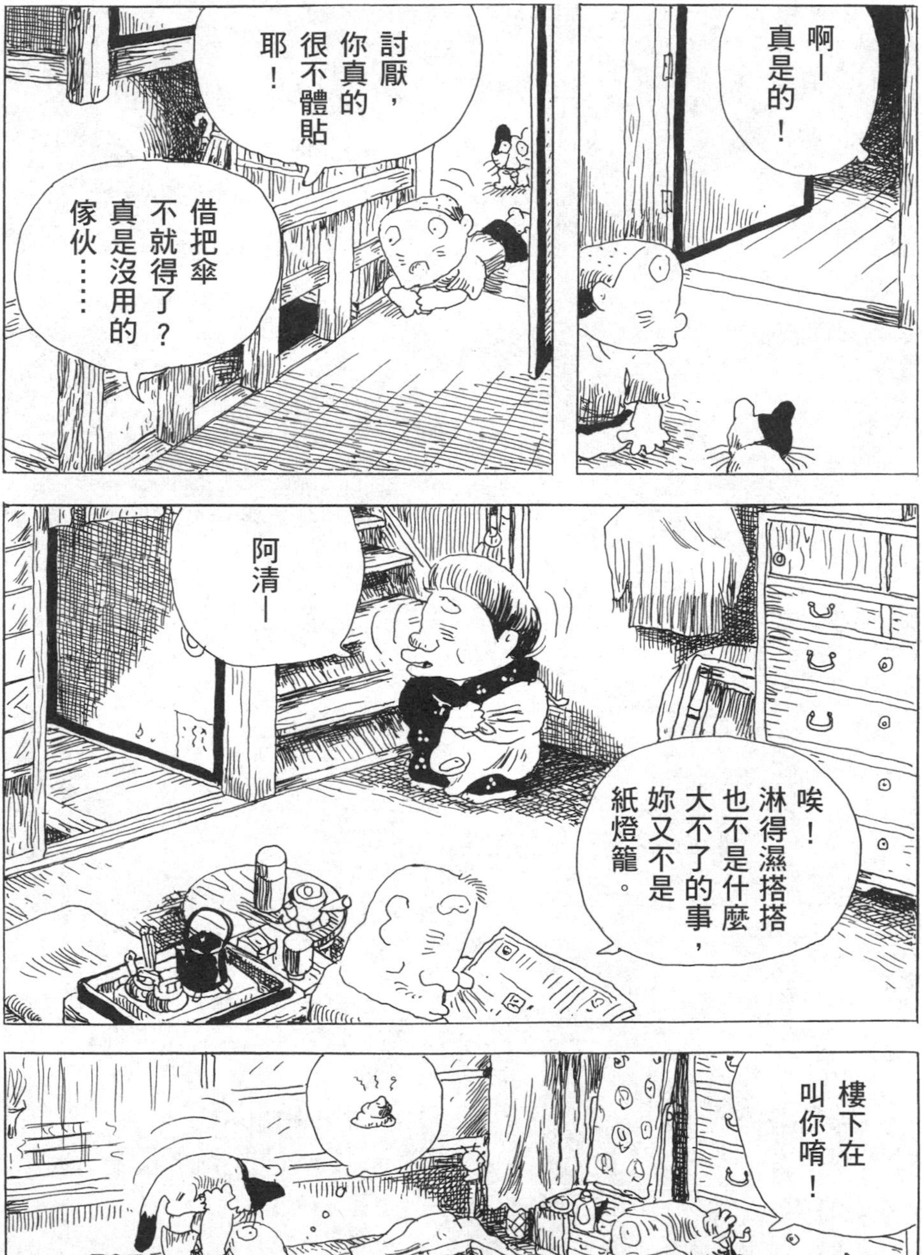
啊—
真是的！
討厭，
你真的
很不體貼
耶！
借把傘
不就得了？
真是沒用的
傢伙……
阿清—
唉！
淋得濕搭搭
也不是什麼
大不了的事，
妳又不是
紙燈籠。
樓下在
叫你唷！

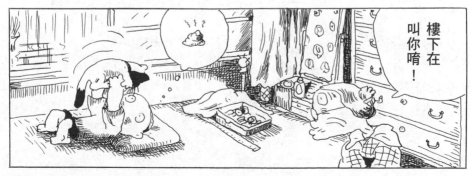

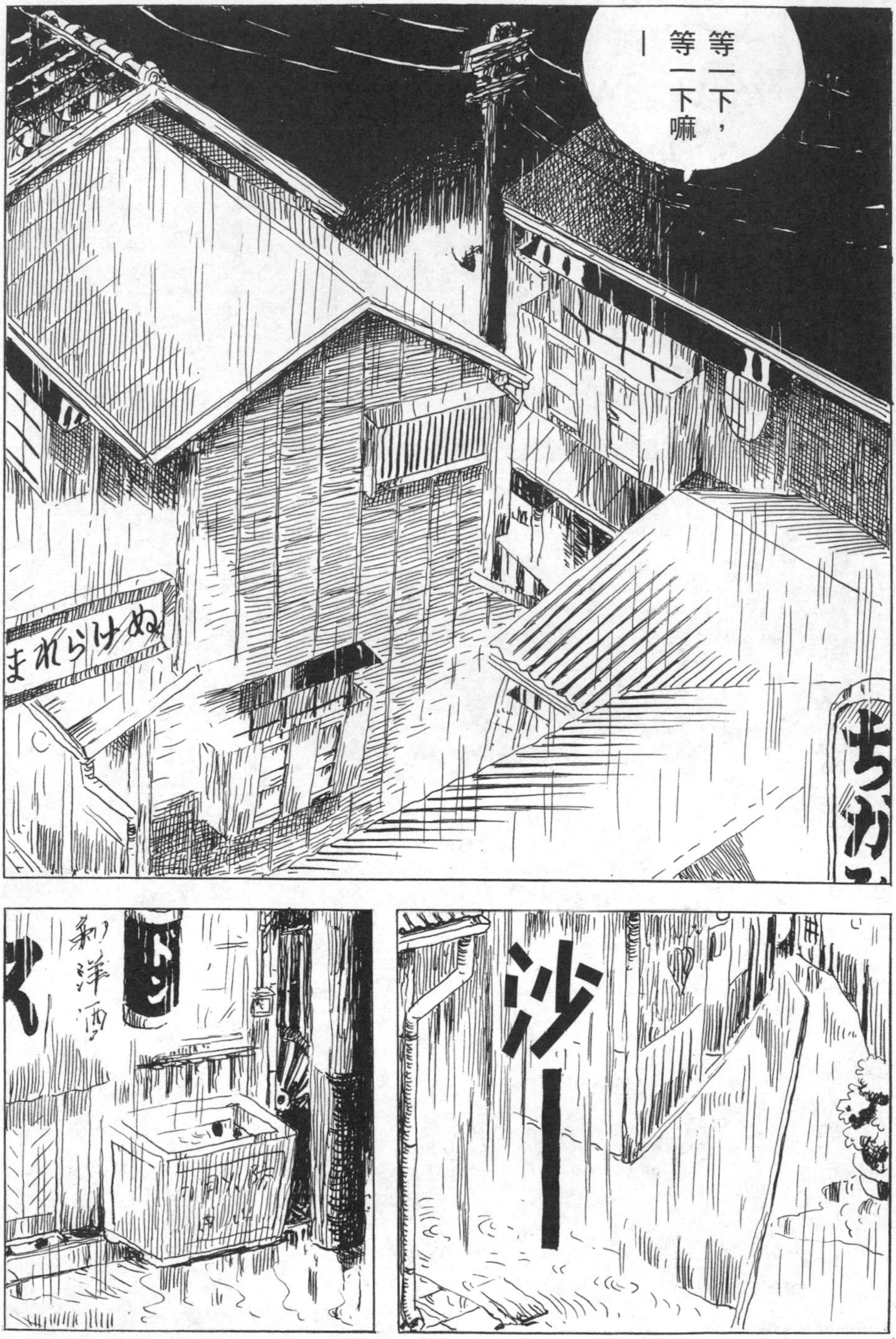
等一下，等一下嘛—
和洋酒
沙—

叭ー嗚ー
啪噠 啪噠 啪噠
喀咚 喀咚 喀咚
喀噠 喀噠 喀噠
ちかみち
喀噠 喀噠 喀噠
嘿咻、嘿咻、嘿咻ー

!!
喀喳
看我的——!
碰
……
院
……

笑
啪啦
嘿咻、嘿咻、嘿咻、嘿咻—

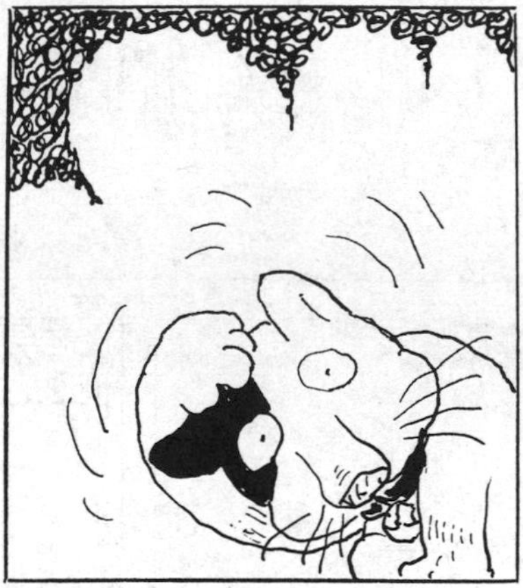

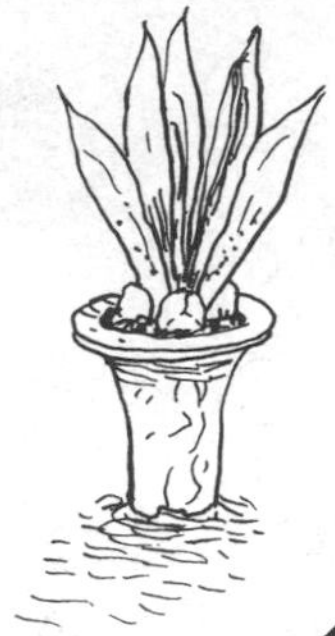

ぎんながし

虛有其表的先生

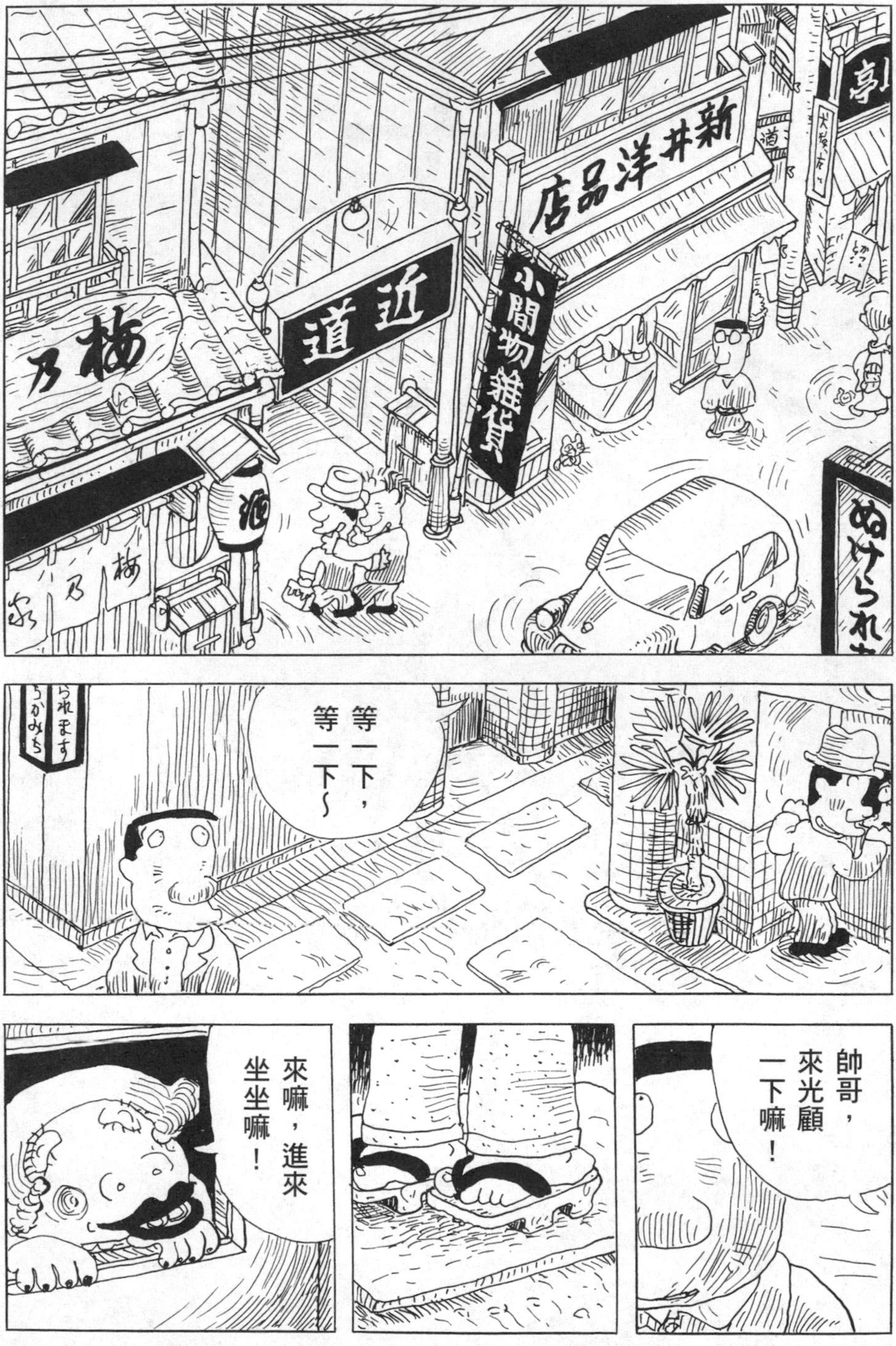
新井洋品店
近道
小間物雑貨
梅乃
酒
ぬけられます
ちかみち
等一下，等一下～
帥哥，來光顧一下嘛！
來嘛，進來坐坐嘛！

討厭，小氣，吝嗇，混蛋，色鬼！
碰
咚
中獎囉～
射
ちみから
啊！
碰

小姐啊，來跟我相好一下吧……
啊哈哈哈哈，真是不好意思，今晚已經有約了……
嘻嘻
白癡，你在發什麼神經啊，真是的。
好ー先去來一發囉！
你別那麼急啦ー
就是啊，銘酒屋*又不會跑掉，呵呵呵…
出來一個囉呵唷沙呵伊呵伊*～
DON
嘿，照燒魷魚上菜囉！
唷，再來一杯電氣白蘭*！

*銘酒屋，外觀裝潢成居酒屋，但其實內部在賣春的店。

*歌詞，出自民謠〈YOSAHOI節〉（ヨサホイ節）1924年（大正13年）。

*電氣白蘭（電気ブラン），神谷傳兵衛發明的一款酒，於明治 26 年（1893 年）正式發售。「電氣」沒有特殊意義，純為當時流行的商品取名方式。「白蘭」取名來自白蘭地。

這幅畫看起來真詭異耶！
這可是油畫唷！
是美術學校的學生畫的。
這樣啊—
現在人在美國的巴黎留學呢！
噴
啊哈哈
哈哈哈哈！哈哈哈哈……
和洋酒

哇哈哈哈哈
呵呵呵
呵呵呵
呵呵呵
乾了這杯吧，MASTER（老闆）!!
哎呀，叫我MASTER真是不敢當啊！
MY DEAR *MASTER……BATION 我對您如此敬愛—
別說了，他的尾巴都要翹上天了！

* Master 加上 bation 與 Masturbation（自慰）同音。

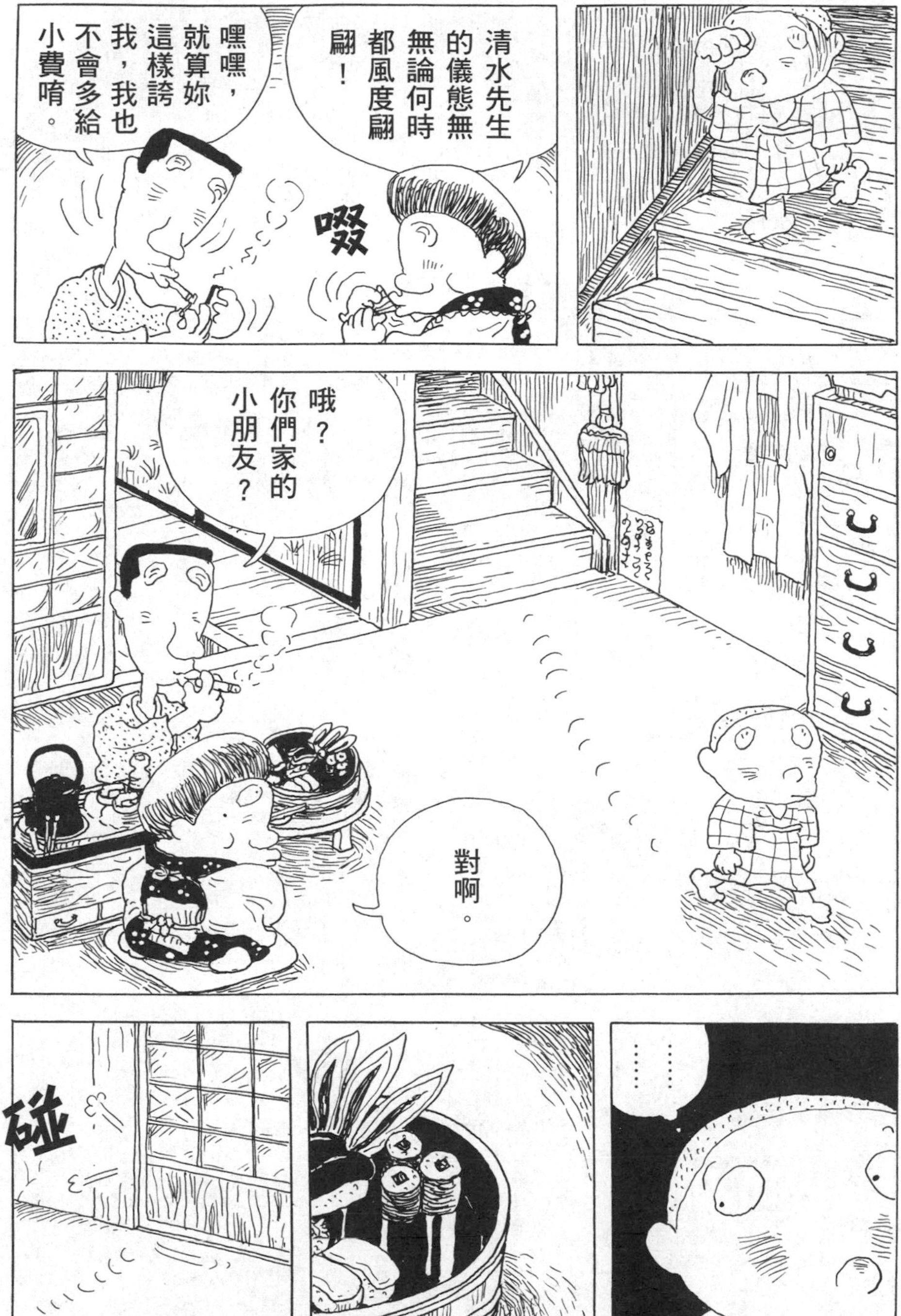
清水先生的儀態無無論何時都風度翩翩！
嘿嘿，就算妳這樣誇我，我也不會多給小費唷。
啜
哦？你們家的小朋友？
對啊。
碰
……

嘰
碰
這給你，小鬼頭。
給我先去洗手
哎呀，沒關係沒關係～
啪
ふきん*
揉
唰
……
……
*擦手巾

來，這個也給你吃！
好了啦，先生—
跟人家說謝謝就回去睡覺囉—
謝謝叔叔。
真乖，晚安囉！
…… ……
嗚姆……嗚姆……
…… ……
不行了，吃不下了啦～

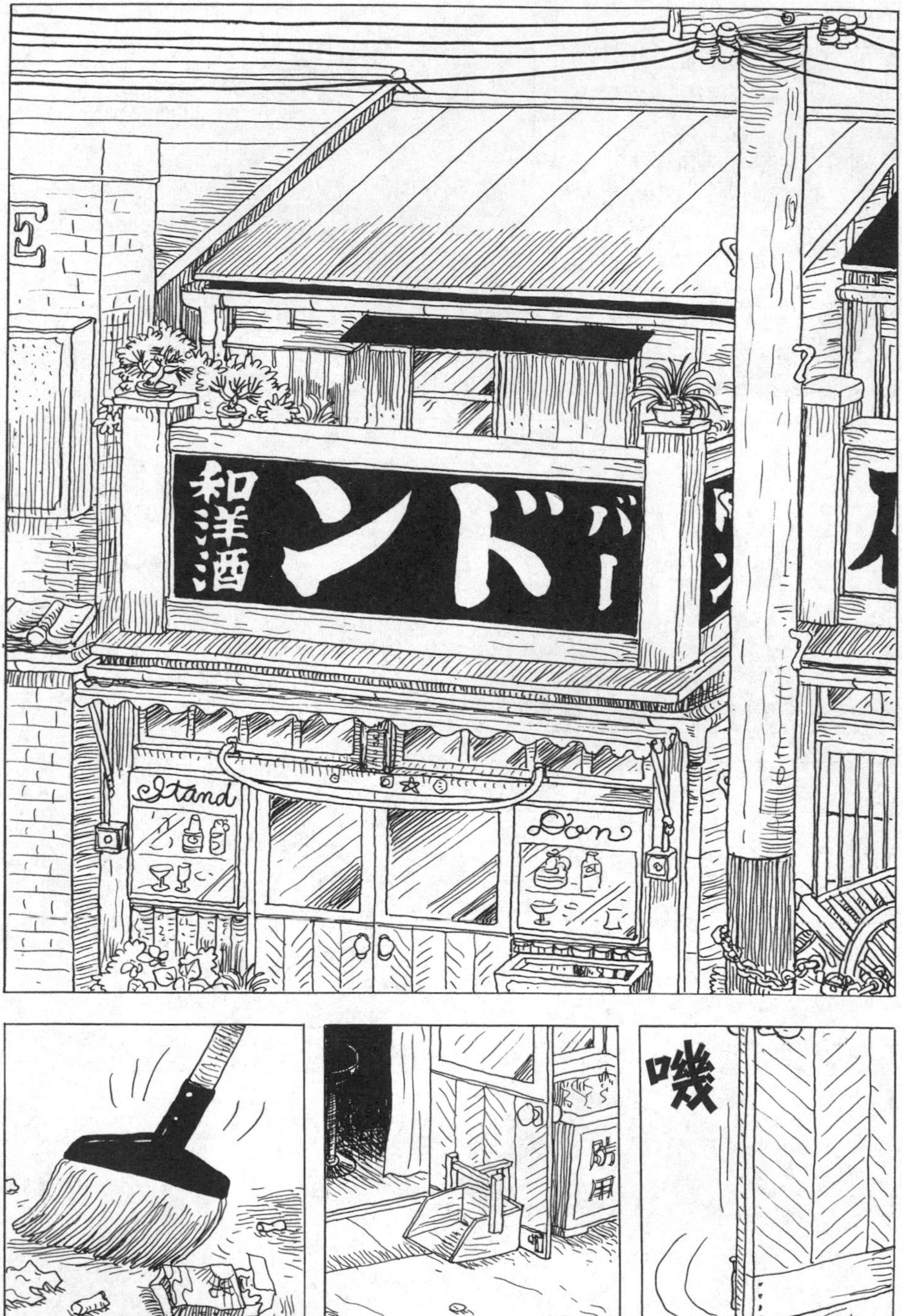
和洋酒
バー
Stand
Don
嘰

DON STAND
唷！
真乖，在幫忙打掃嗎？
……？
要好好用功，成為了不起的人唷－
好可愛的弟弟啊……

拿去買點什麼吧！
謝謝叔叔！
♪引擎～的聲～音～轟～轟～隆～隆～
戰鬥機*飛～往～雲—的～那端～
一大清早的，不要在那邊作怪！
掃完地去給我買豆腐回來。
嗯—

*歌詞，出自軍歌〈加藤隼戰鬥隊〉（加藤隼戦闘隊）1940年（昭和15年）。

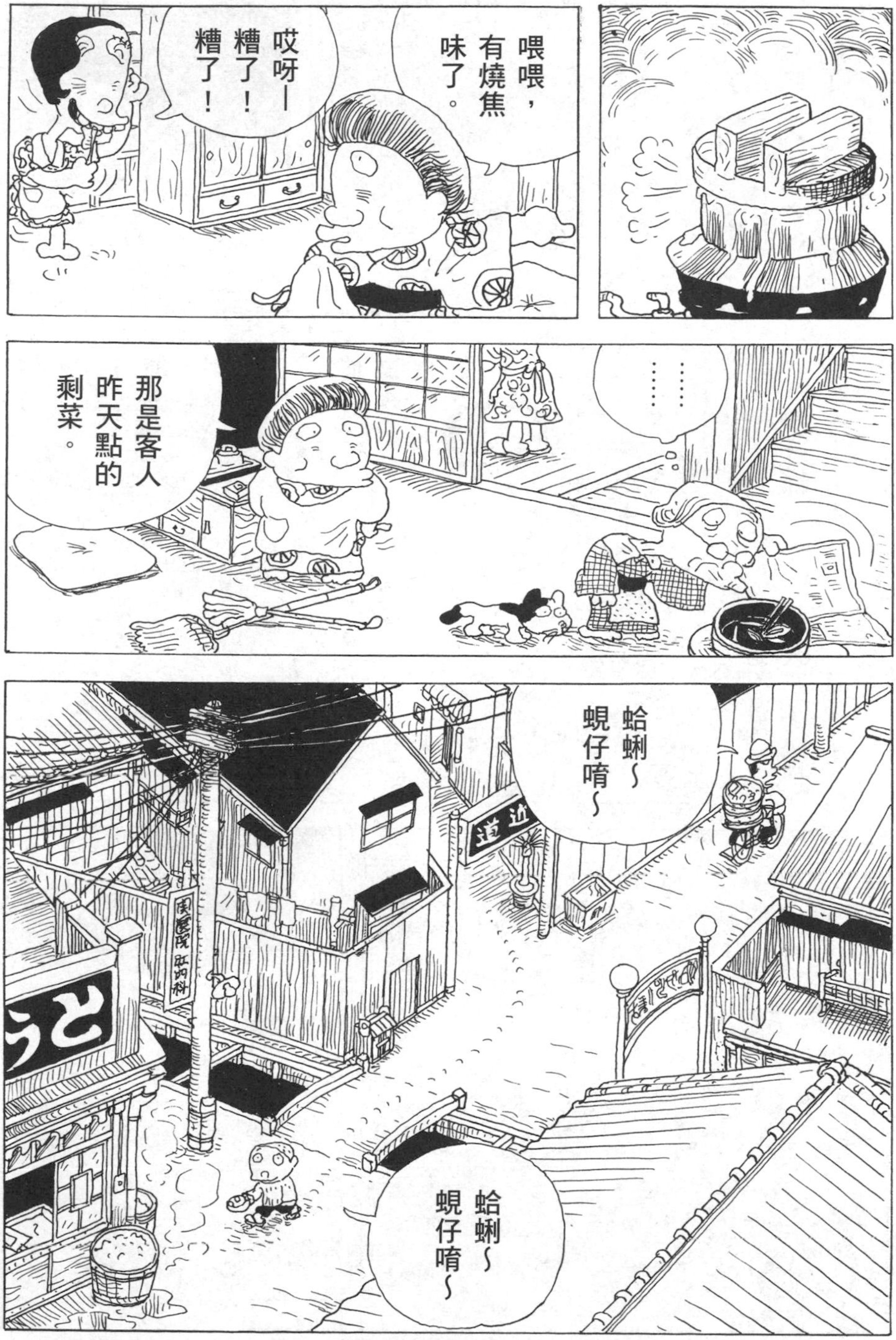
喂喂，有燒焦味了。
哎呀ー糟了！糟了！
……
那是客人昨天點的剩菜。
蛤蜊～蜆仔唷～
蛤蜊～蜆仔唷～

我吃飽了。
真快，已經吃完啦？
不是只吃了一碗飯嗎？
哎呀—真是難得！
肚子已經很撐了呀！
是不是昨天吃了壽司的關係？
咚
等等!!
你這小鬼，這是什麼……
不，不是啦，這個是那個……那個……

啪
為什麼要這麼做?!
捏
不是啦—
是人家給我的!!昨天那個吃壽司的叔叔給的啦!
吃壽司的叔叔……?
哦，那位虛有其表的先生。
什麼?虛有其表的先生…誰啊…?
呃，就是…
是真的還是說謊，馬上就知道了，他什麼時候給的?
剛剛他經過店門口時…
哈哈，那傢伙混到早上才回家嗎?
真是辛苦了…
既然如此那為什麼不早點講呢?你這笨蛋!
可是…

討厭，好不容易拿到的錢，就這樣給沒收了…
真過分！
是你處理的方式不好。
可是，虛由其表是什麼意思啊？
虛有其表啊…就是說這個人明明一毛錢也沒有，卻出手大方、得意忘形。
明明沒有錢卻出手大方…得意忘形…？哼嗯—
出手大方是什麼意思…？得意忘形又是什麼意思…？
那些都不重要!!

小孩子別管大人的事！
給我去念書，好好用功!!沒念完的話不准你出去玩！
碰
……
……
碰
哼～還我錢來。
砲聲隆隆，子彈紛飛…
巨浪沖刷在甲板上，中佐的呼喊聲響徹闇夜—
*杉野在哪裡，杉野不在～了嗎～
杉野在哪裡，杉野不在了嗎～

*歌詞，出自軍歌〈廣瀨中佐〉（広瀬中佐）1912年（大正元年）。

昭和病院
昭和病
本日検診日
1!!
啪
去去去!!

啪
啪
3!!
2!!
1!!
…呃，
還是3!!
衝呀！再加把勁—
贏吧—贏吧!!
喀咚
3!!
3!!
3!!
平手！
平手！
我單挑贏了!!
不好意思，全收下囉～

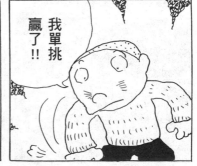

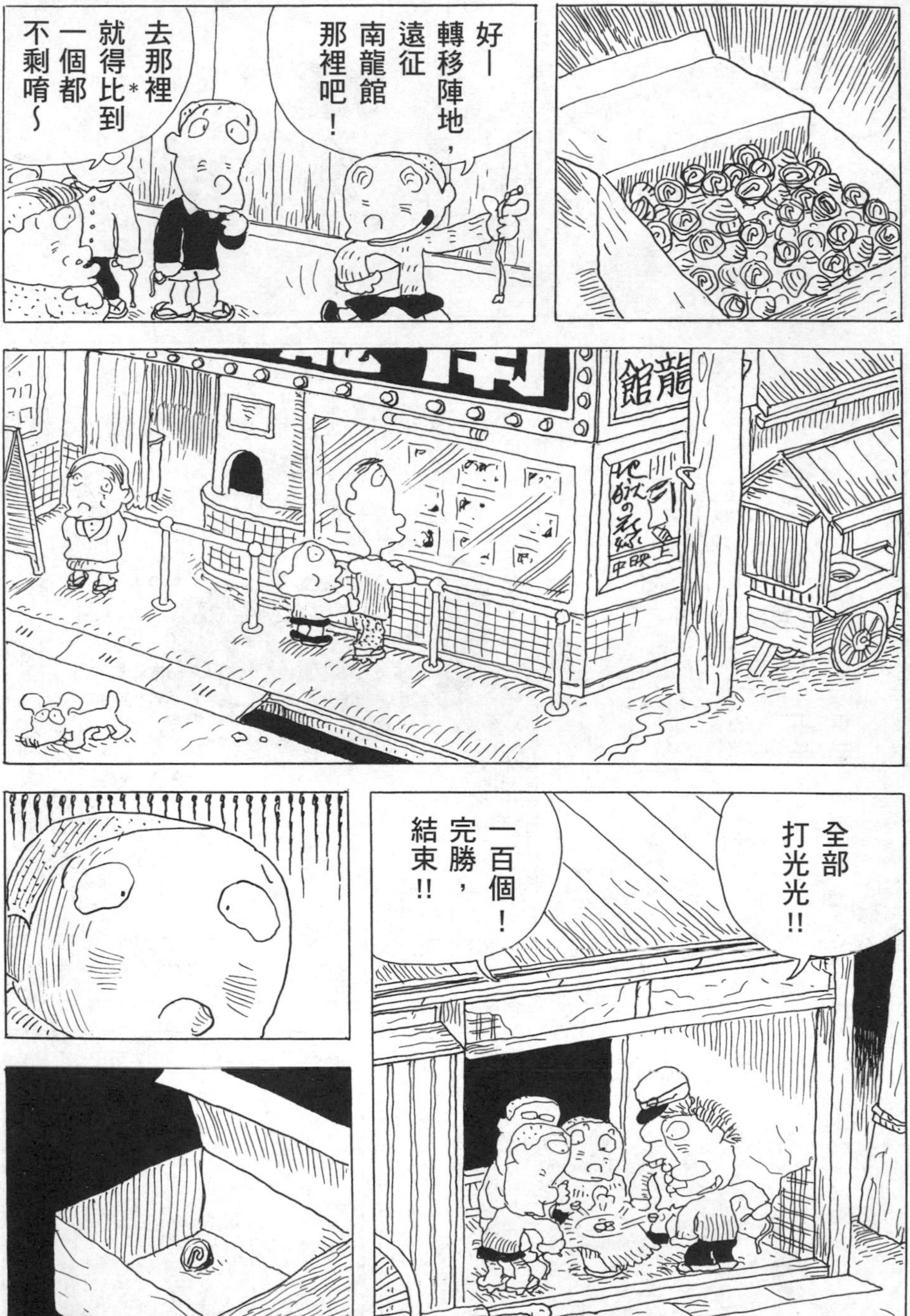

*此處「比到一個都不剩」原文為「アクマシンケン」，原意為「要把手中有的陀螺拿出來比賽到最後」。

倶楽部
哎—嘖嘖，到了不同的地方狀況就變差了。
た
叔叔——！
……？……？
嘿嘿，嘿嘿。
啊啊，是「DON」的小朋友啊，怎麼會跑到這邊玩？
我來這跟人家比賽，可是輸掉了。
哈哈哈哈，那真是可惜了。
下次再贏回來就好！

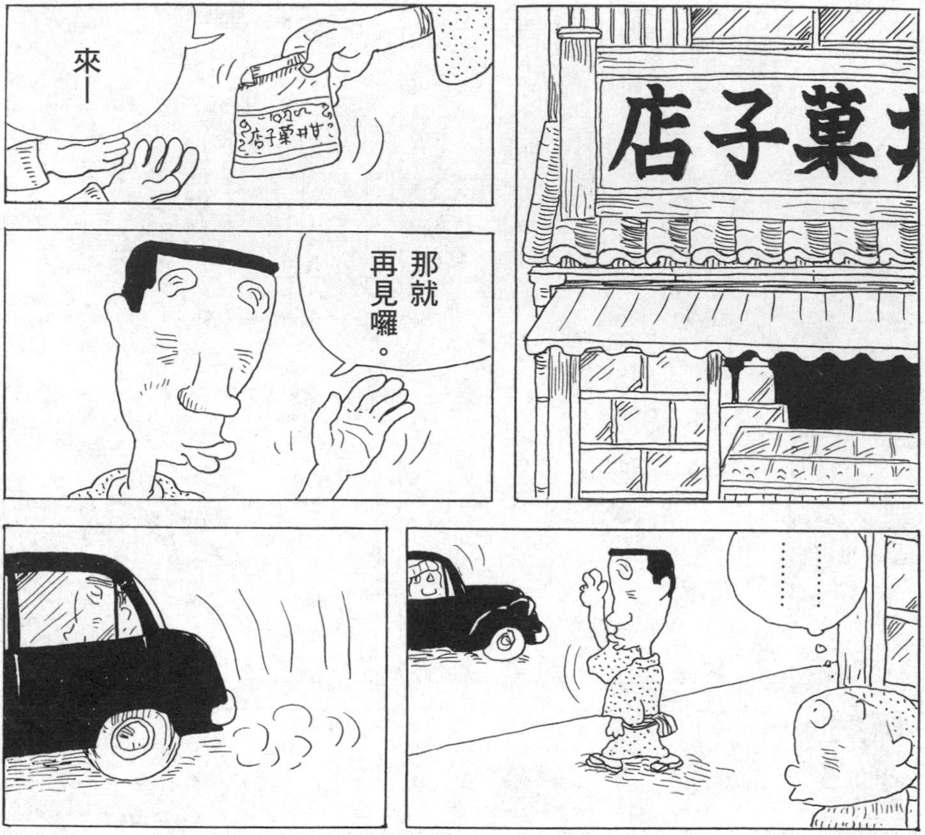
菓子店
來—
那就再見囉。
……
叔叔…不是沒有錢嘛，所以不是虛由其表吧？

哇哈哈哈哈哈
呵呵呵呵
啊哈哈，啊哈哈，啊哈哈！
呵呵呵呵呵……
咚～
先生你真會說笑啊！
拍
呵呵，呵呵……

清水先生從上次來我們這到現在，已經快要一個月沒見到人了，會不會發生了什麼事啊！
♪登登，*此時此刻的半七啊～登～登……清水先生～
身在何處做著什麼呢～登～登～♪
你不要開玩笑！帳單啊，他賒的帳要怎麼辦啦？
帳單的事情我都不清楚。
談錢多傷感情呀！
真是氣死人了～
和洋酒
到底該怎麼辦才好，真是的！

*出自歌舞妓及人偶劇的段子《艷容女舞衣》（艷容女舞衣）。

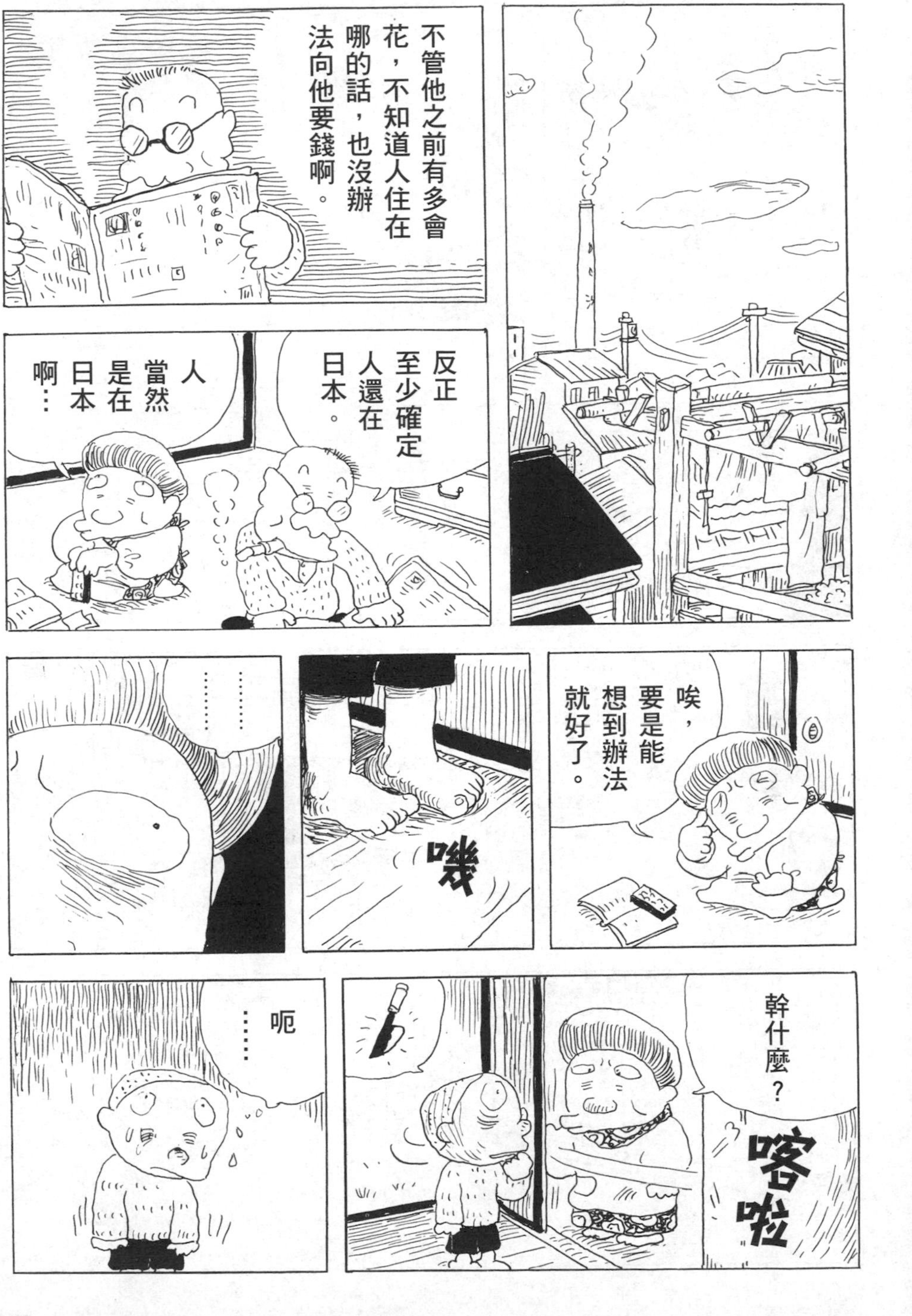
不管他之前有多會花，不知道人住在哪的話，也沒辦法向他要錢啊。
反正至少確定人還在日本。
人當然是在日本啊…
唉，要是能想到辦法就好了。
嘰
……
……
喀啦
幹什麼？
呃……

哦—所以是在百花園旁邊碰到的嗎？沒騙我吧？
嗯，至少知道人還在附近之後就跑不掉了。
總而言之，我要出門一趟—
豈能讓他一直賴帳下去！

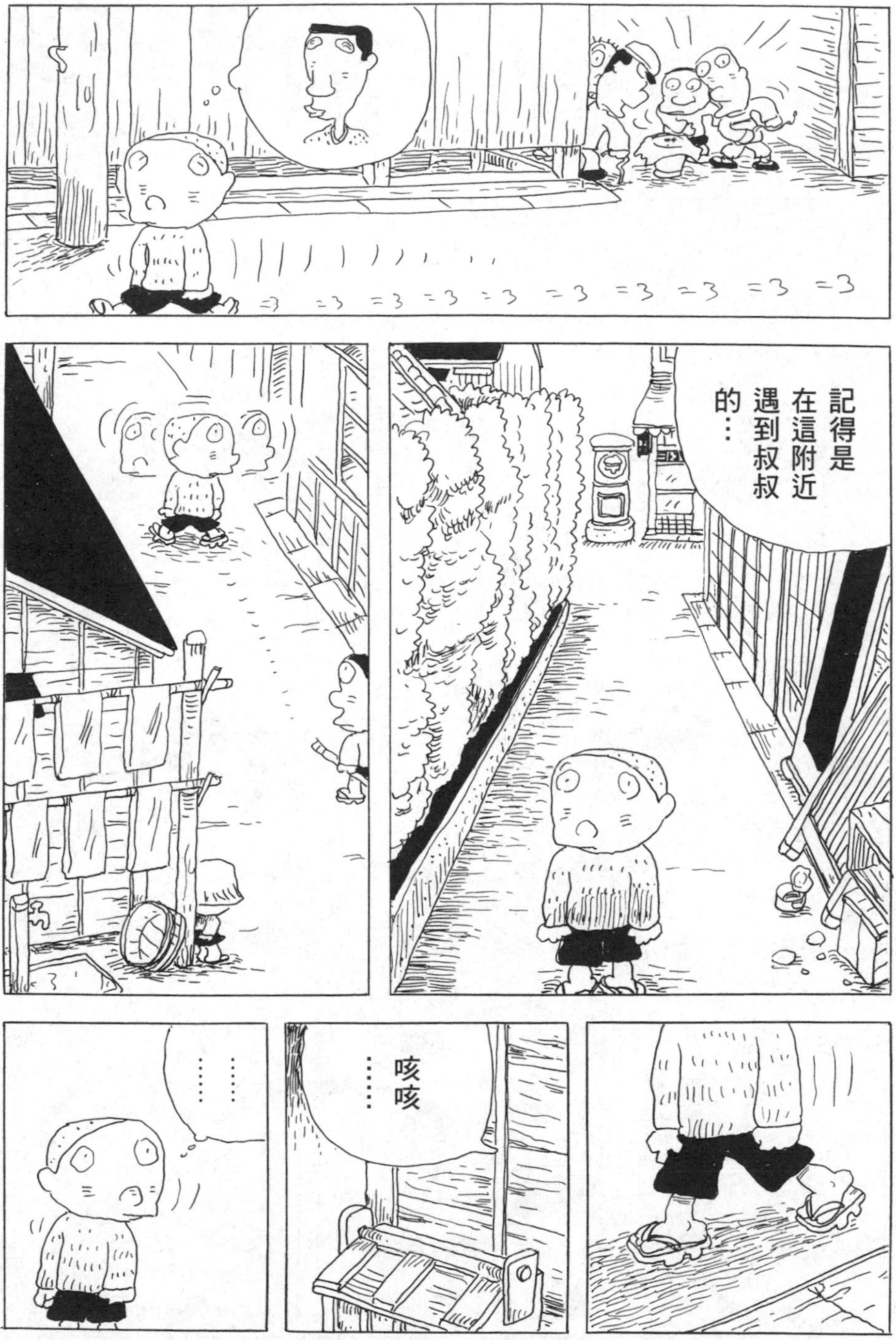
記得是在這附近遇到叔叔的……
咳咳……
……
……

*歌詞，出自〈旅之夜風〉（旅の夜風）1938年（昭和13年）。

對了，那時正在下雨，我用力大吼—
滾出去—！
妳啊，邊哭邊跑了出去，對啦，那天我還追了出去呢！哈哈哈，哈哈哈……
……
……
女人嘛，再找就有了，其實我開心的咧！
哈哈
喝—
每天每天，都過得有趣又快活，哈哈哈哈……
看看我這要死不活的鬼模樣……
燙燙

兜甲正宗
不用聽人發牢騷，給人責罵，也沒人會吃醋，我可是樂得輕鬆…
哈哈哈，哈哈哈，啊哈哈哈哈…
親ー愛ー的ー妻子ー呀 不ー要ー哭ー…*
妳其實也有想說的話吧…我知道妳的心情…
可是…可是……

*歌詞，出自〈人妻椿〉（人妻椿）1936年（昭和11年）。

可惡！混蛋，混蛋!!
呼～
嗚，嗚，嗚，嗚……
朝子啊～～
嗚～
嗚嗚
嗚……
……

入金傳票*
等等吧，過不久，人就會出現了！
哼，可惡的傢伙！
♬此時此刻的半七啊～登登～
哼……
ンドバ
和洋酒
珈琲
啪鏘
啊哈哈哈…
哈哈哈哈

*帳簿

寺島町奇譚

おはぐろどぶ

黑水溝

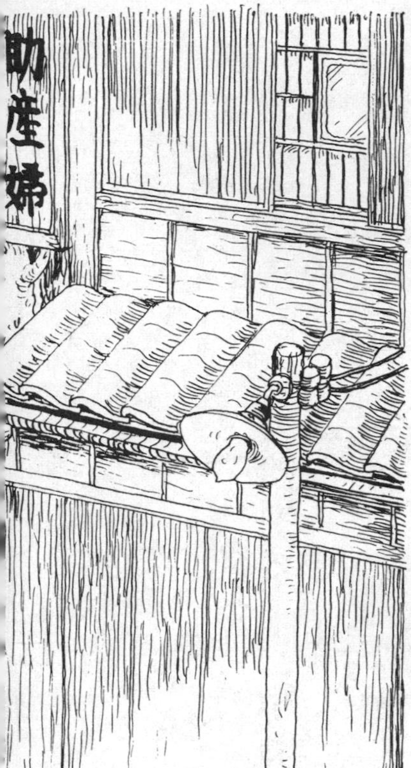

ちみがち
いらっしゃいませ
ぬけられます
徴求女中
浜乃家
浜乃家

嗨唷，加油啊——!!
衝啊衝啊——
加油——加油——
免洗筷一路領先!!現在是第一名——
過隧道囉～
ちかみち
近道
來囉！來囉！
啪噠啪噠
啪噠啪噠

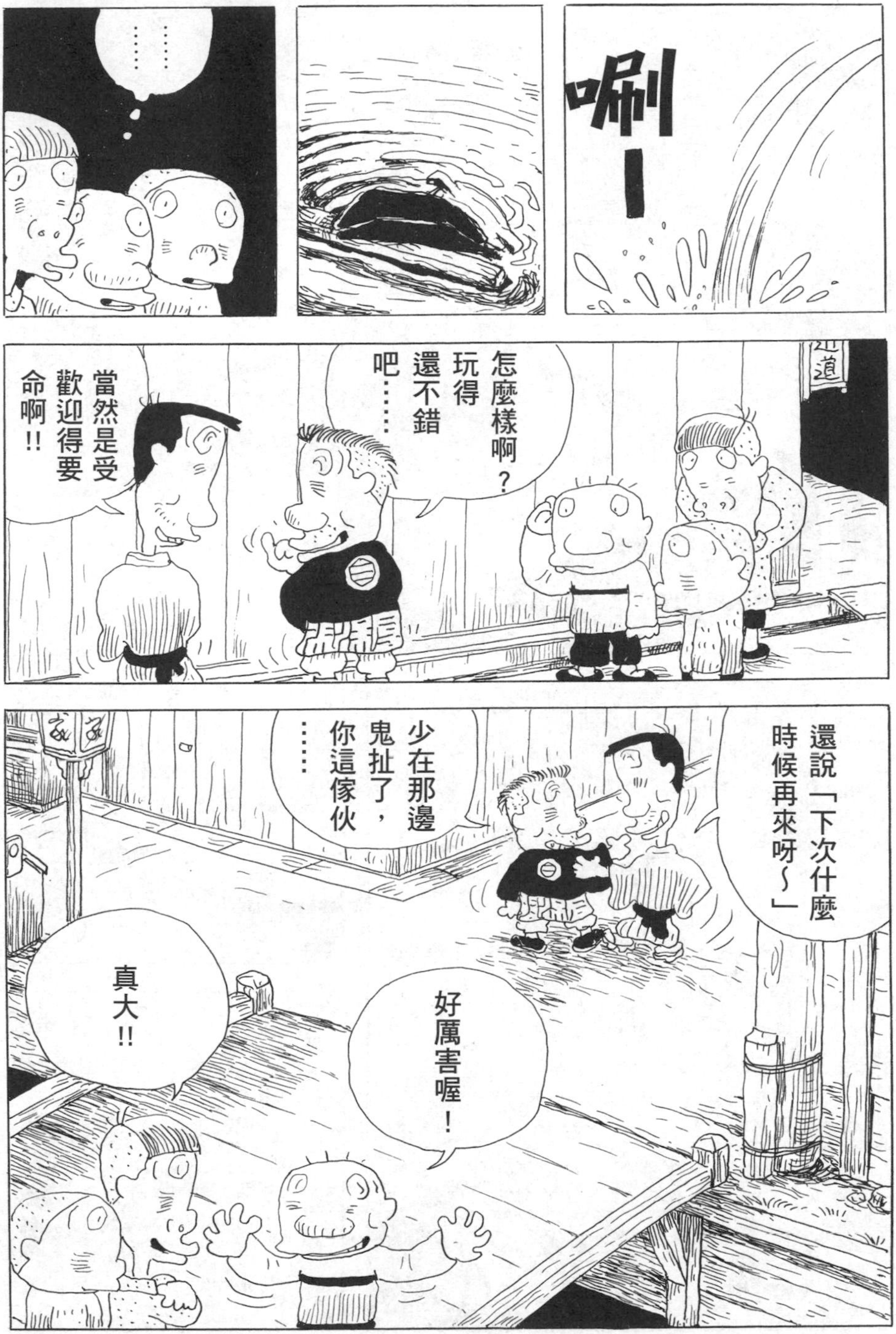
唰—
……
怎麼樣啊？玩得還不錯吧……
當然是受歡迎得要命啊!!
還說「下次什麼時候再來呀～」
少在那邊鬼扯了，你這傢伙……
好厲害喔！
真大!!

雞雞硬邦邦
××…
凸凸的—
縮進去、
伸出來—
一二三四—
喂，
你們在說
什麼東西—
!!
你們
這些傢伙，
是哪間
學校的？
喀喳
嚇死
我啦！

給逮到就要去坐牢了……應該不會那樣吧？
嘩啦ー
!!
盯ー
……
……
扭緊
雞雞硬邦邦××××……

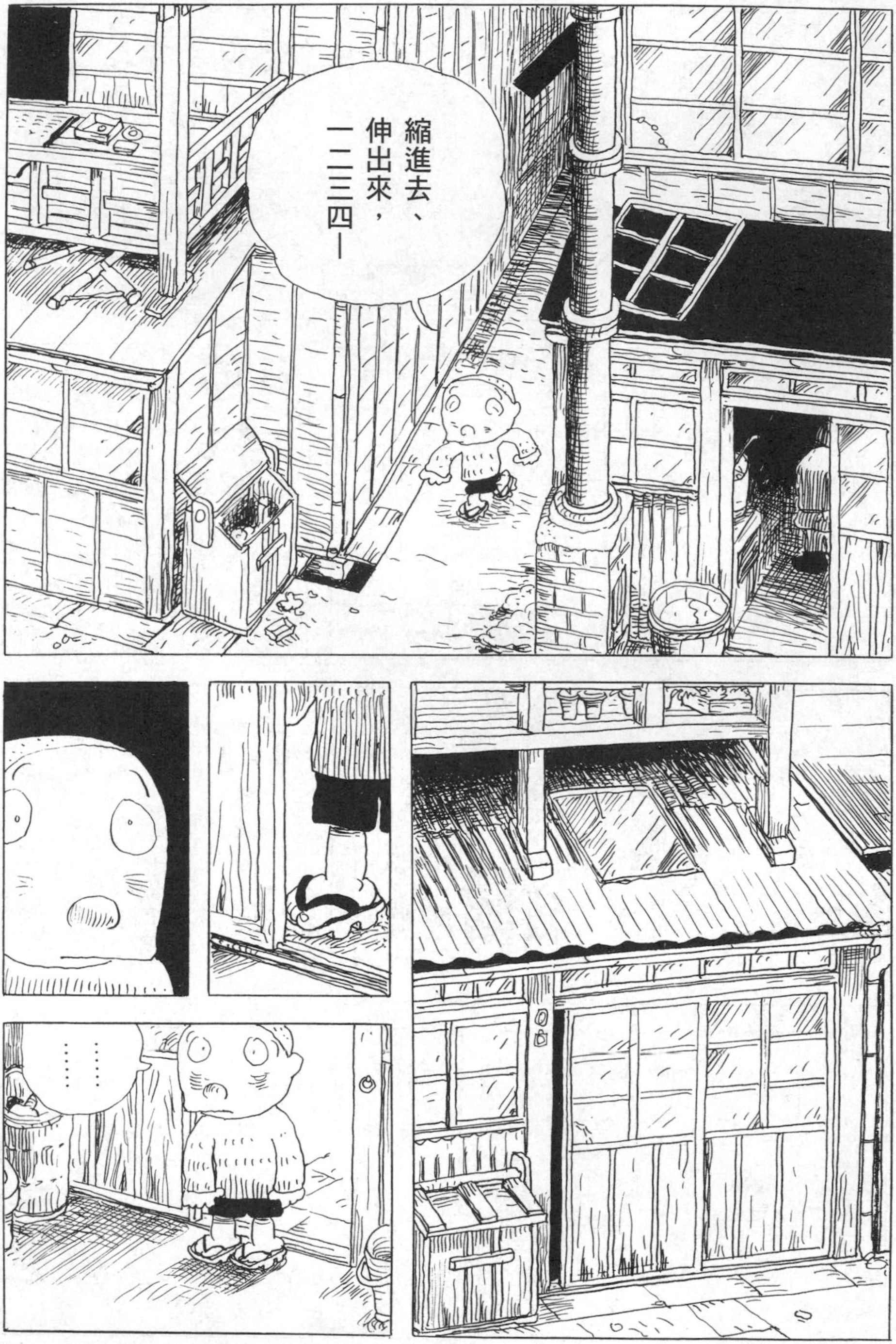
縮進去、伸出來，一二三四—
……

爸爸，你怎麼了……
嗚—
爸爸，你到底怎麼了啦……
嗯嗚—閃邊啦—
有人在嗎？
不好啦，爸爸不太對勁啦—!!

*歌詞，出自〈SUTOTON節〉（ストトン節）1924年（大正13年）。

都什麼年紀了，
還跟那個寡婦
眉來眼去。
他到底是想怎樣，
討厭死了！
喵～
你這傢伙，
又光腳
跑到
外面去!!
啪！
進屋前給
我先把腳
洗乾淨!!
喵嗚!!
噠噠噠噠噠
噠

嘰
呼—
碰
喵~
踢！
嗯……

啪喀！！
啪
唰
喀啦
喀鏘
搖搖
晃晃
小玉！小玉！
噗咚
小—玉，小玉，小玉，小玉—

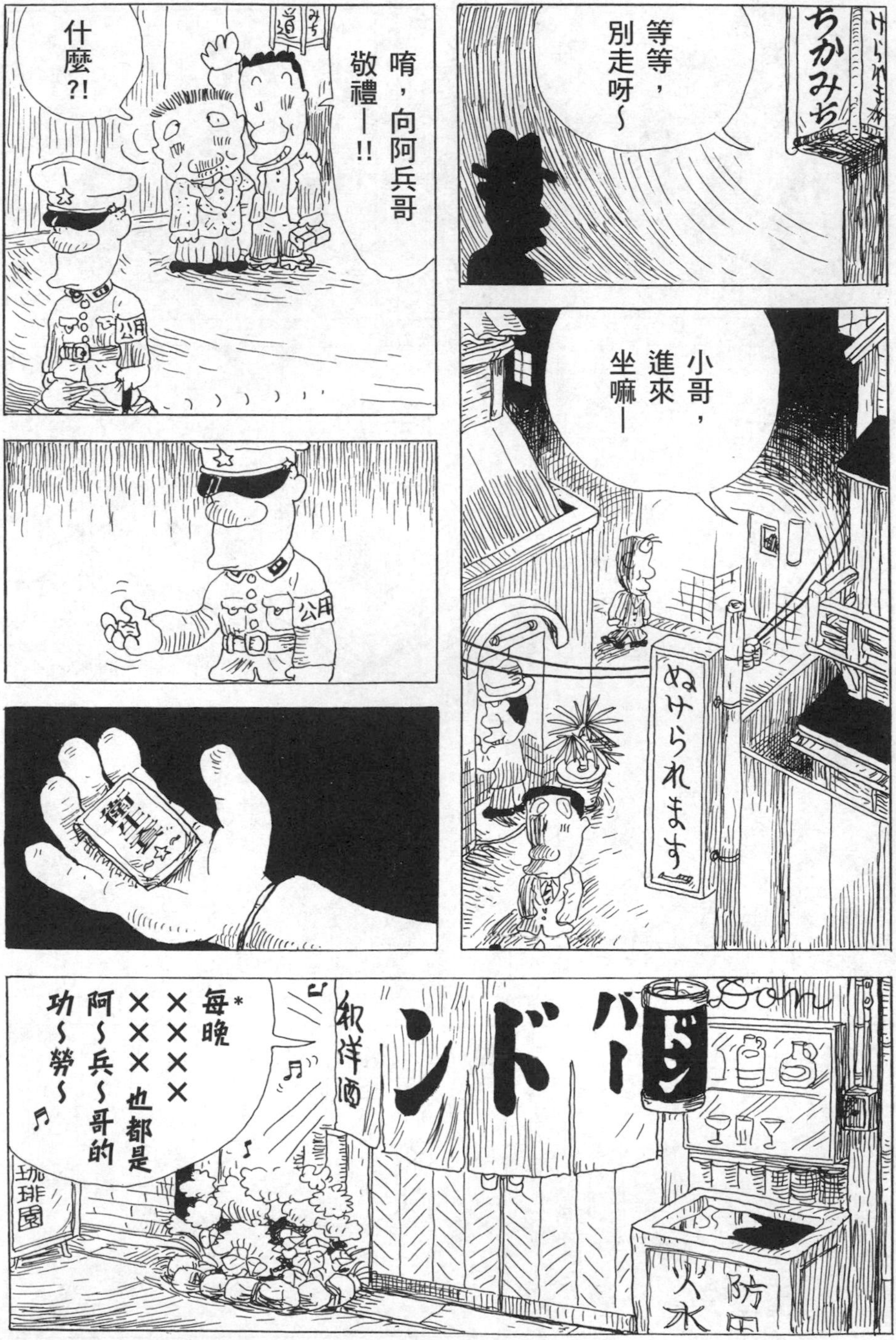

＊歌詞，出自〈阿兵哥謝謝你們〉（兵隊さんよありがとう）1939年（昭和14年）。

＊歌詞，出自〈酋長之女〉（酋長の娘）1930年（昭和5年）。

DON STAND
我＊愛的人～的～是酋長的女兒～
啊ㄚㄚㄚㄚㄚㄚㄚㄚㄚ
啊，再來，再來！
再來！
好的，一杯自來水唷——
總而言之呢，我已經醉啦，耶——
呼——
嗨，上湯豆腐唷——
……
……
拿
哼，臭老太婆……
啊，奶奶妳在這呀——

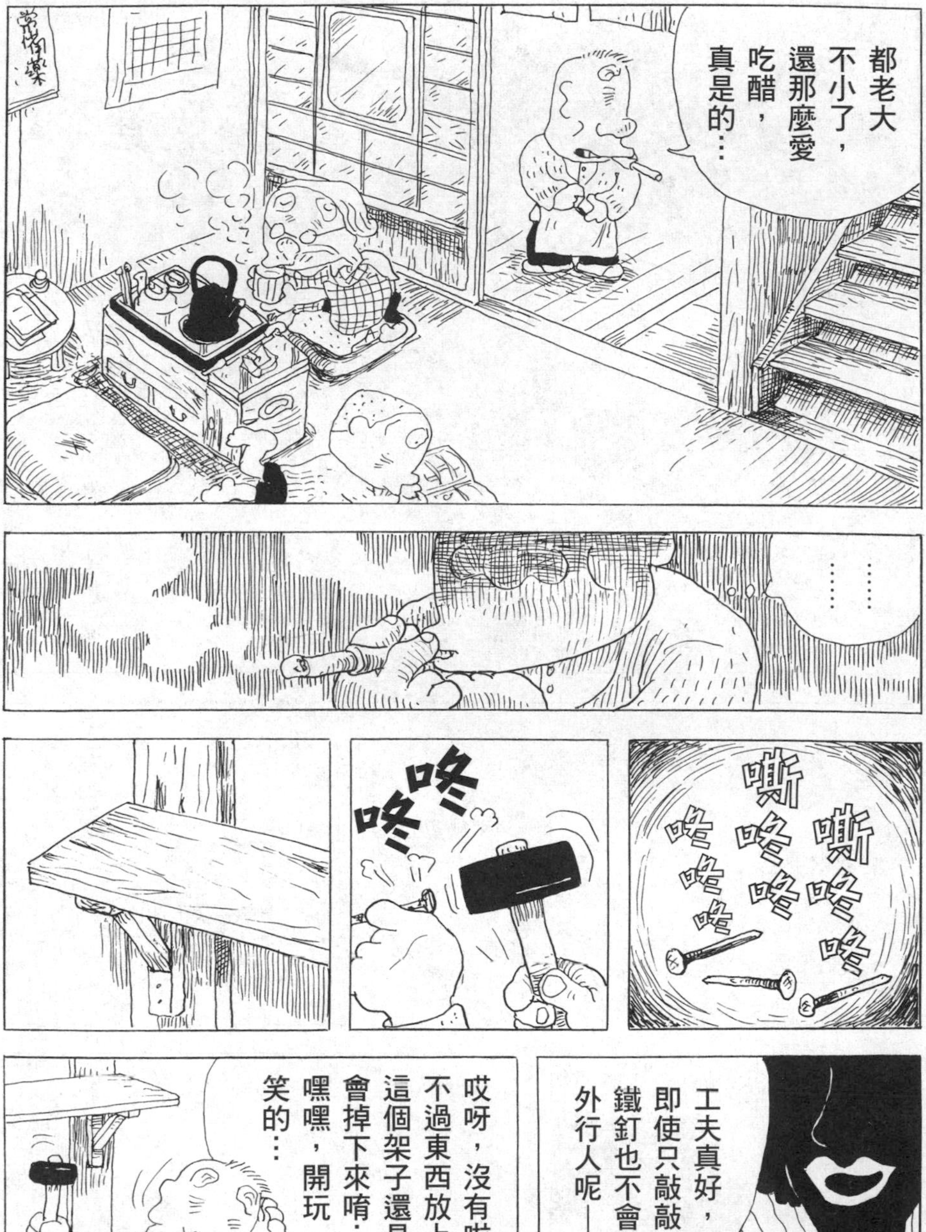
都老大不小了，還那麼愛吃醋，真是的……
……
嘶咚咚咚
嘶咚咚
咚咚咚
咚咚
工夫真好，即使只敲敲鐵釘也不會像外行人呢──
哎呀，沒有啦！不過東西放上這個架子還是會掉下來唷……嘿嘿，開玩笑的……

沒有什麼好招待的，還是請您就在這歇一會吧？
多謝，多謝，不用那麼客氣—
大哥對我真的一直都很親切……
咚咚咚
咚咚咚
咚咚咚
咚咚咚
咚咚
咚咚咚
咚咚咚
再一壺銚子!!
就跟你說要再一壺銚子了!!
知道了啦，混蛋，跩什麼勁啊!!

*原文在此應為「傘、鞋」之意，但同樣的字也可以解釋為「傘是和服」。

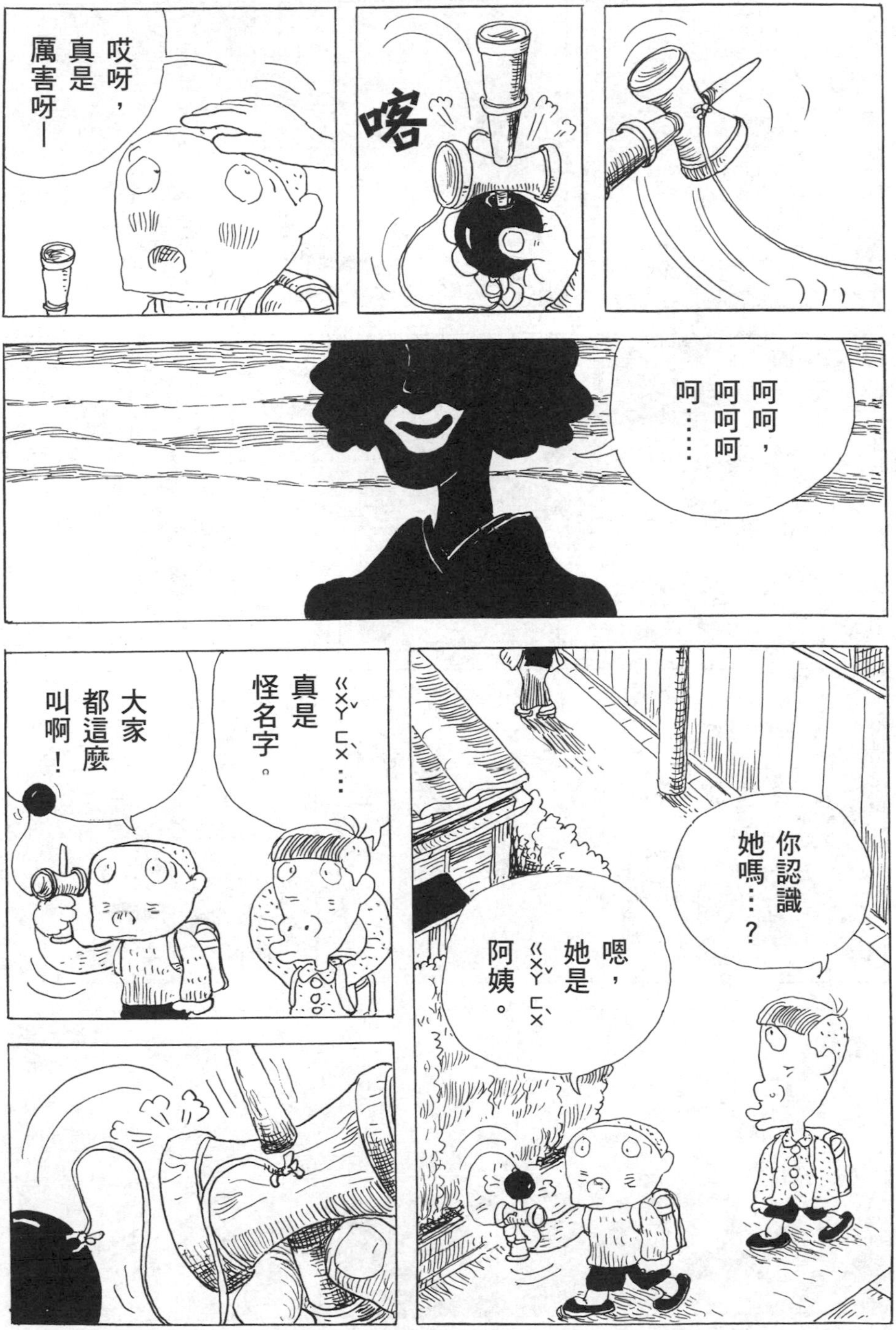
喀
哎呀，真是厲害呀—
呵呵，呵呵呵呵……
你認識她嗎…？
嗯，她是ㄍㄨㄚˇ ㄈㄨˋ阿姨。
ㄍㄨㄚˇ ㄈㄨˋ…真是怪名字。
大家都這麼叫啊！

噗通
喵—
啊，小玉！
真是拿你沒輒…
來，過來吧！
喂，喂！喂—
啪噠
呸！
啪噠

啊!!原來你不是小玉哦…
吼—
汪汪汪汪汪汪
你也太蠢了吧!
哈哈哈…
……

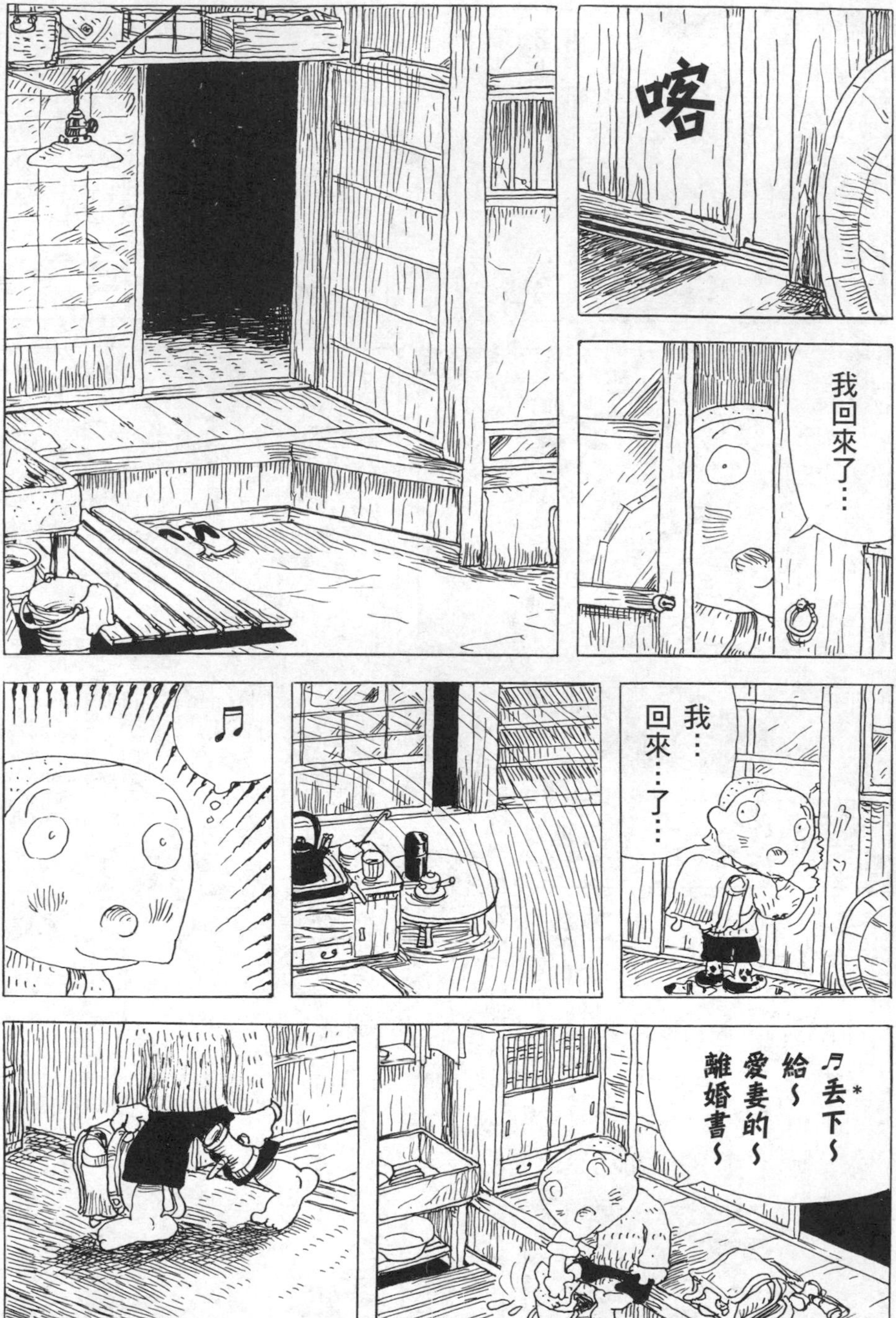
喀
我回來了…
我…
回來…了…
♬丟下～給～愛妻的～離婚書～

＊歌詞，出自〈妻戀道中〉（妻恋道中）1937年（昭和12年）。

*歌詞，出自〈妻戀道中〉。

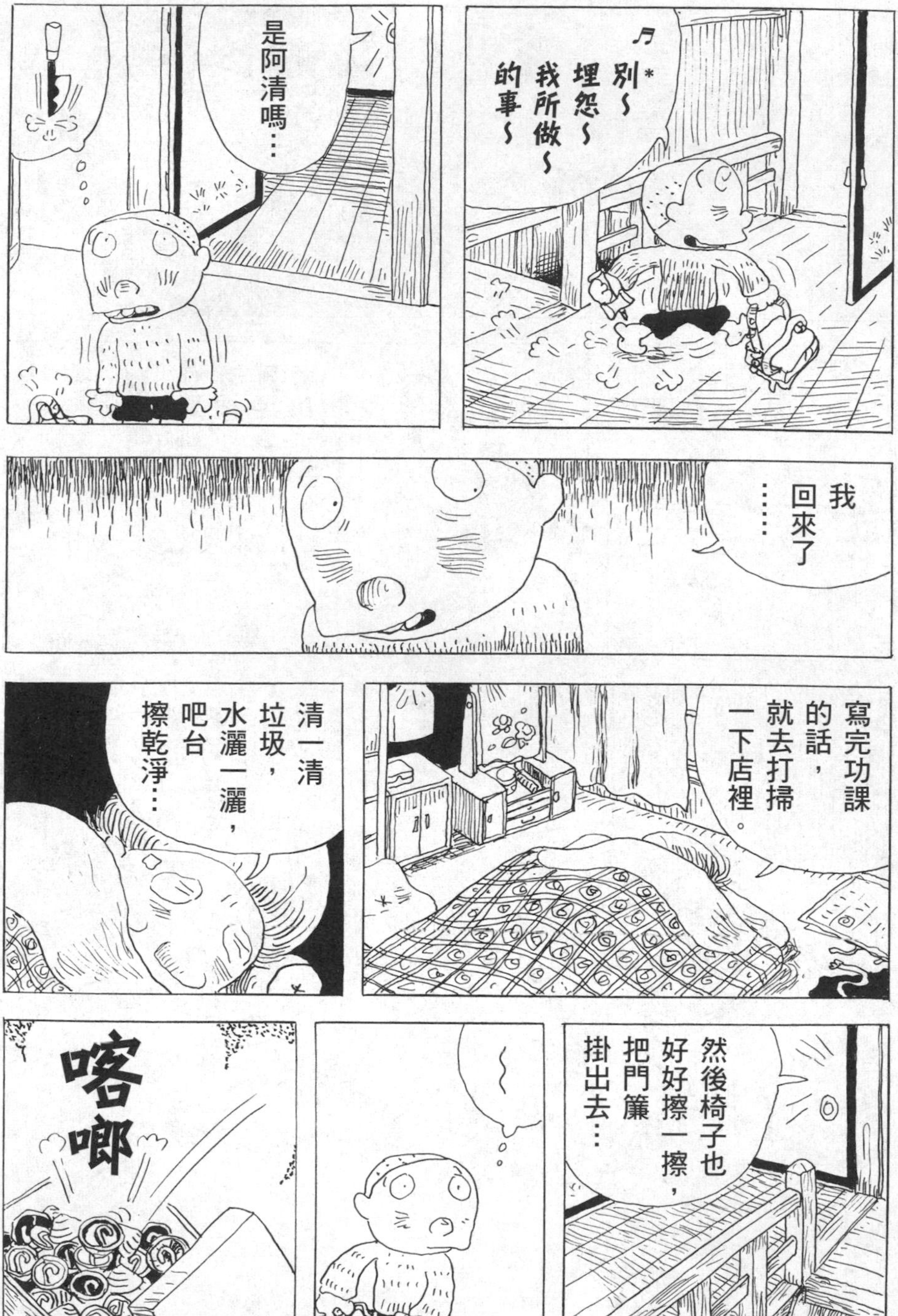
♪別～埋怨～我所做～的事～*
是阿清嗎…
我回來了……
寫完功課的話，就去打掃一下店裡。
清一清垃圾，水灑一灑，吧台擦乾淨…
然後椅子也好好擦一擦，把門簾掛出去…
喀唧

*歌詞，出自〈妻戀道中〉。

バー
ンド
和洋酒
嗨唷—
整理完了吧？給我一杯酒吧！
嘿，就是有雷神圖案的那瓶。
咕嘟咕嘟咕嘟

喝~
咚
辛苦啦！
噹啷
丟下給愛妻的離婚書~
鏘鏘鏘~
剛剛是不是有客人，是誰？
啊……嗯，沒有……沒事……
*今日~普天~同慶~是天皇誕生降臨的好時日~♪

*歌詞，出自〈天長節〉（天長節），慶祝天皇生日的歌。

對了，我今天放學回來途中，遇到了ㄍㄨㄚˇㄈㄨˋ阿姨耶！
誰啊……
就是ㄍㄨㄚˇㄈㄨˋ阿姨啊，住黑水溝旁邊的……
搥!!
不要去跟那種無聊的女人見面!!
瘋子!!
Stand
和洋酒
咖啡園
ンド
噹啷
竊笑

丟下～給～愛妻的～離婚書～～♪
拿起我的長～腰～刀～～開始～長征的旅～程～～♪
別～埋怨～我所做～的事～～
我們～～沒～有～機～會～
再～見～面～了～吧～

*電影院。

要在外頭亂搞，再怎麼說也找寡婦嘛！
哎～唷～那我就不行囉！
嘻嘻，那我們今晚結婚怎麼樣？
然後你馬上死掉，我就會變成寡婦—
然後我就大受歡迎，啊～真幸福！
哇哈哈哈哈
……
……所以他有說去哪裡了嗎？
說是去義太夫*的排練場了。

*義太夫，日本傳統演藝淨瑠璃之一，以三味線伴奏，始自十七世紀後半竹本義太夫。

喀啦
咳咳⋯
哎呀，你回來了呀。
嘿唷，我先上去了。
今天去義太夫的排練場怎麼樣啊？
管太多了吧？吵死了！
哼，義太夫，義太夫，那麼喜歡義太夫的話，你去跟她們結婚不就好了！

反正到最後也是淪為大家的笑柄！
啪ー
啊!!
你、你幹什麼？也不用打我巴掌吧!!
吵死了，囉哩叭唆…
混帳東西，臭婆娘！
扯衣扯衣
拉拉扯扯
哼ー要再來嗎！
啊ー可惡～
咻嚕ー
喀唧鏗鏘
怎麼啦？
哎唷，沒什麼啦～
啊哈哈哈哈
哈哈哈…

要是能看完再回家就好了……
……
Stand
Don
防火用水
有不好的預感了啦，討厭……

……
給我滾!!
好啊—
好啊—
走就走！
都說
要我走了，
誰還要
留下啊！
碰
碰
……
……

啊……
走吧！一起來。
……
……

質
女
碰

熱騰騰的玄米麵包

のホヤホヤ

寺島町奇譚

げんまいパン

啪噠啪噠啪噠
DON STAND

*歌詞，出自〈朝〉（朝）1936年（昭和11年）。

*早～晨～今天～再～度～來臨～啊……
スタンドバー
和洋酒
Stand
Don
少年俱樂部
助六堂書
……
……
喀啦
早安—你好乖喔，都會幫忙打掃……
堂書店
俱樂部
阿清—

……
幹什麼，你喜歡上人家了嗎？
沒有啊…
……
……
去買花回來！
喔—
鏘啷
記得買佛花*、大神宮的榊還有荒神松啊！
花沒有整串的話我就買分開的回來喔…
掀開
……

*佛花，供奉於墳墓或佛壇的花。榊，日本楊桐，一般供奉其枝葉於家中神壇。荒神松，在楊桐枝上加綁三枝松樹枝葉，一般供奉於廚房，祈求守護居家。在日本，祭祀供奉用的花或樹枝得綁在一起，分開為大忌。因此阿清說如果沒有整串的就要分開買時，母親才會又無言地回頭。

花
犬猫病院
咚咚咚咚
咚咚咚咚咚
咚咚咚咚咚咚
啪啪啪
唰唰唰唰
一大早可沒人有空理貓咪呢……
就算是這樣，只有乾乾的米飯可吃也太可憐了……是不是呀？

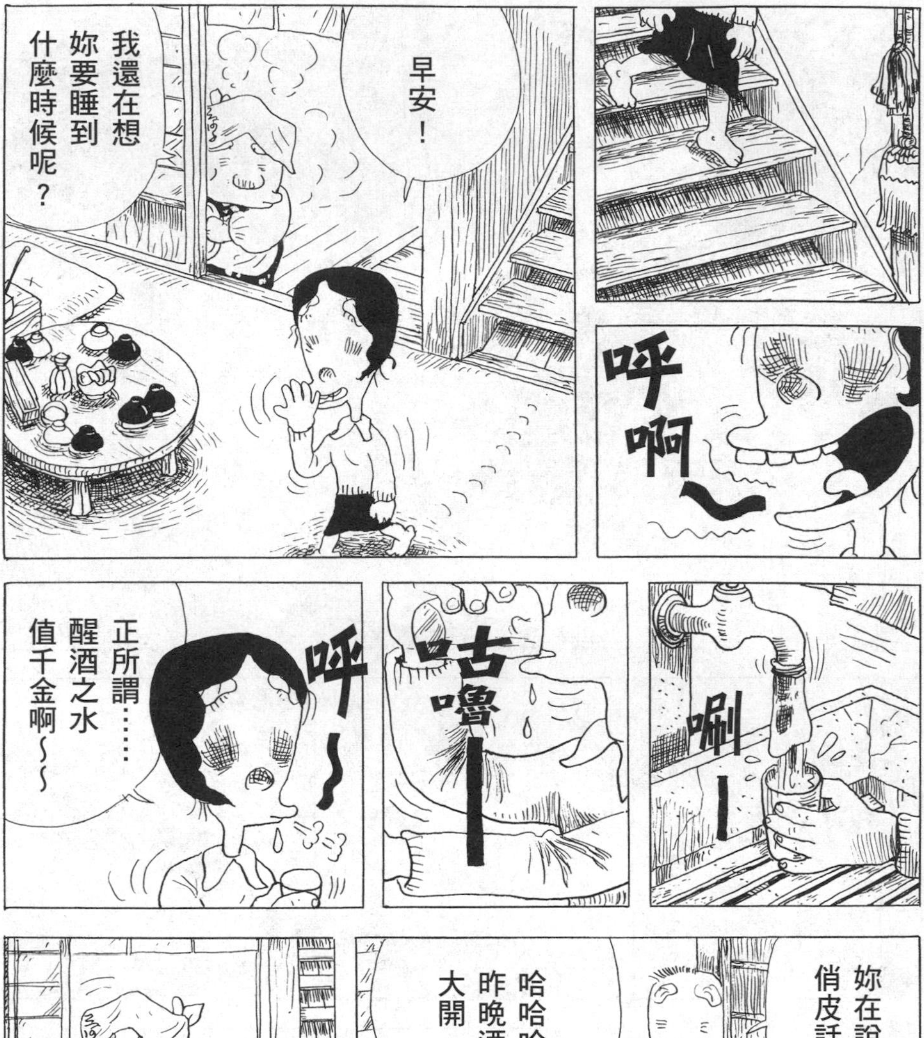
早安！
我還在想妳要睡到什麼時候呢？
呼啊～
唰ー
咕嚕ー
呼～
正所謂……醒酒之水值千金啊～～
妳在說什麼俏皮話啊？
哈哈哈哈，昨晚酒興大開。
就算是客人叫妳喝酒，妳未免也喝太多了。

啊啊嗚嗚
哈呼哈
呼嚕呼嚕
……
嘎啦
咦
啊嗚！啊嗚嗚！啊啊啊—
啊，對不起，對不起!!
你在搞什麼啊？真是的～
開門輕一點，不要那麼粗魯嘛！
真是怪門，明明平常就都好好的！
門下面的滑輪該換了嗎？
是軌道不行了吧！
抽

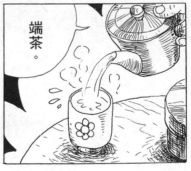

唰唰唰唰唰
來，端飯。
扯斷
端茶。
真光院大寬重圓居士惠光院清心貞久大姉…南無阿彌陀佛……
叮～鈴

父親早安，母親早安，奶奶早安，姐姐早安—
唔—
啊—
哦—
嗯—
我開動了！
咚
大口大口吃
狼吞虎嚥
吃吃
嚼嚼
嘩啦—
咕嚕
咕嚕
咕嚕
咕嚕

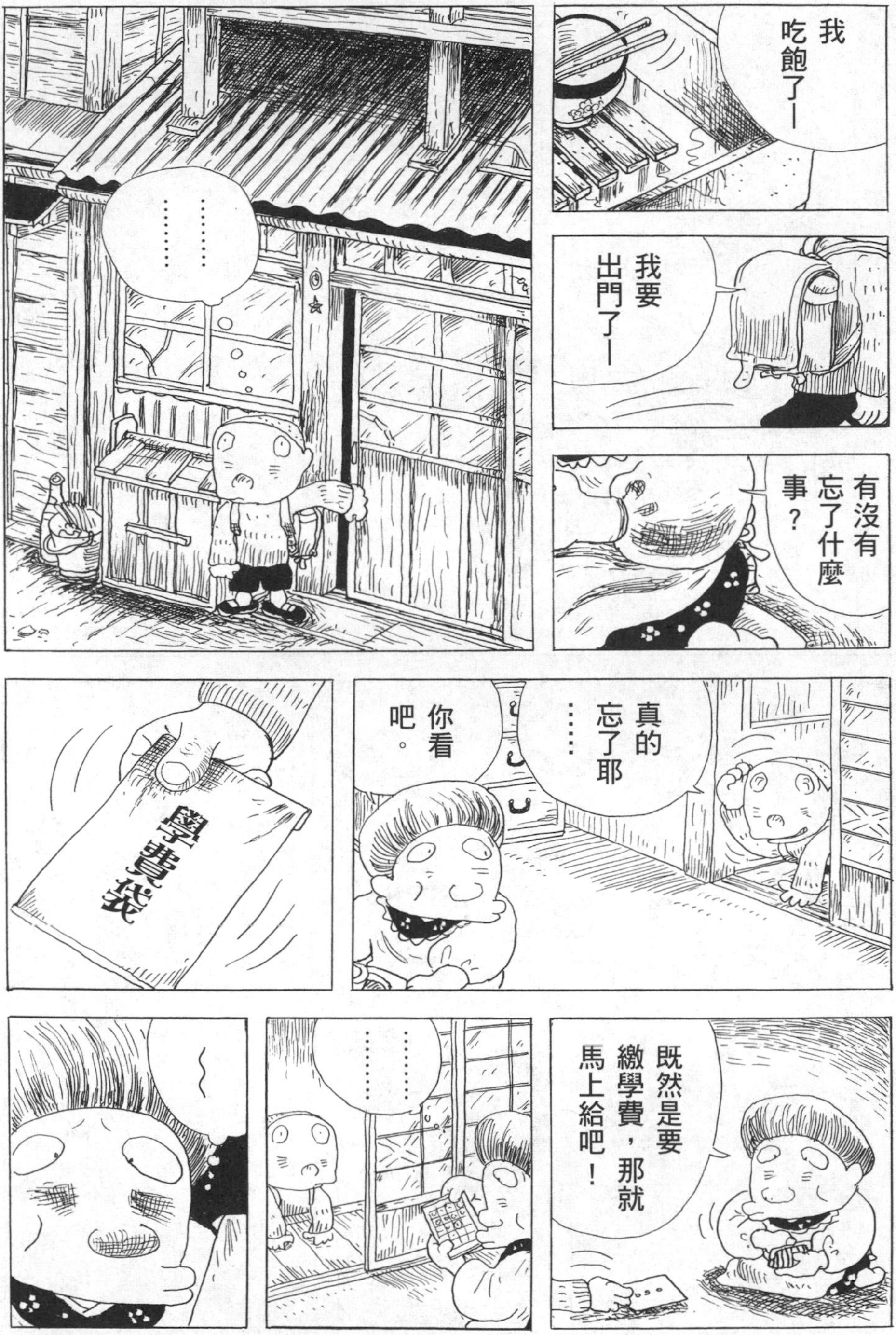
我吃飽了—
我要出門了—
有沒有忘了什麼事？
……
真的忘了耶……
你看吧。
學費袋
既然是要繳學費，那就馬上給吧！
……

上個月的地方怎麼沒有蓋「收到」的章啊？
嚇!!
喂，該不會你拿去花掉了吧？
呃，嗚……
你真的有拿給老師吧？
呃—
有好好拿給老師了吧，對不對，有吧？
我看是他們忘了蓋到章啦！
好了啦，算了，快去上學。
記得要確實請老師蓋章喔！
好…
等一下媽媽也會過去。

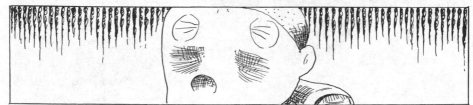

熱～騰～騰的玄米～麵包～～～～
近道

鯉名の銀平

營養豐富，媽媽都吃驚～
把麵包翻個面轉過來—
啪—
給你們。
3Q杯哩罵取—
歹勢啦！
好吃好吃！
熱呼呼—
對啊～還冒著煙呢！

ぬけられます
屋
熱～騰騰的～玄～米～麵包～～
學費袋
我真笨……
ちかみち

熱～騰～騰的玄～米～～麵包—
叔叔—
嘰
我要半份。
好唷！
營養豐富～
來，特別給妳大一點！

富美啊～
啊！
逃—
富美～
熱騰騰的！！
玄米麵包唷～

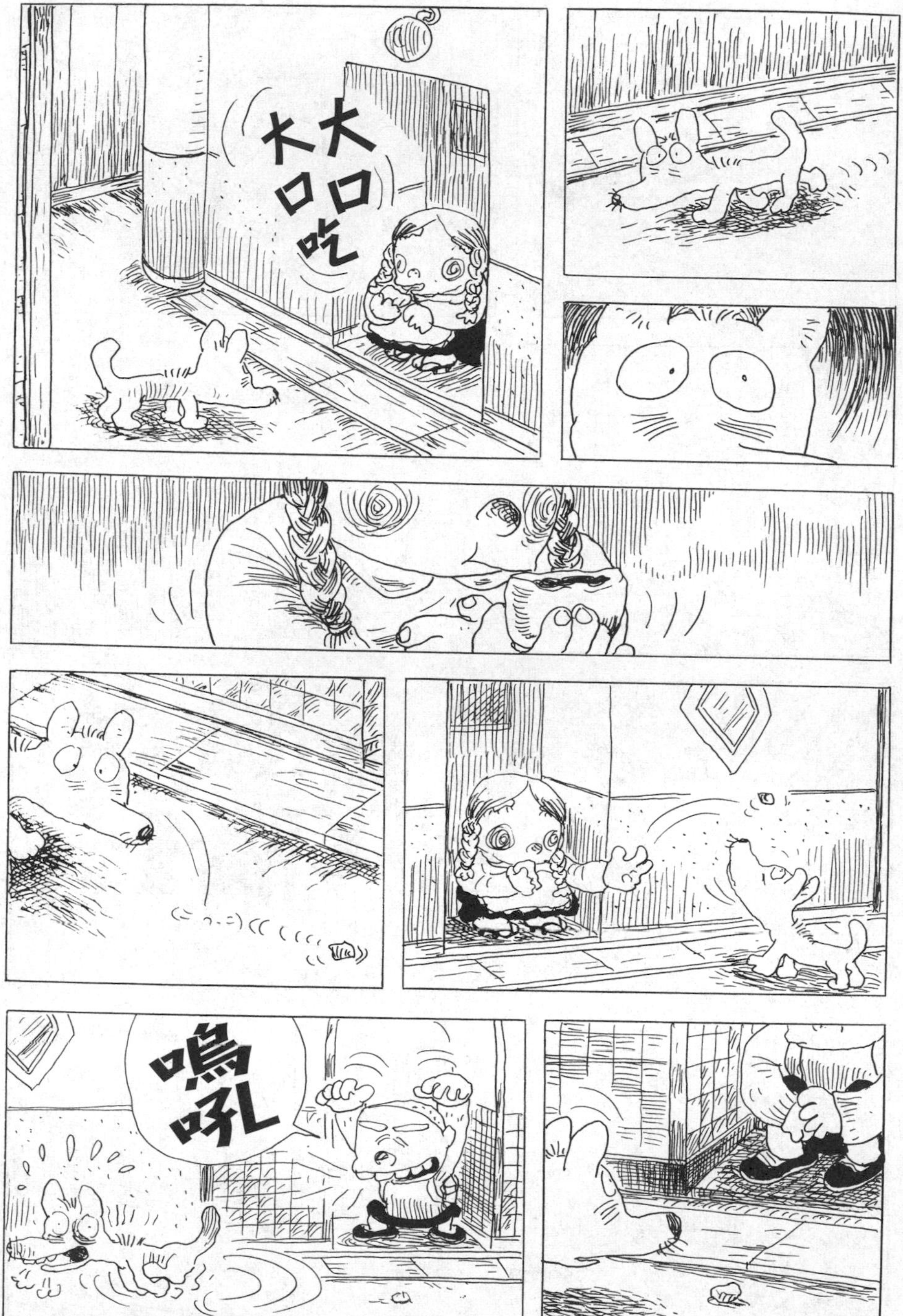
大口
大口吃
嗚吼

嘿—
逃跑—
……
……
……
嗶—
……

做鬼臉!!
哈哈，被嚇到的蠢樣子—
哈哈，哈哈哈，哈哈哈哈……
您辛苦了!!

田中米店
噹~啷
噹~啷
噹~啷
學費袋
妳根本不用那麼煩惱錢的事情……
擤鼻

就算是妳，只要有心，也能很快賺很多錢唷！
呃……
揉捏
怎樣，覺得如何？
……
……
反正，我是不會強迫妳啦，妳自己要好—好考慮清楚啊！
嗯……
!!

阿清!!
阿清!!
放學就直接回家，不要在那種地方逗留啊！
喂—!!
啊……

貨
……
唷，你好啊，出來逛街嗎？
……
你好，是呀，稍微走走，呵呵呵，呵…
呃—

事情都談妥了嗎？
呵呵呵，呵呵呵，呵呵呵……
一切順利得很！
……
就先稍微聊聊天，話題漸漸進展到那上面，其實跟談妥差不多了啦，呵呵呵呵……
受人之託的工作看來也沒什麼不好嘛—
呼—
嘰
朕惟我皇祖皇宗—
＊肇國宏遠……樹德深厚……
嘰
真是的，原來是奶奶。

＊教育敕語，由明治天皇於1890年（明治23年）所頒布，內容講述當時日本政府的教育方針，已於1948年（昭和23年）廢止，中譯部份出自「臺灣總督府官定漢譯教育敕語」。

奶奶，妳心情好像很好耶？
……
有什麼好事嗎？
……
唰咚
我中午幫你拿這個去學校……
盯
嚇
哎唷喂呀……
跟我說實話。
夭壽囝仔，你去買玄米麵包吃喔！哼—嗯……

真拿你這孩子沒辦法。
我不會跟你媽講，下次不可以再這樣唷！
鏘啷
嗯！
嘿，今晚就來吃大餐吧！
噓──!!
阿清想要吃什麼？
玄、玄米麵包。
你還真好笑，只吃那個就好嗎，哈哈哈！
呵呵呵呵呵呵呵！
啊哈哈哈啊哈哈哈哈
哈哈哈哈哈哈哈哈
哈──……

ぬけられ
和洋
喝
噹噹唧唧
噹噹唧唧
噹唧唧噹
傻不隆咚的，哪有人這時候還吃這種東西啊？
可是……
唰

爸媽他們現在八成在哪邊慶祝啦！
來，多吃一點，多吃一點！
嗯～
噹噹噹噹噹噹唧
唷唷！
熱～騰騰的玄～米～麵～包～唷～～
啊，這個這個，這個好～
本日公休

納豆，納豆～納豆唷～
叮～鈴
父親早安，母親早……
阿清！
你昨天為什麼沒有去學校？我問過小民了，什麼都知道了!!說!!

啪—
哎呀，等等再說吧—
好了，好了，別這樣—
推倒
哎唷喂呀！
吵死了！
拍桌
溜—
噠噠噠噠噠……
哇！

喀啦喀啦
喀啦喀啦
…熱騰騰～
玄～米麵包～唷～

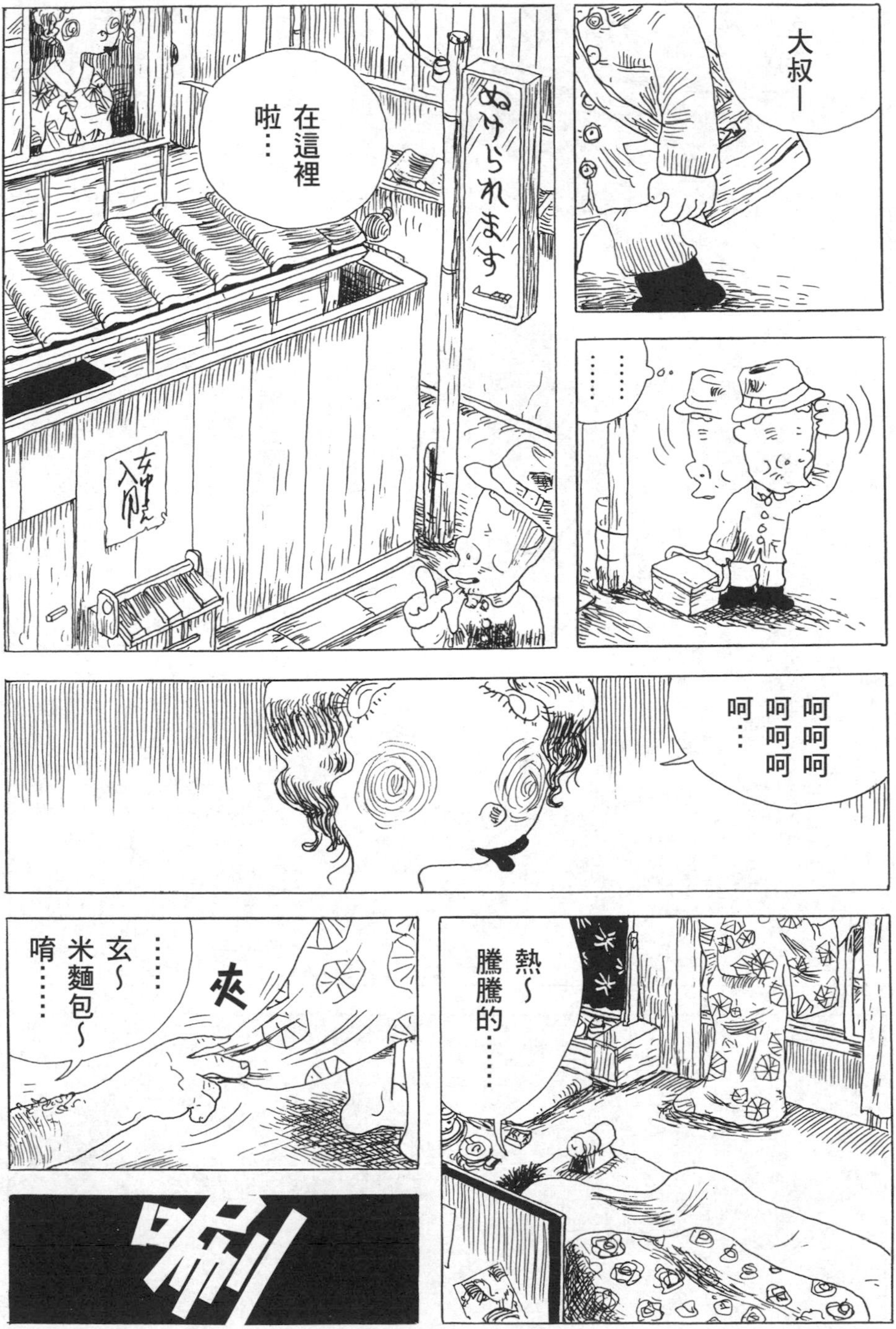
大叔ー
在這裡啦…
ぬけられます
…… ……
呵呵呵呵呵呵呵…
熱~騰騰的……
……玄~米麵包~唷……
夾
唰

碰
啊哈，啊哈哈，哈哈哈哈～～
唔……………
呆
哇!!
喂，混蛋－你這臭小子～等等～!!

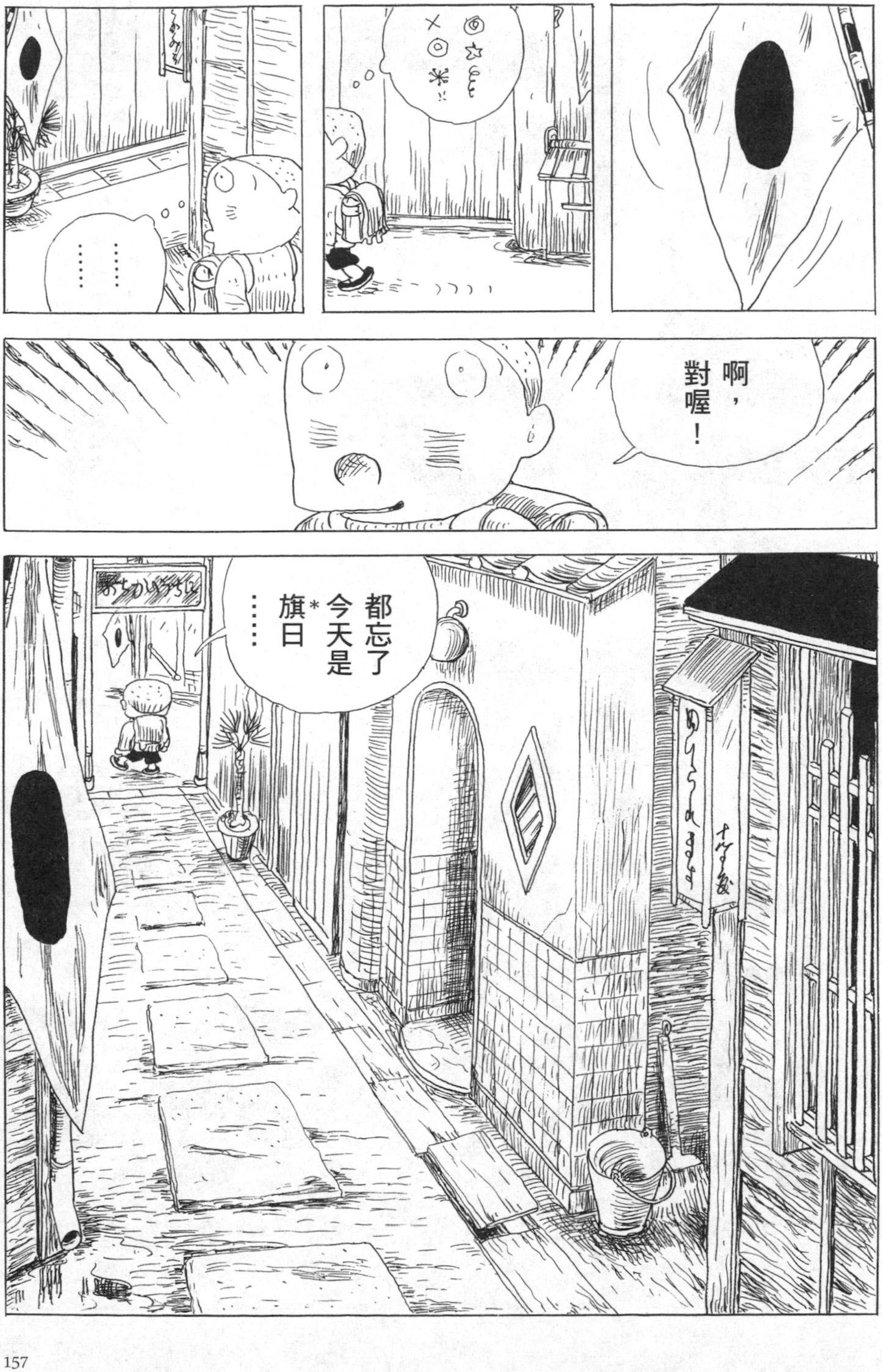

*指日本的國定假日或紀念日，因期間家家戶戶會在家掛上國旗慶祝而有此稱。

寺島町奇譚

日和下駄

晴天木屐

られ口
女中さん
入用
委細面談

嘿!!
有了!!
分開，分開!!
黏住了!!
沒有黏住啦!!
黏著了啦，對吧，對吧？
分開啦，你看！
中!!

*此處的紙牌遊戲稱為「面子（めんこ）」。玩法類似台灣的「尪仔標」。

來吧～重新開戰！
看吧，有啦!!
分開!!
嗚哇～～
對不起，對不起，我下次加倍還給你！
真可憐，哈哈哈哈哈！

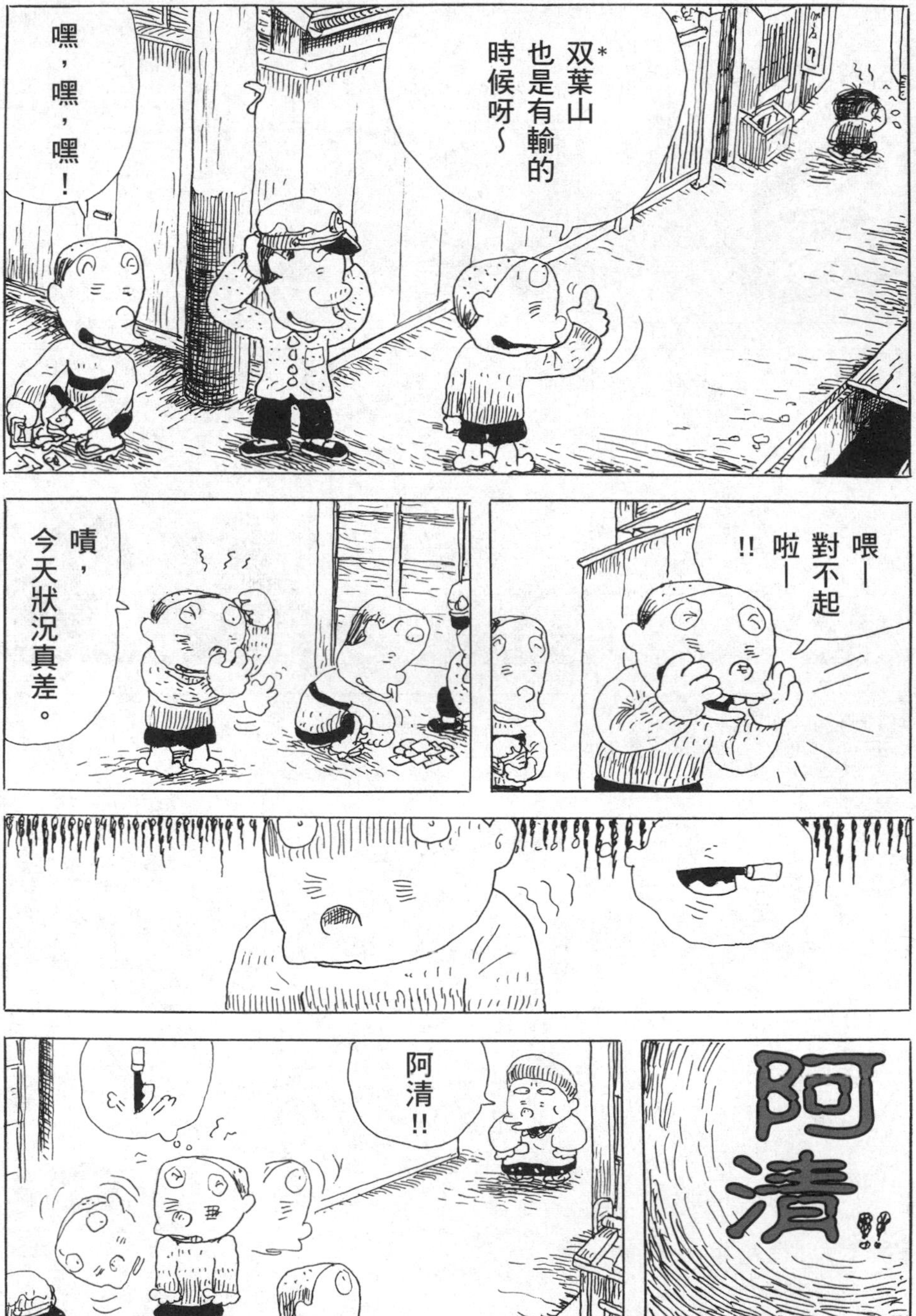

＊双葉山也是有輸的時候呀～
嘿，嘿，嘿！
喂—對不起啦—!!
嘖，今天狀況真差。
阿清!!
阿清!!

＊双葉山定次，相撲選手，曾創下69連勝的記錄。

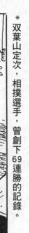

阿清！
過來!!
敲
又給我光著腳丫!!
不要光玩，要好好用功念書，知道嗎!!

喀啦
進門
腳洗一洗!!上去二樓給我好好念書!!
……

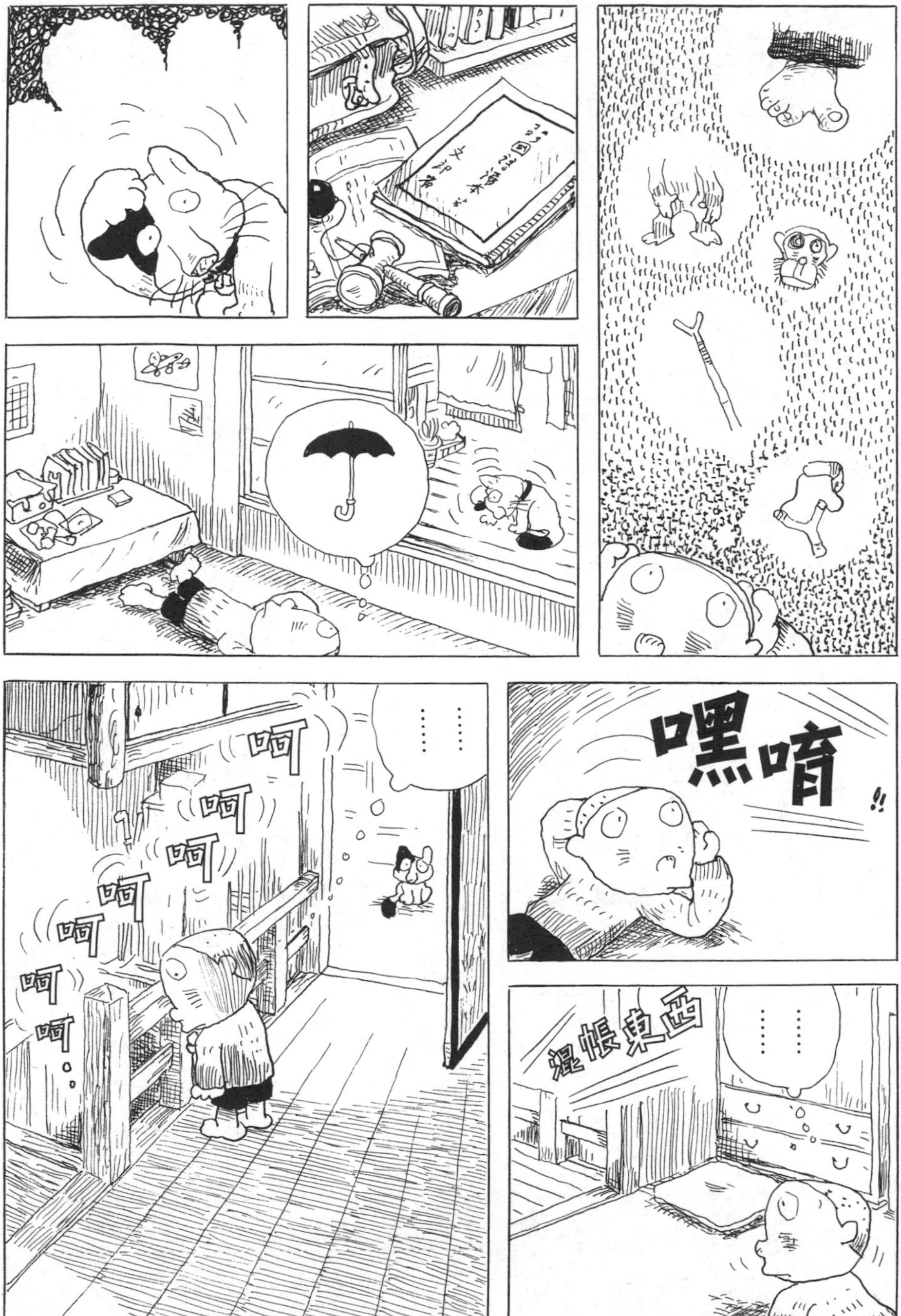
呵
呵
呵
呵
呵
呵
呵
……
嘿唷!!
混帳東西
……

呵呵呵呵
呵呵……
笨蛋，有什麼好笑的？
妳又不是不知道，這些傢伙是養在柳川的。
呵呵！呵呵！
碰
哎唷！
呼—痛死了！
滑溜溜～
……
……
*我說啊老伯，我可是不插手喔！

*出自電影《怪盜白頭巾》（かいとうしろずきん）1935年（昭和10年）。

呵呵呵呵
阿清—
去打掃店裡，把門簾掛出來——!!
哼，真是煩死了—
聽到沒啊，阿清—
喔—
咚咚咚咚咚咚咚咚咚
腳步輕一點。
碰
討厭鬼…

金光閃閃的鳶值十五錢～
充滿榮耀的光輝三十錢～
鳳凰的羽翼高達五十錢～～
滴
……
別抽太貴的香菸啦～
喀啦喀啦
喀啦
喀啦喀啦喀啦
啊啊，損失了～一億元～

＊歌詞，改自奉祝國民歌〈紀元二千六百年〉（きげんにせんろっぴゃくねん）1939年（昭和14年）。

♬我與差三歲的哥哥~登登登~~*
劃過~
你們在做什麼?
哇,好厲害,啊哈哈
哇喔~
好興奮~
啊哈哈~
啾~
和枝~下雨了,去把曬的衣服收進來~
那個……下雨了喔!
下雨了!!
別擔心!!我已經用好遮雨棚了。

*出自淨瑠璃以及歌舞伎的表演《壺坂靈驗記》(壺坂霊験記)。

和枝!!
根本沒有在下雨啊!!
喀嗟
喀嗟
喀嗟
金光閃閃的鳶十五錢~
喀嗟
喀嗟
喀嗟
喀嗟
呼ー
ドン
スタンドバー
ンド

*那不可及的～戀情啊～
我已經～放棄了～
拍
可是我～所愛戀的～那～個～人～啊～⋯⋯～
今晚的推薦料理是柳川鍋唷！
哦！
若一如原～樣～即使只能～見到一面～～我還是～想見他～～
歡迎光臨！
嘻！

*歌詞，出自〈雨中盛開的花〉（雨に咲く花）1935年（昭和10年）。

您……是和枝對吧？
啊？是、是的，什麼事……？
是我啊，住在靜岡興津，重太郎那裡的久吉啊－
哎呀－!!
歡迎光臨！
不是客人啦！
嘻－
是阿久唷～
阿久？
妳好，好久不見！
哎唷，興津重太郎那裡的啊！
啊－!!
剛好東京的分店有些事情。
這樣啊…

唷，阿久！
嘿—
大家過得還好嗎？嗯嗯，那就好…
有個叫阿久的人來耶，說是從興津來的。
哦，興津的啊……
阿久是誰啊？
就是靜岡那裡的阿公的弟弟的老婆的親戚的阿伯的妹妹的小孩的孫子的堂兄弟的……
ㄟ……靜岡的弟弟的阿伯的孫子的妹妹的阿伯的，ㄟ……
堂兄弟啦。
啊，對啦，堂兄弟，哈哈哈，哈哈哈哈，哈哈哈哈…
哈—還是不知道是誰…

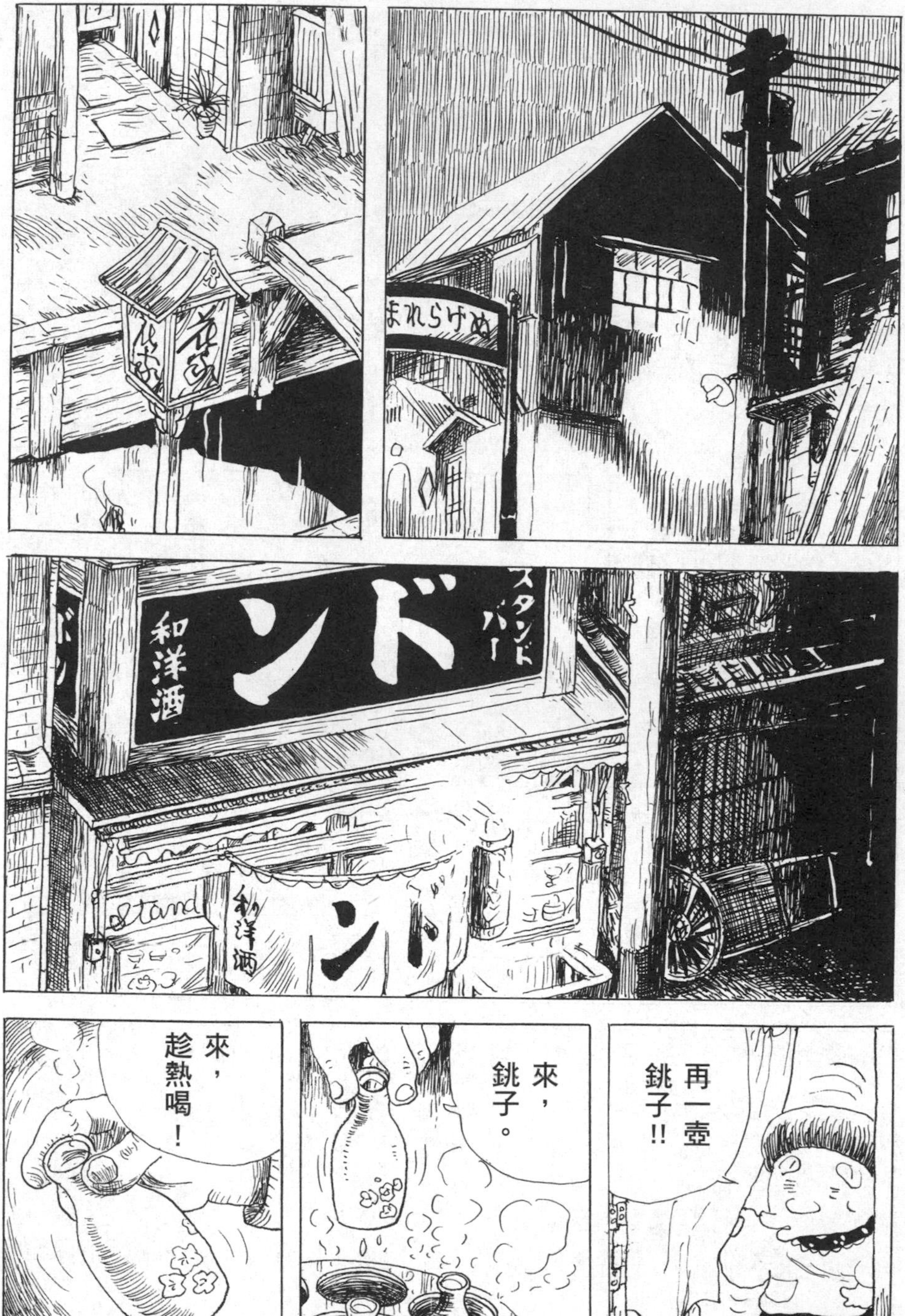
まれらげぬ
和洋酒
ンド
スタンド バー
Stand
和洋酒
再一壺銚子!!
來，銚子。
來，趁熱喝！

*二戰期間。

所以說你現在是軍需工廠的承包商囉？
因為那樣*所以生意也變得還可以……
阿伯也來一杯吧！
哦，謝謝！
……
總之，因為需要援助軍隊，砂糖、罐頭之類的，通通拿得到，下次拿來給你們—
那不是什麼要緊的事啦！來，多喝一點，多喝一點……
咳咳!!
店裡要一份柳川鰻魚！
來了！
一份啦，一份就好了！

如何？要不要去澡堂洗個澡？這時段很空唷！
嗯嗯！
你也一起去吧。
哦，那就一起去吧，澡堂的錢不要緊，我身上有。
耶，啊啊—心情真好！
ぬけられます
啊，澡堂要走這邊唷。
沒關係，走這邊吧！
耶嘿—
小哥～
嘿～

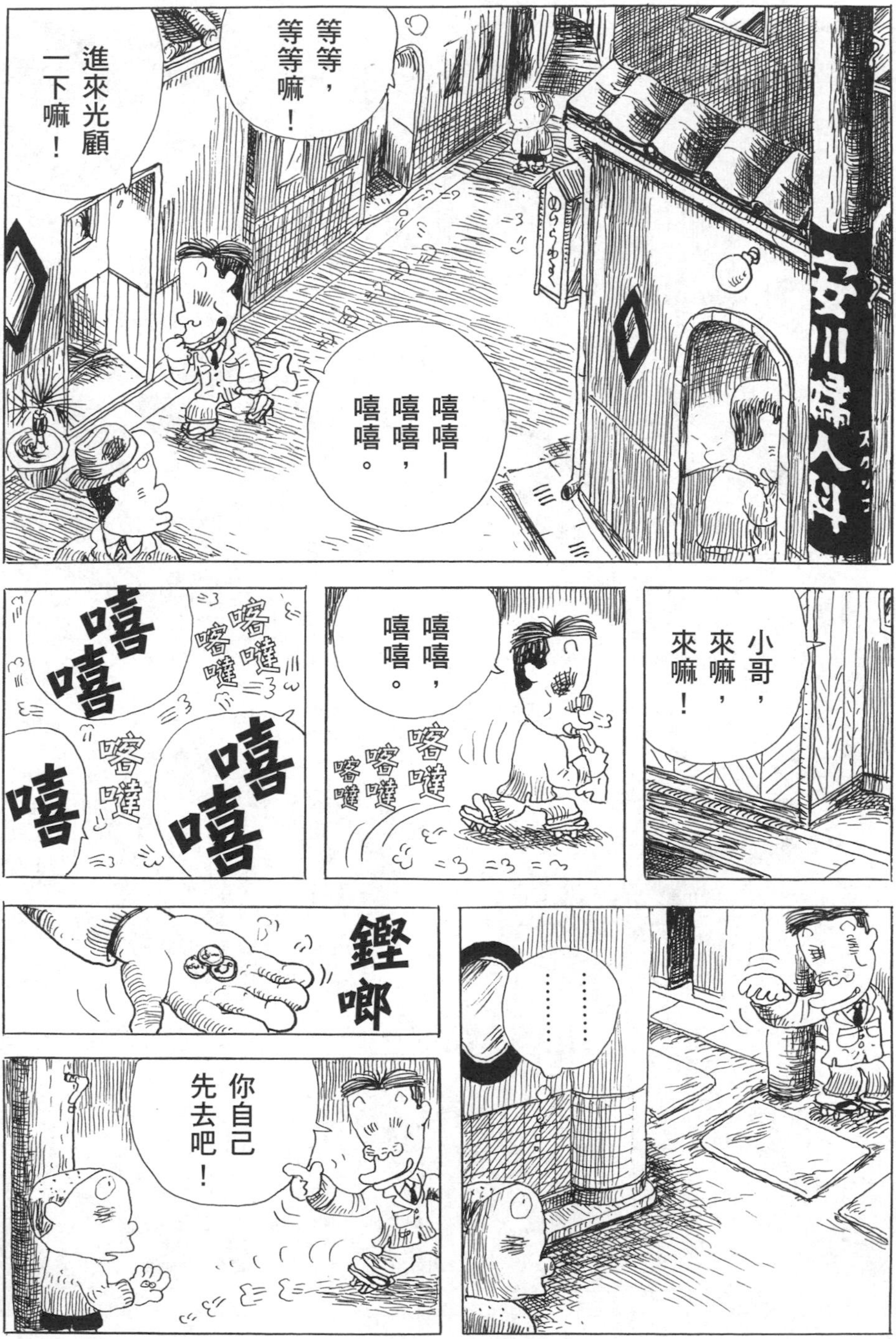
等等，等等嘛！
進來光顧一下嘛！
安川婦人科
嘻嘻—嘻嘻，嘻嘻。
小哥，來嘛，來嘛！
嘻嘻，嘻嘻。
喀噠喀噠喀噠
嘻嘻
喀噠喀噠
嘻
喀噠
嘻嘻
……
……
鏗啷
你自己先去吧！
?

はり灸
酒

瀧肛門科
ちかみち

叮—
真光院大寬重圓居士
惠光院清心貞久大姉……
父親早安，母親早安，奶奶早安，姐姐早安……
早。

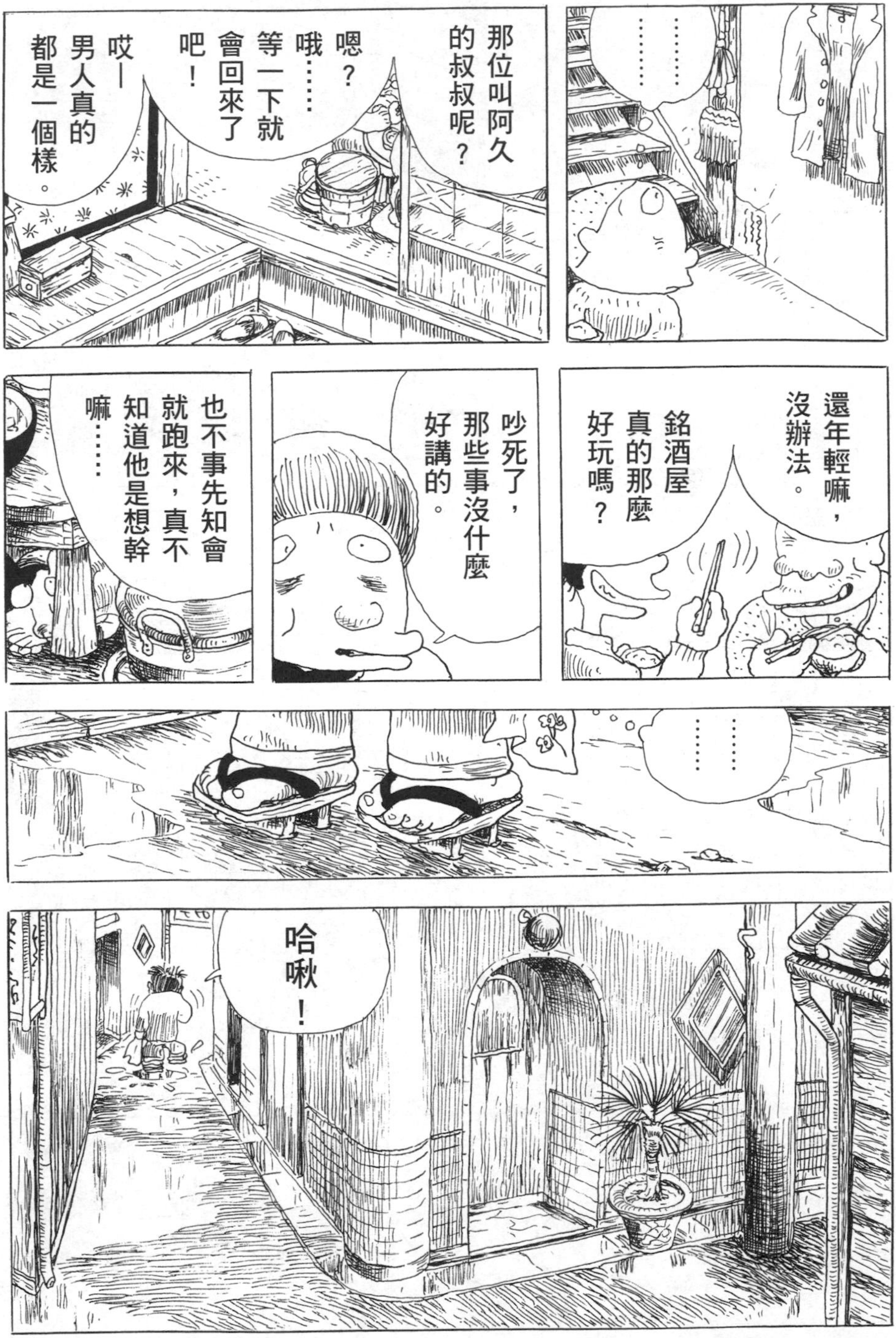
……
……
那位叫阿久的叔叔呢？
嗯？哦……等一下就會回來了吧！
哎—男人真的都是一個樣。
還年輕嘛，沒辦法。
銘酒屋真的那麼好玩嗎？
吵死了，那些事沒什麼好講的。
也不事先知會就跑來，真不知道他是想幹嘛……
……
……
哈啾！

來來來!!
啪
碰
那—我收下啦!
可惡~
輸了…
好~再來一場!!
來吧!
來來來!!
……!!

叔叔！
嗨……
要回去了嗎？
啊啊，是呀，謝謝招待，再見囉。
昨天怎麼了？
啊？哎唷，嘻嘻—
嘻，嘻，嘻！
那就再見啦，下次來靜岡玩吧！
左曲球，右曲球…
*穿過正中是好球—
啦啦隊啊—鏘鏘鏘—
啊哈哈哈，哈哈哈…

*「左曲球，右曲球，穿過正中是好球，啦啦隊啊鏘鏘鏘」，曲球原文也可解釋為弧線，小孩子會邊講這段話邊畫出一個隱喻女性性器官的圖，在此分格中可看到地板有畫出一部分的圖形。

唉，真是完全不曉得他在搞什麼—
居然說女生不讓他回家，還真是不害臊啊！
也可能是他覺得早歸很不好意思，所以就四處閒晃到剛剛吧？
呼
差不多了……
要出門去哪？
也沒其他地方好去吧，就是去挖洞啊！
真是一點都不輕鬆的工作啊—
接下來警防團也要開始忙來忙去了吧……
國民精神總動
ほしがりません
勝つまでは
那我出門了。
呼—

嘿嘿…
哎呀？怎麼了？
喂——!!
嗯——？
什麼事？
拍拍
他說他錢包掉了。
嘿嘿…
……
……

ンド
スタンドバー
他說錢包掉了鐵定是騙人的啦！
嗯－這樣嗎，不過也摸不太清楚他真的在想什麼啦……
都幫他出車費了，就不要在意了吧！
這些都不是重點，我一點都不想跟興津那邊有什麼交集啊，我可不要做那種沒意義的事！
午安－
……
……

……
……
怪了，沒有人啊？
哇!!
哇—
啊哈哈哈哈
媽媽，是島田先生啦！
啊哈哈哈哈，啊—嚇死我了，你真壞！
歡迎—
喔喔，歡迎光臨啊，呵呵呵呵—
你好！

不過啊……怎麼說咧……
怎麼了呢？
今天的天氣真是不穩定啊—
妳們看，我還穿了這個！
哎呀，有下雨嗎？
不會啦，這爪皮*看起來很好看啊！
天氣預報明明說今天會下雨……
啪
結果到現在都還沒下。
氣象台的那些人到底在幹嘛啊？
所以你希望下雨吧～下雨吧～～這樣囉？
不要緊啦！別太在意，你這把蝙蝠傘看起來不錯，絹絲作的傘面不便宜吧？
TAND

*爪皮為置於木屐前端防雨防泥的裝備。

好—今晚就大吃大喝一頓吧！
對呀，來享受一下吧！
好，來一壺銚子！
要不要來個柳川鍋呢？
一份柳川鰻魚。
好唷，柳川鰻魚一份—
阿清—
阿清他人在茅廁唷！
阿清，幫忙跑腿一下。
嗯～～
去大黑壽司跟他們說要一份沒有發光魚的上等壽司，三人份喔！
阿清？

啊—真不錯，真不錯。
ちかみち
啊哈哈哈，哈哈哈，討厭啦—
嘻嘻嘻
……
……!!
……
嘻，嘻，嘻……
……
第一個歪雞雞要做什麼呀~
哎呀！
你可真敢講呀！
對呀，我家從古至今都是色胚唷~

嘻，嘻，嘻！
沒有發光魚的上等壽司，三人份，沒有發光魚的上等壽司，三人份……

寺島町奇譚

エジソンバンド

愛迪生頭帶

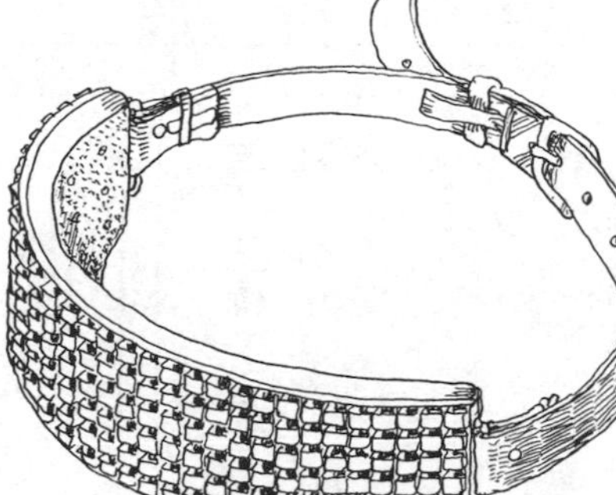

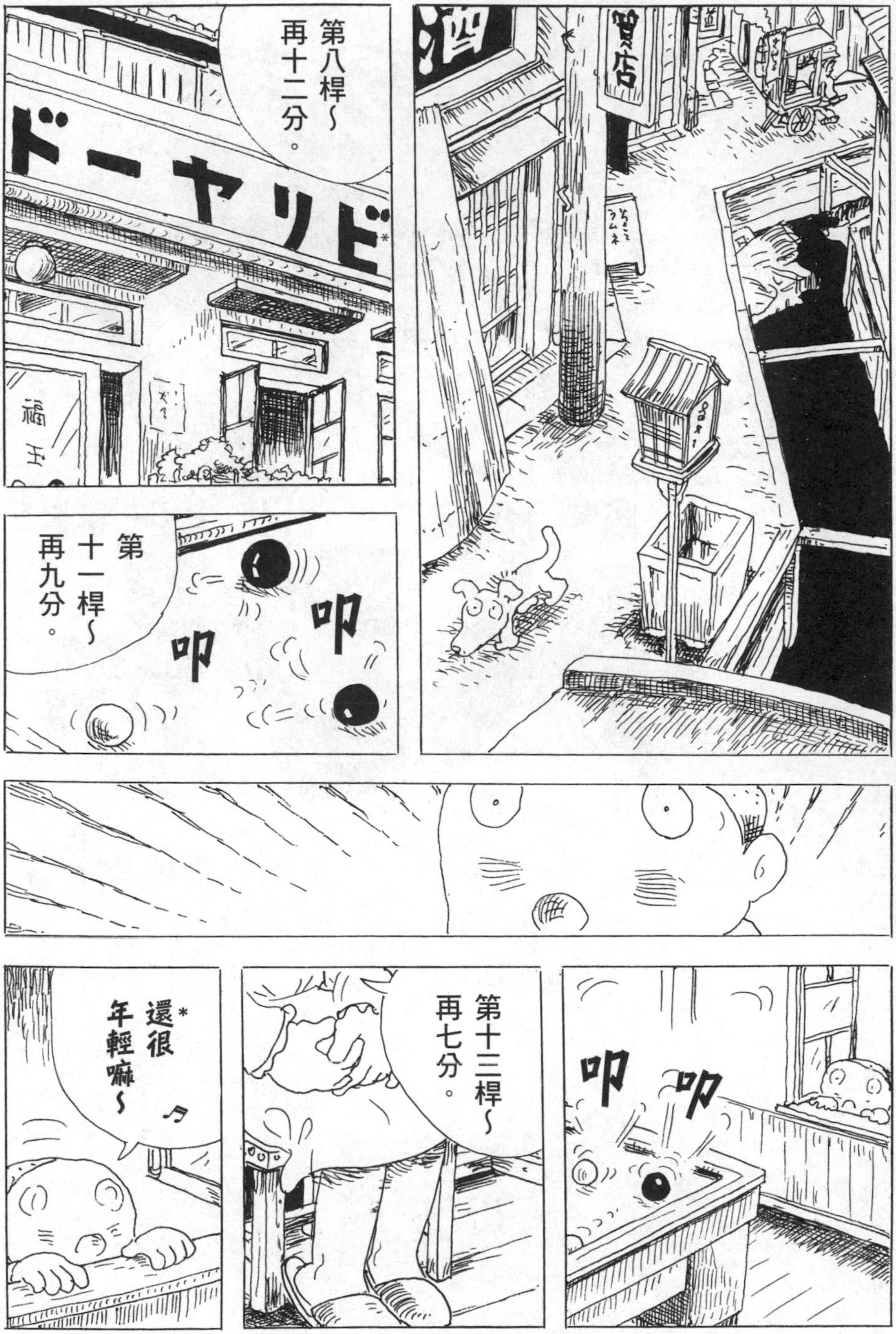

酒
第八桿～再十二分。
ドーヤリビ*
第十一桿～再九分。
叩
叩
叩
叩
第十三桿～再七分。
*還很年輕嘛～

*典出日本童謠〈月娘年紀多大了〉（お月さまいくつ），原歌詞為：「月娘年紀多大了呢？十三又七，還很年輕嘛～（お月さんいくつ、十三七つ、まだ年若いな。）」而由美報分數時剛好講到「第十三桿～再七分。（十三ン～7ゲ～ン）」，於是阿清才接了「還很年輕嘛～（まだ年や若い～）」。

*撞球間。

……
瞄
……
叩
叩
第十五桿～再五分—
看我的～就讓我以連敲中兩顆紅球拿下這局吧！
嘿—！
叩
喀咚
嘶—
繼續滾吧！往前～往前～
嘶—
停住
啪嗒!!
致勝球～再五分～
可～惡，這是開玩笑吧?!
嘿嘿嘿，我真是同情你啊！

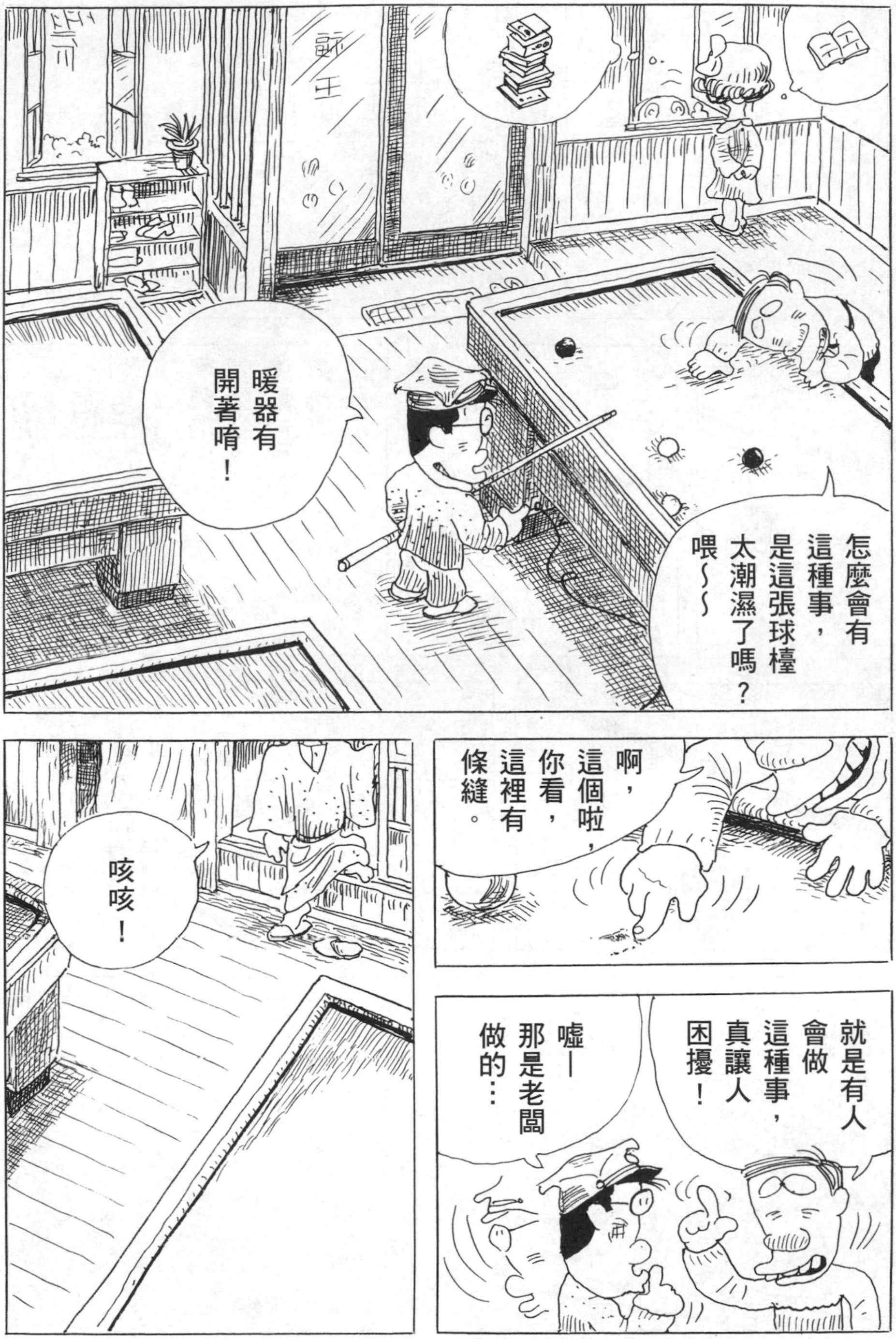
怎麼會有這種事，是這張球檯太潮濕了嗎？喂～～
暖器有開著唷！
啊，這個啦，你看，這裡有條縫。
就是有人會做這種事，真讓人困擾！
噓—那是老闆做的⋯⋯
咳咳！

咳咳！
咳咳，由美妹妹麻煩一下——
第三桿～加兩桿，第五桿～
告示
70分以下的客人嚴禁使用剝桿

叩
喀咚!!
咚
噓!!
呵呵
呵呵呵
……
啊哈!

碰
啊ー真嚇人～

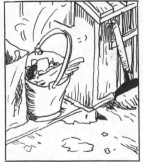

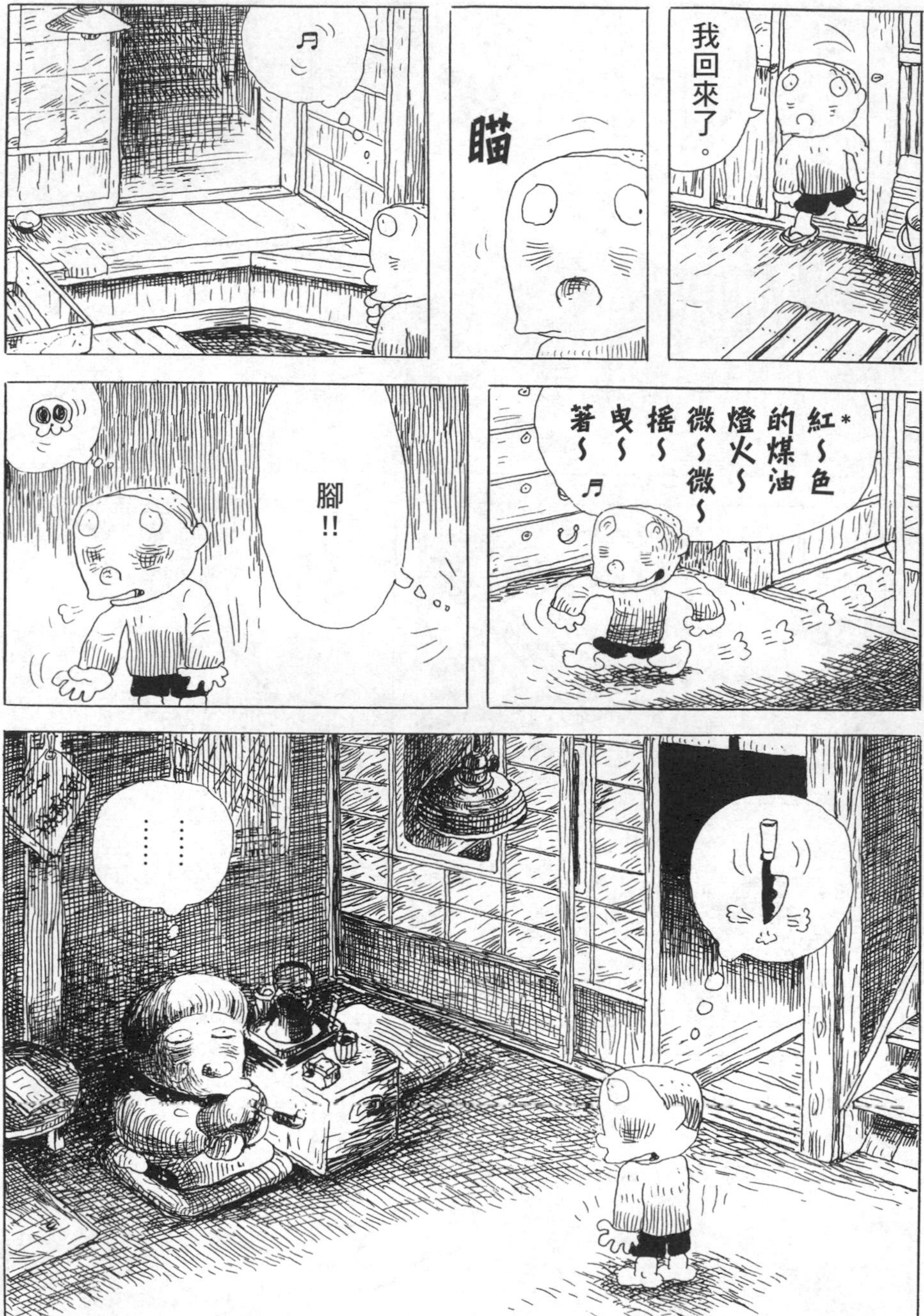

*歌詞，出自〈上海的賣花女〉（上海の花売娘）1939年（昭和14年）。

在水桶裡用抹布好好擦乾淨!!
聽到沒!
喔—
咚
咚
不要擋在這!!
碰!!
想去哪都隨便妳啦!!

呼—
媽媽跟姐姐怎麼了？
不用管她們啦。
爸爸呢？
啊，對齁，去看義大夫了…
♪我與差三歲的哥哥～登登～登……
登登～登～登～♪
噗！
登～♪……？
咳咳咳咳咳…

啊，這書!!
不行！
這書我要借給由美啦，嘿嘿。
擦抹
擦抹
咳，咳，咳，咳，咳。
咳咳咳咳咳咳哈呼，哈呼哈呼，呼呼呼
呼—……………
咳咳咳…

給我上樓去念書!!
哼!!
怎麼啦?
萬事有*愛迪生頭帶就好了!!
那是什麼?你說的愛迪生頭帶…
冷卻頭腦的機器呀!看,這裡頭有廣告。
愛迪生頭帶
世紀發明王湯瑪士.愛迪生愛用,依據頭寒腳熱健康法的原理……立刻震驚世界的……大發明…?
由美的叔叔有在用唷—
……
喂,現在下樓很不妙唷!

＊愛迪生頭帶為當時在雜誌「少年俱樂部」大肆廣告的健腦產品,號稱由愛迪生本人發明且愛用。

*歌詞，出自〈籠中鳥〉（籠の鳥）1922年（大正11年）。

♪躲避人群
偷偷去見妳～
……現在拿過去唷。
嘿唷，看我的！
嘿，正義的一方，鞍馬天狗要過去啦!!
阿清!!

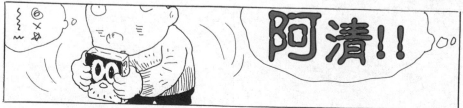

你在幹什麼!!
……
……
躂躂躂
清阿!!
給妳——!

和洋酒
Don
Stand
……
喀喳
喀喳
喂—!!
喀喳
喀喳
嘖！
混蛋！
Don

碰
喀嗟喀嗟喀嗟喀嗟
喀嗟
喂～!!
來了～
什麼事？
哼，那可真是對不起啊!!
你自己才是，又晃到哪裡去了？
妳還問我什麼事，該開店了吧!!

成天義太夫、義太夫，你能不能差不多一點啊？
閉嘴！這些事輪不到妳來管，混蛋!!
阿清—!!
噠噠噠噠
去掃一掃店裡，門簾掛出來。
有聽到就要回話!!
碰
愛迪生頭帶。
戚——啦——喀啦·踏·踏，戚——啦——喀啦·踏·踏。

松

洋酒
*穿上青色的西服~心情也感到輕鬆—不如跟那個女孩一起逛街去吧~♪
嘶嘶
門快點給我關起來!!
小—玉—
……

*歌詞，出自〈青色的西服〉（青い背広で）1937年（昭和12年）。

小玉—
嘿！
喂，那裡啊，就是那裡啊!!
看啦，跑到那邊去了!!
溜—
哎—真是煩死了！
鏗鏘
喀唧喀唧喀唧

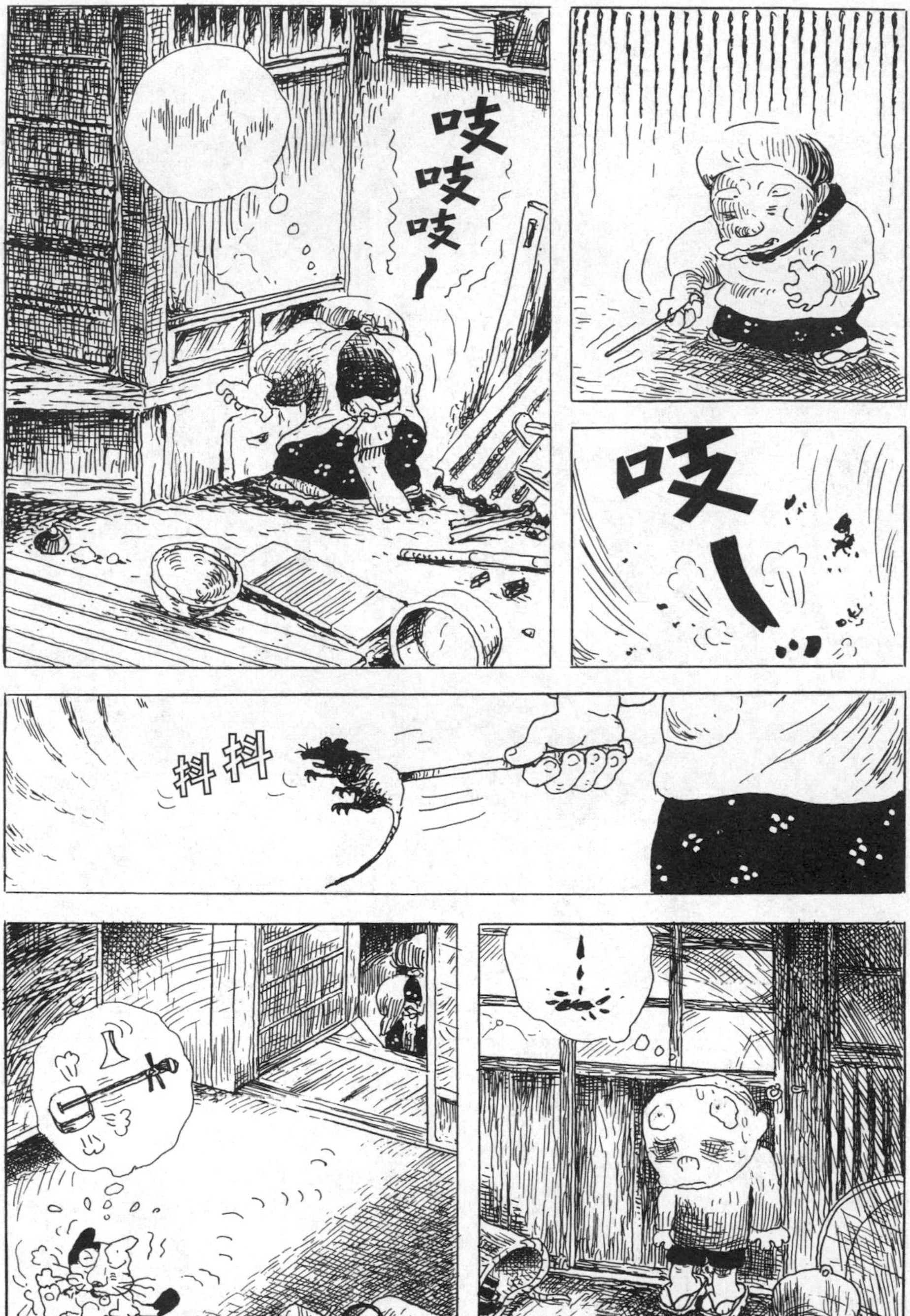

吱吱吱～
吱～
抖抖

喀啦

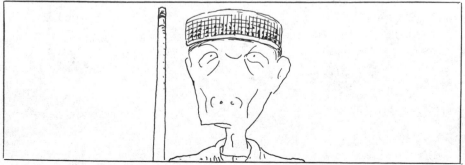

安全道路
乙女街

等一下，等一下嘛！
ちかみち
大哥，進來坐嘛～
ぬけられます
oachan
欸？
……

喀鏘
喀嚓
嘿，只差一點點耶！
……
……
喀咚
啊咧？怎麼沒滾出來？
不該這樣子呀，去跟店家講一下吧！

沒關係啦，反正只是顆珠子而已
……什麼嘛
剛剛怎麼啦，妳為什麼跟媽媽吵架？
呼呼呼，其實也沒什麼啦。
來吃蜜豆吧！
姐姐要請我嗎!!
みつ豆
喀咚喀咚
嘰—
喀咚喀咚
碰咚

*歌詞，出自〈純情男兒〉（男の純情）1936年（昭和11年）。原詞為「金色的星星」，此處酒客改唱為「金玉」（睪丸）。

哦呵呵呵。
啊哈！
呵呵，呵呵—
歡迎光臨！
啊哈哈哈哈哈哈哈
呵呵呵呵呵呵呵
來喔，再一杯銚子~~
好唷！
哇哈哈哈喔呵呵啊哈
店裡真熱鬧啊！
阿清

是誰……?
把書還我吧！
啊，那個……我還沒看耶！
媽媽叫我跟你要回來。
那明天到學校時給我唷！
……嗯
……
啊—真是為難啊！

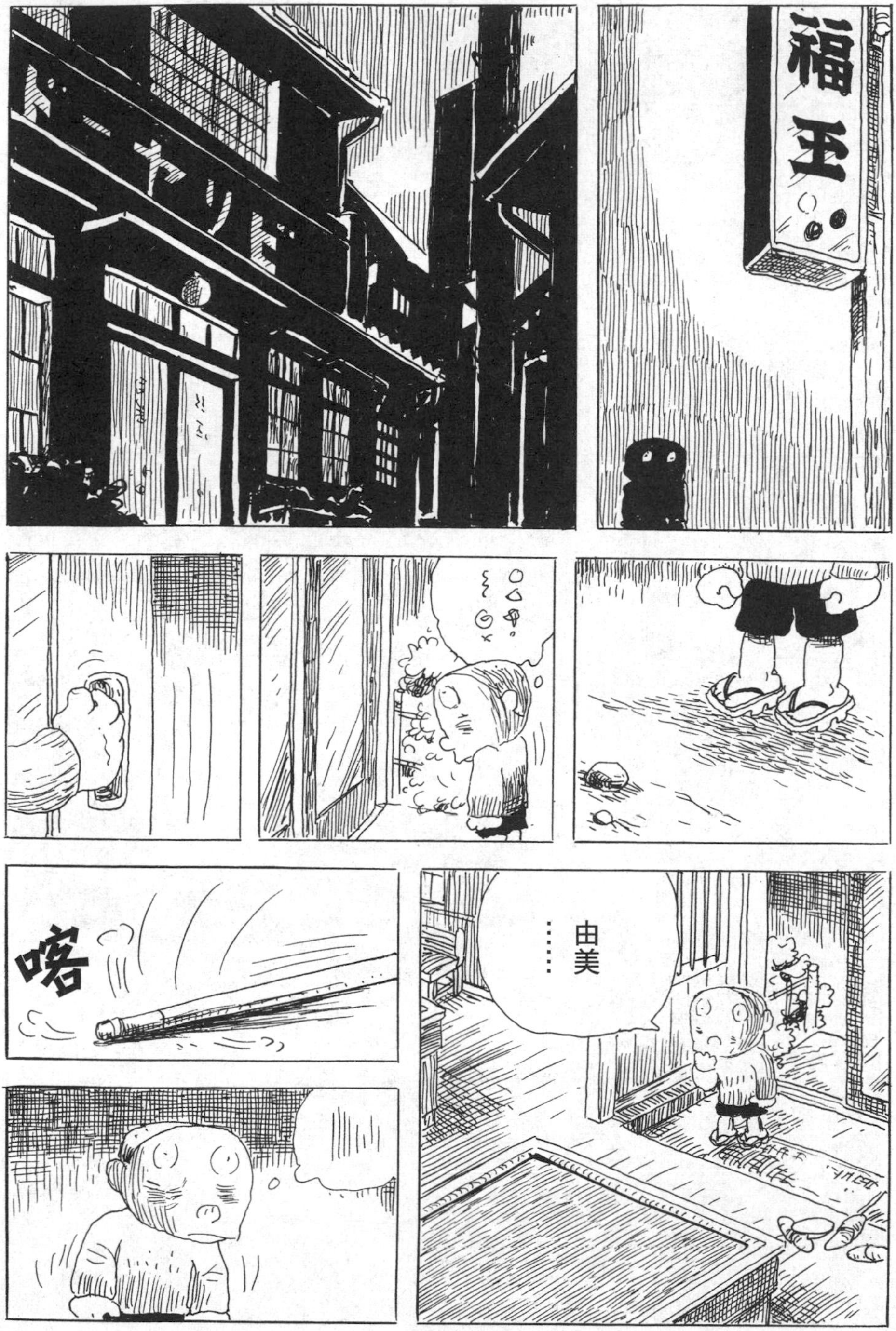
福王
喀
由美……

呿
嚇!!
哎～真是的……
嘰
……

來吃壽司吧！
呵呵呵呵..啊哈哈哈...
哎，如果每天晚上的客人都那麼慷慨就好囉—
呵呵呵呵

寺島町奇譚

玉の井界隈0番地

玉之井地區〇番地

＊番地，原為日本的地址單位之一。0 番地通常指該地區無法劃分，有許多違建集合而成的區域聚落。

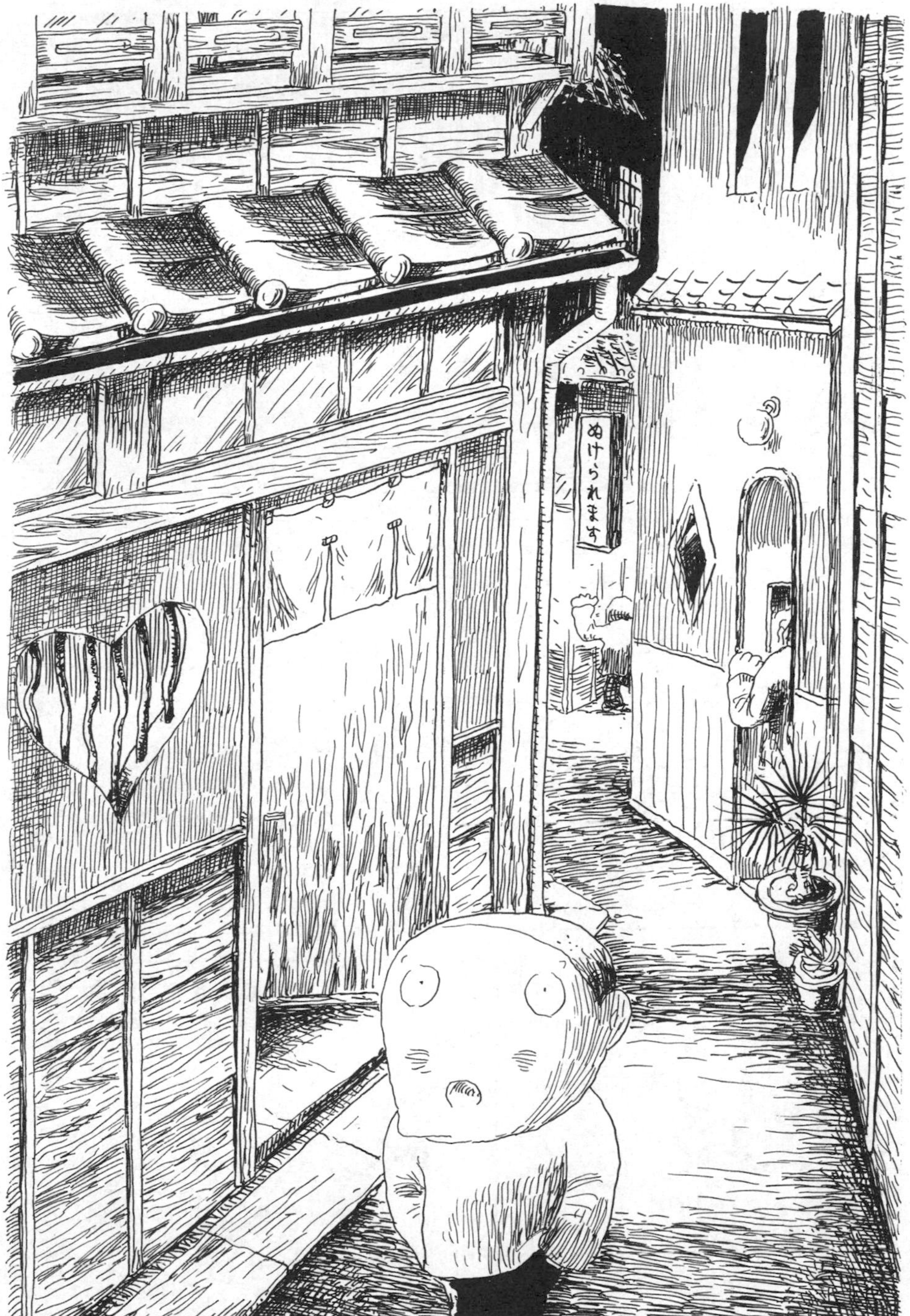
ぬけられます

たばこ
安全道路
ぬけられます
啊……等等，你是上海亭的人？
是的。
喂喂，你們之前的肉排是怎麼搞的啊……
呃……？
要吃起來酥酥脆脆又嫩嫩的—知道嗎？這樣……
是的……

哎呀，等一下，等一下，先生～
前些日子受您照顧了，呵呵呵……
等一下，等一下～
還有什麼事嗎？
要來拿碗盤回去唷—

ちかみち
呼……這個時節還會回來光顧的客人也變少了…
喀喳!!
……
呿……
*白頭山上～積著雪～登搭啦搭……
如～果～月亮是面鏡子～每晚都會看見～
……

*歌詞，出自〈不可以忘記我〉（忘れちゃいやよ）1936年（昭和11年）。

親愛的你～面貌映照在上頭～
抱著這樣心情的我～
你啊～
*不要忘了我啊～
怎麼忘得了呢～～～
呵呵。
嘖！
安全道路

*歌詞，出自〈不可以忘記我〉。

嗚嗚……
喔嗚～……
踏踏踏
踏踏踏踏
……
……
妳有沒有肚子痛的藥啊？
肚子痛的藥？……
姐～姐……

啊，小浜妳怎麼了!!
嗚嗚嗚～我的肚子，肚子好痛……
痛痛痛痛～
該不會是腸子打結吧？
不會吧……
哎呀，額頭好燙!!
呣～
嗚—
快，洗臉盆，洗臉盆！
我去拿。
喀啷喀啷喀啷
噁—
努力撐著點!!

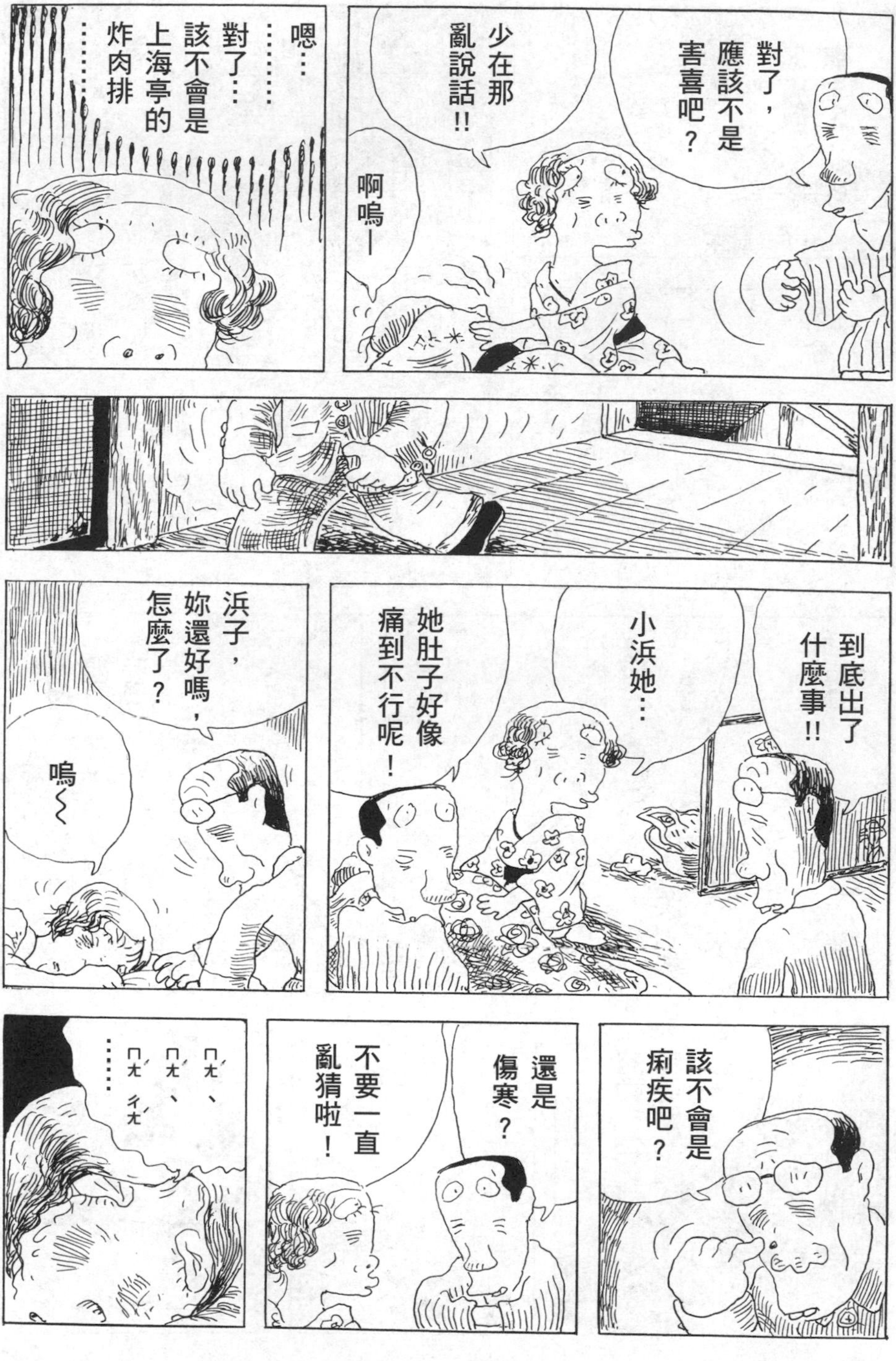
對了，應該不是害喜吧？
少在那亂說話!!
啊嗚—
嗯……對了……該不會是上海亭的炸肉排……
到底出了什麼事!!
小浜她…
她肚子好像痛到不行呢！
浜子，妳還好嗎，怎麼了？
嗚～
該不會是痢疾吧？
還是傷寒？
不要一直亂猜啦！
ㄇㄤˊ、ㄇㄤˊ、ㄇㄤˊ ㄔㄤˊ……

ㄇㄤˊ ㄔㄤˊ？
ㄇㄤˊ ㄔㄤˊ……啊啊，盲腸啊……
啊，對唷，是盲腸出問題，得趕快叫醫生來！
與其叫醫生來，帶去看醫生比較快啦！
嘿咻，好好揹著她喔!!
嗚—
嘿咻！
不好意思，不好意思—
快點，快點！
哈呼，哈呼，哈呼，哈呼。
嗚，嗚，嗚，嗚……

病院
コソグス
啪噠
啪噠
啪噠
啪噠
啪噠
啪噠
啪噠

阿清!!
跌
死小孩……
妳沒事吧？
哦？不要緊……這死囝仔！真是的……呵呵呵………
止痛針還是要先打比較好唷！
對啊，就是說嘛！
阿清ー

……
……
喀
真是的，明明是男生卻那麼沒用!!
……所以，果然是盲腸有問題嗎？
兩三天前就一直在說「肚子好痛，肚子好痛」……一定就是盲腸了吧。

打完針消炎了嗎？
才沒那回事，根本沒有打到針，他逃走了！
他們在說阿清的盲腸嗎？
應該是吧……
結果怎麼樣？
是盲腸出毛病嗎？
哼，我才不會讓他們動手素呢！
可是如果真的是盲腸出問題，不動手術的話就很麻煩唷—
手術過程其實也很簡單。
而且還有打麻醉，根本不會覺得痛。

咻~劃一刀，然後喀嚓~剪一下，再一針一針縫起來就結束了。
妳有動過盲腸手術嗎？
哈哈哈！沒有啊，但至少有這常識嘛。
咻咻—喀嚓、喀嚓—
……
哎，想到在戰地的阿兵哥，割這一兩條盲腸……也就不算什麼了。

那麼開始動手素—
來，打麻醉囉，啊—不痛，不痛唷……
切切，剪剪，切切……
喀嚓，喀嚓，刺、刺、刺—
唔……
嘿嘿，接下來是小雞雞的手素唷—

啊哈哈哈哈！
總之啊，手術後有放屁很重要。
啊哈哈哈～
這可不是什麼好笑的事啊！
即使不是『噗－』，放『霹－』或『嘶－』這些屁聲也都可以。
啊哈哈，啊～真怪。
哼嗯嗯。
一份冷豆腐。
來囉！
瞄
……

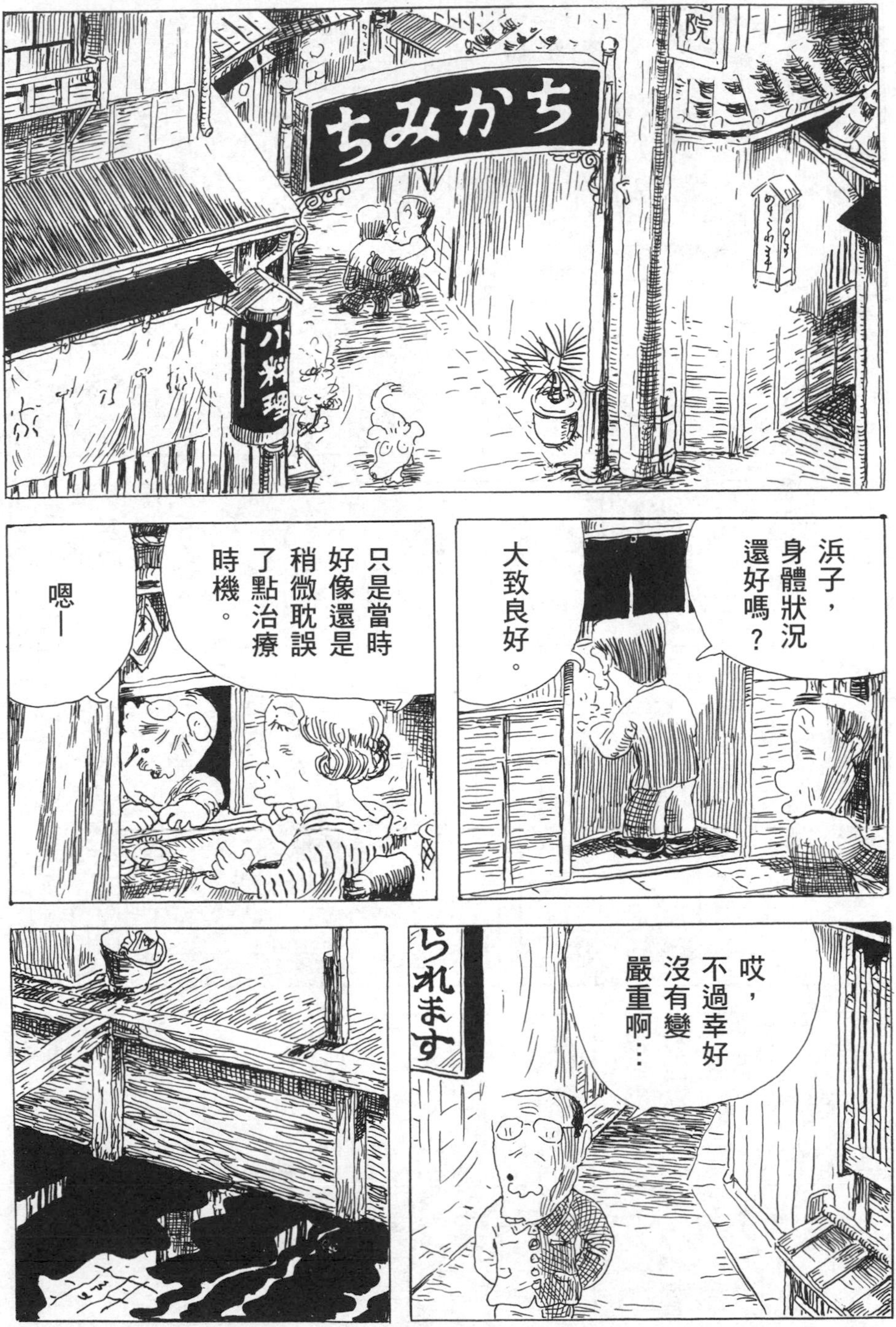
ちみかち
院
小料理
浜子，身體狀況還好嗎？
大致良好。
只是當時好像還是稍微耽誤了點治療時機。
嗯—
られます
哎，不過幸好沒有變嚴重啊⋯

如～果～月亮是面鏡子～
每晚都會看見～
親愛的你……面貌……映照在上頭～
抱著……這樣……心情……的我～
……
……
ㄍㄧ
還好嗎？身體狀況…

怎麼了!?
小浜……!!
回話啊，喂!!
噗嘶～
放出來了!!
哎唷真是的。不要嚇我啦，哈哈哈哈！
哈哈哈哈，真順暢!!

だく
呼！
怎麼可以～忘～記～我～♪

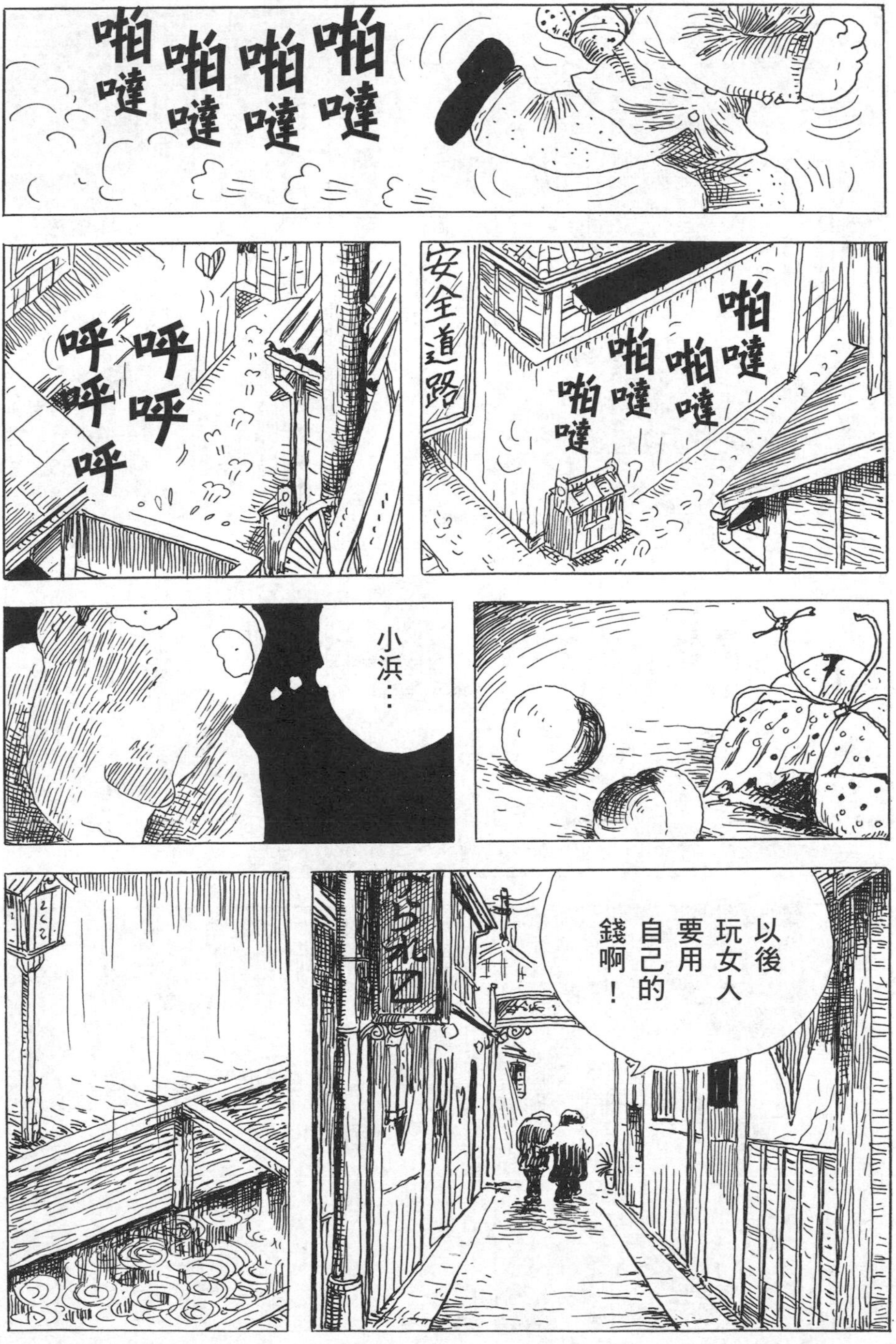
啪噠
啪噠
啪噠
啪噠
安全道路
啪噠
啪噠
啪噠
啪噠
呼呼
呼呼呼
小浜…
以後玩女人要用自己的錢啊！

安全道路
等一下，小哥，等等嘛～
ぬけられます
啪
等等嘛，等等嘛！
啪啪啪

穿上
小浜的氣色還好嗎……
嗯…很難說…
上次手術後還沒有完全恢復，這次腹膜那邊又不太對勁，整體狀況很不好吶……
不找個人帶她去醫院嗎？
嗯……
れます
嘩啦ー

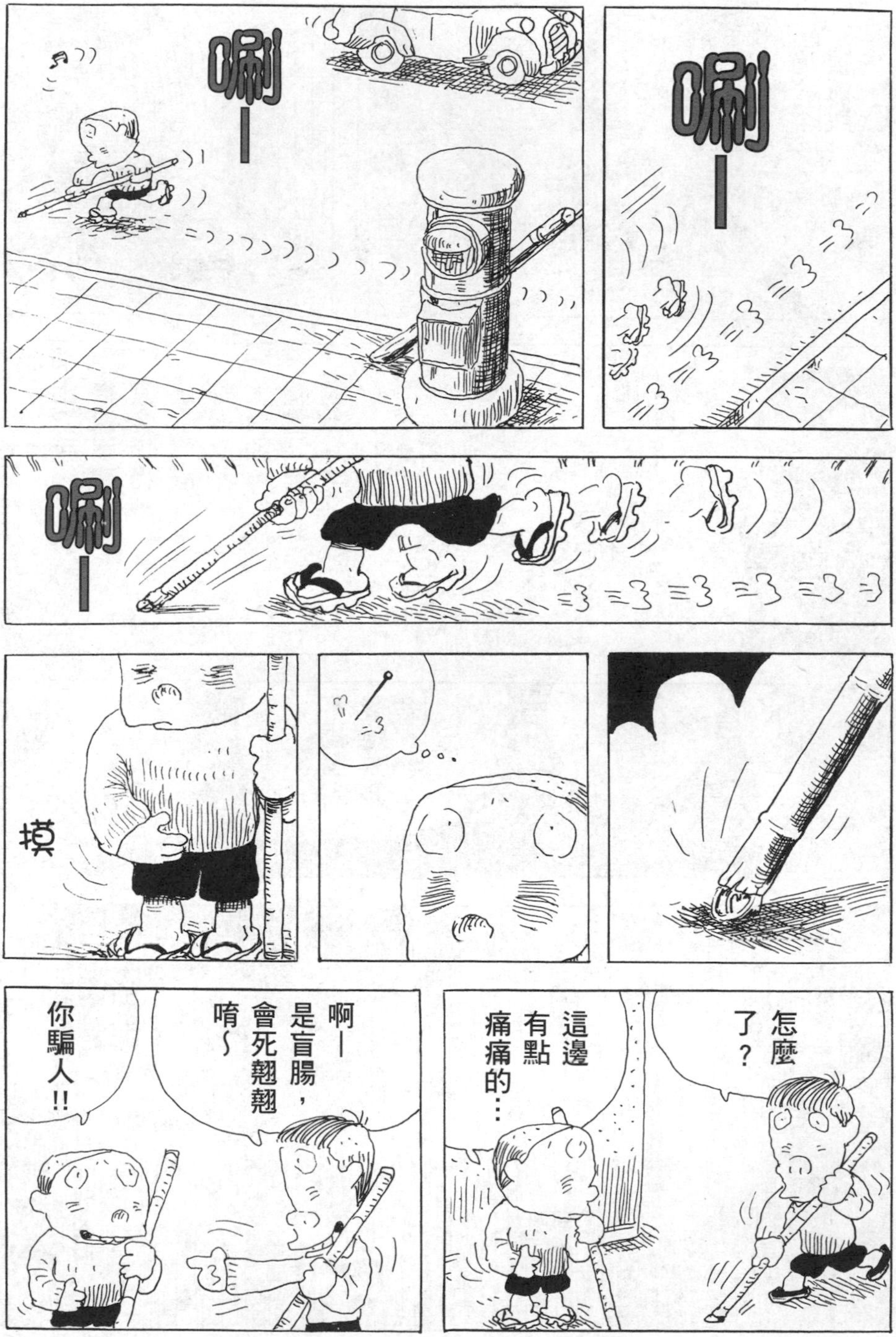
唰—
唰—
唰—
摸
怎麼了？
這邊有點痛痛的……
啊—是盲腸，會死翹翹唷～
你騙人!!

我沒騙你啊，銘酒屋有人因為盲腸炎死翹翹囉—
喀喀喀
喳喳喳
啪
是狸貓藥局的阿姨這麼說的……
啪
啪
可是好討厭喔！要切開肚子耶，聽起來好痛，真討厭…
嘖—又輸了，可惡～
喂，你不拿走的話，我就要拿了喔！
快點啦！

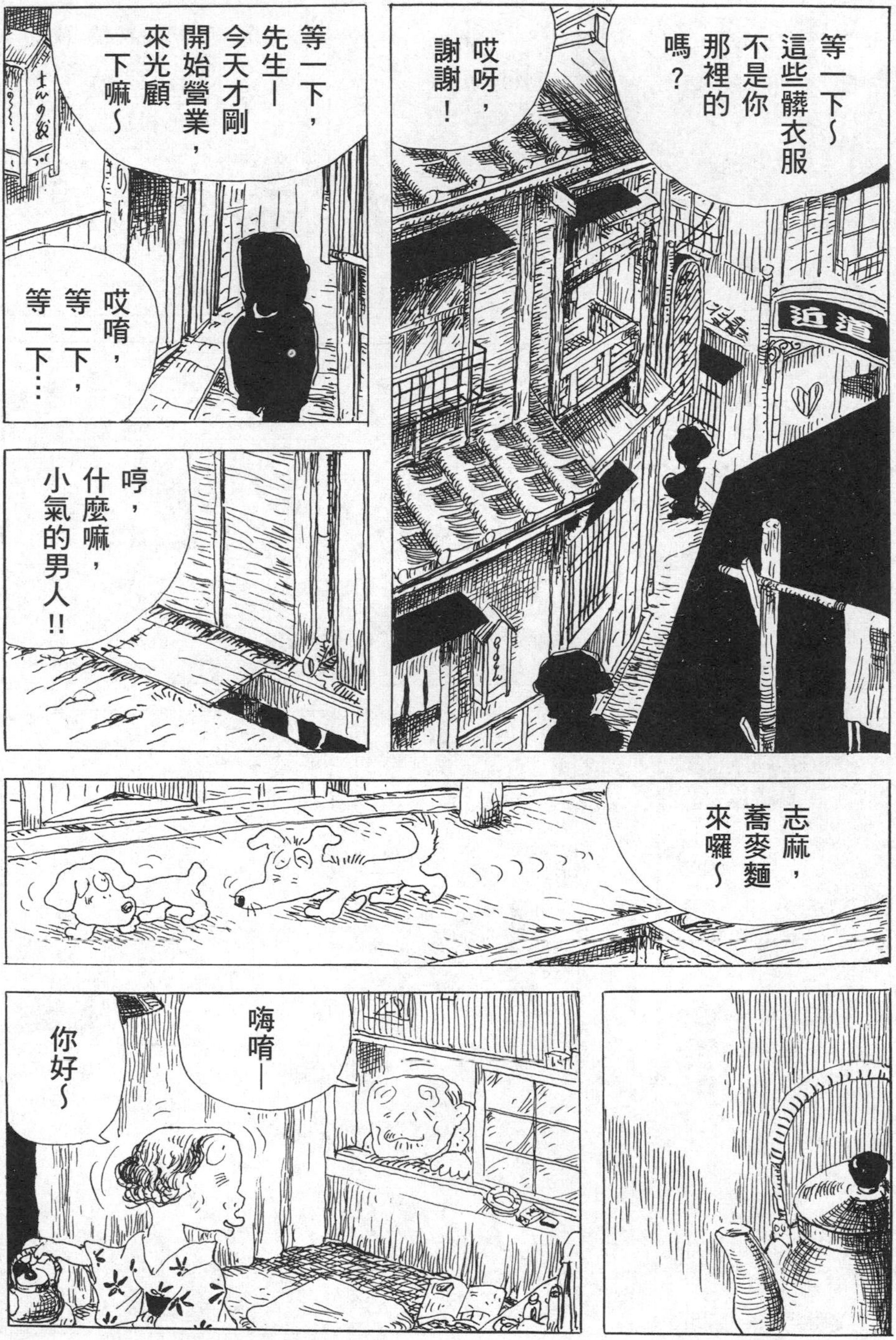
等一下～這些髒衣服不是你那裡的嗎？
哎呀，謝謝！
等一下，先生ー今天才剛開始營業，來光顧一下嘛～
哎唷，等一下，等一下…
哼，什麼嘛，小氣的男人!!
志麻，蕎麥麵來囉～
嗨唷ー
你好～

來，禮物。
咚
你真好～
待會再過來啊！
好啊～等你唷～
呼呼呼，等下去～這條～航海的路程～終會雨過天晴～～♪
恰卡恰恰，恰～卡恰卡。♪
喀呢♪漆咚喀嘶登喀，啊啦貝喀控—
如～果月亮是面鏡子…♪
等一下—進來光顧一下嘛～
每晚都會看見……親愛的你～♪
……

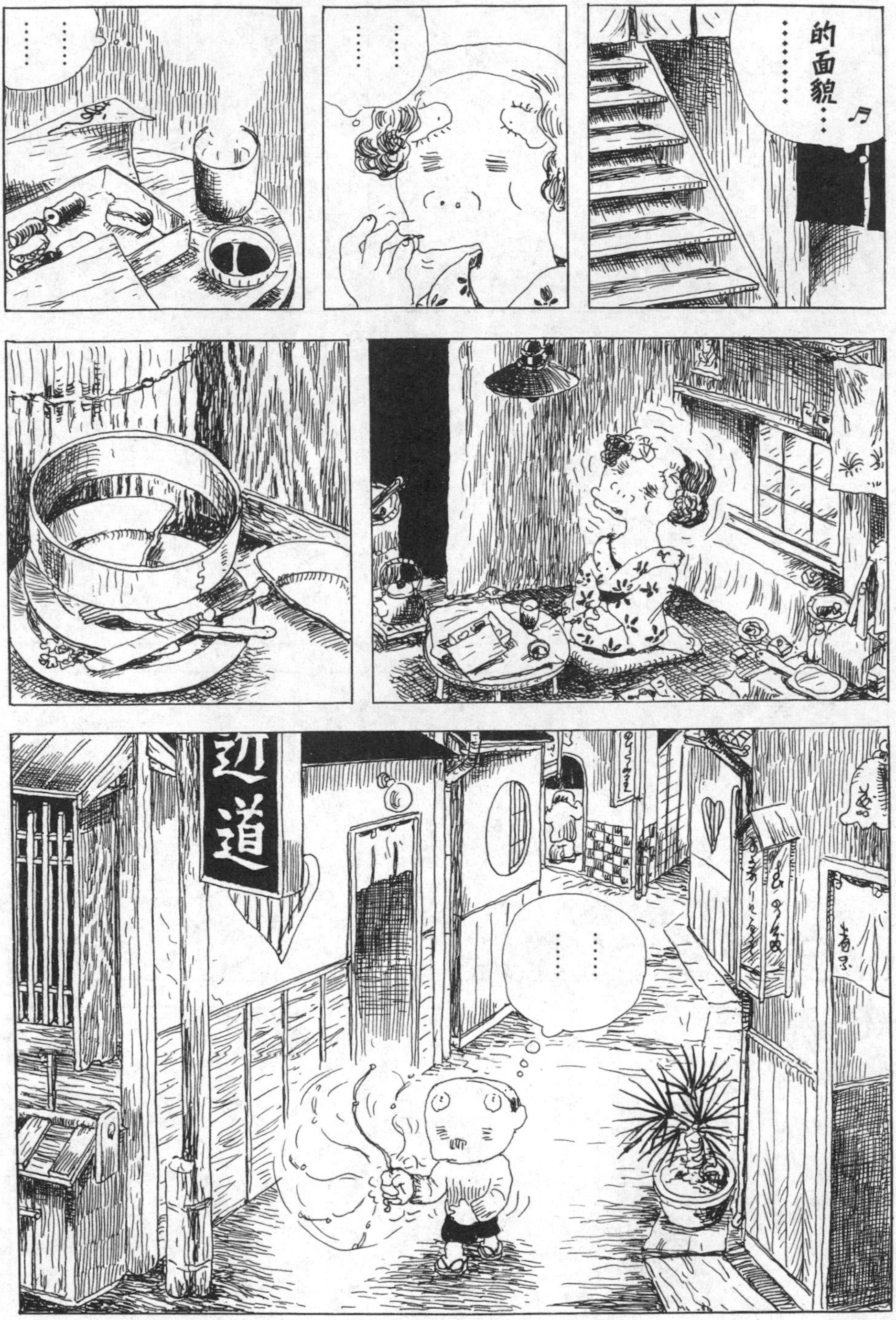
……
……
……
……
的面貌……
……
……

寺島町奇譚

花あらしの頃

風吹花落之時

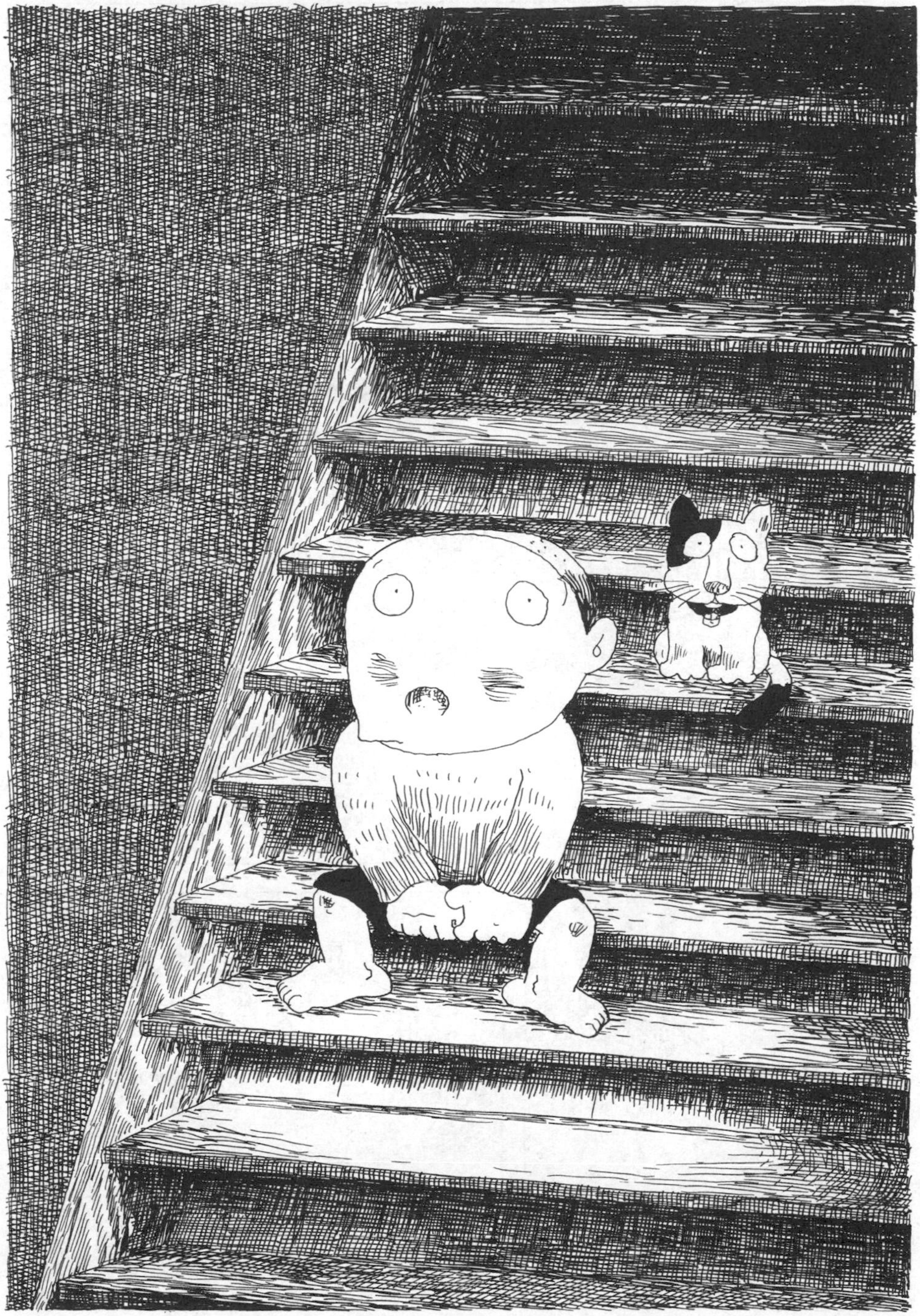

嗚—好可惜，差一點就是避孕器那裡了……
嘿，看我的!!
進得去出得來
中啦~到川崎病院~
嘿咻！
哈，嗨唷！
嘖，檢驗所嗎？
荷製避孕器
波浪捲燙髮
檢驗所

預備~起!!
波浪剪燙髮!波浪剪燙髮!
檢驗所!檢驗所!
衛生
荷製避孕器
*不倒翁,跌倒了—不倒翁,跌倒了—
不倒翁跌倒了—不倒翁跌倒了…
山根美粧院
波浪捲燙髮
哈呼,哈呼,哈呼—
ちかみち

*「不倒翁跌倒了」類似我們的「一二三木頭人」。

等一下，
等一下~
安全道路

ぬけいつれます
大猫病院

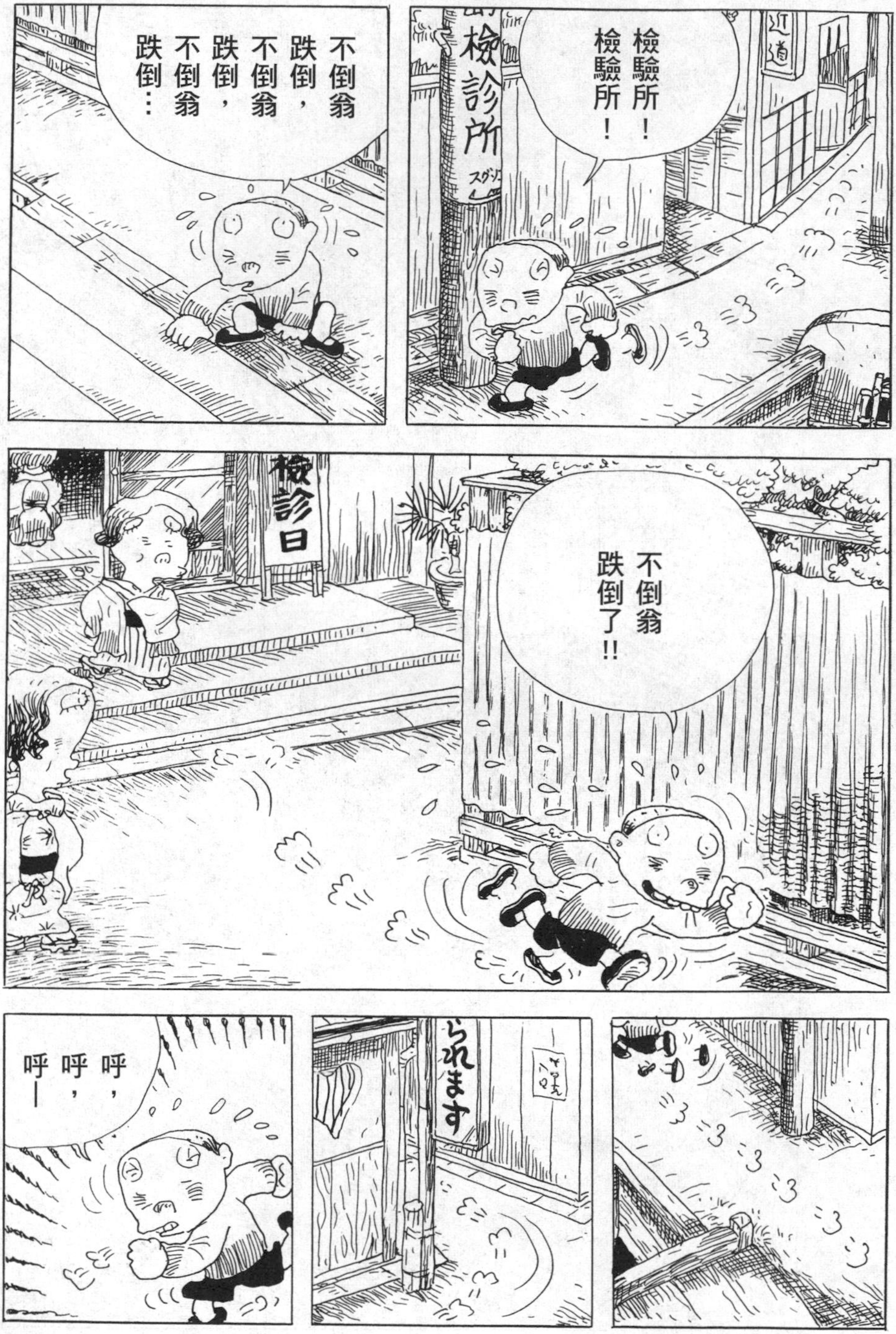
檢診所
檢驗所！檢驗所！
不倒翁跌倒，不倒翁跌倒，不倒翁跌倒…
檢診日
不倒翁跌倒了!!
られます
呼，呼，呼—

糟了，這下要當最後一名了啦！
哎唷，怎麼斷了~
還想說至少能撐到家的……
……
……
……
……
磨磨
磨磨

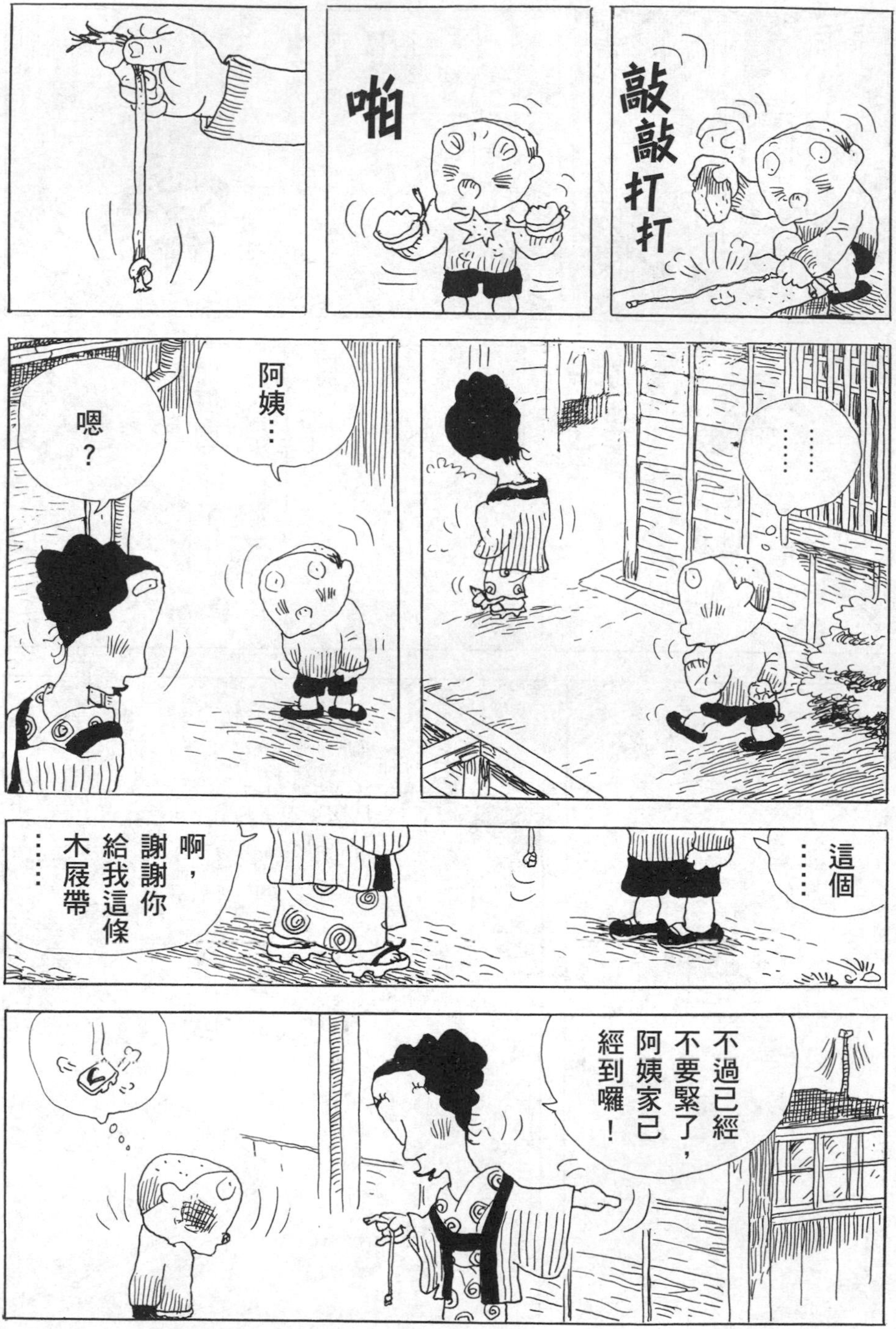
啪
敲敲打打
阿姨……
嗯？
……
這個……
啊，謝謝你給我這條木屐帶……
不過已經不要緊了，阿姨家已經到囉！

*貝殼陀螺為當時很風行的兒童遊戲，早期是使用海螺的殼，後來才改用鐵鑄造，作者瀧田祐兒時對這遊戲非常入迷，因此在本書出現很多次小孩比賽對戰的情節。

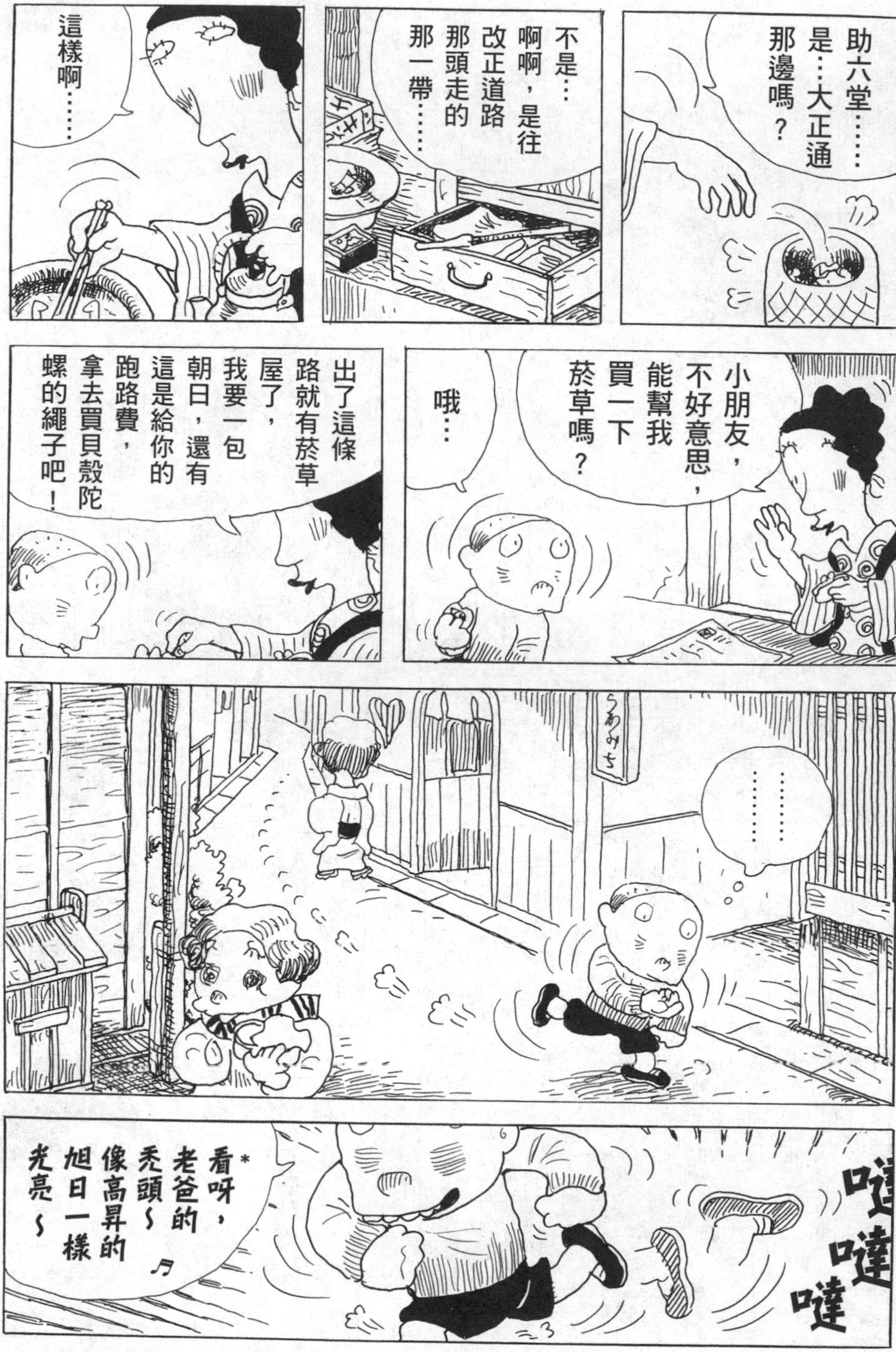
助六堂……是……大正通那邊嗎？
不是……啊啊，是往改正道路那頭走的那一帶……
這樣啊……
小朋友，不好意思，能幫我買一下菸草嗎？
哦……
出了這條路就有菸草屋了，我要一包朝日，還有這是給你的跑路費，拿去買貝殼陀螺的繩子吧！
……
……
噠噠噠噠
*看呀，老爸的禿頭～像高昇的旭日一樣光亮～♪

*原詞為「看呀，東海的天空黎明將至，旭日明亮高掛」，出自軍歌〈愛國行進曲〉（愛国行進曲）1937年（昭和12年）。

*菸草。

*歌詞，出自〈拂曉的祈禱〉（暁に祈る）1940年（昭和15年）。

去年待在這裡的女孩，不知道從哪邊拿來種在這……
這叫什麼來著……
木瓜。
嗯—
聽說不管哪種植物只要用扦插法插著就會長大，真是不可思議啊！
嗯—
我先走啦！
啊，哎唷，不進來坐一下嗎!!
哼，什麼嘛，討厭!!
嘿嘿嘿嘿…

真是不通人情！
碰
……
等一下，等一下嘛～
小哥—
……

……
叩咚
……
啪噠啪噠啪噠
……

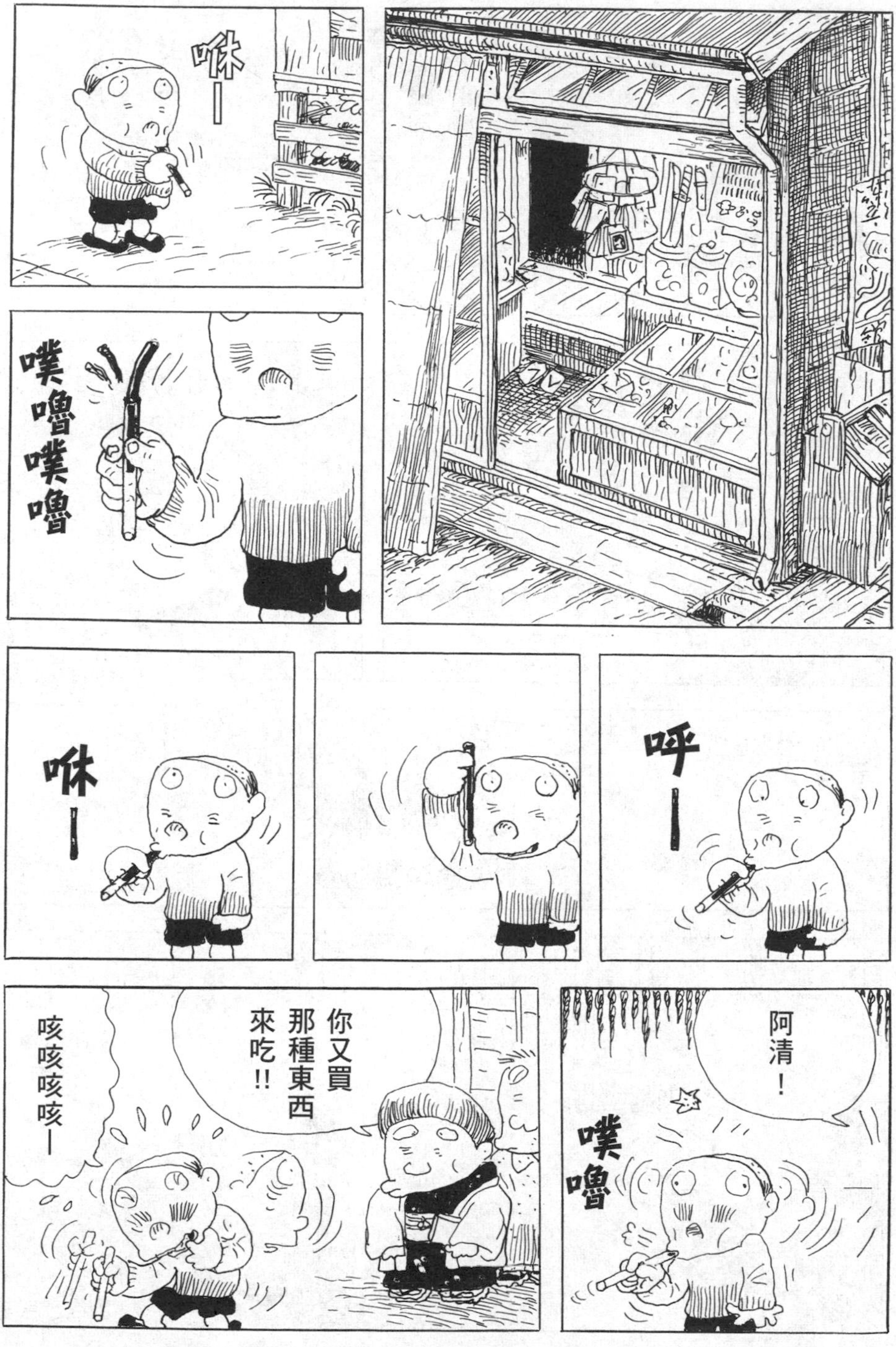
咻—
噗嚕噗嚕
呼—
咻—
阿清!
噗嚕
你又買那種東西來吃!!
咳咳咳咳—

你怎麼會有錢買東西，嗯？
這個……這個……是銘酒屋的人給我的啊！
又在那邊給我胡說八道，我去問一下就知道了!! 哪家店？嗯ー？
好了啦，快點走了ー
回去打掃店裡，把門簾掛出來!!
喔……
……嗯？
嗶

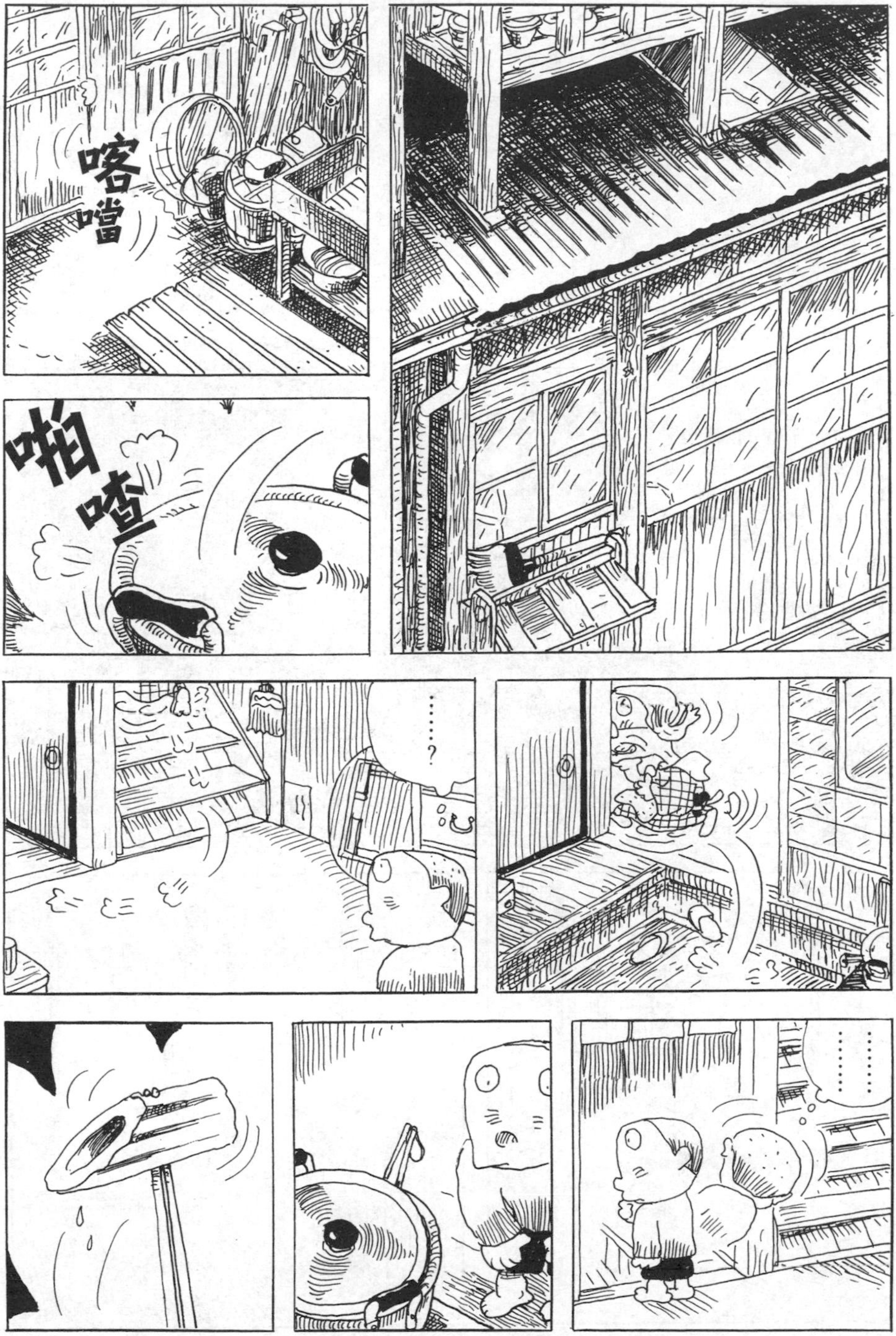
喀噹
啪喳
……?
……

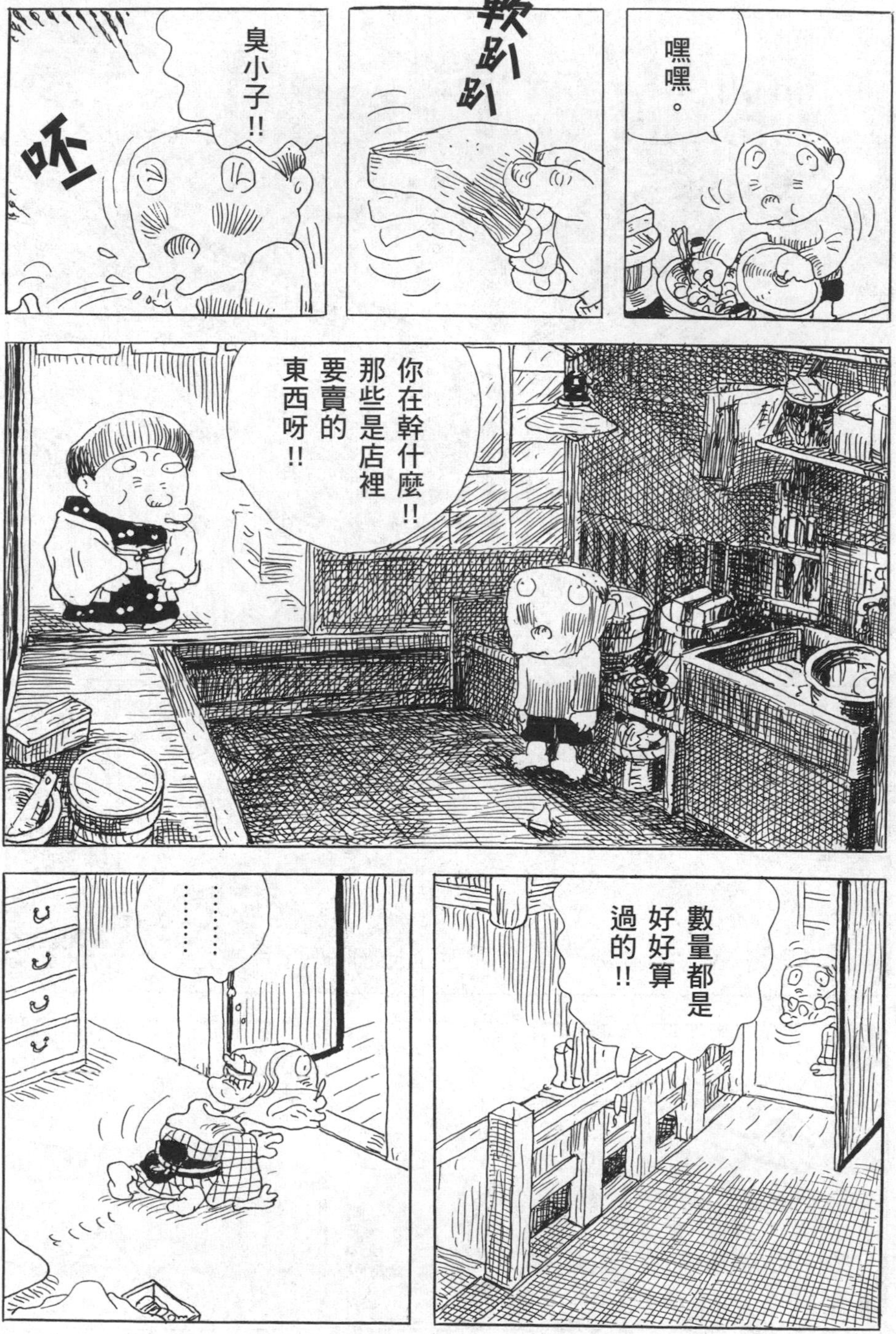
嘿嘿。
軟趴趴
臭小子!!
咚
你在幹什麼!!那些是店裡要賣的東西呀!!
數量都是好好算過的!!
……
……

……
……
碰
天色漸漸變了，我想還是帶把傘出去好了。
哎呀，妳這麼一說，好像真的變暗了呢……
阿清－趁現在先去把棚子打開來！
啪

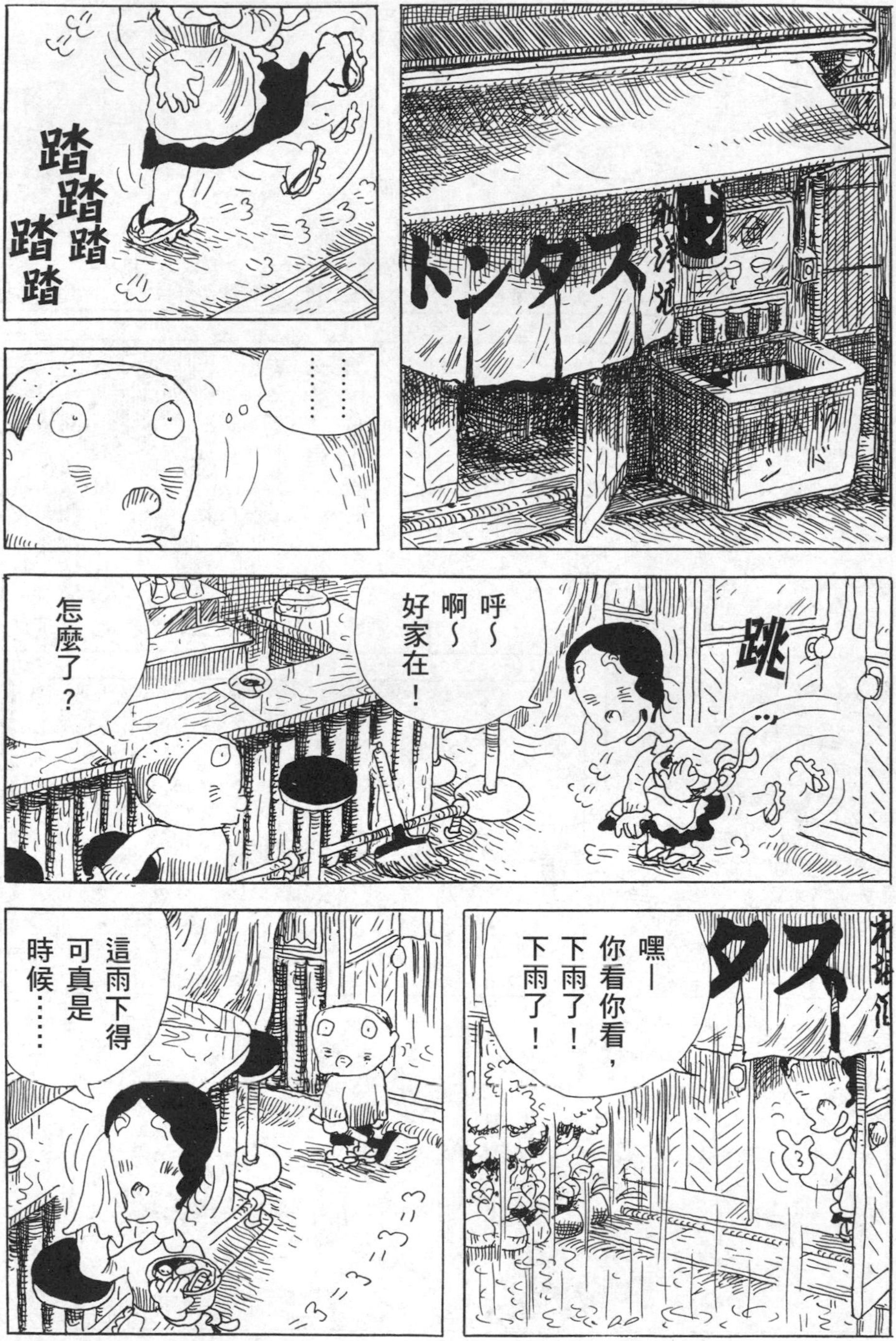
踏踏踏
踏踏
ドンタス
……
……
呼～啊～好家在！
怎麼了？
跳
嘿—你看你看，下雨了！下雨了！
タス
這雨下得可真是時候……

ぬけられます
道

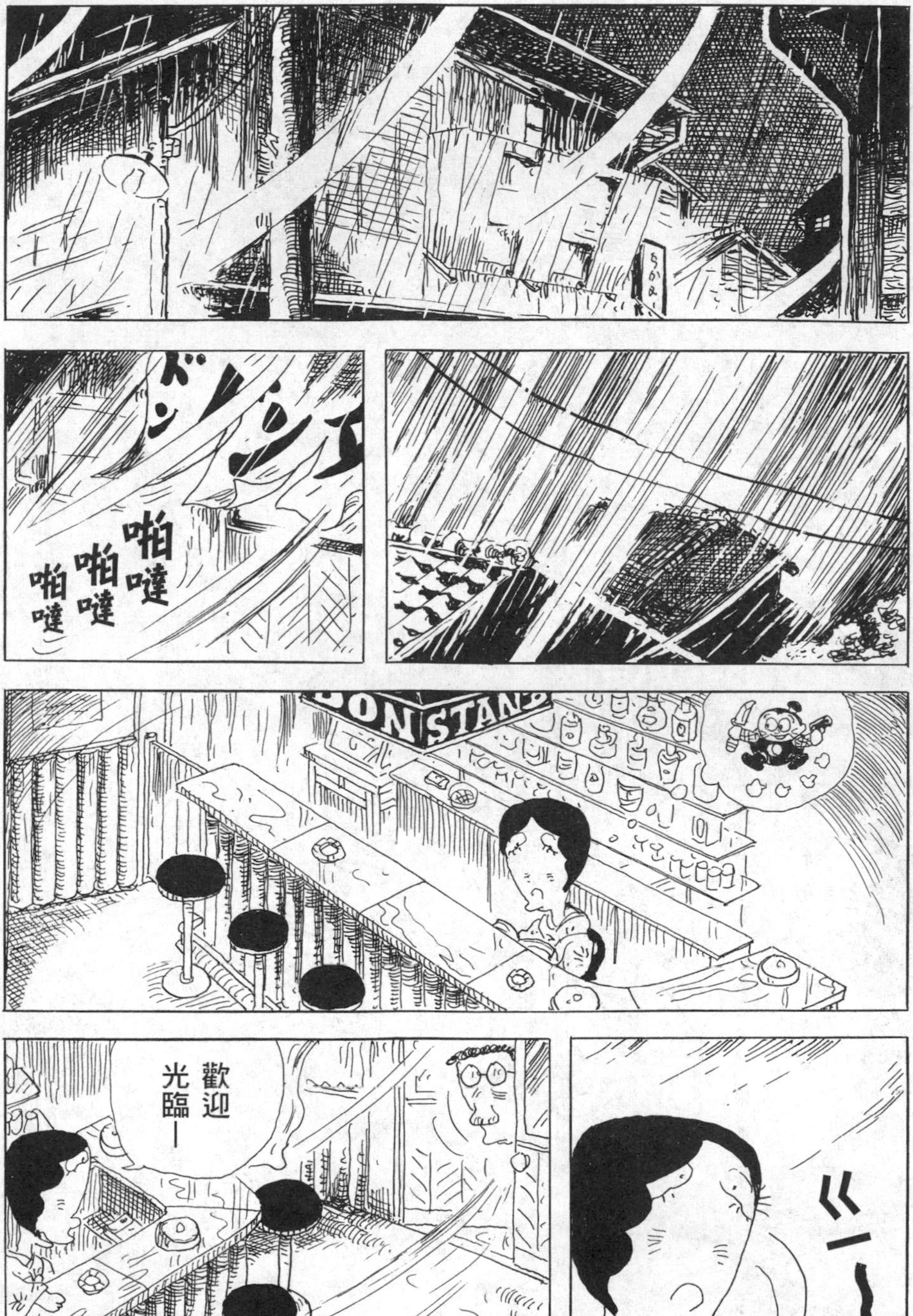
啪噠
啪噠
啪噠
歡迎光臨—
《一~

哼！
磅
來來來，多喝一點，讓我們生意好點吧，來來來，喝大口一點，大口一點ー
不喝酒也沒關係，玉子燒或魚板都可以照你喜歡的方式料理唷！
那，不好意思，請給我一份玉子燒。
啊，不是，我不要尾巴的部位……
……
呵。
啊ー好閒喔！今晚好像早點打烊比較好？
魚板的產地果然還是練馬嗎？
……
呵呵。

嗚—全身都濕透了，喂～毛巾毛巾—
啊，來了，來了
……
哎呀—全身淋得濕搭搭的！
風雨交加，雨傘完全沒有用啊！
今天完全沒有客人嗎？
對啊，半個都沒有～
今晚搞不好會變狂風暴雨吶—
回來啦？
哎唷喂呀，真是賠了夫人又折兵！
咳哼。
……

好不容易才談妥了，真是可惜，好可惜啊……
要是一開始就先收定金或押金什麼的就好了。
啊哈哈哈…當仲介也不輕鬆啊，真是辛苦你們了！
笨蛋，別一副妳好像很懂的樣子!!
這次有八成都是我們在談，至少該收一部份禮金才對！
嗯……
我上樓了…
那我也…
阿清。
……
你來一下—
當時那筆錢，是哪間銘酒屋給你的，你做了什麼事？

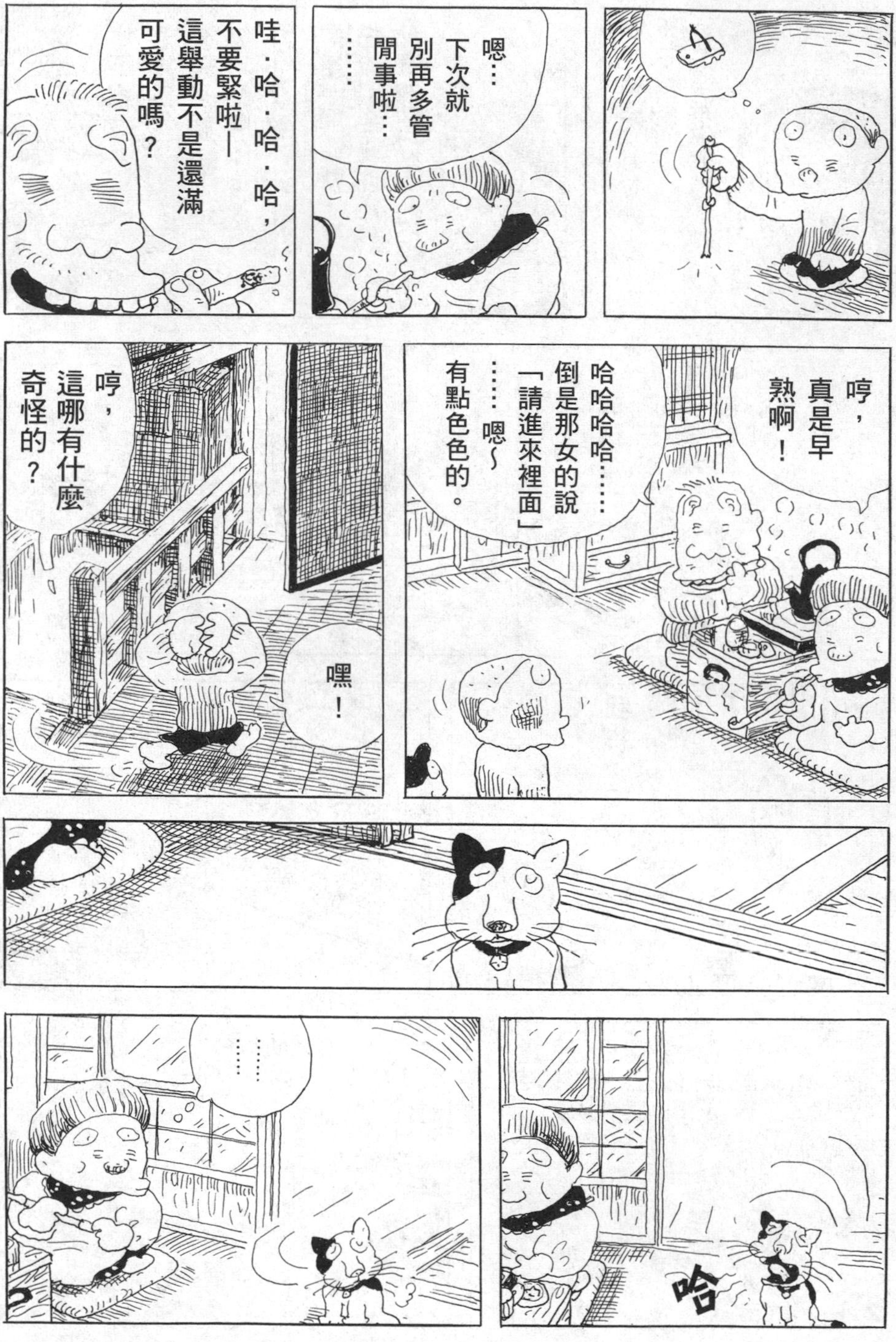
嗯……下次就別再多管閒事啦……
哇．哈．哈．哈，不要緊啦—這舉動不是還滿可愛的嗎？
哼，真是早熟啊！
哈哈哈哈……倒是那女的說「請進來裡面」……嗯~有點色色的。
哼，這哪有什麼奇怪的？
嘿！
……
哈

啪噠
啪噠
轟隆
匡啷
匡啷
匡啷
喀啷喀啷
碰咚
啪噹喀唰
哇，好厲害！
狂風暴雨耶～
好了，快關好窗戶啦!!
*沒有比睡覺更好的事了，只有世間的笨蛋才會起床工作……啊，真快活～

*出自江戶時代的狂歌（一種日本古時的詩歌體裁）。

ちかみ

石子醫院
婦人科
肛門科
すまれらけ

看這天氣，今晚大概不管哪裡都沒辦法作生意了。
嘿嘿，還是有地方唷！
哪裡？
這個!!
啊，色狼～
這種時候還去女人那的話，會大受歡迎唷～
是喔，還有這種事啊…

比起興緻勃勃地出門去賞花，在風雨交加的時候去玩樂才是內行人唷！
喀噠喀噠
STAND
搖晃搖晃
……
風雨這麼大沒問題吧……
就是啊……
沒問題沒問題，這正是玉之井的好天氣啊！
他說待會要去銘酒屋…
這樣啊—
呵呵，那邊一下這邊一下，這邊一下那邊一下，今晚可爽快了，呵呵呵，呵呵呵……
嘻嘻，嘻嘻嘻嘻…
買單!!
……
……
好！來去囉—
準備得真周到啊！
活像是要去堤防工作似的…
堤防……工作嗎？嘿嘿嘿嘿…不是吧？

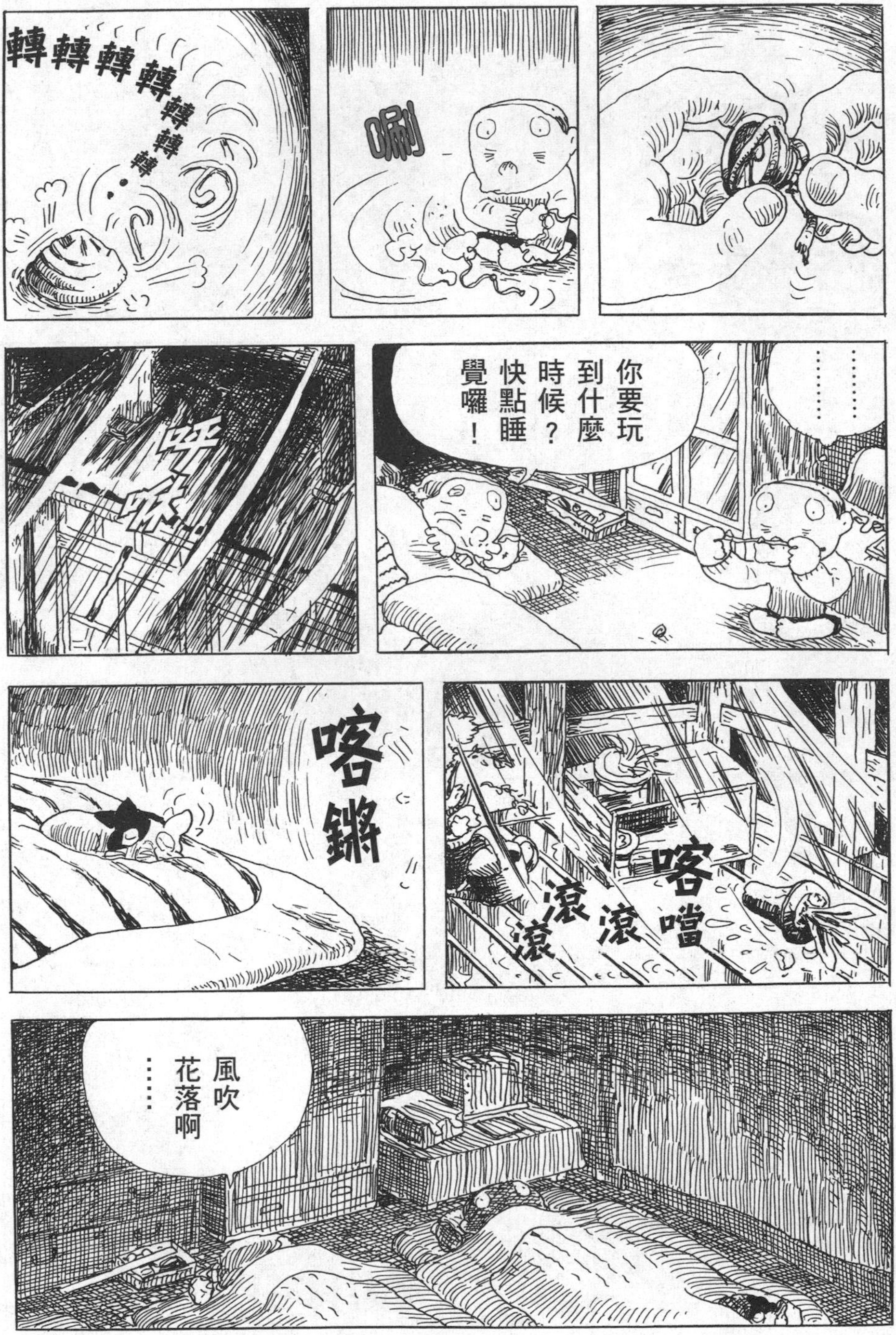
轉轉轉轉轉轉轉
唰
呼咻
你要玩到什麼時候？快點睡覺囉！
……
……
喀鏘
喀噹
滾滾滾
風吹花落啊……

等一下，等一下嘛～

寺島町奇譚

うぬぼれ鏡

鏡中美貌

嘖。
命中!!
喳啪
來喔！
喳啦
叮鈴
叮鈴
叮鈴

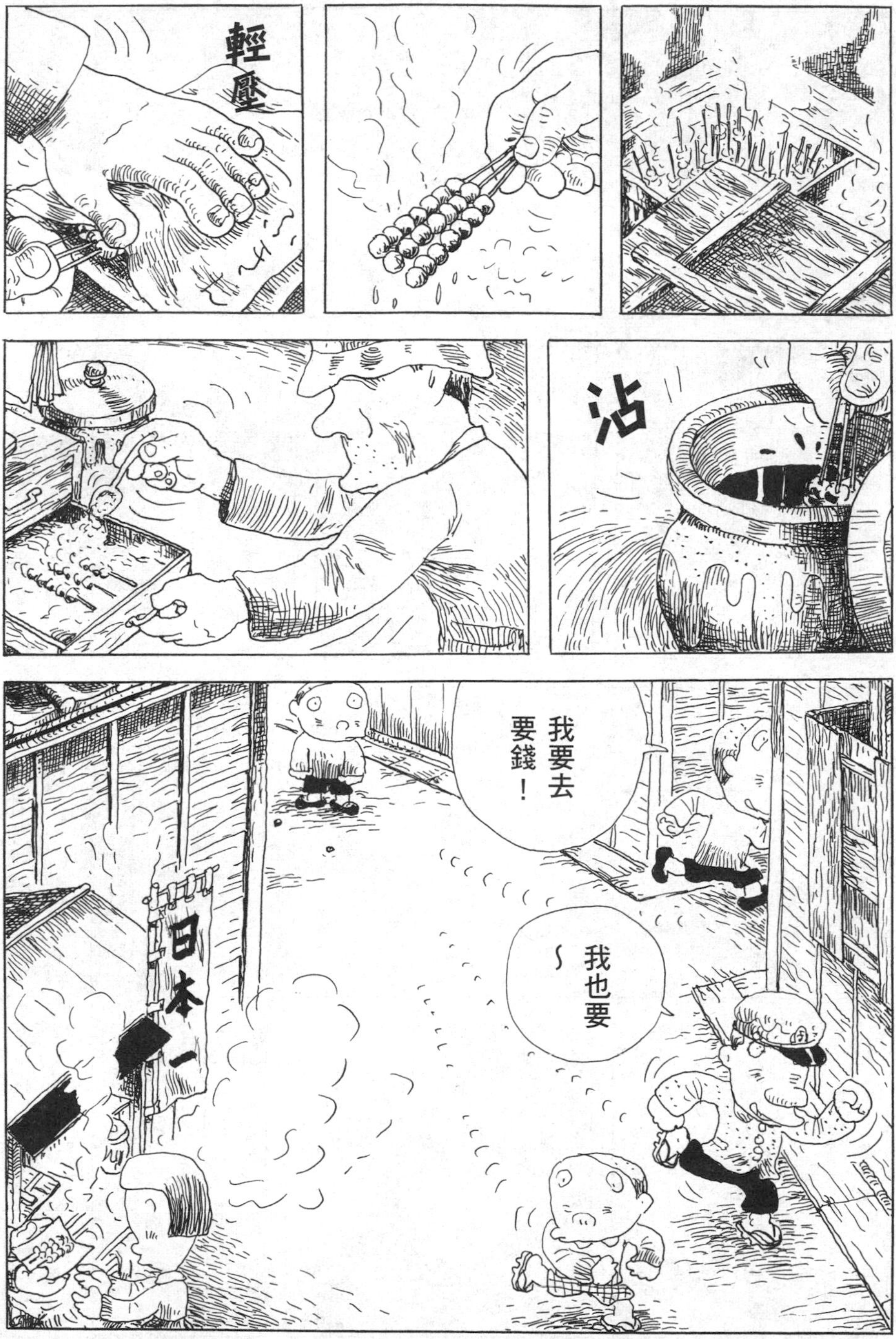
輕壓
沾
我要去要錢！
我也要～
日本一

……
鏗唧
鏗唧
啪！
糟了！
噗通
!!
阿清…

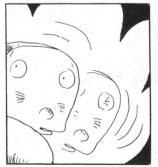

呵、呵、呵、呵……
媽媽…
嗯哼—
……

啊？什麼…想要錢…你要買什麼？啊─？
啊嗚…
什麼東西？吉備糰子…你這孩子真是的!!
呼─
阿姨的髮型叫什麼啊？
啊…？
哦，那個叫*丸龜。
石子醫院
叮鈴叮鈴

*丸龜發音為marugame，音近似丸髷（marumage）。

酒
タンド
我回來了⋯
咳！
⋯⋯
叩咚叩咚
嘩啦啦啦啦
咕嚕咕嚕咕嚕
噗嚕

*三斗半約一又四分之三桶。

咚
咚
咚
咚
哎呀，人還沒到嗎？
是呀！
哇啊——這大丸髷髮型真是美到冒泡啊！
哎唷，別這樣一直盯著看啦，呵呵呵～～
嗚哇—
哎呀，我還以為哪裡來的新娘子呢！
爸爸又要愛上妳了—
妳們在胡說什麼啦!!
呵呵，呵呵，呵呵，呵呵～
不過要相親的當事人怎麼這麼慢？
唷，媽要相親嗎？
笨蛋，她是當媒人！
兩個人都好慢啊…

咚
咚
咚
咚
……
……
……
……
小玉啊~
啥啾！
是不是又在哪邊翻到蝦子尾巴了啊？

哦—原來是矢島先生跟敏江小姐啊……
他們還挺適合的啊！
妳的老公，爸爸會幫妳找個好人家—
我就不用啦，我已經有對象了。
真的？誰啊？
長谷川先生啊
長谷川先生……？
對啊，就是昨天消失的男人……*
向島映畫
消失的男人
谷川一夫主演
珈琲店

*《昨天消失的男人》（昨日消えた男）為1941年上映的電影，主角由長谷川一夫飾演。

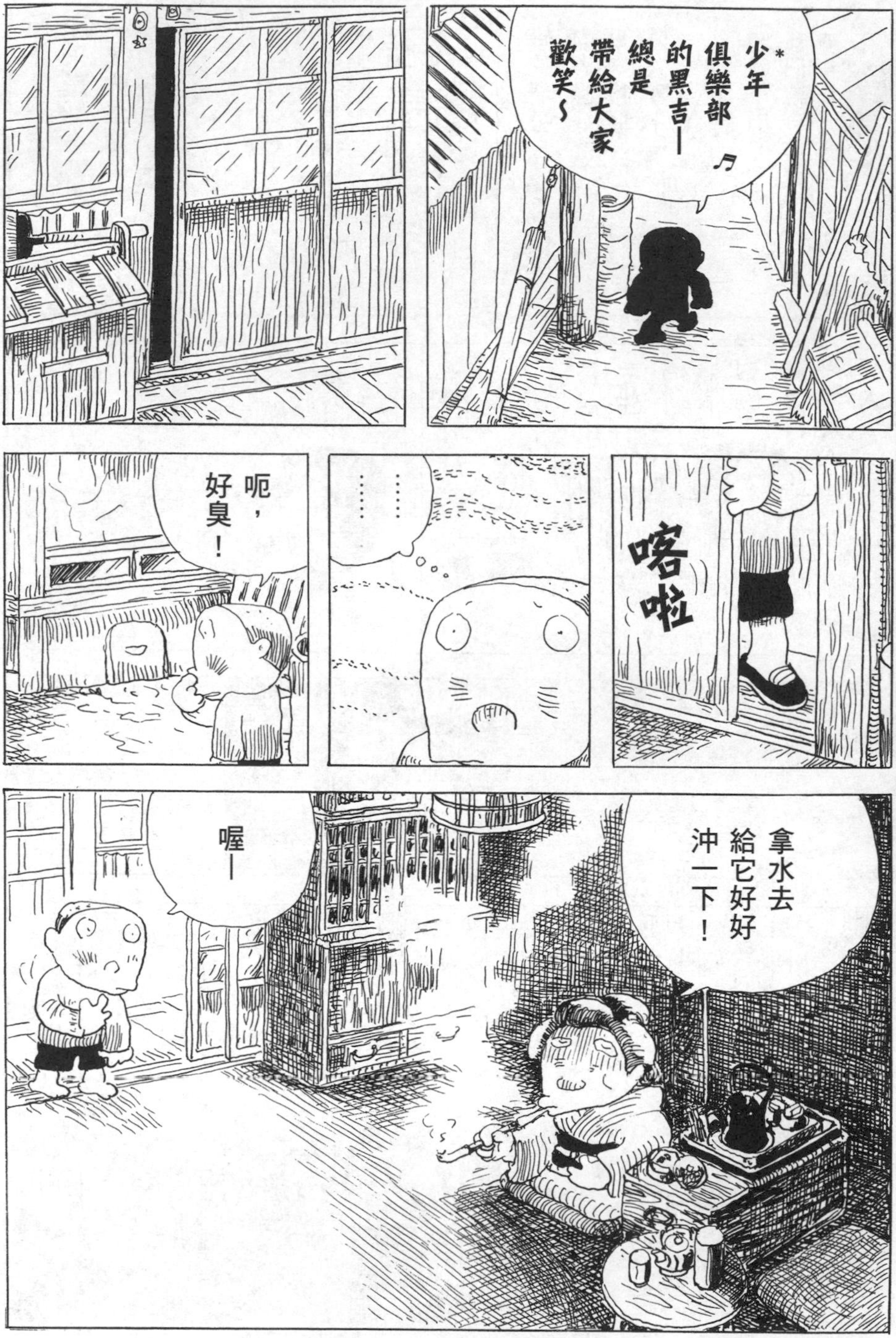

＊少年俱樂部的黑吉—總是帶給大家歡笑～♪
喀啦
……
……
呃，好臭！
拿水去給它好好沖一下！
喔—

＊歌詞，出自〈黑吉之歌〉（のらくろの歌），原作漫畫於1931年（昭和6年）開始在「少年俱樂部」雜誌連載，是漫畫家田河水泡的作品。

*整段歌詞出自兒童數數歌〈一二三四金平糖〉（いろはに金平糖）。

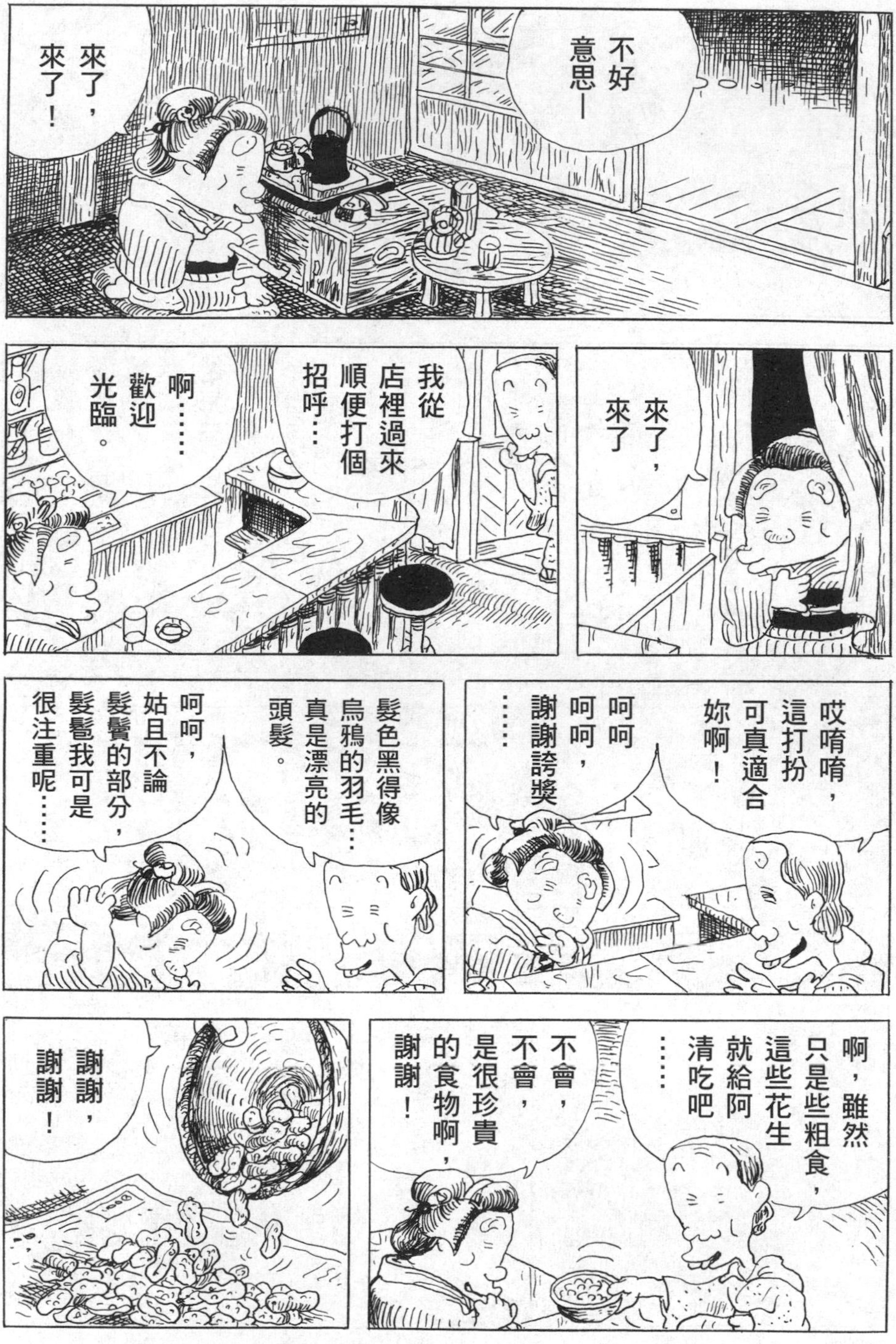
不好意思—
來了，來了！
來了，來了
我從店裡過來順便打個招呼……
啊……歡迎光臨。
哎唷唷，這打扮可真適合妳啊！
呵呵呵呵，謝謝誇獎……
髮色黑得像烏鴉的羽毛……真是漂亮的頭髮。
呵呵，姑且不論髮鬟的部分，髮髻我可是很注重呢……
啊，雖然只是些粗食，這些花生就給阿清吃吧……
不會，不會，是很珍貴的食物啊，謝謝！
謝謝，謝謝！

寸燐用達
……
……
多謝妳的招待，不湊巧沒什麼好東西……
哪裡哪裡，客氣了……
咚—嗡~

嘰
媽媽，廁紙換了嗎？
不是報紙了？
小孩子別管那麼多！
啊，阿清幫我跑腿一下—
唔…
去哪裡？
你知道敏江小姐的公寓吧，幫我去叫她過來！
敏江阿姨的公寓…啊啊，在平交道旁邊…嗯…有有有，之前有去過。
二樓有寫APART-MENT STORE的那棟對吧？
對。

敏江阿姨是之前當過藝者的那個人吧？
那些都不重要啦，你趕快出門!!
喔—
跟她說大家都在我們家等著呢，聽到沒有？知不知道？
啪喳
喔—
哎，真是的，他們到底在幹嘛啊？帶給別人這麼大的麻煩……
是啊……
從矢島先生那裡的業平橋過來，三十分鐘也一定到得了啦？
呼呼，*業平嗎……
……那*小野小町她怎麼了？
什麼…？

＊業平橋之名來自平安時代的貴族、歌人在原業平。＊小野小町為同時期的女流歌人。

*中國麵。

醫院
叮咚叮咚叮咚
パーメントストア
你好。
喀嚓喀嚓
你好～

有・人・在・家・嗎～
……
不在家啊……
……

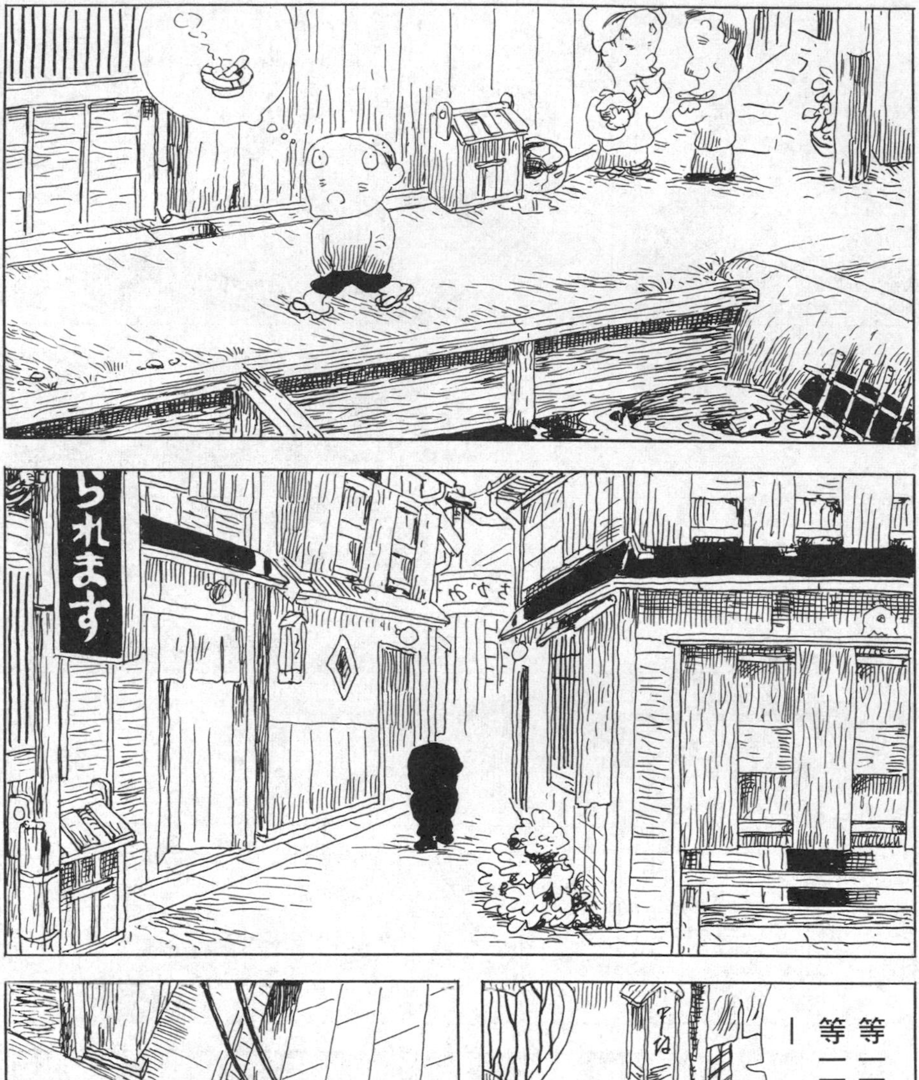
られます
等一下，等一下—

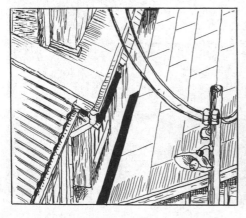

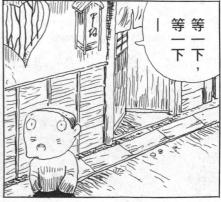

呀！笨蛋，色鬼～
……
……
嗯呼……
數到一，小一帶了新娘子，數到二，帶上二樓去……♪

數到三，
內褲××
×××，
數到四啊
硬邦邦……
×××
××～
一個兩個，
小朋友吃了
三顆橘子。
吃了太多，
第四天的半夜
拉肚子……
もみりょうじ
婦産

＊本來阿清在唱有點黃色的數數歌，遇到軍人時才立刻改唱正常的兒童數數歌。

到底在幹什麼啦，唉～
……
好不容易才湊合他們，
結果居然沒人在家……
是不是去澡堂了呢？
唔…大概打算打扮乾乾淨淨漂亮一點吧？
就算是這樣，也讓人等太久了！
嗯…
明明說過照平常的打扮過來就可以了。
阿清…
啊…？
啊—算了算了，這次我自己去！
=3 =3 =3 =3 =3

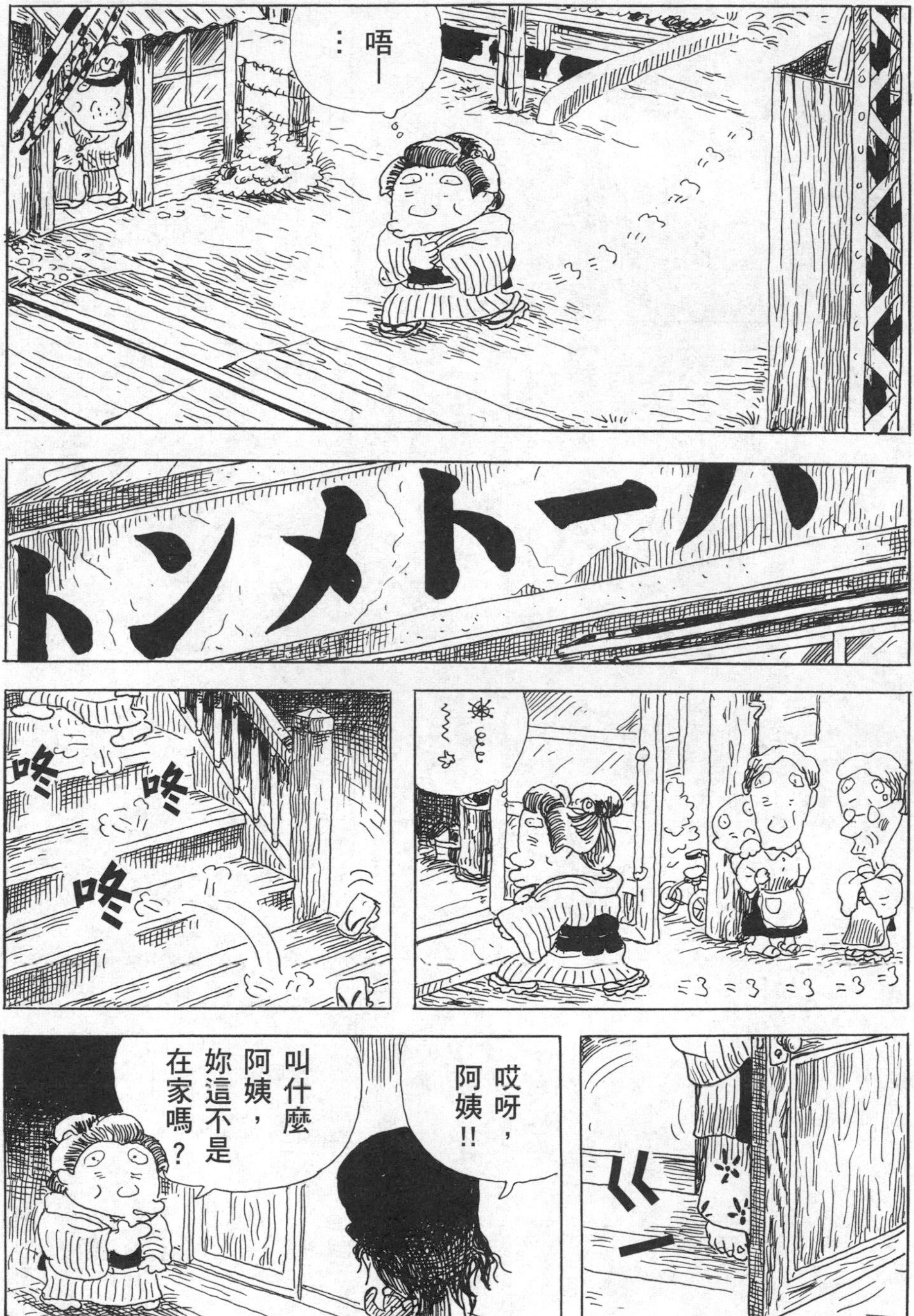
唔——……
トンメトーハ
咚
咚
咚
哎呀，阿姨!!
叫什麼阿姨，妳這不是在家嗎？

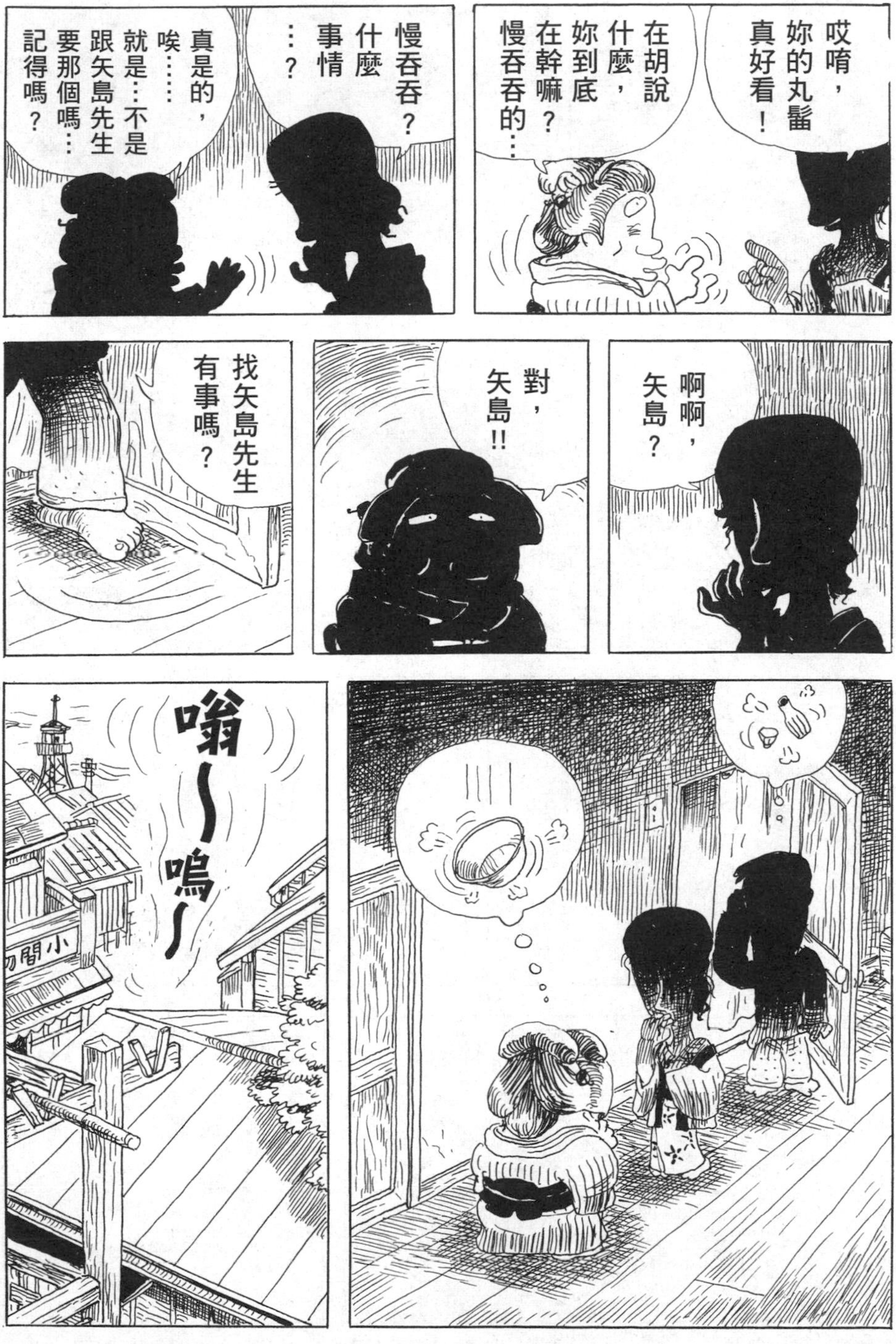
哎唷，妳的丸髷真好看！
在胡說什麼，妳到底在幹嘛？慢吞吞的⋯
慢吞吞？什麼事情⋯？
真是的，唉⋯⋯就是⋯不是跟矢島先生要那個嗎⋯記得嗎？
啊啊，矢島？
對，矢島!!
找矢島先生有事嗎？
嗡～～嗚～
小間物

敲
明明房間裡有人，你怎麼說沒有人在!!
我喊了好幾次「你好嗎」，可是就都沒人回話啊！
他們兩個人一～直都在裡面唷。
兩個人…？跟誰啊…？
就是跟矢島先生啊，矢島!!
業平在啊，哈哈，這傢伙真是夠了！
他們竟然完全不記得今天的事呢!!
可是也真奇怪耶，我從鑰匙孔看進去，房間裡頭黑漆漆一片，什麼都沒有啊？
你這小孩真是討人厭啊!!
碰

那兩個人居然會搞在一起，我真是作夢也完全想不到啊……
發生什麼事啦？
哼！
來了嗎，那男的跟女的……
哼！
我才不知道咧!!
咚

ぬけられます
*徐州～徐州～與一班人馬前進徐州～
只會在那～待一下～還是住下來呢～

*歌詞，出自〈麥子與軍隊〉（麦と兵隊）1938年（昭和13年）。

スタンド
和洋酒
ンド
Stand

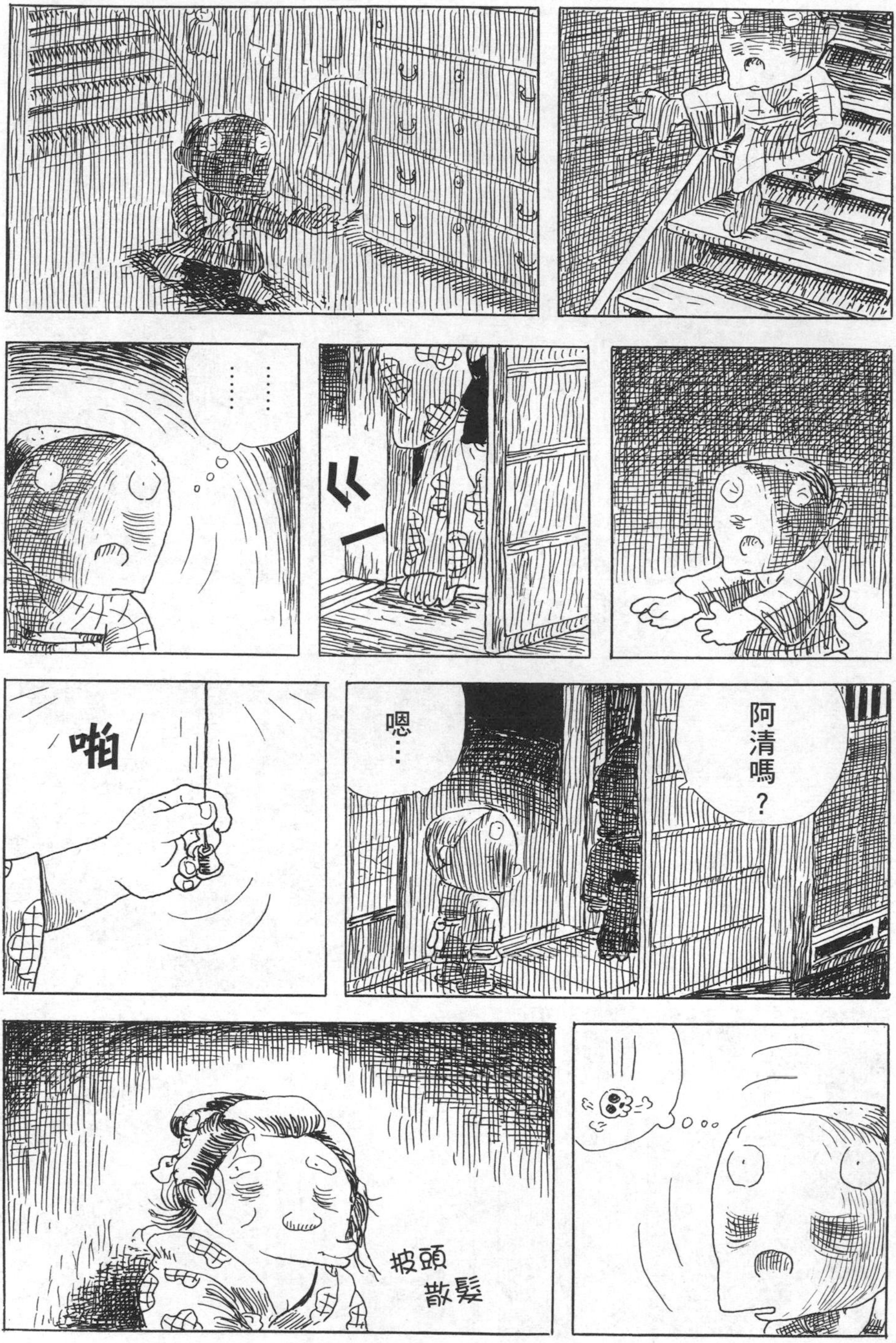
ㄍ一
……
阿清嗎？
嗯……
啪
披頭散髮

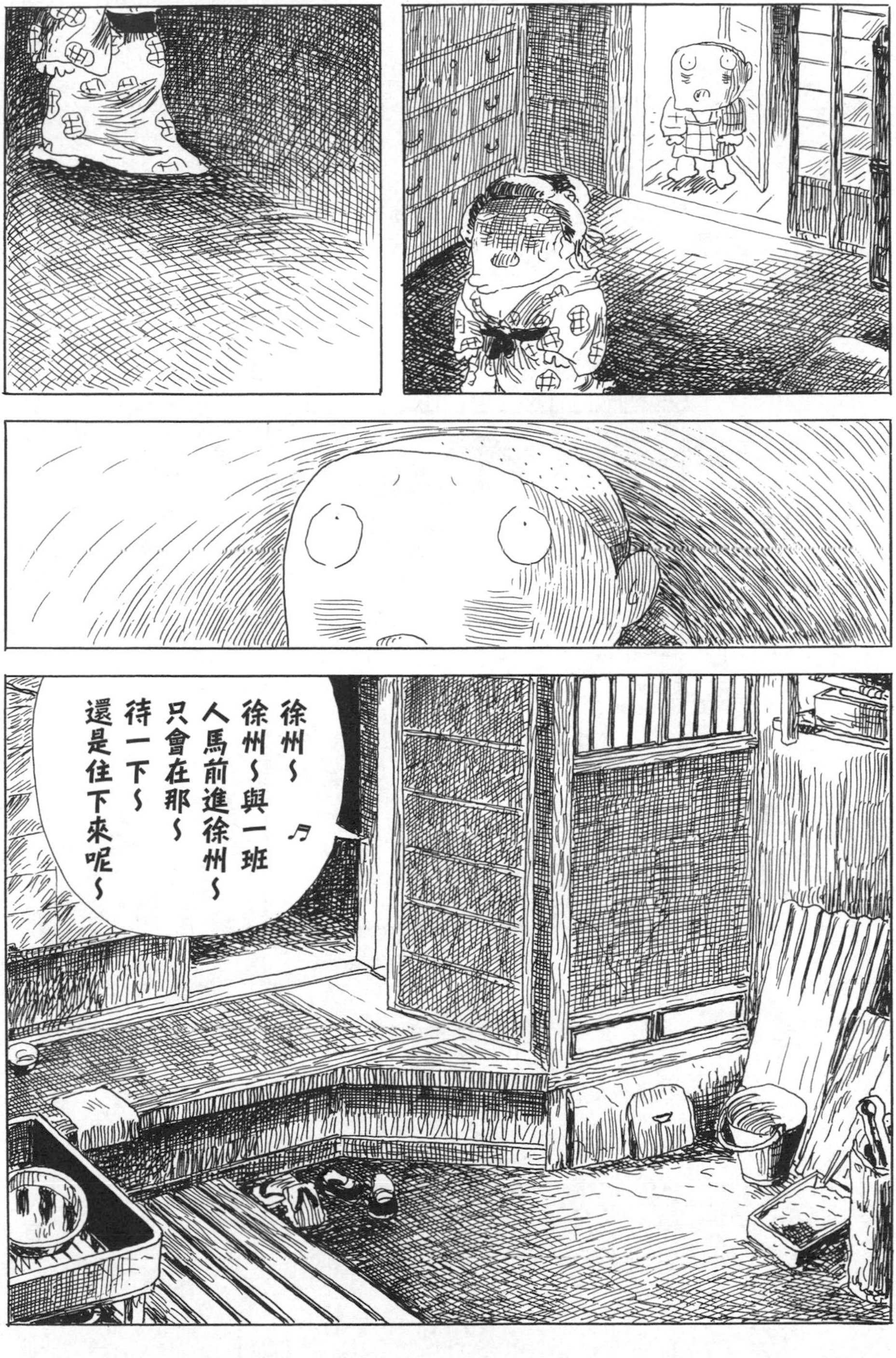
徐州~
徐州~與一班
人馬前進徐州~
只會在那~
待一下~
還是住下來呢~

寺島町奇譚

萬古屋事件始末

萬古屋事件始末

…總而言之，是萬歲的萬，古代的古，也就是「萬古」，流傳萬世千古的意思。
可不是唸成×××＊屋喔。
哦是喔~原來是萬古屋啊！原來如此……
喔—原來不是××××屋。
是萬古屋喔！
三重縣四日方市那邊，不是有種叫萬古燒的燒製瓷器嗎，就跟那個萬古一樣。
哦，原來是這樣！
其他一樣的字還有萬古不易、萬古不動或萬古千秋喔……
嗯—原來如此啊

＊日文中「萬古」音似女性性器官。

看你一直附和，到底是真懂還是假懂啊？
就是店名叫萬古嘛！
嗯……萬歲的萬，古代的古，萬古啊—
是啊，如果寫成千古*的話，就變成雞雞了！
哇哈哈哈哈
嘻嘻嘻啊哈哈哈
和洋酒
時間也差不多了，那就拜託妳囉！
謝謝光臨，希望近日再來~
哎呀，要回去啦？
是呀，謝謝，多謝招待，那麼，再見了……
他沒付錢？
他說下次會再一起付……哎唷，沒事沒事，反正也知道他家在哪裡，不用擔心。

*千古的原文為「ちんこ／chinko」，與男性性器官俗稱「雞雞」同音。

萬古屋這名號可真怪！
嗯嗯，不過，你不覺得剛剛那男的懂得滿多的嗎？
那個人可是師範出身的唷！
咕嘟咕嘟
咕嘟咕嘟
師範學校的嗎？
所以是學校的老師，還是什麼身分啊？
如果是老師的話，的確是懂比較多東西！
呼呼呼，是染物店*唷～
染物店……？
啊哈哈哈哈哈
沒錯，就是萬古屋染物店的小老闆唷！

*染物店為替人染製布、衣物、旗幟以及掛簾等物的店面。

＊「洗張」為和服的特殊洗滌方式。

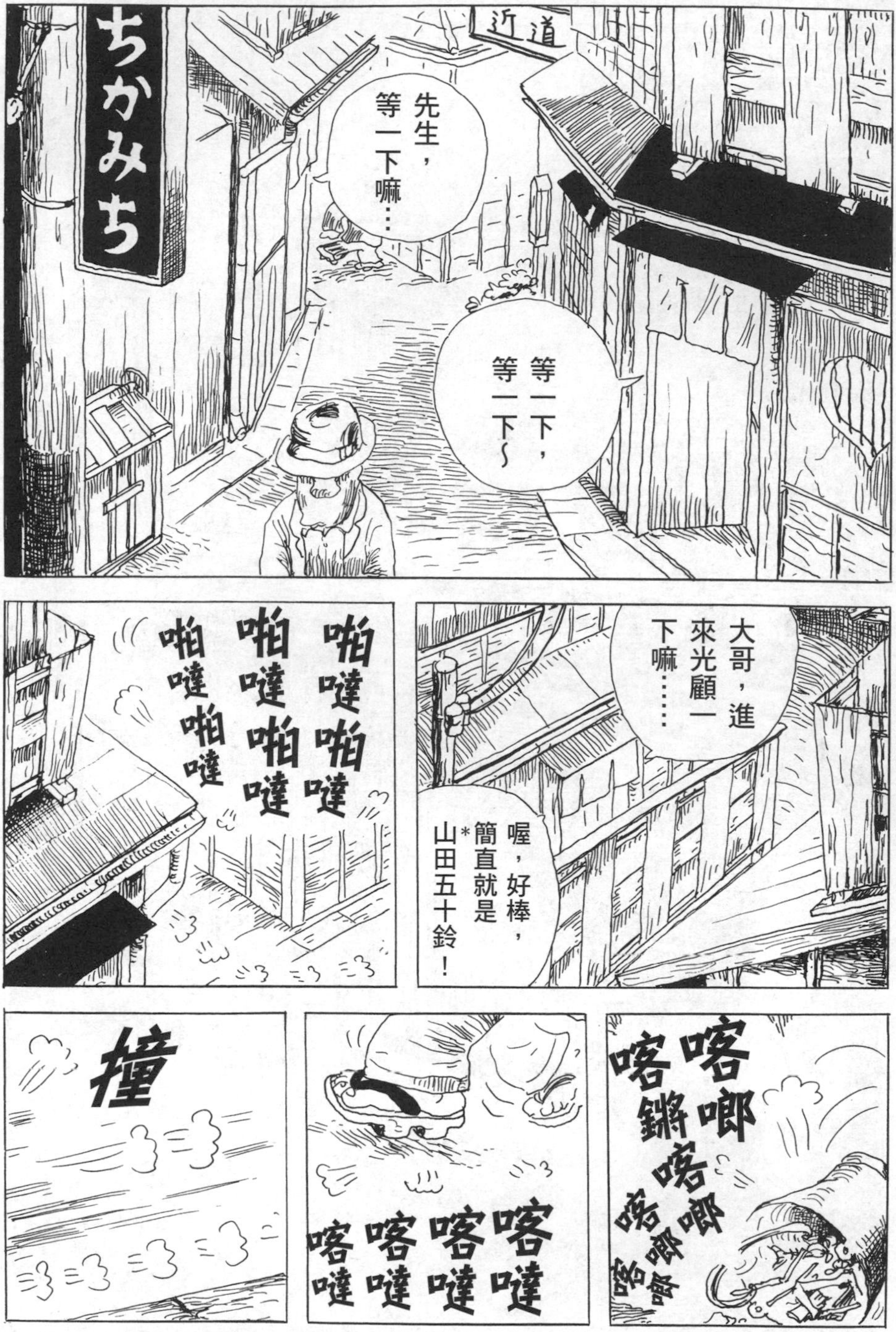
ちかみち
近道
先生，等一下嘛……
等一下，等一下～
大哥，進來光顧一下嘛……
喔，好棒，簡直就是*山田五十鈴！
啪噠啪噠
啪噠啪噠
啪噠啪噠
喀唧鏘
喀唧喀唧
喀唧喀唧
喀噠
喀噠
喀噠
喀噠
撞

*山田五十鈴為昭和時期的著名女演員。

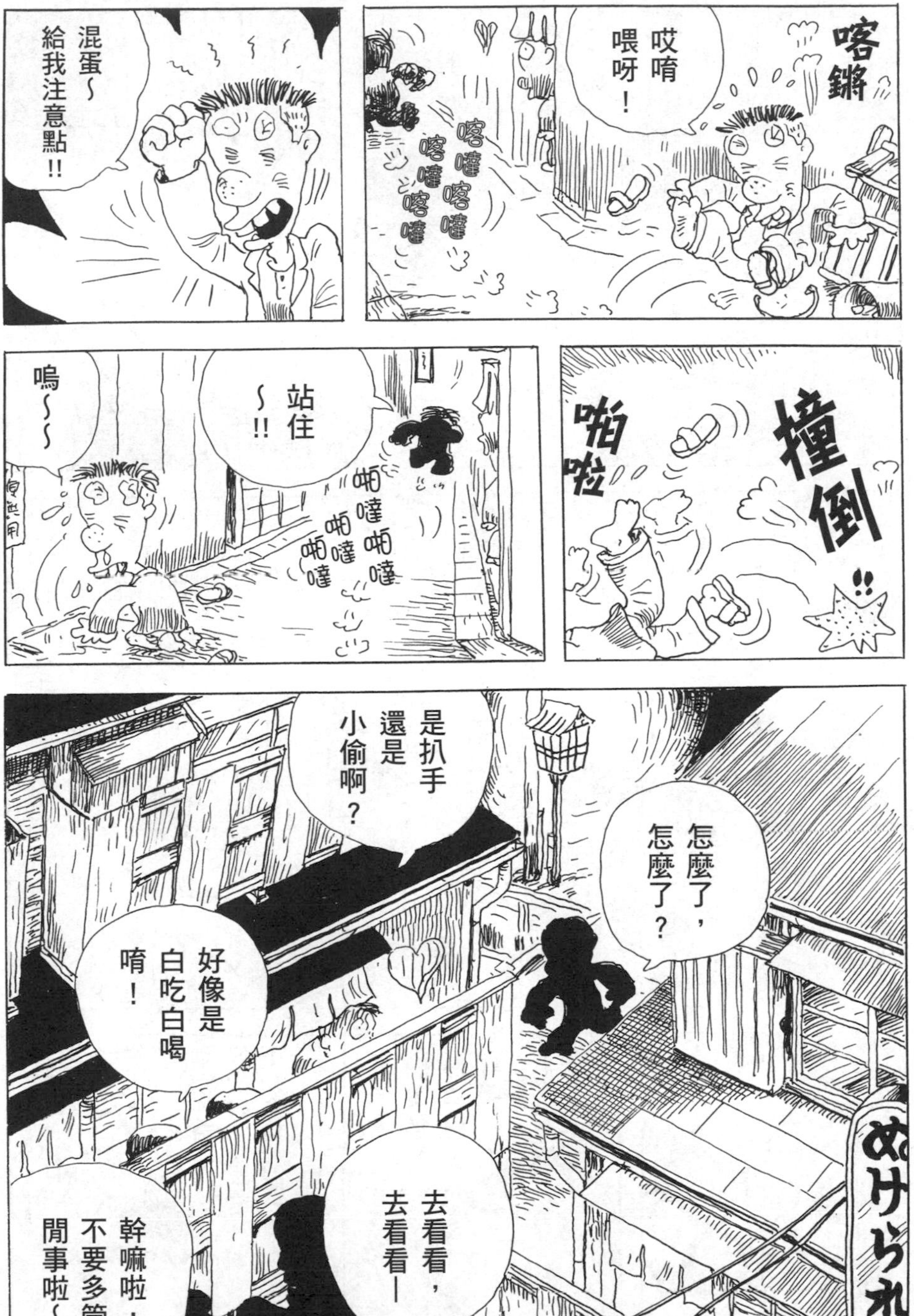
喀鏘
哎唷喂呀！
喀噠喀噠
喀噠喀噠
喀噠
混蛋～給我注意點!!
撞倒!!
啪啦
站住～!!
啪噠啪噠
啪噠啪噠
嗚～～
怎麼了，怎麼了？
是扒手還是小偷啊？
好像是白吃白喝唷！
去看看，去看看—
幹嘛啦，不要多管閒事啦～

嘖，讓他逃掉了……
……
……
怎麼了？
嗯……沒事，沒什麼。
剛剛外頭好像有事發生，不知道是怎麼了？
八成是醉漢在發酒瘋打架吧？

呼、呼、呼—
哈哈哈哈，啊—累死我啦！
你還真愛湊熱鬧，又不是什麼需要急著知道的事…
…所以，什麼事，什麼事？
聽說在抓危險分子，只是好像給他逃掉啦！
哎唷，危險分子啊？好恐怖！
歡迎光～臨…
瞄—
ONSTAND
如何，最近生意好嗎？
哎呀—
喂—松先生來了唷！

唷！
喔，歡迎啊！請坐，請坐～
嗨唷，阿清－你好嗎？
哎呀，歡迎歡迎－
唷！
啊，好累，真是累死我了⋯
老爹，不冰的也沒關係，請我喝一杯吧！
好呀！
今天是為了工作而來的嗎？
呃⋯啊，差不多是那樣啦⋯⋯
啊，多謝，多謝。
⋯⋯⋯⋯
咕嚕

對了，老闆娘啊，×××的那小子最近有來嗎？
染物店的小孩做了什麼事嗎？怎麼警察也要找他？
嗯……也沒啦，只是小事…
喝－
刑警這工作也真是辛苦呢！
沒有那回事啦…
……
開什麼玩笑，他居然是危險分子!!
是那個人很好辯的緣故吧？
因為家裡是經營染物店，所以染紅了嗎……

*暗指他支持共產主義。

咚喀 咚喀
咚 咚喀 咚喀 咚喀 啦喀 啦咖 咖
咚喀 咚喀 咚喀 啦咖
咚咚 咚喀喀 啦喀 咖
啦咚 咖喀
咚咚 喀喀

咚—
來！
嘿嘿，賺到了。
咚咚—
「啊，媽媽，妳去哪裡了？媽媽—」
那位像天使一樣的媽媽到底去了哪裡呢……哦，就在此時—
阿清—

搥
受人之託就該快點完成事情啊！怎麼可以這樣？真是的，令人生氣～
整骨
突然出現*安達原的鬼婆婆鏘鏘～～
萬古屋
洗張り
阿清……

*日本福島縣的恐怖傳說。

*佛滅來自日本的曆注（類似中國的農民曆）當中的六曜，在這一天不適合結婚及慶祝，是六曜當中最不好的日子。三隣亡同為曆注之一，這一天不宜建屋動土。

就說過別傻了，本人不可能會在啦！
如果他在家的話，一定立刻就給警察抓走了。
說要在還沒被他牽連前，把他欠的帳討回來，呵呵，真是很像媽媽的做事方式！
她自己去不就好了？
嗯—警察監視得很緊，有些麻煩啊！
嗨唷，老闆娘在嗎？
喔，之前真是多謝招待哩！
……
嗯哼—

後來如何了？×××的兒子有來嗎？
不會來了啦。
真是的……怎麼可能還會來……
哈，我再找個時間繞去看看吧！
那傢伙到底跑到哪裡去了……
哼，真不想讓人那麼隨意進出家門！明明也不是親戚……
喀
!!

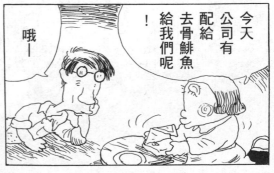

我回來了—
回來啦，今天真早。
是呀，今天比較準時下班。
今天公司有配給去骨鯡魚給我們呢！
哦—
吃吧，蒲燒鯡魚—
哇，看起來好好吃！

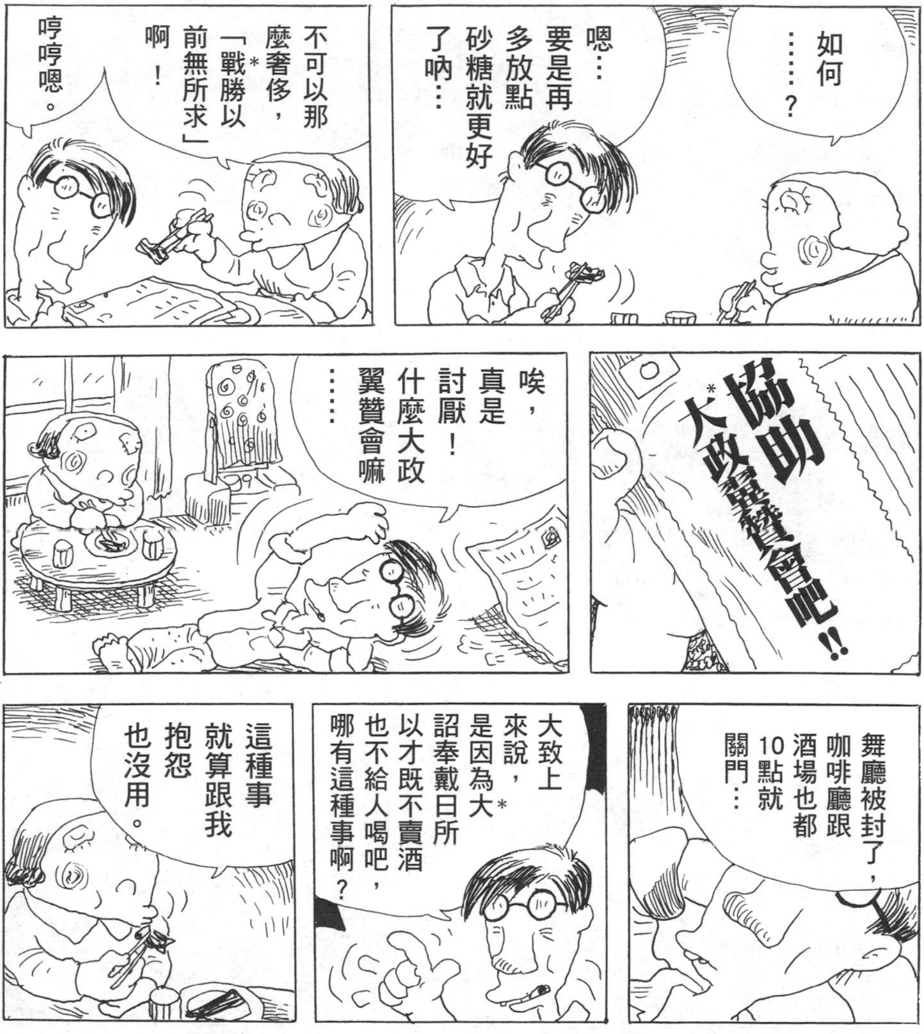
如何……？
嗯……要是再多放點砂糖就更好了吶……
不可以那麼奢侈，「戰勝以前無所求」＊啊！
哼哼嗯。
協助大政＊翼贊會吧!!
唉，真是討厭！什麼大政翼贊會嘛……
舞廳被封了，咖啡廳跟酒場也都10點就關門……
大致上來說，是因為大＊詔奉戴日所以才既不賣酒也不給人喝吧，哪有這種事啊？
這種事就算跟我抱怨也沒用。
說到這個，大家所謂的紀元二千六百年啊，也是因為日本書紀裡頭記載的＊神武紀元算錯才有的啦！
就是啊……不過比起那件事，要不要去看電影？我有票唷。

＊日本於二戰時期教導國民的精神標語之一。

＊大政翼贊會，二戰時期成立的其中一個右派團體。

＊大詔奉戴日，太平洋戰爭爆發後，昭和天皇所頒布實施的國民運動，規定每個月八日全國國民必須一同宣讀「詔書」。

＊日本稱初代天皇－神武天皇即位該年（西元前 660 年）為「皇紀元年」。「紀元二千六百年」即神武天皇即位暨日本開國二千六百年，也就是西元 1940 年（昭和 15 年），當時日本為此舉辦了很多慶祝活動。

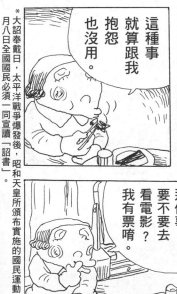

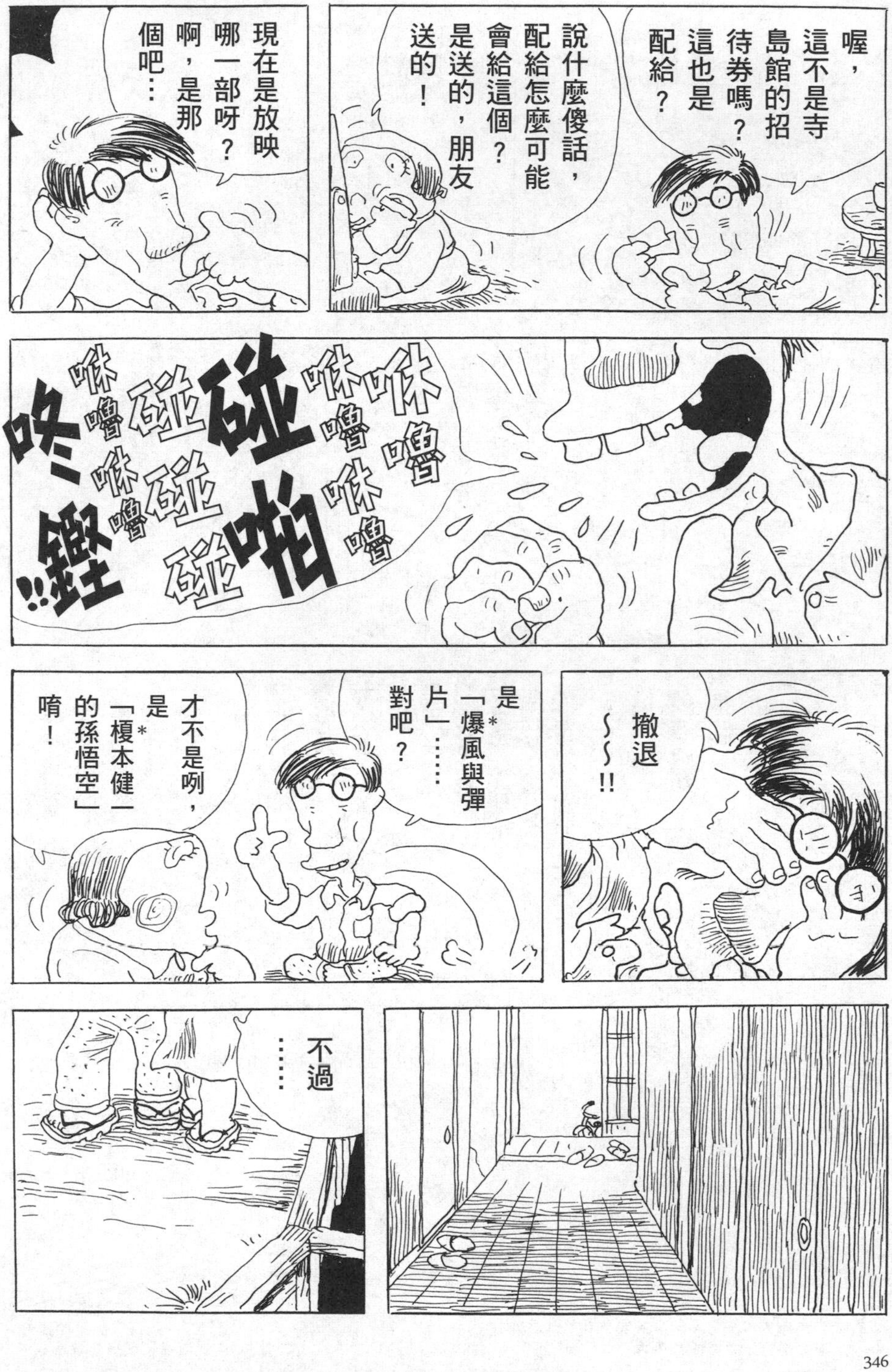
喔，這不是寺島館的招待券嗎？這也是配給？
說什麼傻話，配給怎麼可能會給這個？是送的，朋友送的！
現在是放映哪一部呀？啊，是那個吧⋯⋯
咻嚕咻嚕碰碰咻嚕咻嚕碰咚
咻嚕碰咻嚕碰啪咻嚕咻嚕碰鏗!!
撤退～～!!
是*「爆風與彈片」⋯⋯對吧？
才不是咧，是*「榎本健一的孫悟空」唷！
不過⋯⋯

*《爆風與彈片》（爆風と弾片），1944年上映的紀錄片，內容介紹各種炸彈依據不同程度威力對建築物等等的傷害。

*《榎本健一的孫悟空》（エノケンの孫悟空），1940年上映的娛樂電影。

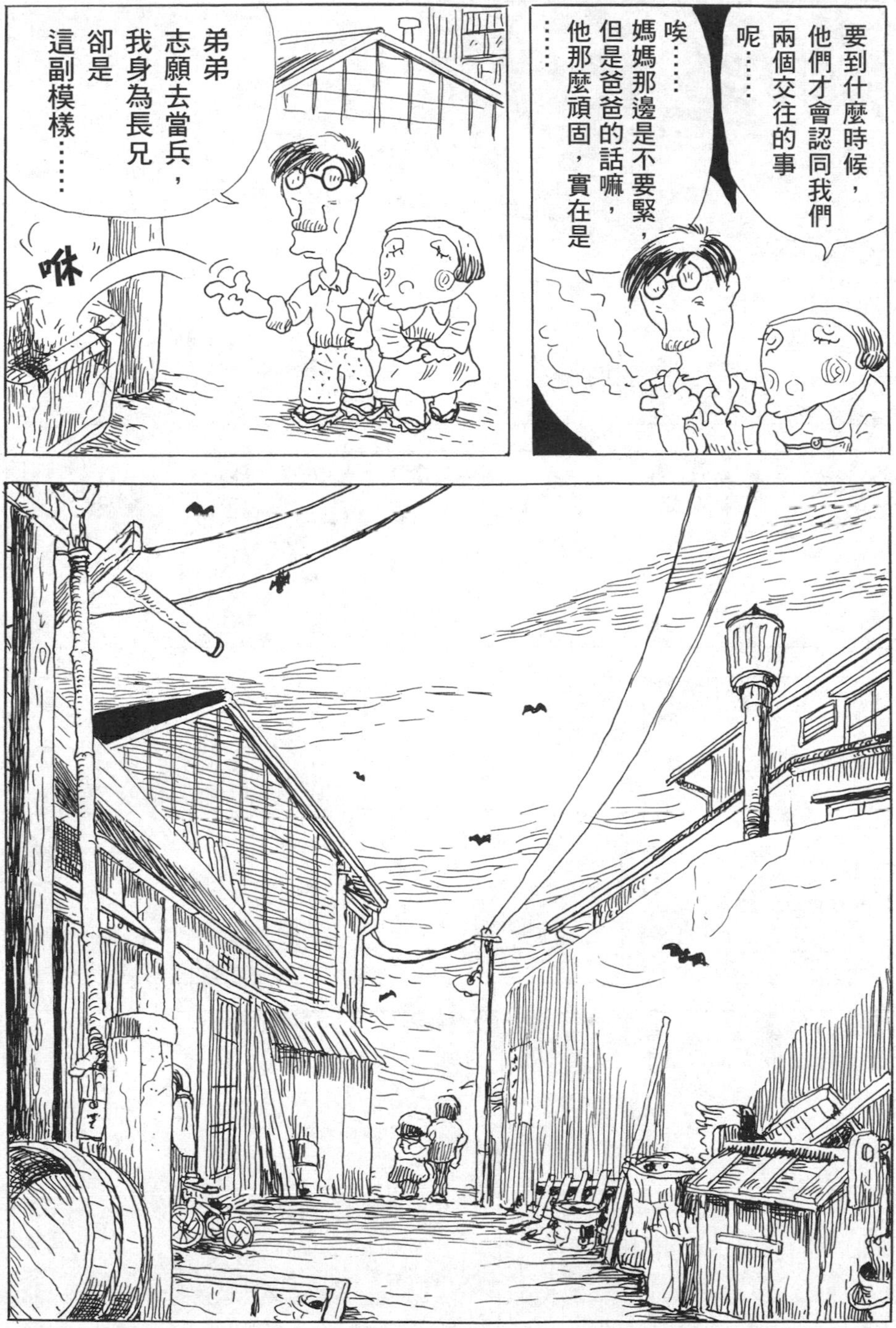
要到什麼時候，他們才會認同我們兩個交往的事呢……
唉……媽媽那邊是不要緊，但是爸爸的話嘛，他那麼頑固，實在是……
弟弟志願去當兵，我身為長兄卻是這副模樣……
咻

洗張り
萬古屋染
ぬけられます
……
……
啊呼ー
……？
有什麼事嗎？
那個……

就—是……
什麼事？
這個那個…向您問好…
什麼？是誰跟我問好？……
是我……啊不是！是我媽媽……
你媽媽？
嘿嘿，褲子破洞了…

喀啦
回來啦，如何？
我向他問好了……
問好了，然後咧？
就…阿伯他…
帳單有確實交給他了吧？
嗯—
哼，這種事絕對還是直接向本人講最好。不過這種時期也沒辦法了！

阿清
去清一下小玉的貓砂。
喔—
喀!!
真是臭到不行，這傢伙的貓砂尤其誇張。
方便完之後，得要好好把砂翻一翻才行，知道嗎？你這小子。
吼！老是命令我去幫她做這個做那個，真是煩死了…

安全道路
ぬけられます
バンバン
バン
和洋酒
ドン
STAND DON
那次以後，那人就再也沒消沒息了。
列為危險分子的老師…不知道給抓走了沒？
問問松先生不就知道了？
別提松先生了啦！

都已經去過他家了，本人恐怕不在家吧？
這事我知道，所以才特別拿帳單過去啊！
比起跟他要錢這事，我們如果不小心給牽連可就不得了啦…
危險分子是指他是紅色的左派對吧
就算是這樣，那點錢家裡的人至少可以先幫忙還掉吧？
……
該結的帳還是要結。如果到時有急用，我就要跑去他家要錢！
晚安—您好～
!!
說人人就到…
居然來了!!

今晚要大喝一頓囉！
歡迎光臨。
威士忌—
……
啊，對了，前些日子欠的帳先付清了吧？
哎~呀，好久不見，歡迎光臨！
和枝…讓他進去裡頭……快點……
咬耳朵
哦…？啊啊，說的也是…
怎麼了？
我們進去裡頭……來，請吧，請吧！
歡迎光臨。
其實坐吧檯就可以了！
您別這麼說……

嗯？是誰？
噓！
是危險分子。
哦，就是紅紅的人嘛—
……我說，這世界一定哪裡瘋掉了。
不顧年輕人的意願，就強迫送他們上戰場……
哎哎—*真不知道酒是眼淚還是嘆息呢！

*歌詞，出自〈酒是淚水還是嘆息〉（酒は涙か溜息か）1931年（昭和6年）。

!!
……
喀啦
碰
喂，喂喂喂，憲兵啦，憲兵!!
哇!!
快，往後頭，往後頭走！
快點，快點！
怎、怎麼了？
從那條小巷一～直走，就會從市場旁邊出去，快走吧！

*近道

踏踏
踏踏
喀踏 喀踏 喀踏 啪踏 啪踏 啪踏 喀踏 喀踏
什麼什麼，是打架嗎？
有人白吃白喝，逃走了!!
快追！快追！
快跑快跑啊！
啪踏 啪踏 啪踏 啪踏 啪踏 啪踏
安全道路

和洋酒
ンド
聽說昨天傍晚在*二部附近抓到了危險份子…
確定不是那傢伙了嗎？
要他收下的東西也給他了，不用再擔心了吧？
嗯……
這齣「萬古屋事件始末」，就此完結。那我先走了。
唷！
嘿！
喂ー松先生來囉ー
…………
………

*當時寺島町玉之井私娼街劃分為五個區域，以「部」為單位，有一部至五部，據說二部為當時店舖較密集的區域。

昨天傍晚立了大功吧？
昨天傍晚？啊啊，危險分子那事嗎…嗯…算是吧…
那個萬古屋的…
啊啊，×××的兒子？他早就沒事了。
那小子總算收到召集令了，沒辦法再逍遙過日子啦！
前陣子×××的老闆娘還因為那傢伙的事來拜託過我呢！反正，現在這樣也算塵埃落定了。
啊，對了，他賒的帳妳打算怎麼辦？
什麼…？
我前陣子撿到這個，是老闆娘妳這裡的吧？

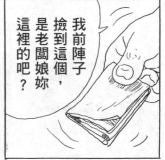

還是早點要到錢比較好唷，那我先走啦—
阿清阿清—!!
咚喀
咚喀
咚喀啦咖
咚喀
咚喀
咚喀啦咖

寺島町奇譚
仰げば尊し
仰望師恩

まれらけぬ
小便無用

精神統一——
磨—磨—磨—磨—磨—磨—磨—
平心——靜氣——
磨—磨—
磨—磨—
*大正十三卯月二十日
清澈流動的隅田川之東~

*歌詞，出自〈寺島第二國民學校〉（現．東京都墨田區立第二寺島小學校）校歌。

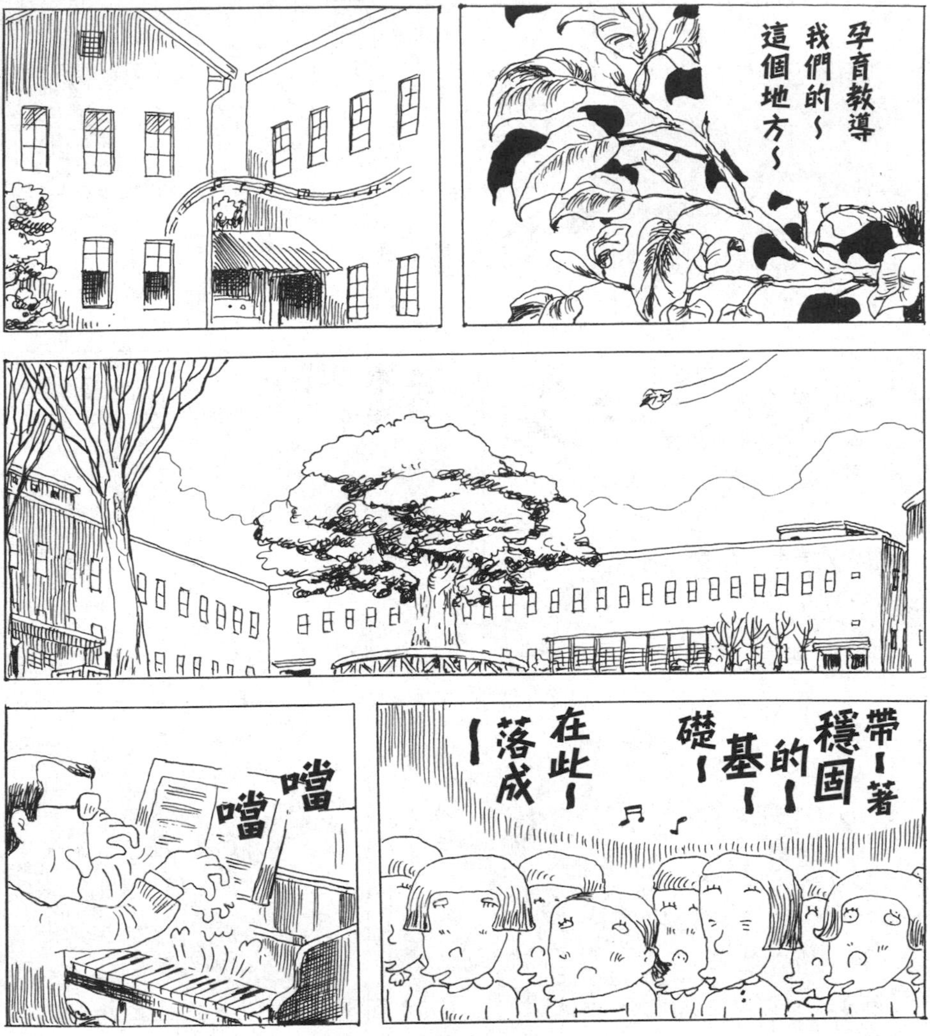
孕育教導
我們的～
這個地方～
噹
噹
帶ー著
穩固的ーー
基ー
礎ー
在此ー
落成ー
嘶ー

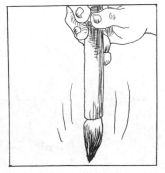

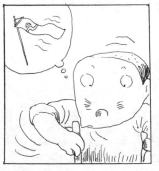

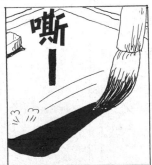

*「大」字的前兩個筆畫。

*「公」字的前兩個筆畫。

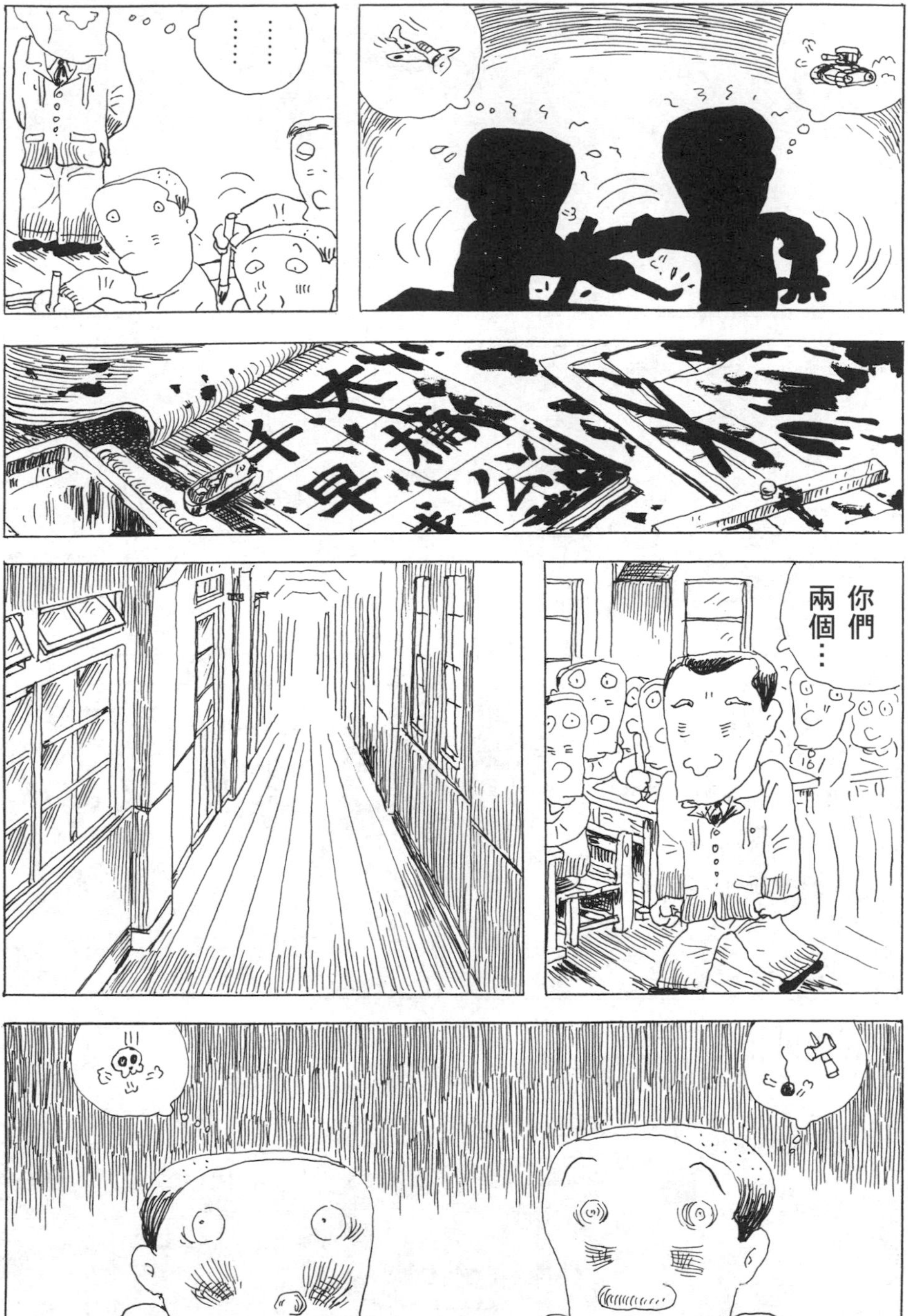
……
你們兩個…

笨小孩！
笨小孩！
好癢……
嗚。
啊哈哈
哈哈哈
啊哈哈
哈哈哈
哈哈哈
哈哈哈
下課－
噹啷－－－

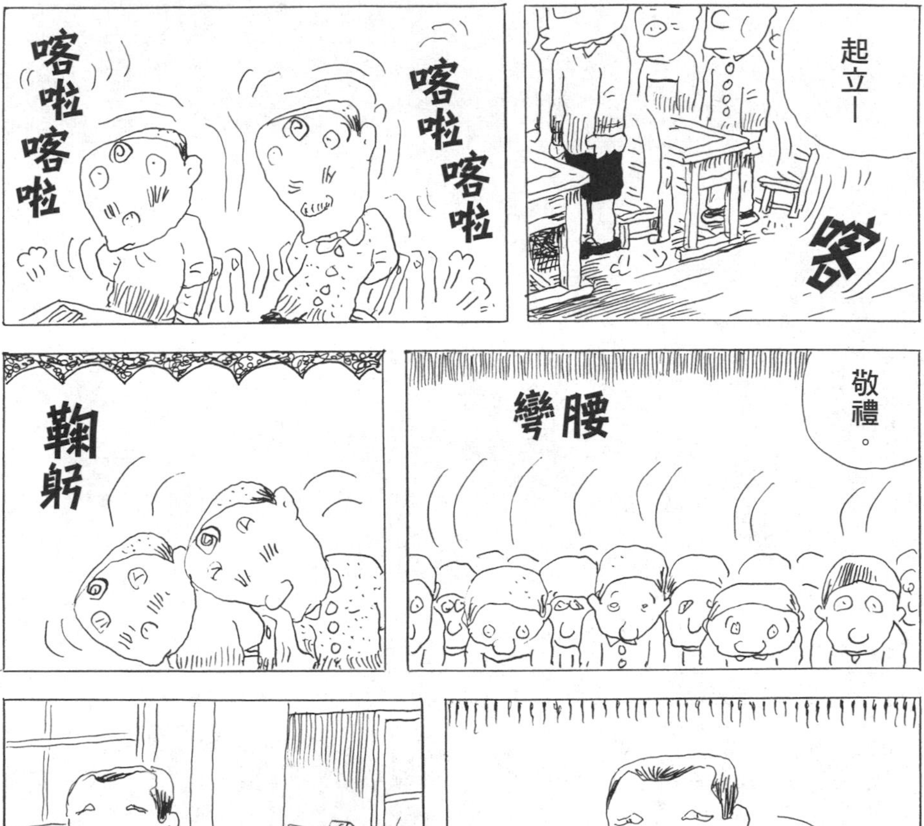
起立—
喀
喀啦喀啦
喀啦喀啦
敬禮。
彎腰
鞠躬
賀川！
是！

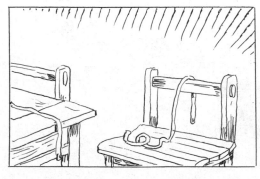

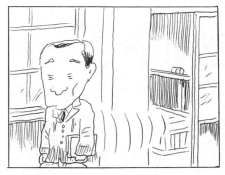

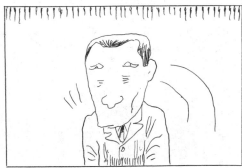

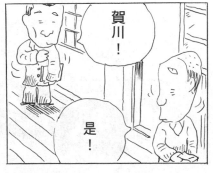

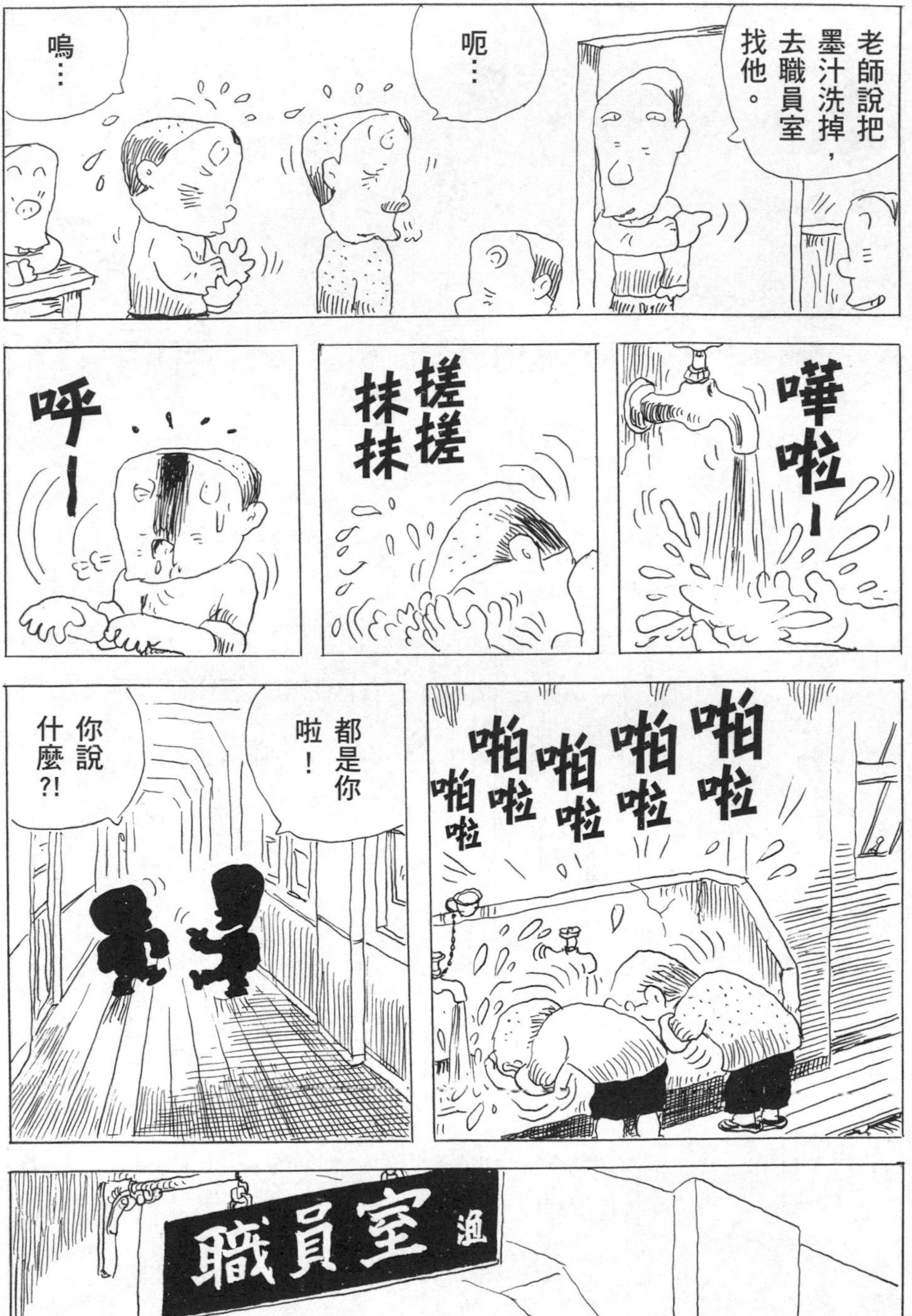
老師說把墨汁洗掉，去職員室找他。
呃……
嗚……
嘩啦—
搓搓
抹抹
呼—
啪啦
啪啦
啪啦
啪啦
啪啦
都是你啦！
你說什麼?!
職員室

鞠躬
立正
鞠躬

ちかみち
討厭！討厭！
かみち
這個⋯!!
太粗糙了⋯
碰

* 大楠公為鎌倉幕府時代末期至南北朝時代的名武將楠木正成，千早城之戰是他的名戰役。

大楠公
千早城……

新井…
伊豬平！

新井
伊之平！

丅・ㄧ・ㄣ

嗯
……

啊
……

嘻嘻嘻嘻
嘻嘻……

呵呵呵
呵呵……

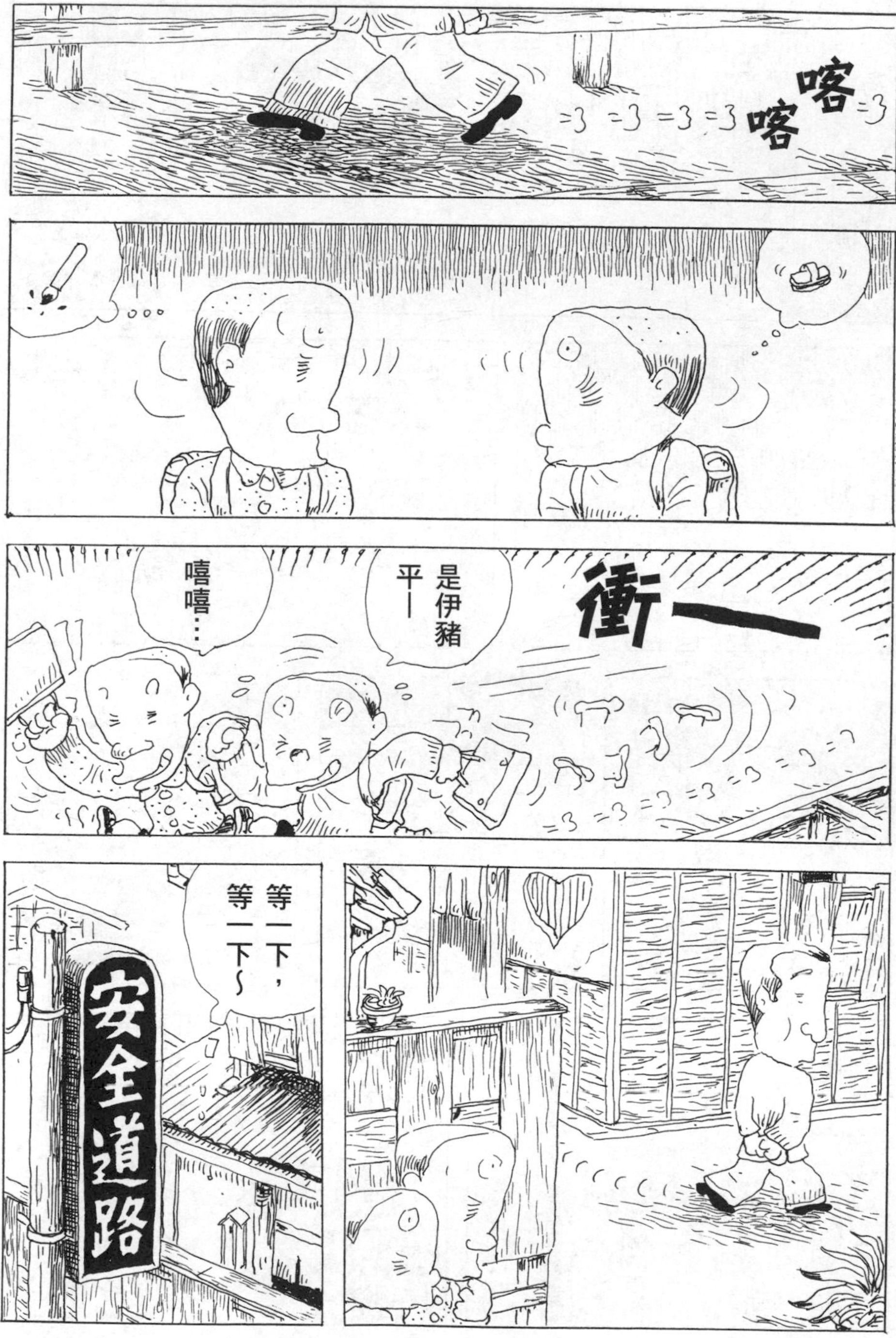

喀喀
是伊豬平—
嘻嘻…
衝——
等一下，等一下~
安全道路

等一下，等一下嘛……
ぬけられ
老師是不是去佐藤他家啊？
ぬけ
那傢伙翹課耶！
偏心！偏心！
嗯啊，也太偏心了吧！
鏗鏘
滾滾滾
撲咚
等一下，等一下～

小玉…
我回來了！
好臭。
小便臭死了！

*木炭自動車，由於戰爭期間汽油用量過大致使嚴重短缺，世界各國為了節省燃料，遂開始製造這類以燃燒木炭當作動力的汽車。

*歌詞，出自〈櫻井的訣別〉（桜井の訣別）1899年（明治32年）。歌曲背景為楠木正成身赴湊川之戰前，與兒子正行訣別的故事。

我剛剛遇到老師……
哪個老師？
新井老師……
哦—
咚
他後來走進銘酒屋了……
嗯……
老師家在哪裡？
梅島的前面，是不是叫西新井啊……
哈哈，西新井的新井老師嗎？
說到西新井啊，那裡的達摩*市集挺不得了呢……
西新井*大師啊……

*達摩市集（だるま市）為販賣達摩像給民眾供奉的祈福化厄活動。
*西新井大師的正式名為五智山遍照院總持寺，位於東京都足立區。大師指弘法大師。

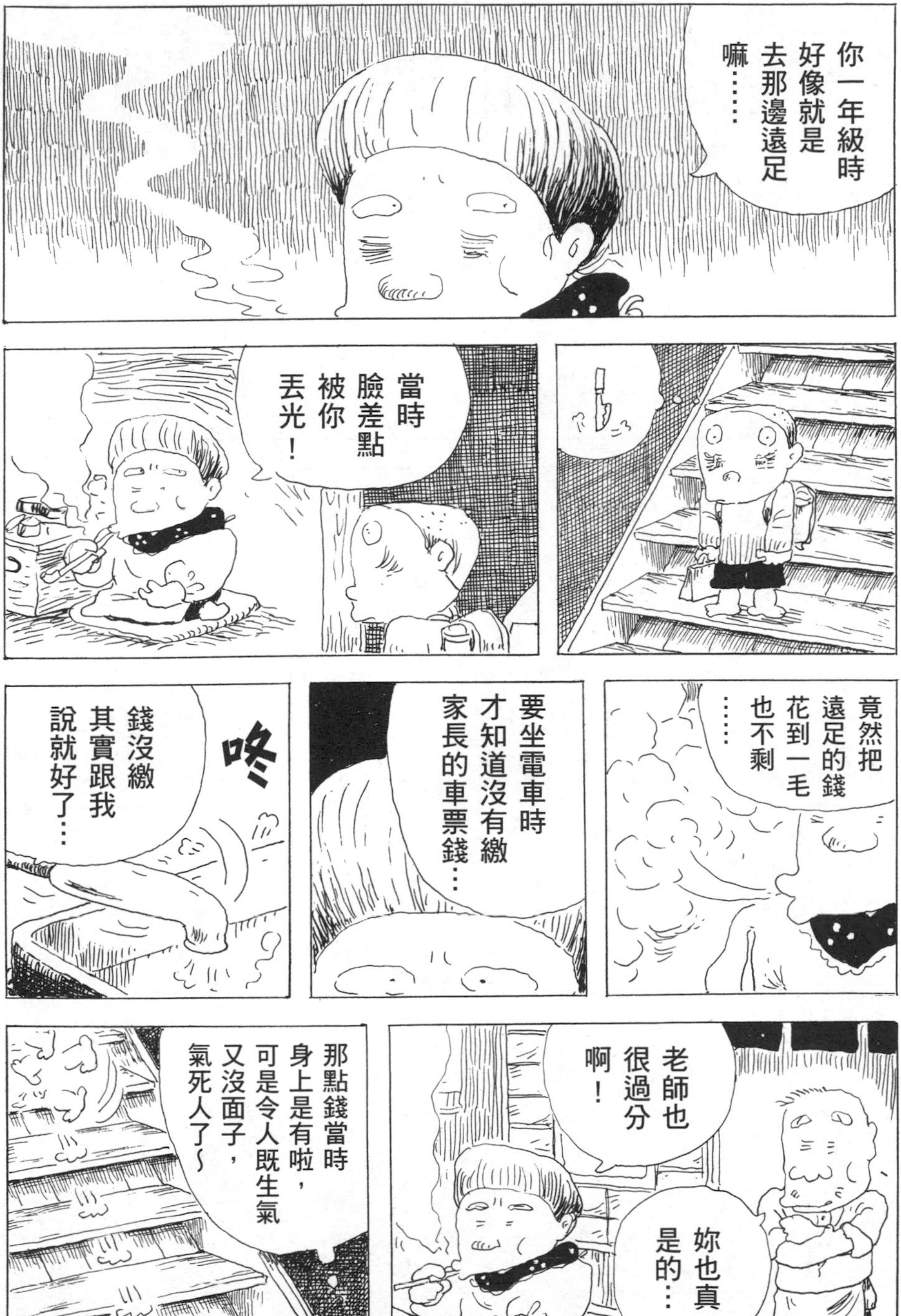
你一年級時好像就是去那邊遠足嘛……
當時臉差點被你丟光！
竟然把遠足的錢花到一毛也不剩……
要坐電車時才知道沒有繳家長的車票錢…
咚
錢沒繳其實跟我說就好了…
老師也很過分啊！
妳也真是的…
那點錢當時身上是有啦，可是令人既生氣又沒面子，氣死人了～

回來啦—
怎麼啦……？
叩
這小子有什麼毛病……？

媽，要不要我幫妳去參加*隣組的聚會？
算了啦，我不想說了。
……？
不過啊，為人師表的，怎麼還去那種地方呢！
男人嘛！
哦～？
該不會……
一定的啊，不是嗎？
大白天就……
學校的老師他啊……
老師怎麼了？
那種事也沒什麼吧？
喂，湯滾了啦！

*隣組為日本二次大戰時期的互助組織。

阿清—
阿清—
在叫你啦！
嗯……
去打掃店裡，掛門簾—
喔—
我給老師取個名字老師給人叫作老子老子搬了個凳子♪
坐上凳子跌了下來喀哩誇啦喀哩誇啦—♪
ドンタス
ドン

你也
真拚吶…
噠
噠
我看……
你在
幹嘛
嗯……
小玉……

すまれらけぬ
ちかみち

踏嗒踏
踏嗒踏
踏嗒踏
踏嗒踏
踏嗒踏
丟
叩
叩
叩
抓
踏嗒踏
踏嗒踏

喂ー
すまれらけ
ちかみち
喂ー
喀
喀喀喀
喀喀喀
喀喀喀喀喀
喀喀喀
咚
嘶…
嘶ー
飯島歯科
大

喀喀
喀喀
喀喀
喀喀
喀喀
ぬけられ
喀
嘶—
哦，你家在這附近呀？
是呀！
かみち
嗯嗯
嗯嗯……
……
嘶—

*尖屁股（ケットン），陀螺中間軸心磨得又細又尖。

*「義大利亞逗號」原文為「イタリヤコンマ／itariyakonma」，反過來唸為「まんこやりたい／mankoyaritai」，意思是「想要做愛」。

這是怎樣!!
呃……
這個這個
額頭還被畫了三個圈圈……
你在學校幹了什麼好事我都知道!
喀唧

肛門科
ちかみ

ぬけられます
安全道路

*歌詞，改自〈櫻井的訣別〉。

兩腿之間雜草叢生~♪*
ドンタス
啊哈哈哈哈哈哈哈……
老二周圍黃昏時分~♪
DON STAND
啊哈哈哈哈哈哈哈…
哇—討厭，真好笑！
呵呵呵，呵呵呵…
再一杯銚子~
好唷，來囉！
呼—
啪吱啪吱

＊歌詞，出自日本的畢業歌曲〈仰望師恩〉（仰げば尊し），是本篇的原篇名，同時也是中文〈青青校樹〉這首歌的原曲。

寺島町奇譚

定九郎の口紅

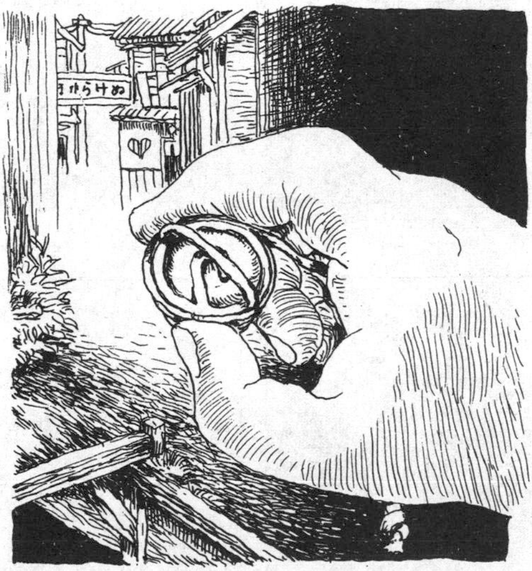

定九郎的口紅

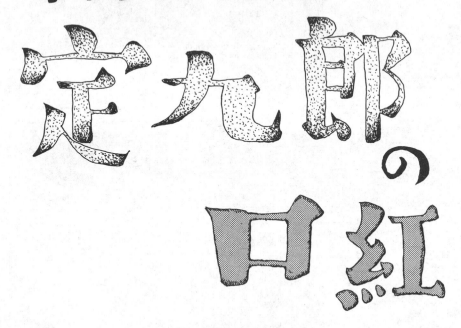

嘶嘶嘶嘶嘶嘶－
喀咚喀咚喀咚
嘰嘰
噹啷～噹啷～
噹啷！噹啷！
ぬけられます
噹啷！噹啷！噹啷！
哎哎－
如果那是打烊的鐘聲就好了⋯
妳在說什麼啊？走，去洗澡吧⋯⋯

看，這個如何？
哇，妳居然做了*米糠袋啊！
比起化粧水之類的，這個還是好用多了…
那個人說還會再來，不曉得會不會就是今晚…
那個人？……啊啊，前陣子那位演員……是叫花井修嗎？
雖然還年輕，他可是座長*呢……。
什麼—座長?!
就算不是一流的演員，說出座長這名號還是會覺得滿厲害的呢！
回家路上要不要繞去看一下？反正在越之湯後面而已…

*米糠袋（ぬかぶくろ）為日本女性用來洗臉和身體的美容用品。

*座長為歌舞伎、舞台劇等等演出的首席。

噠
噠
好—就用這顆來決勝負吧！
……
……
這種可是贏不了木頭材質的喔！
別擔心別擔心～～比強度的話這個比較厲害！
來吧！
轉
不錯唷，好，來吧—
耶，耶，耶!!

好耶，不錯唷，繼續轉，繼續轉—
往下掉的話就沒了……
反正都會撞到飛出去啦！
咻—
呃，啊，有了有了~~
嘶嘶嘶…
啪啪啪啪…
嘶嘶嘶
不行啊—要掉進銘酒屋了啦!!
碰
哈，*翻鍋了！
果然不管怎麼樣，尖屁股都還是比較容易掉進銘酒屋啊~~
*屁股圓一點的比較好打唷！
下一個是誰，來吧—
輸了嗎？
嘿啊！
那早點回家吧！

*翻鍋（おかま），中途被撞翻，底部尖端朝上 *屁股（けつ），軸心底部。

嗚哇，好厲害，同時把兩個打出去的天秤打法耶！
嗚～好強～
啪ー
啪ー
如果從這邊可以打這個方向就好了……
嗯……
阿清…
不要一天到晚只顧著玩，給我回家用功念書！
喂ー
嗚ー

唰
滴
啊，下雨了。
你趕快先回去，把店的遮陽棚展開來！
喔—
修繕
哎，下雨真是討厭！
啪

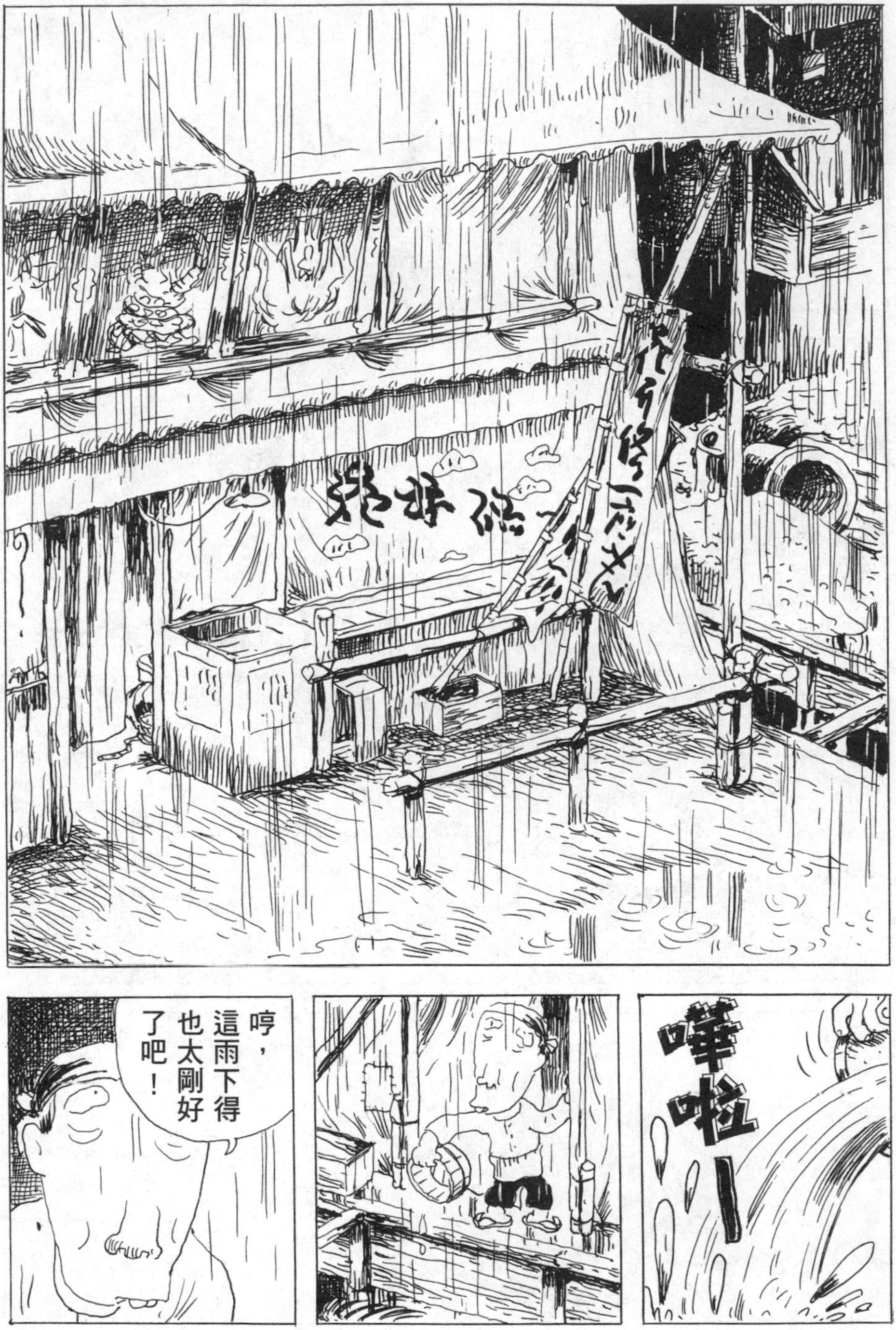
哼，這雨下得也太剛好了吧！
嘩啦—

等一下，
等一下～
けられます
啪噠
啪噠
咚
場戲遊
咚
スタンドバー

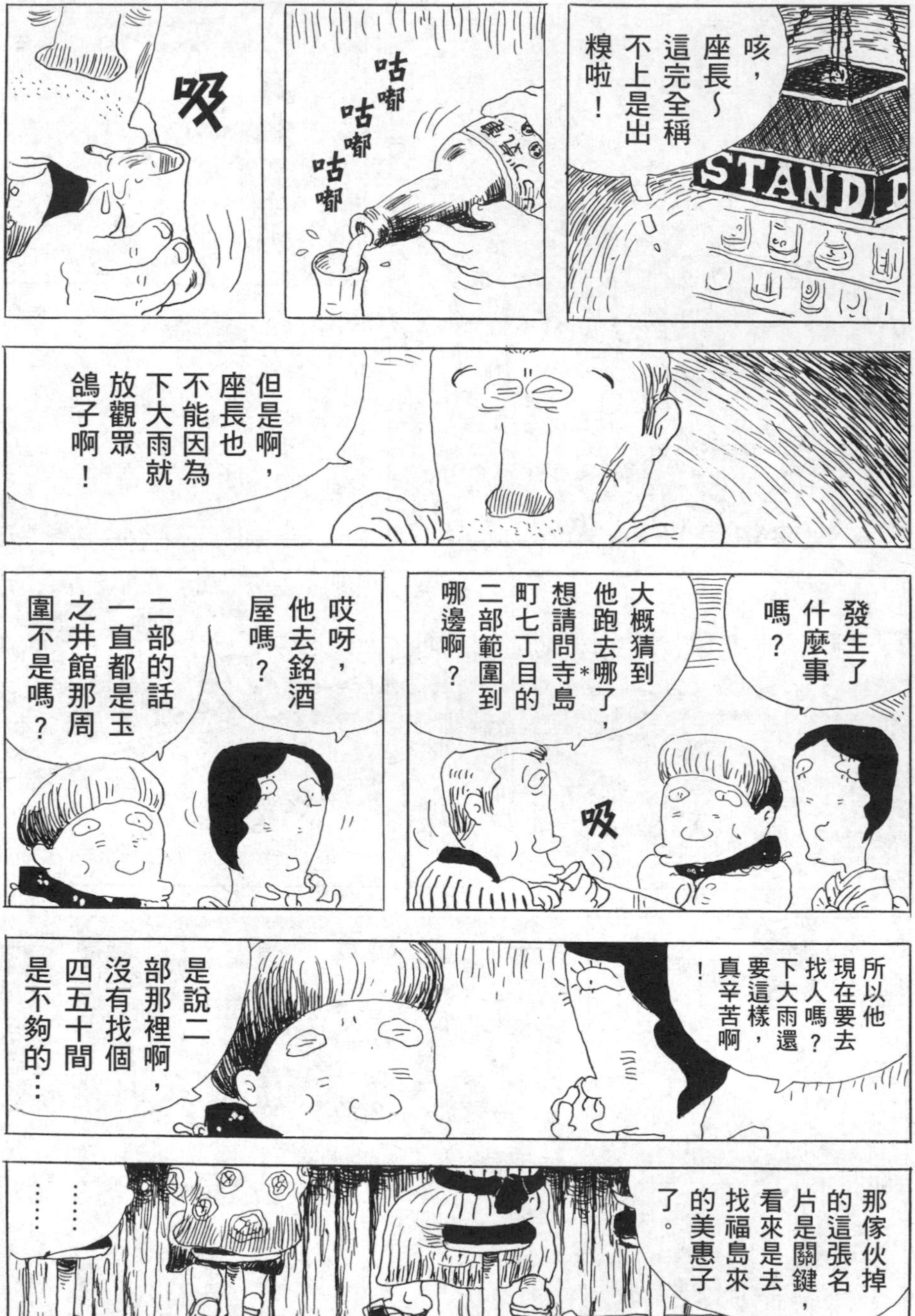

咳，座長～這完全稱不上是出糗啦！
STAND
咕嘟
咕嘟
咕嘟
吸
但是啊，座長也不能因為下大雨就放觀眾鴿子啊！
發生了什麼事嗎？
大概猜到他跑去哪了，＊想請問寺島町七丁目的二部範圍到哪邊啊？
吸
哎呀，他去銘酒屋嗎？
二部的話一直都是玉之井館那周圍不是嗎？
所以他現在要去找人嗎？下大雨還要這樣，真辛苦啊！
是說二部那裡啊，沒有找個四五十間是不夠的…
那傢伙掉的這張名片是關鍵，看來是去找福島來的美惠子了。
……
……

＊當時寺島町玉之井私娼街劃分為五個區域，以「部」為單位，有一部至五部，據說二部為當時店鋪較密集的區域。

這樣下去，身為後見*的我，在大家面前也掛不住面子啊！
咚
我過去看一下，這邊的位子幫我留著啊－
人抓回來後，不讓他挨幾下木刀可說不過去…
所以……這麼說來剛剛提到的那位小哥是座長，而大叔是後見……
那麼你就是一座*的花形囉？
這樣一看長得可真是漂亮呀！
真是美人啊～
嘩－

*「後見」為輔助歌舞伎演員演出的現場人員，例如遞送道具、幫忙更衣或整理服裝。
*「一座」為他們表演的場所，「花形」為受歡迎的歌舞伎演員。

快步行走
喔！
哈哈哈！
哦耶—
啊—歡迎光臨～
哎呀，歡迎光臨，真是難得見到你們啊！
現在要開始續攤啦～
來唷，熱鬧一點吧!!
咚
*咚咚咚咚乘風～破～浪～～
*一～下二下三下讓我玩一～下～
恰咖鏘恰鏘
嘿咻！
唷，從哪裡來的可愛小姐呀？
請妳去裡頭等吧！
是呀是呀，進來坐！

*歌詞，出自〈出船的港口〉（出船の港）1928年（昭和3年）。

*原詞為「划啊一櫓二櫓三櫓八櫓向前划」。

阿清—
嗯？
你下來一下。
哼，反正又是叫我幫客人買壽司什麼的吧？
壽司嗎？奶奶也好想一起吃呢
什麼事……
拿點書給人家看吧。

踏
踏
踏
踏
踏
……
……
不是叫你買壽司嗎？
不是啦！
你看看，你看看，這是幹什麼呀？
啪
啪
啪
散落一地
嘻嘻嘻嘻…
喀咚
喀咚
……
……
臉紅

哦—叫花井牡丹啊，真是好名字，嗯嗯，所以是在做什麼，新舞踊*嗎……？
哦，忠臣藏*啊……
五段目……啊啊，是阿輕跟勘平私奔旅行的那部分吧？
不是那裡嗎……
什麼—是山崎街道的定九郎……斧定九郎*？!
踏
踏
踏
踏踏踏
踏踏踏
踏踏踏
踏踏……

＊新舞踊為日本的傳統藝能，發展自大正時期坪內逍遙以及小山內薰等人於大正時期所發起的新舞踊運動。

＊忠臣藏為淨瑠璃及歌舞伎的名戲劇段子。阿輕與勘平同為此劇中的人物。

＊斧定九郎為出現在忠臣藏第五段，在山崎街道的強盜。

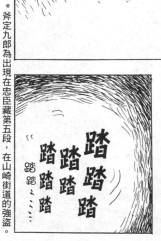

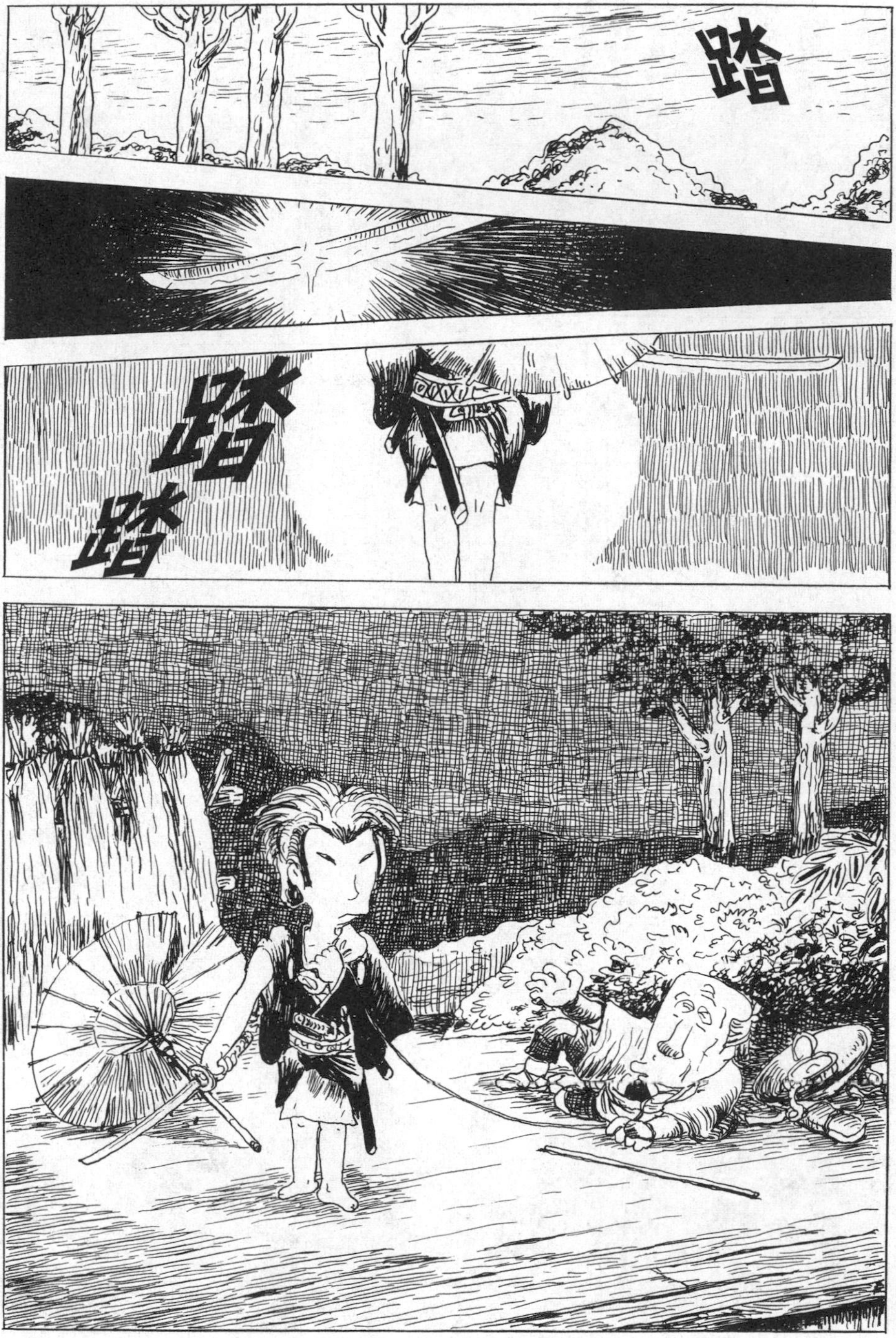
踏
踏
踏

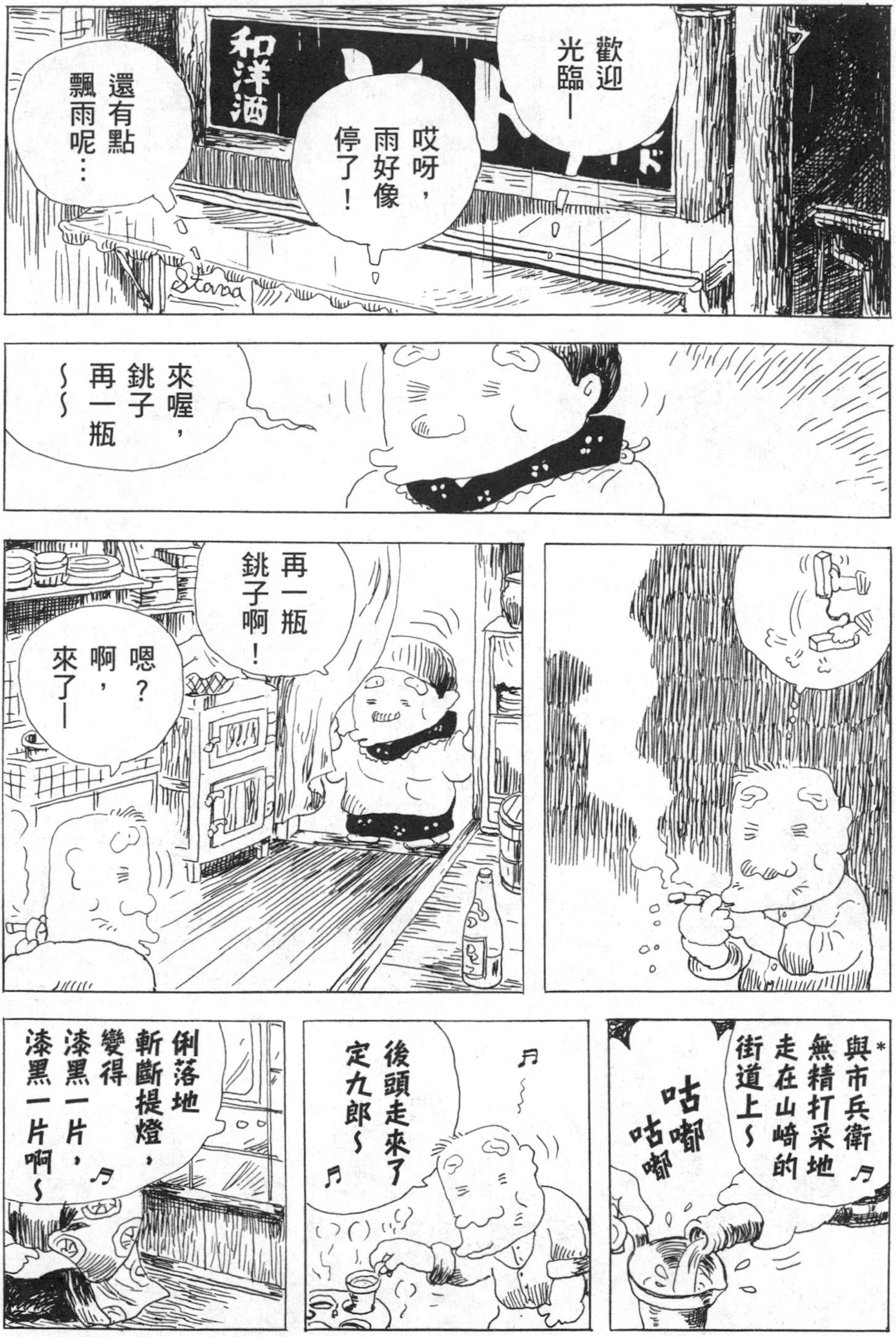
和洋酒
歡迎光臨—
哎呀，雨好像停了！
還有點飄雨呢…
來喔，銚子再一瓶~~
再一瓶銚子啊！
嗯？啊，來了—
*與市兵衛無精打采地走在山崎的街道上~♪
咕嘟咕嘟
後頭走來了定九郎~♪
倒落地斬斷提燈，變得漆黑一片，漆黑一片啊~♪

*歌詞，出自〈漆黑節〉（まっくろけ節）1913年（大正2年）。

哇哈哈哈…
呵呵呵呵
呵呵呵
嗚哈～
咦嘻，咦嘻，
嗚哈～
這些書真有意思！
……
……
瞄

*大星由良之助為「忠臣藏」的主要人物。

＊出處不明，明治時期開始流行的改詞，原搭配德國作曲家弗洛托的歌劇《Martha》第1幕第4場的合唱曲，原詞為「爺爺酒喝太多醉醺醺跌了一跤」。

*同上頁譯註，原詞為「奶奶看到後，太吃驚，死掉了」。

奶奶、看到！太吃驚長高了*
嗨唷嗨唷
呀—哈哈哈哈哈
ㄍㄧ
歡……迎……
嗨唷—
咦，是巡警啊？真是不可愛。
噓—他會聽見啦！
啊—你好，這裡有叫花井牡丹的人嗎？
牡丹……？
是說裡面那個孩子吧！
出了點意外……
……!!

喀噠 喀噠
喀噠 喀噠
怎麼了，怎麼了？
說是跟人吵起來，還這樣又那樣的……
和洋酒
七嘴八舌
STAND DON
!!
……
……

跳過
咚
你要去哪？
唉……
嘩啦嘩啦

れらけぬ

昨天傍晚外頭好吵唷！
好像是地痞流氓在吵架。
聽說有人被送去醫院了……真是討厭。
對了，昨天花井的修先生沒有來吼？
是呀！
傍晚那場雨八成搞得小屋漏水，修繕的人一定忙到不行吧…
啊哈，漏雨的座長，聽起來有點好笑—
捲
踩
歪
啊，這傢伙滴滴答答地真是沒用吶~
什麼嘛—
啊哈哈哈哈….
らけぬ

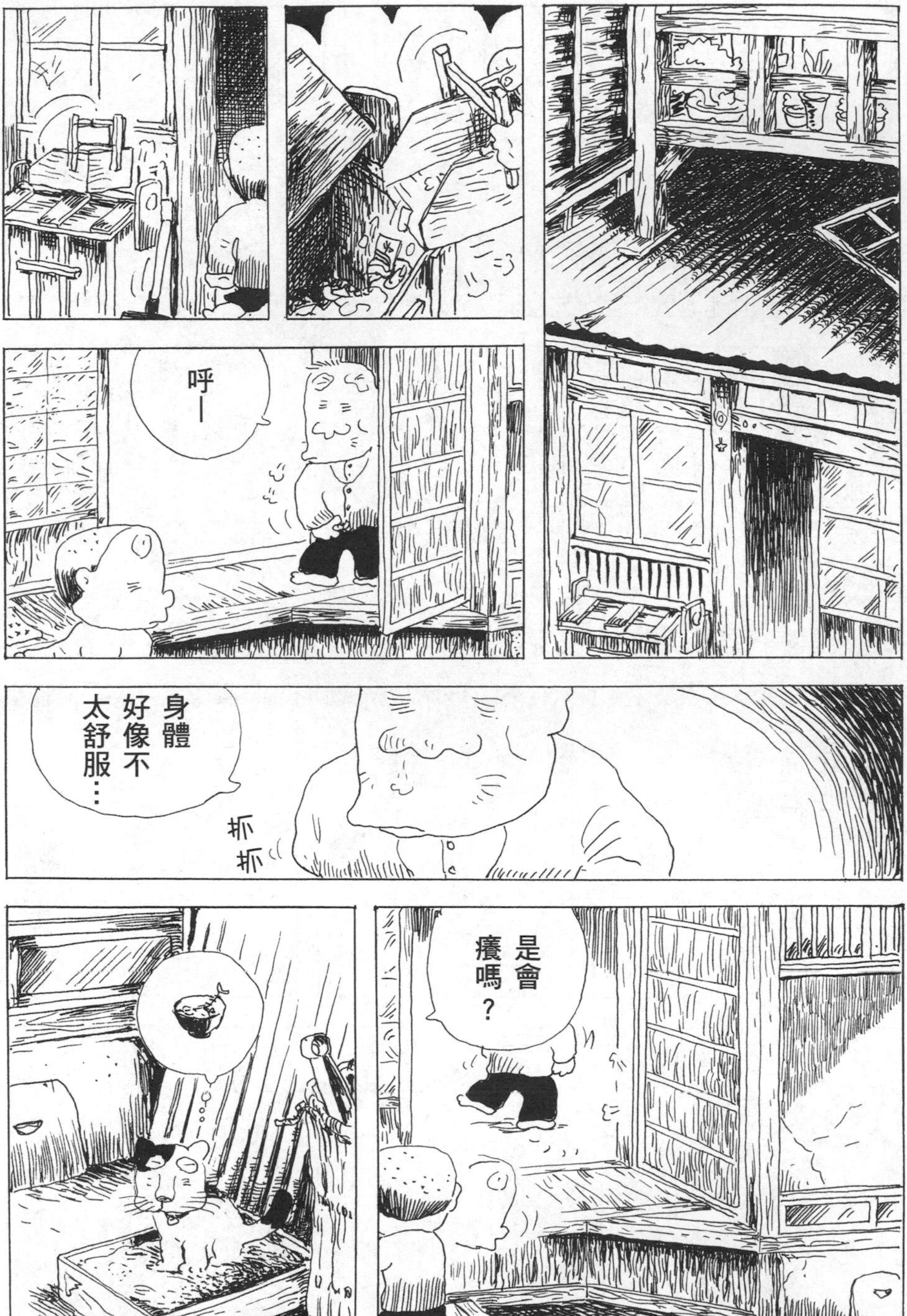

呼—
身體好像不太舒服…
抓抓
是會癢嗎？

是會痛！
那，擦這個試試看？
回頭
水銀軟膏對痔瘡頗有用喔！
轉身
哈哈…

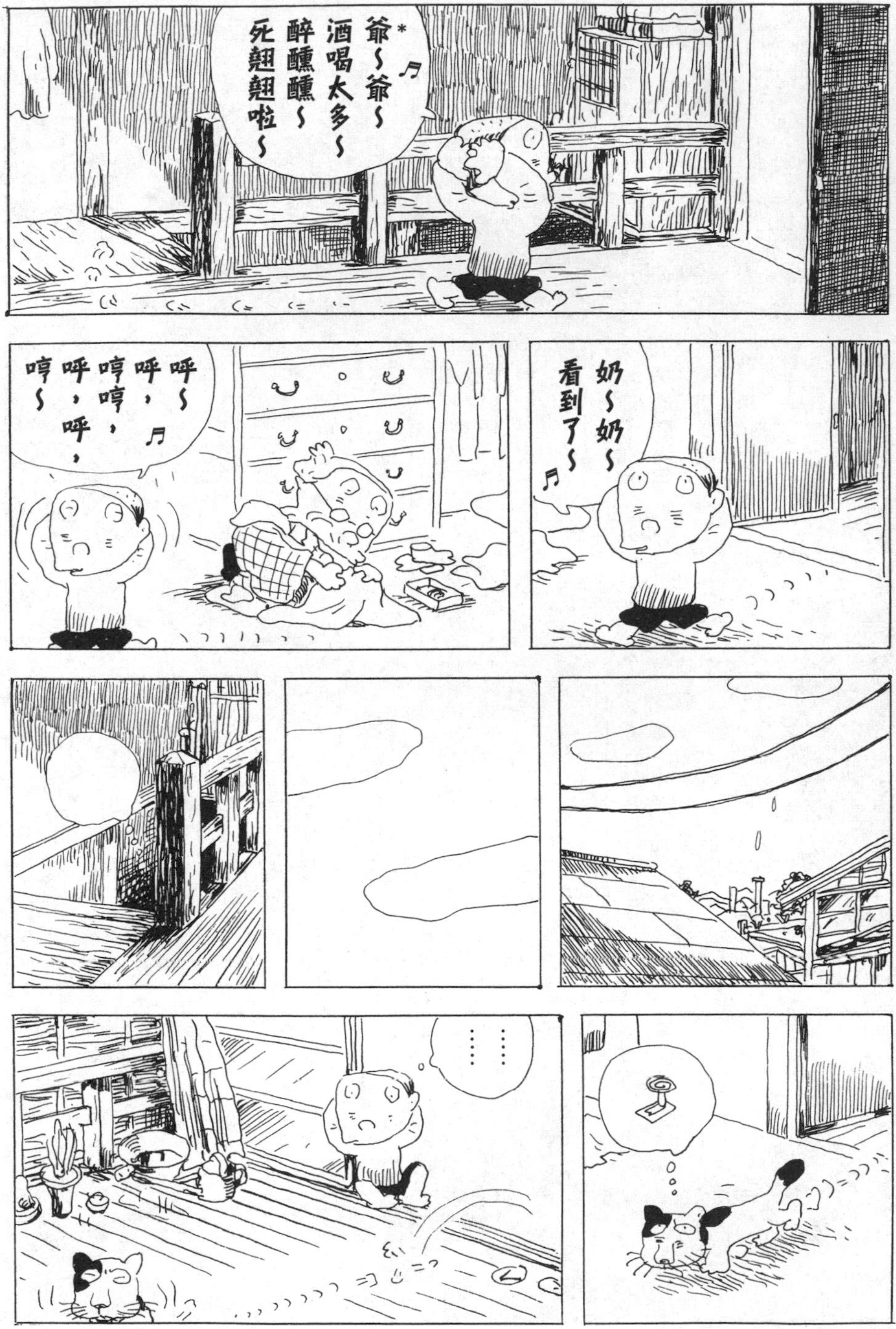

*出處不明，明治時期開始流行的改詞，原搭配德國作曲家弗洛托的歌劇《Martha》第1幕第4場的合唱曲，原詞為「爺爺酒喝太多醉醺醺跌了一跤」。

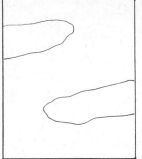

滴答
啪啦
滴答
滴答
滴答

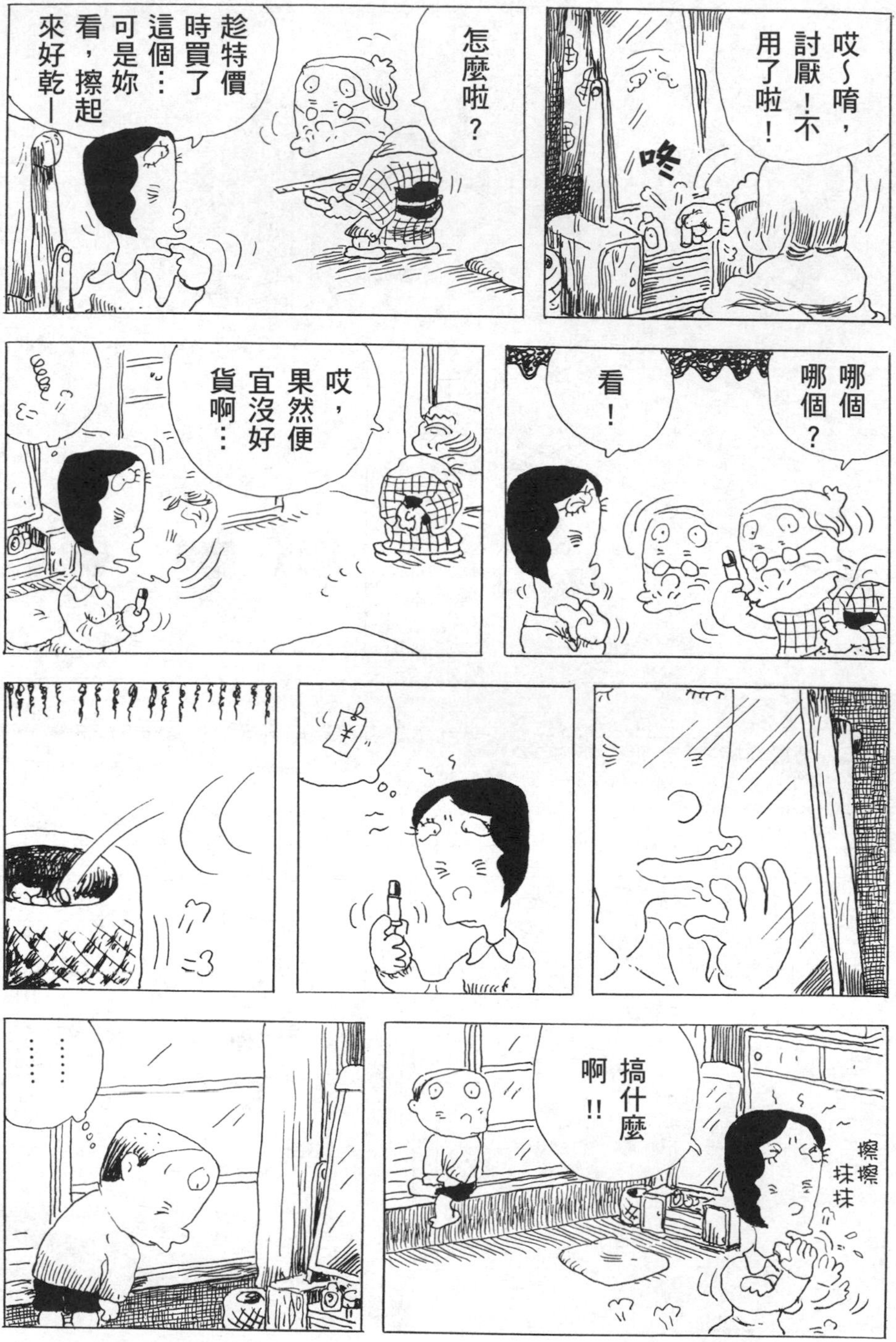

哎~唷，討厭！不用了啦！
咚
怎麼啦？
趁特價時買了這個⋯可是妳看，擦起來好乾ー
哪個哪個？
看！
哎，果然便宜沒好貨啊⋯
搞什麼啊!!
擦擦抹抹
⋯⋯

2
爸爸，關於昨晚的帳啊……
怎樣？
咳咳

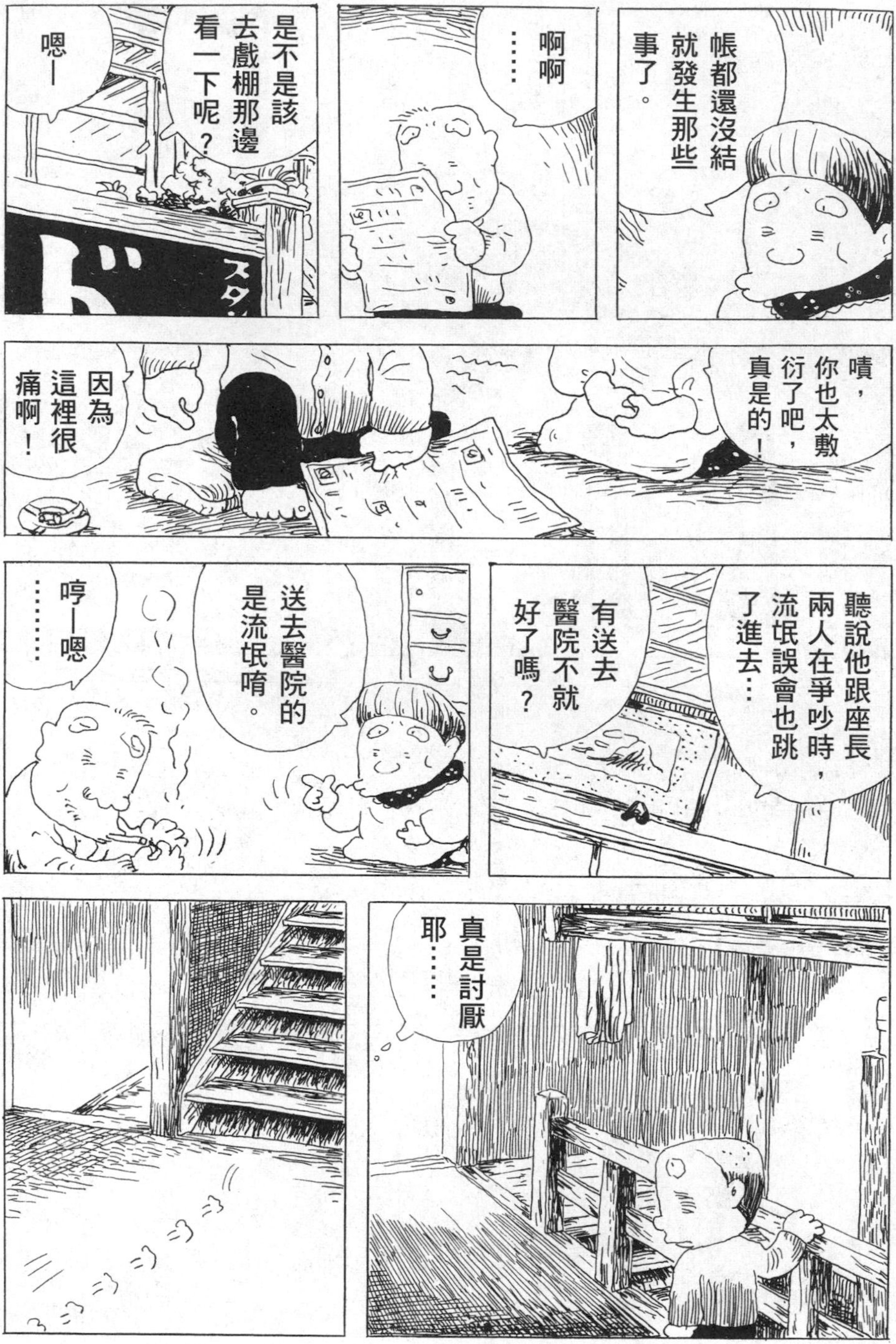

帳都還沒結就發生那些事了。
啊啊……
是不是該去戲棚那邊看一下呢？
嗯—
嘖，你也太敷衍了吧，真是的！
因為這裡很痛啊！
聽說他跟座長兩人在爭吵時，流氓誤會也跳了進去…
有送去醫院不就好了嗎？
送去醫院的是流氓唷。
哼—嗯……
真是討厭耶……

阿清—
咳
鏗鏗鏗
啷、啷、啷、
阿清！
嗯？
去丟垃圾！

……
叩咚叩咚
叩咚叩咚
叩咚
叮鈴 叮鈴
根本沒有人來收垃圾啊—

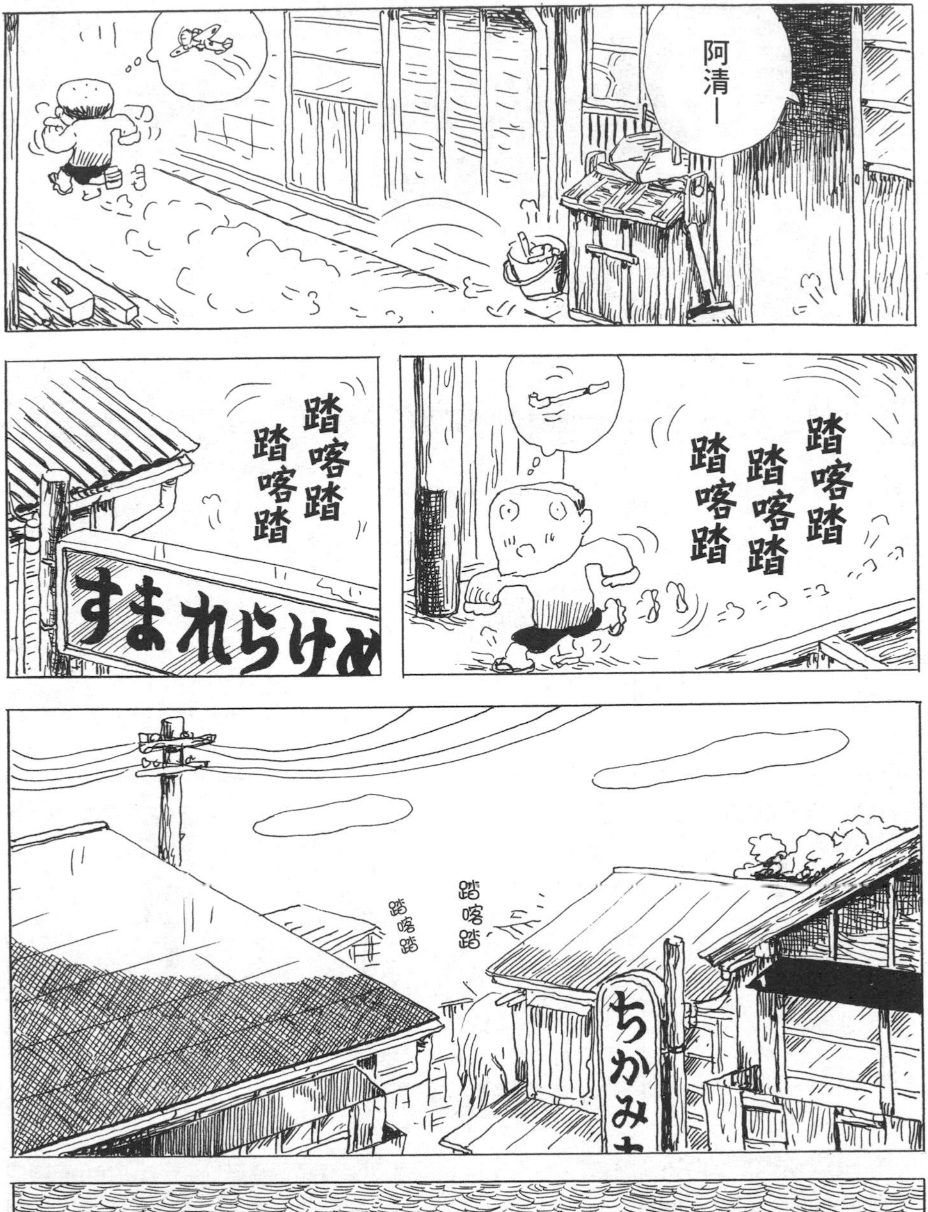
阿清—
踏喀踏
踏喀踏
踏喀踏
踏喀踏
踏喀踏
すまれらけめ
踏喀踏
踏喀踏
ちかみ

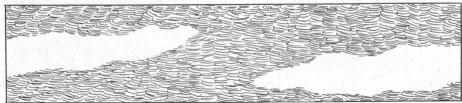

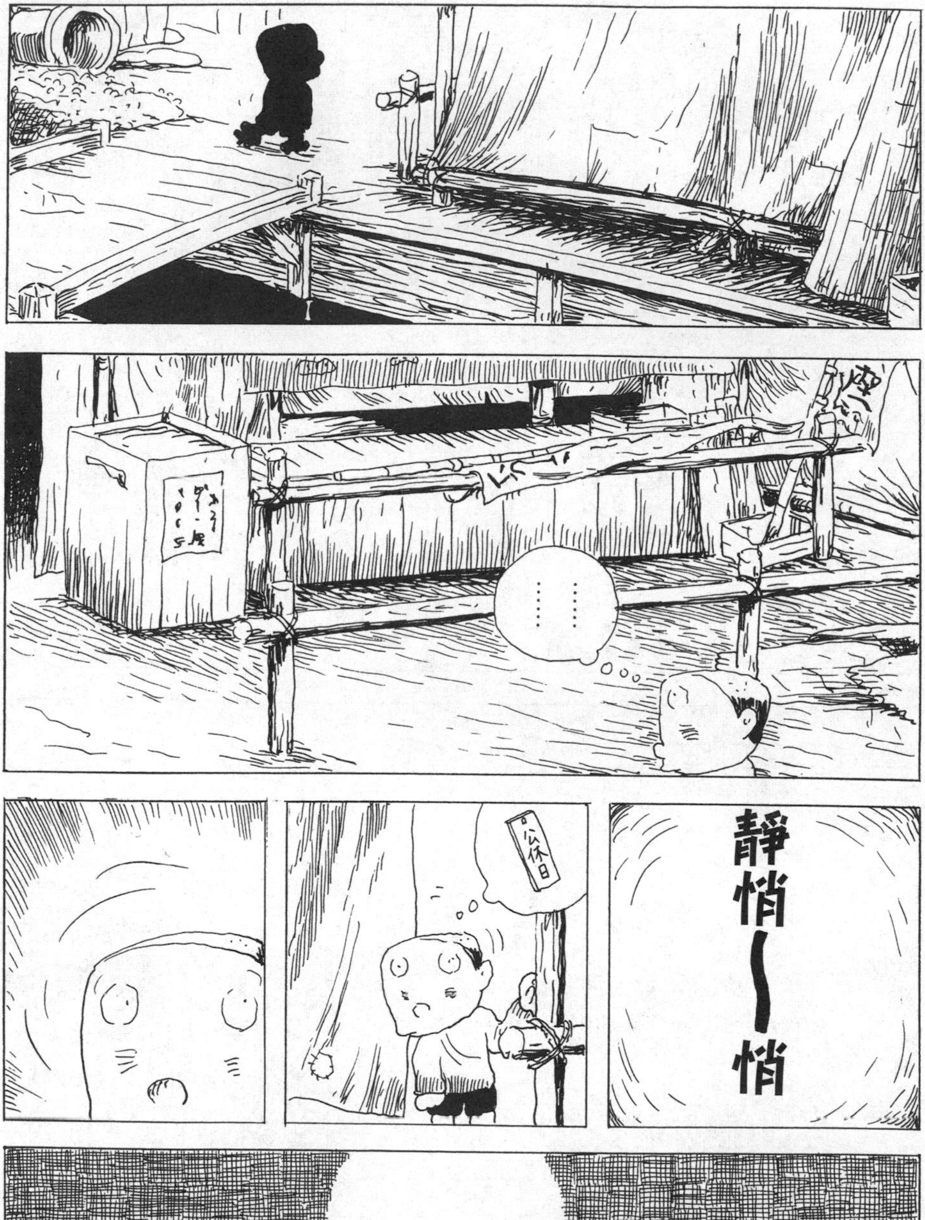
……
公休日
靜悄～悄

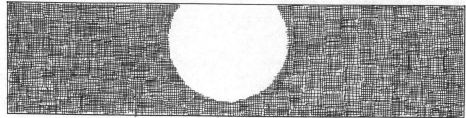

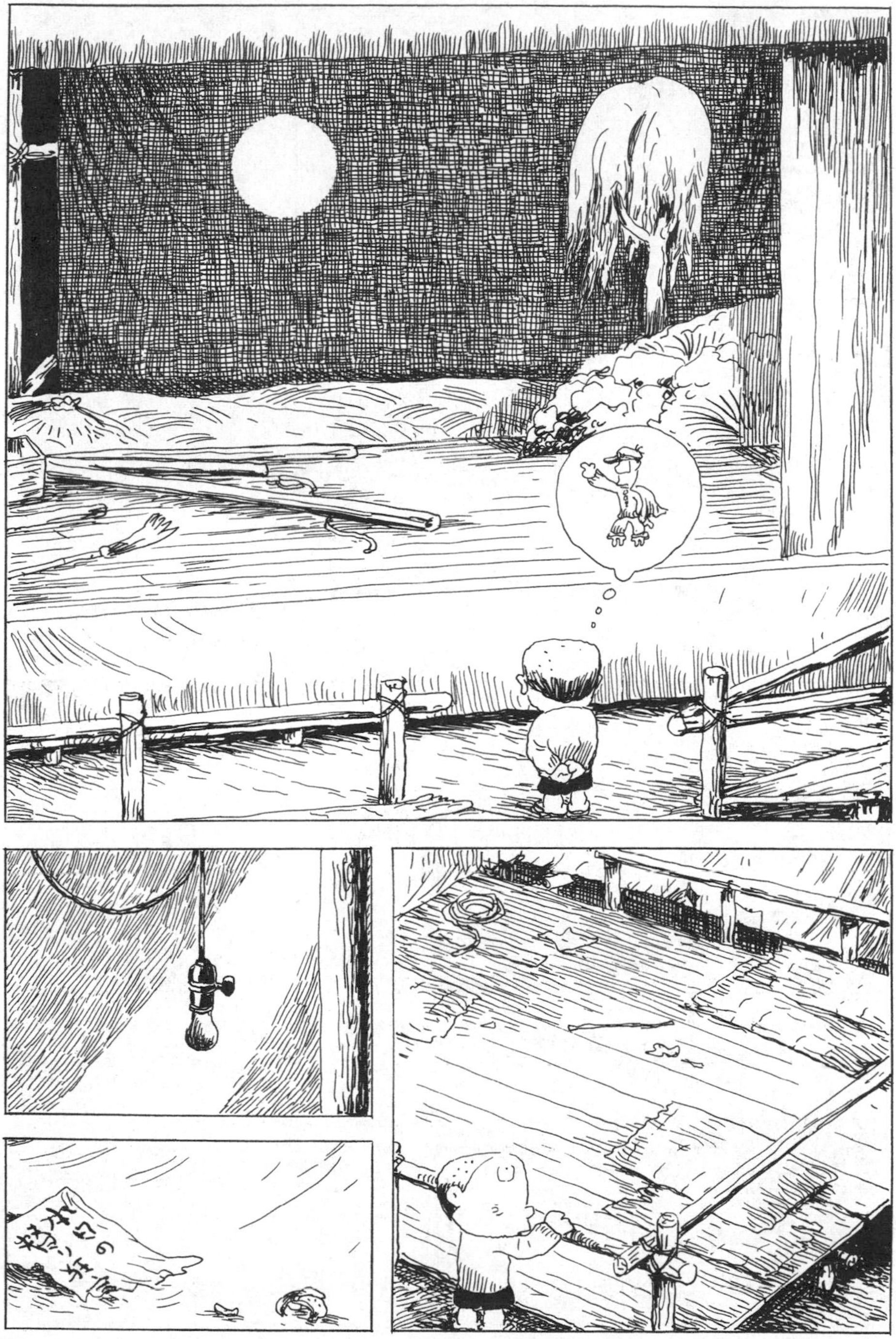

咚
……
……

嘿嘿
嘿嘿
啪喳
啪喳
啪喳
……
……

唰
嗯！
拿
咦－你不玩了嗎？
滾滾滾滾滾
轉轉轉轉……

噗通

寺島町奇譚

どぜうの命日

泥鰍的忌日

うれます
喀唧ー
喀隆
喀唧ー
喀隆
喀唧ー喀隆
喀唧ー喀隆
豆腐
幫我切成骰子狀的。
好唷—

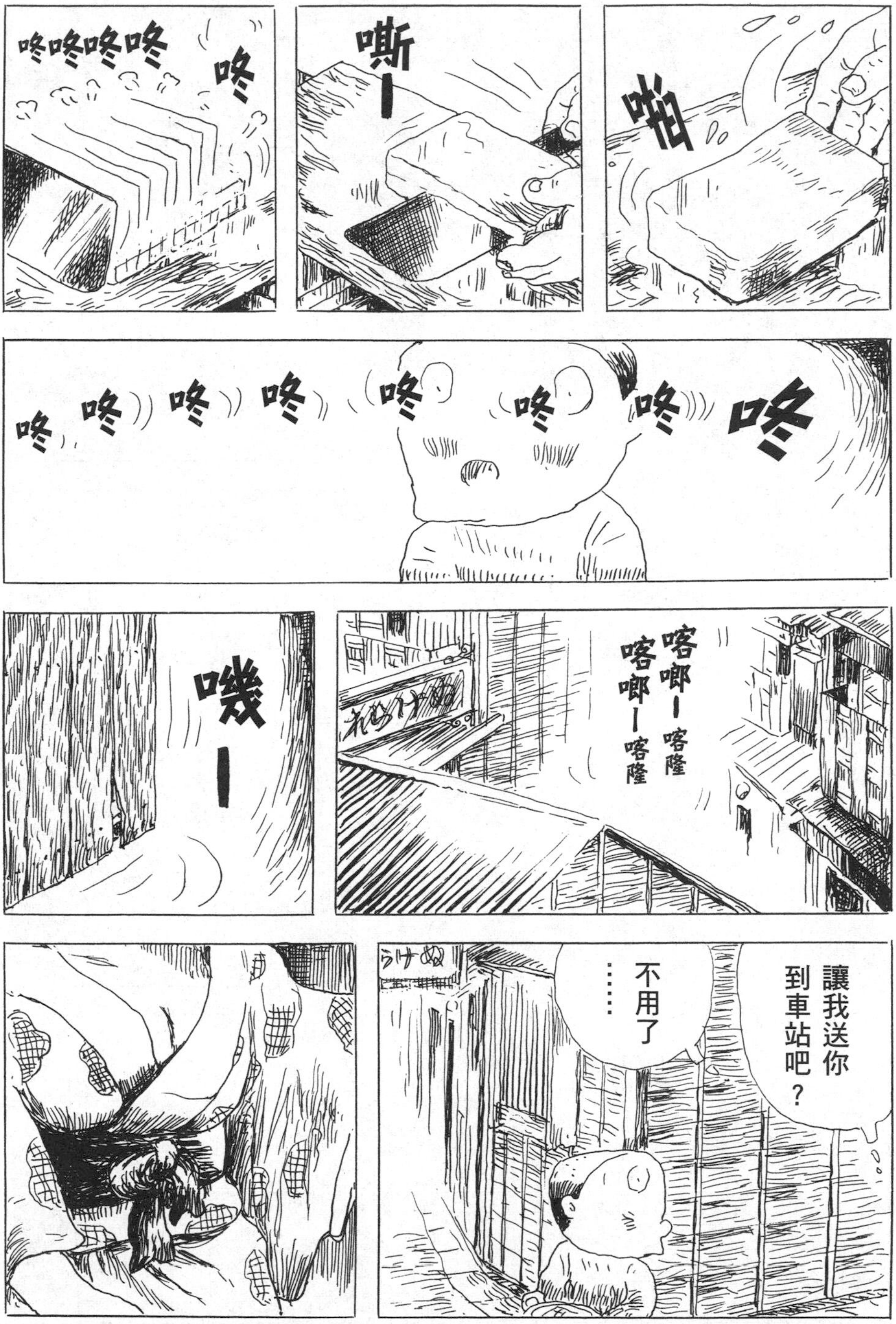
啪
嘶ー
咚咚咚咚
咚
咚
咚
咚
咚
咚
咚
咚
咚
喀啷ー喀隆
喀啷ー喀隆
嘰ー
讓我送你到車站吧？
不用了……

呵呵，您太見外了～
唔……
嘻嘻嘻，這小子很受歡迎嘛！
要再來唷—
如何？
嗯……還好啦……
昨天可以說是你的忌日啦！

叮，
今天是阿金哥哥的忌日，你得好好祭拜他啊！
是──
畢竟阿金哥哥很聰明……
智光院清貞久大姉……真光院大寬重圓居士……
哈，金左衛門……
南無…
踏
踏
踏
父親早安，母親早安，奶奶早安，姐姐……早安……

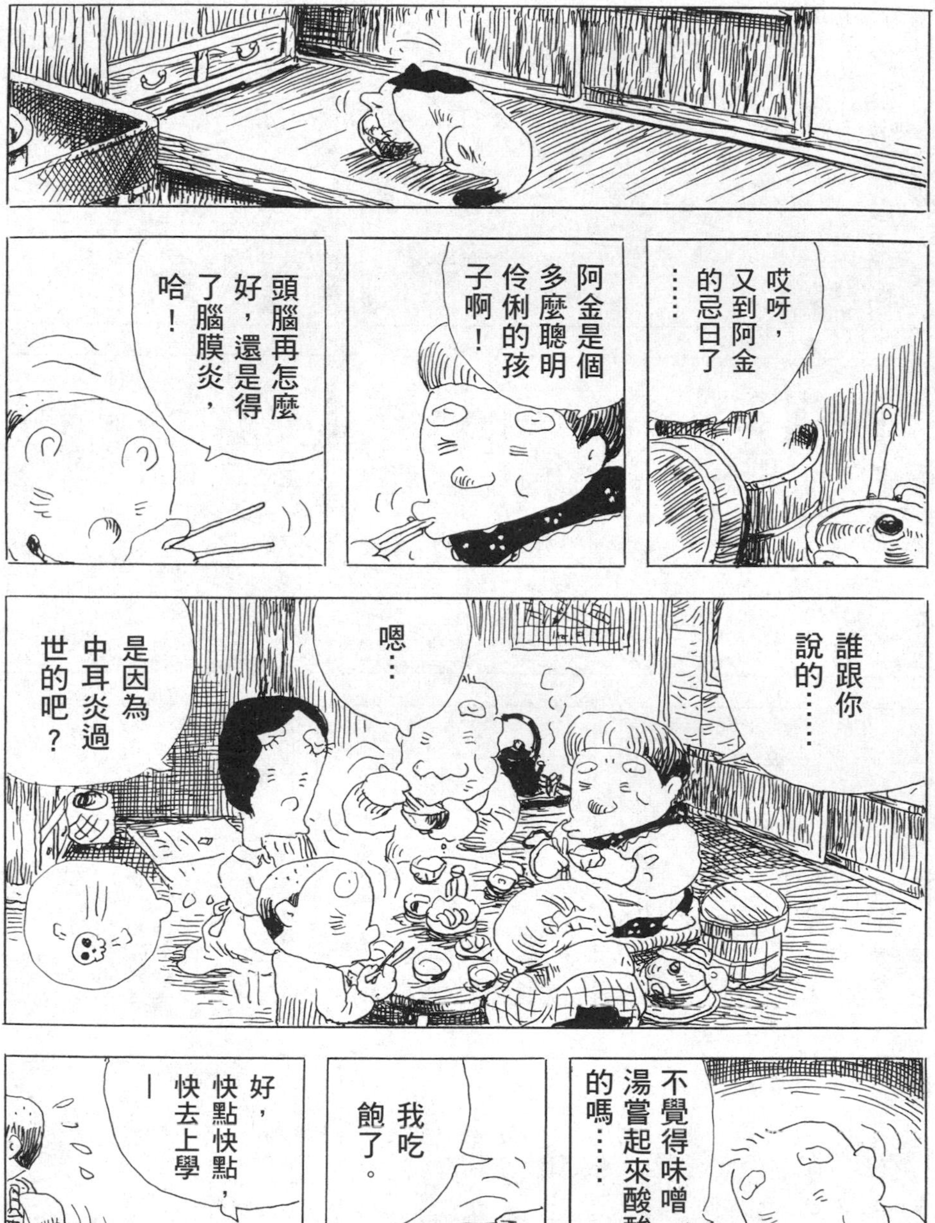

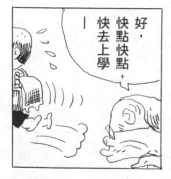

哎呀，又到阿金的忌日了……
阿金是個多麼聰明伶俐的孩子啊！
頭腦再怎麼好，還是得了腦膜炎，哈！
誰跟你說的……
嗯……
是因為中耳炎過世的吧？
不覺得味噌湯嘗起來酸酸的嗎……
我吃飽了。
好，快點快點，快去上學

阿清！
怎麼沒有說「我出門了」!!
我出門了——！
今天白天吹南風，天色有點陰吶……

*童貞，意指沒有性經驗；筆落，意指首次性經驗。

理容館

登～♪
和洋酒
ンド
スタンド
ドン
登登～ *我與差三歲的哥哥～♪
你要出去嗎？
是啊！
今天中午的便當是鰻魚飯呢～
宮川的大叔請的。
哦，聽起來不錯啊。
嘻，嘻，嘻！
爸爸是要去義太夫那吧？
說是有鰻魚飯便當！
嘖～真過分～

*歌詞，出自〈雨中盛開的花〉（雨に咲く花）1935年（昭和10年）。

好吧，那我們就叫握壽司來吃好了～
贊成！
不錯耶！
我不吃發光魚唷。
那就別叫有發光魚的－
喀噠
……
……
緩緩走進

辛苦您了。
嗯……
蹬
這次交了不少小費耶！
那要叫外送了嗎？
現在不是吃握壽司的時候啦！
嘿──唷──
小玉啊……

*鰻泥鰍
川魚
鰻*どぜう
ちみかち
滋
唰
咕嘟
啊—
好香喔—
打拍
打拍
給我男朋友買的，
他在外頭遊蕩好
多天了。
那得好好
幫他補充
精力啊！

啪啦 啪啦 啪啦
噗咻
我就先收下囉—
可以嗎~
就放在金魚缸裡好了！

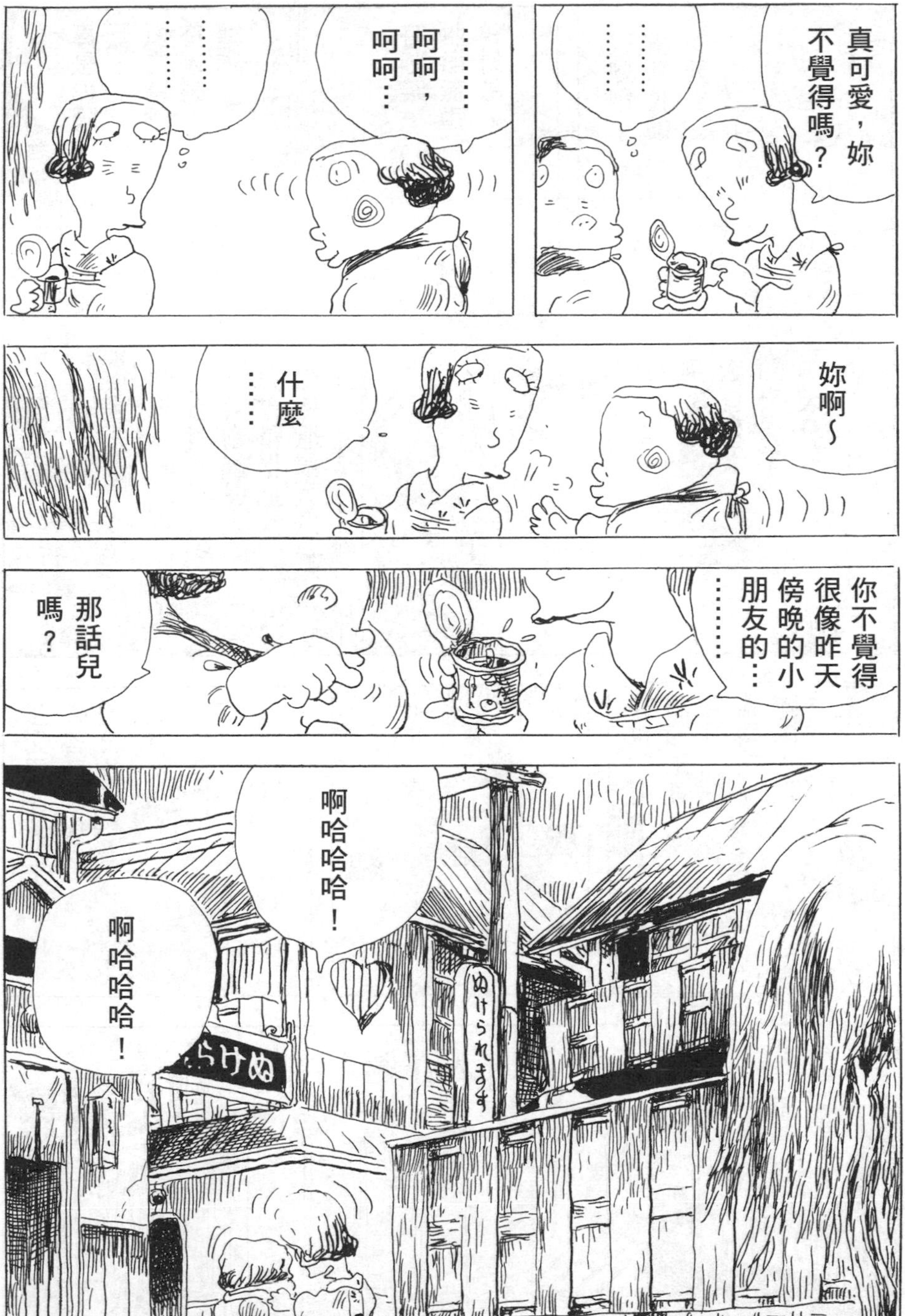
真可愛，妳不覺得嗎？
……
……呵呵，呵呵……
……
妳啊～
什麼……
你不覺得很像昨天傍晚的小朋友的……
那話兒嗎？
啊哈哈哈！
啊哈哈哈！
ぬけられます

嘻—
哇—
討厭啦—
這小傢伙真有精神耶！
聽說尿尿在蚯蚓上的話，雞雞會掉下來唷～
誰信這種迷信啊?!
那你試試看呀！
要尿囉！

唷，怎麼了呀？
尿不出來啊！
滴
尿出來了，尿出來了！
啊－我不管囉！
啦－啦啦～～
亂尿尿亂尿尿！

*泥鰍
どぜう
丟
切
啪啦
啪啦
啪啦
うなぎ
どぜう
噗
是我的
錯覺嗎，
這裡在痛
呢……
ちかみち

這裡。
不要太逞強比較好唷！
得多吃點滋養的食物補充精力才行…
醫院

奶奶……
什麼事啊！
那個蚯蚓啊……
呵呵呵
算了沒事！
…蚯蚓怎麼啦！

滴答

喀啦
你在幹什麼？
呃—
唉！真搞不懂你在幹嘛！
嘿唷，啊—洗完澡真是舒服—

＊歌詞，出自童謠〈南京話〉（南京言葉）1928年（昭和3年）。

南京先生
說的話是
南京話～♪

＊
南
南南南京
先生……♪

庫霹
霹霹
霹霹呀～
庫啪
啪七
啪啪～
咕逼呀♪

……

阿清！

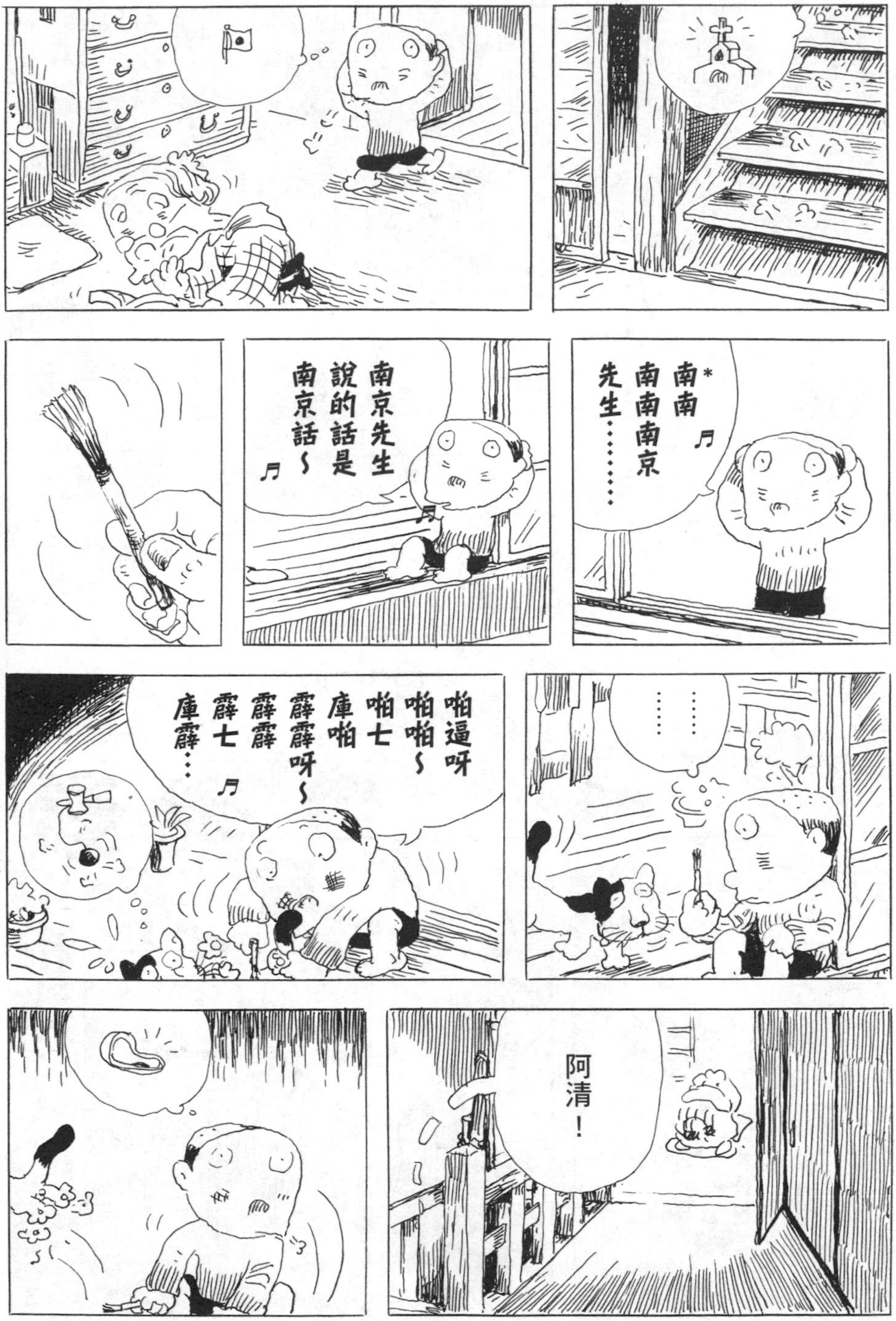

去壽壽竹叫爸爸回來！
真是的！每次一去看義太夫就把店裡的事忘得一乾二淨…
られます
等一下，等一下~
登~
進來坐嘛—

泥鰍還好嗎？
啊……死掉了說……

寺島町奇譚

ぬけられます

進得來出得去

*歌詞，出自〈阿傳地獄之歌〉（お伝地獄の唄）1936年（昭和11年）。

*高橋阿傳有「明治的毒婦人」之稱，是日本最後一位斬首刑的犯人。

*明治一代女，以藝妓花井阿梅（花井お梅）殺害男人為題材的小說。*浜町河岸為阿梅殺害男人的地方。

*阿定，本名阿部定，昭和時期的藝人、娼婦，後來因為與男性相好時勒斃對方並切下男性生殖器，而遭警察逮捕，稱為阿部定事件。

*阿梅指花井阿梅。

*歌詞，出自〈明治一代女〉1935 年（昭和 10 年）。男客以音節相似的「おまんちょがしに（omanchogashini）」代替原詞中的「浜町河岸（はまちょうがし／hamachougashi）」，「おまんちょ／omancho」有女性生殖器的意思。

那個……
嗯？
可以借一下*手水場嗎？
他說手水場耶！
哈哈，*雪隱嗎？
他要借*御不淨—
咦？啊，請—
不好意思。

*手水場（ちょうずば／chouzuba）、雪隱（せっちん／secchin）、御不淨（ごふじょう／gofujyou），以上三者都是指日文的廁所，且都不是常用詞彙。

一開始阿傳的那裡呀……
嘰
歡迎光臨！
請問……剛剛有沒有人來這裡？
你要找哪位？
這裡有顆痔的人……
啊啊，剛剛的客人呀……
現在在廁所哦！
啊，等等，喂喂！
噠
可惡—

可惡啊，竟然給他逃掉了！
噠噠噠噠
喀嚓
喀啷鏘
啪
噠
去—
到、到底怎麼啦!!
那個混蛋是騙子，騙子啦!!
騙子…!!
你可別開玩笑啊，喂！

阿清—
你又要去哪裡了？
他穿走我的木屐了！
今天早上新做好的薩摩木屐嗎……
居然穿走小孩子的木屐……哼！要逃走光著腳丫不就好了？
那個男的把我要在柳原採購的錢騙到一毛也不剩。
說要介紹比較便宜的地方給我，沒想到一不注意……
然後錢拿了就消失無蹤了！
哇—完全看不出來耶……
嗚嗚嗚……

*騙子的日文「詐欺師（さぎし／sagishi）」中的「詐欺」，與「白鷺（しらさぎ／shirasagi）」的「鷺」同音，此外白鷺也指專門騙人財物的人。

*入江貴子（入江たか子），明治、昭和時期的女演員，曾拍過《白鷺》一片。

＊脫籠詐欺，詐欺手法之一。騙取他人錢財後，請對方在某棟建築物外頭等候，自己裝作那個地方的相關人等進入後從該處後門或其他出口逃跑。

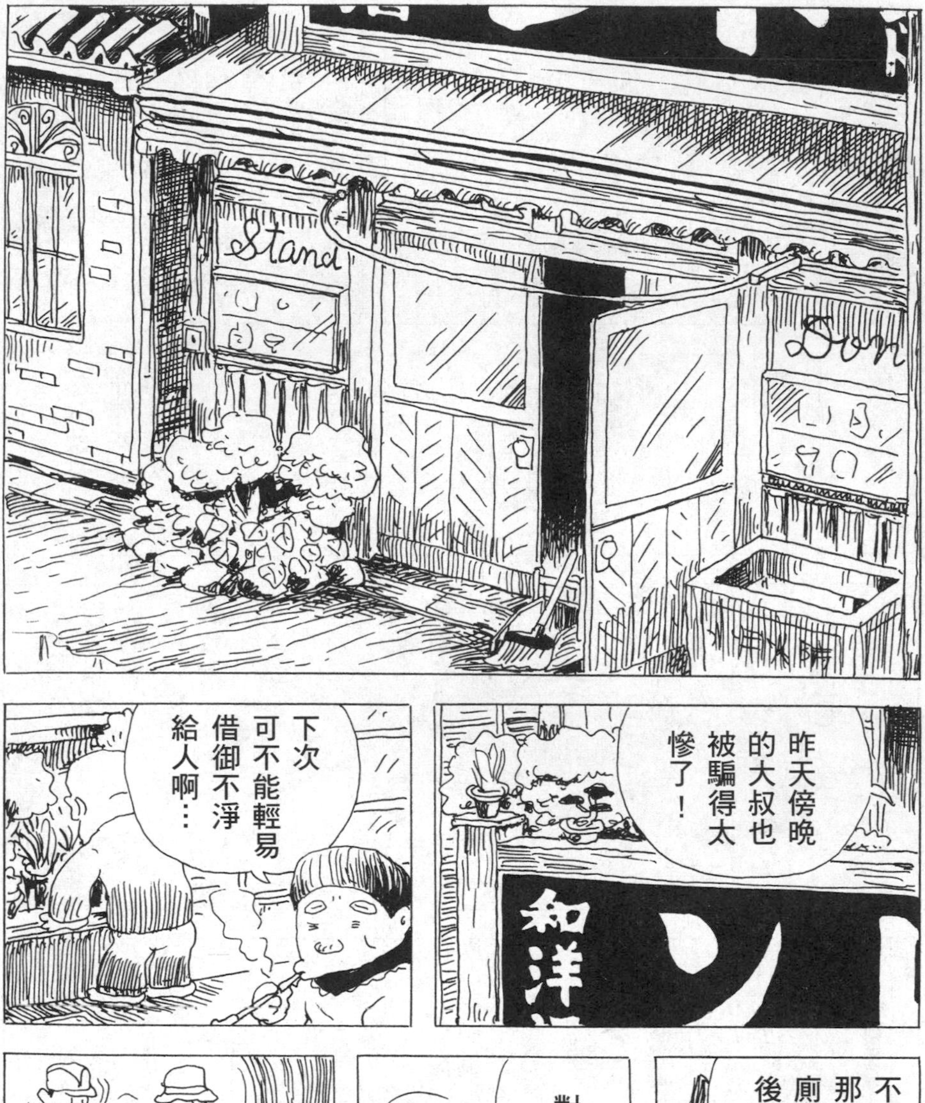
Stand
Don
昨天傍晚的大叔也被騙得太慘了！
和洋
下次可不能輕易借御不淨給人啊……
不過真虧那個人知道廁所可以通到後頭哩！
對耶！

昨天那騙子真是的……
和枝呢？
不知道……
喀喀
嗯？
阿清嗎？
嗯—
快點出來!!

ぬけられ
福澤醫院

ぬけら
ㄑㄧㄎㄧ
ㄑㄧㄥㄑㄧ
ㄑㄧㄥㄑㄧ
ㄉㄨㄥㄉㄨㄥ
ㄑㄧㄥㄑㄧ
ㄉㄨㄥㄉㄨㄥ

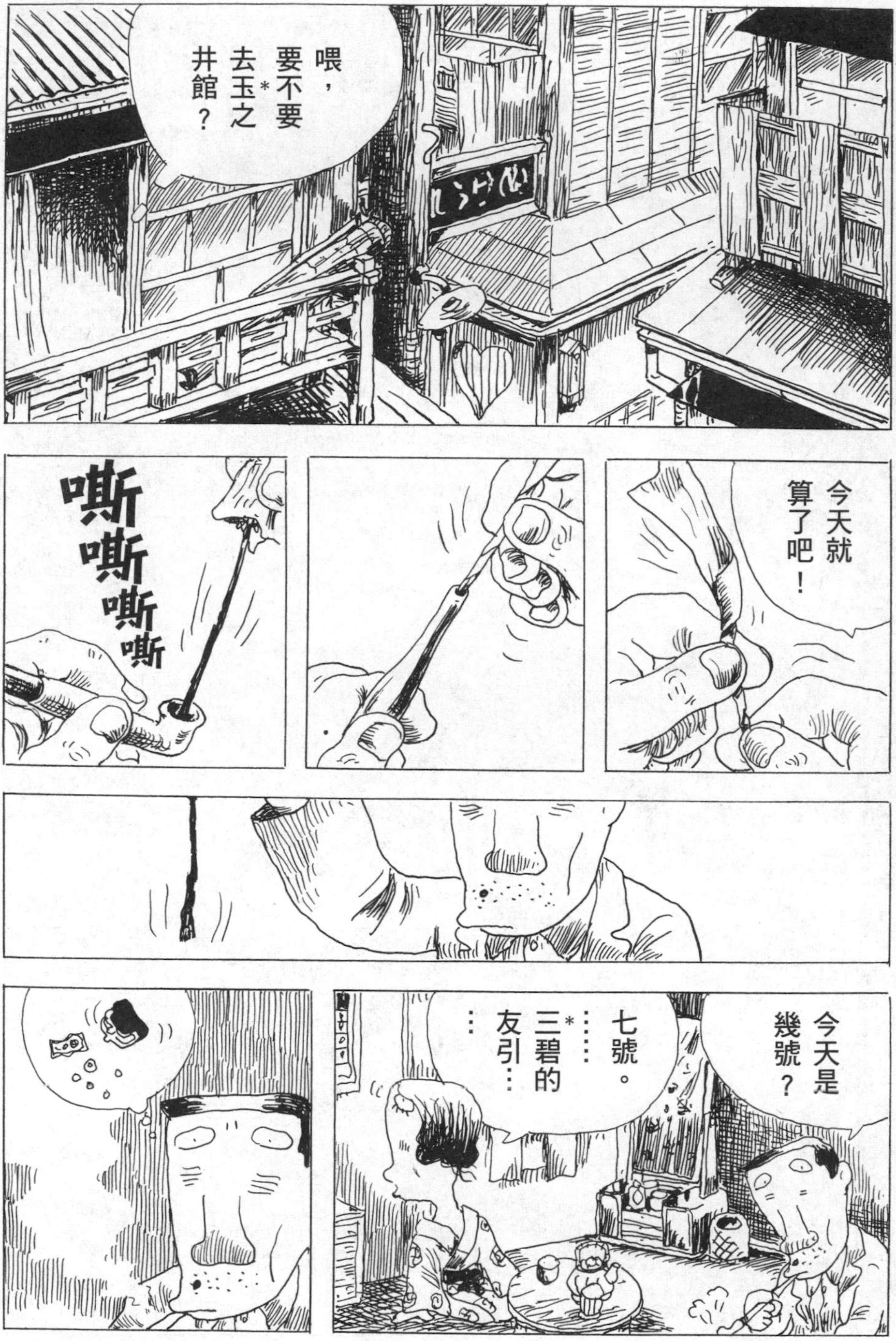
喂，要不要去玉之＊井館？
今天就算了吧！
嘶嘶嘶嘶
今天是幾號？
七號。……三碧＊的友引……

＊玉之井館為當時表演落語、漫才等大眾藝曲的演藝場。

＊三碧（木星），友引來自日本曆注中的六曜之一，在這一天不適合辦喪葬。

啊，等一下，把碗盤一起帶走吧？
好的。
啊，找到了！
看我的—
嗚哇—
抓到了！
切—
擊毀—一顆水雷囉！
ぬけられま

ぬけられます
啪噠
啪噠
啪噠
啪噠

我找到木屐了~
鞋帶有點潮濕，可能曾掉進水溝裡呢！
本來放在那間的那個上面…
嗯……
你們好啊。
啊，你好—

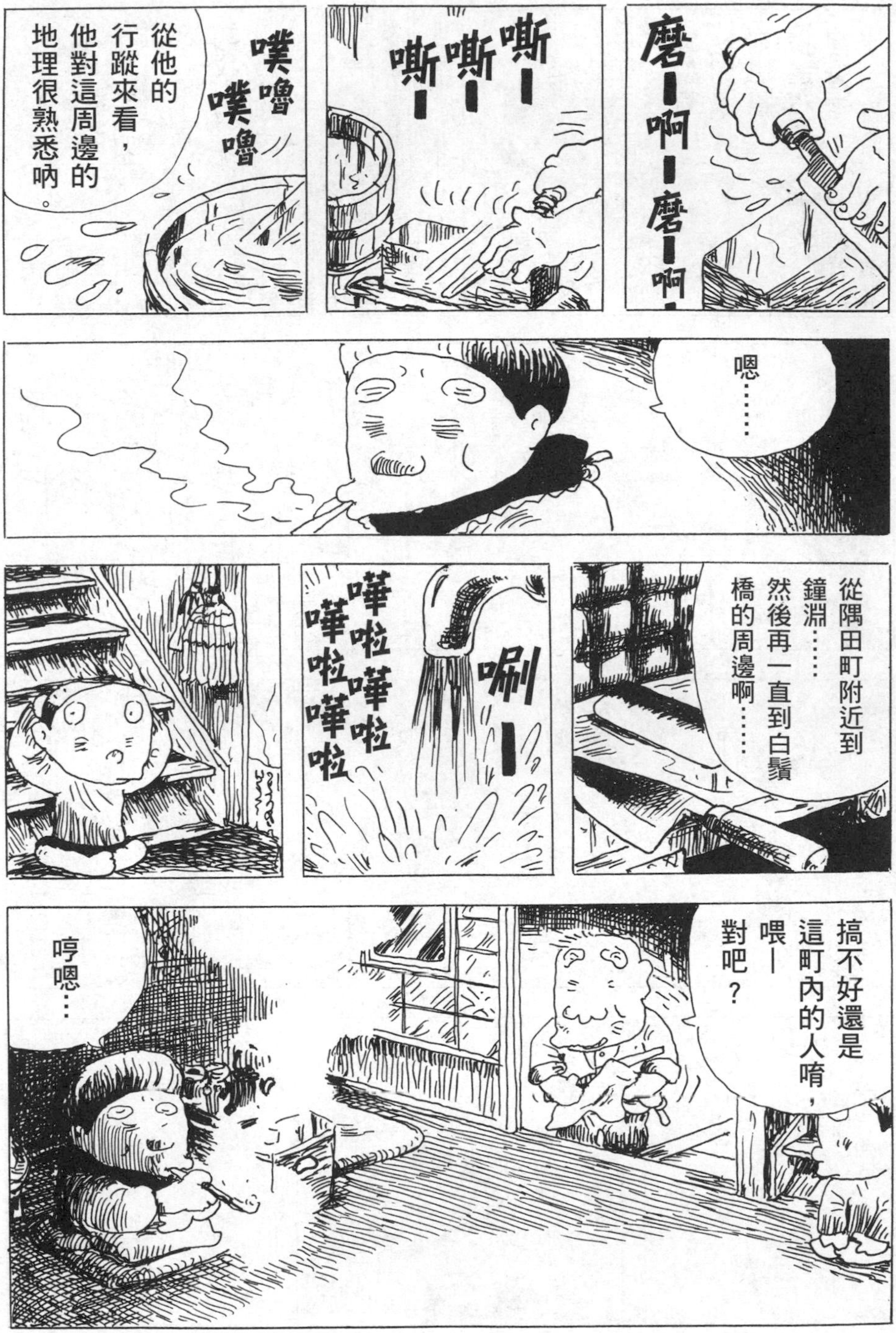

磨－啊－磨－啊－
嘶－嘶－嘶－
噗嚕噗嚕
從他的行蹤來看，他對這周邊的地理很熟悉吶。
嗯……
從隅田町附近到鐘淵……然後再一直到白鬚橋的周邊啊……
唰－
嘩啦嘩啦嘩啦嘩啦
搞不好還是這町內的人唷，喂－對吧？
哼嗯…

喀啦
黑痣啊……
……
……
阿清—
=3 =3 =3
……
……
死囝仔，都不好好用功，每天都在玩耍！
男孩子嘛—這有什麼關係？

タフ
ドン
SIAND DON
那個人又來了耶。
他打算埋伏在這吧？
那個騙子怎麼可能再來…
*無可取代的人～別再哭～泣～♪
便所………
啊……？

*歌詞出自〈阿傳地獄之歌〉。

啊，沒什麼，沒事……
嘶嘶
咕嘟咕嘟
再一杯。
啊!!
他好像出現了!!

咚喳
發生什麼事了？
他突然衝了出去！
找到人了呀？
不過，是真的找到了嗎？喂—
我也不怎麼清楚…
那人怎麼可能會來啊？
スタンド

他買單了嗎？
……
還沒…
咚喳—
等一下，等一下…
等一下，等一下嘛～
又給他逃掉啦—

ぬけられま

ぬけら

透過捲簾看光光

ソ簾
すだれ

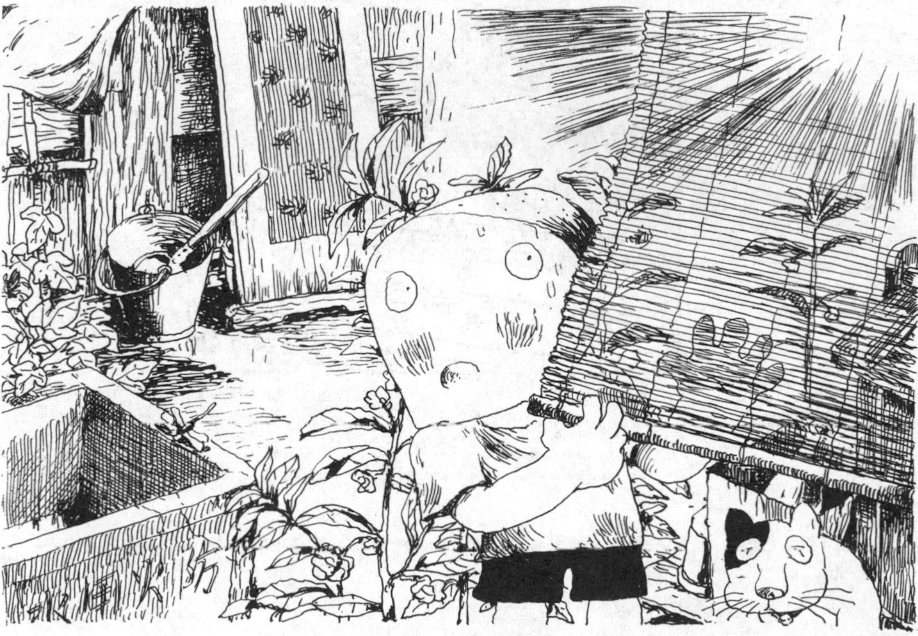

寺島町奇譚

カンカ

ぬけられます
喀嚓
喀咚
喀咚
喀嚓

喂喂—
嗯？
牽牛花垂下來了～
呵呵！
喀啦啦
喀啦啦
喀啦

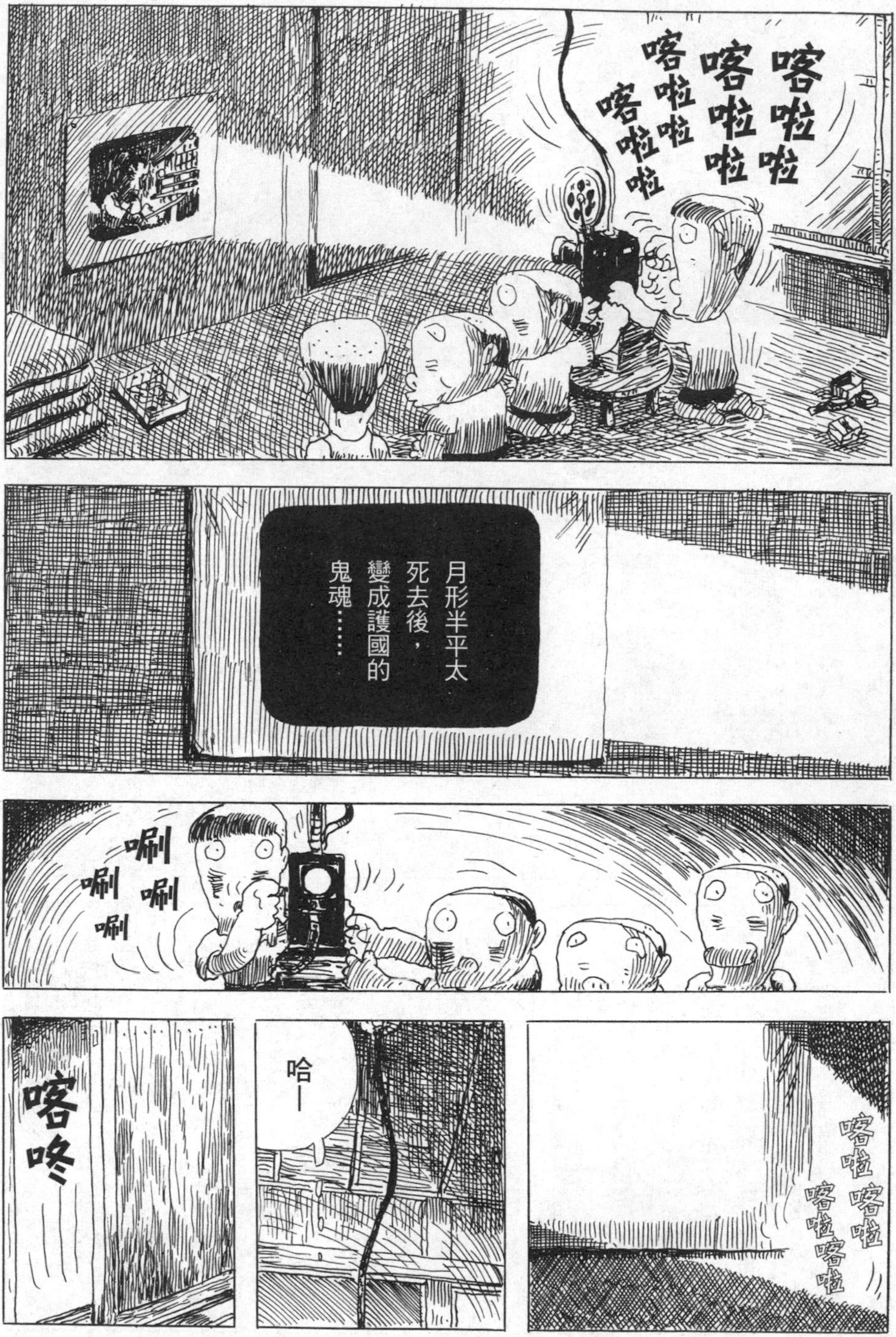
喀啦啦
喀啦啦
喀啦啦
喀啦啦
月形半平太死去後，變成護國的鬼魂……
唰
唰
唰
唰
喀咚
哈—
喀啦喀啦
喀啦喀啦

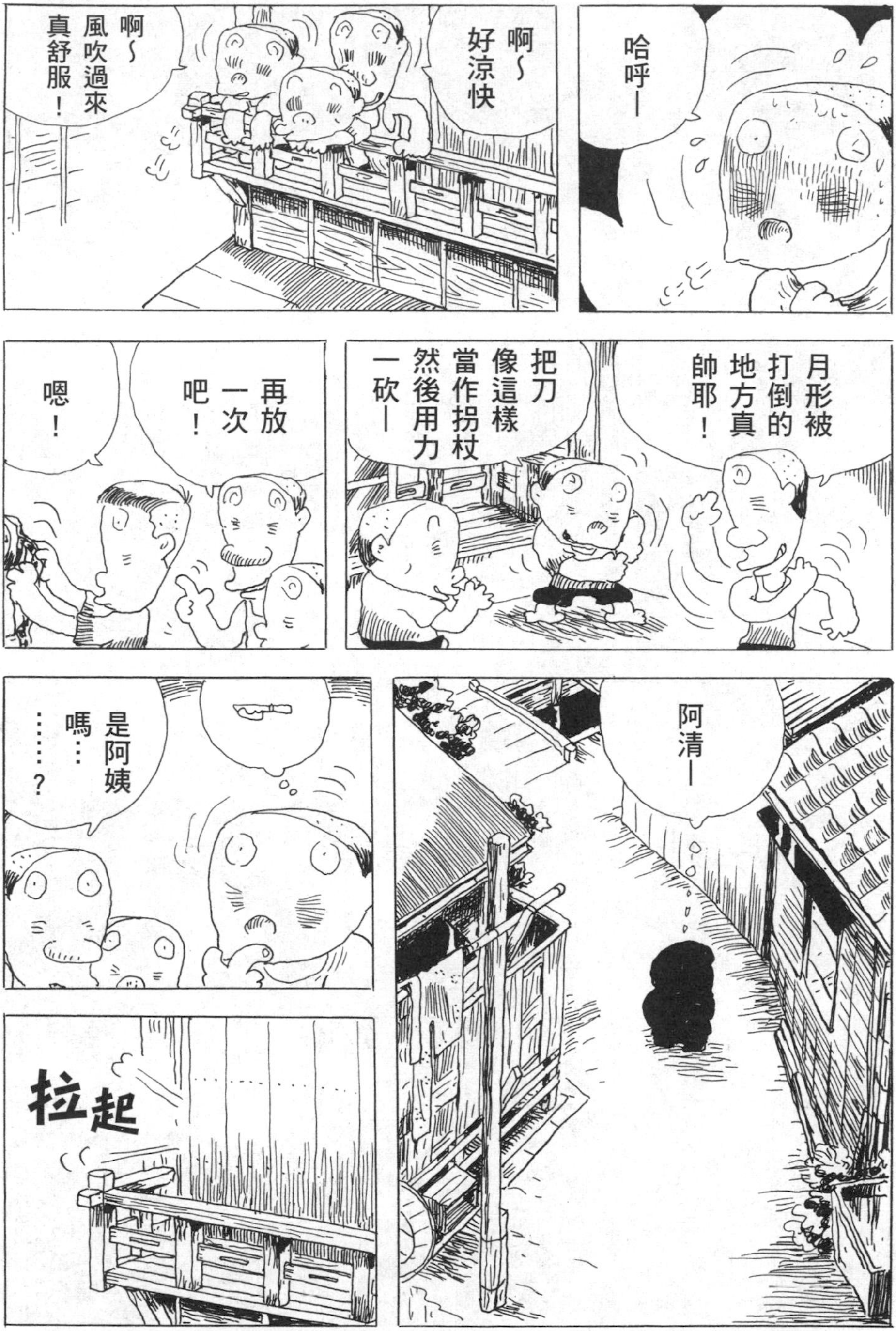
哈呼—
啊~好涼快
啊~風吹過來真舒服！
月形被打倒的地方真帥耶！
把刀像這樣當作拐杖然後用力一砍—
再放一次吧！
嗯！
阿清—
是阿姨嗎⋯⋯⋯？
拉起

阿清—
……
……
阿清—
你媽媽在找你唷—
哎~~
有空再來玩吧！
嗯……
……
……
謝謝，打擾了~

人家在叫你，怎麼可以不回話呢？聽到沒？
喔—
口袋翻開來給我看一下。
幹嘛……
……？
……？
今天早上打掃店裡時，有沒有撿到什麼鈔票？
什麼都沒有啊！

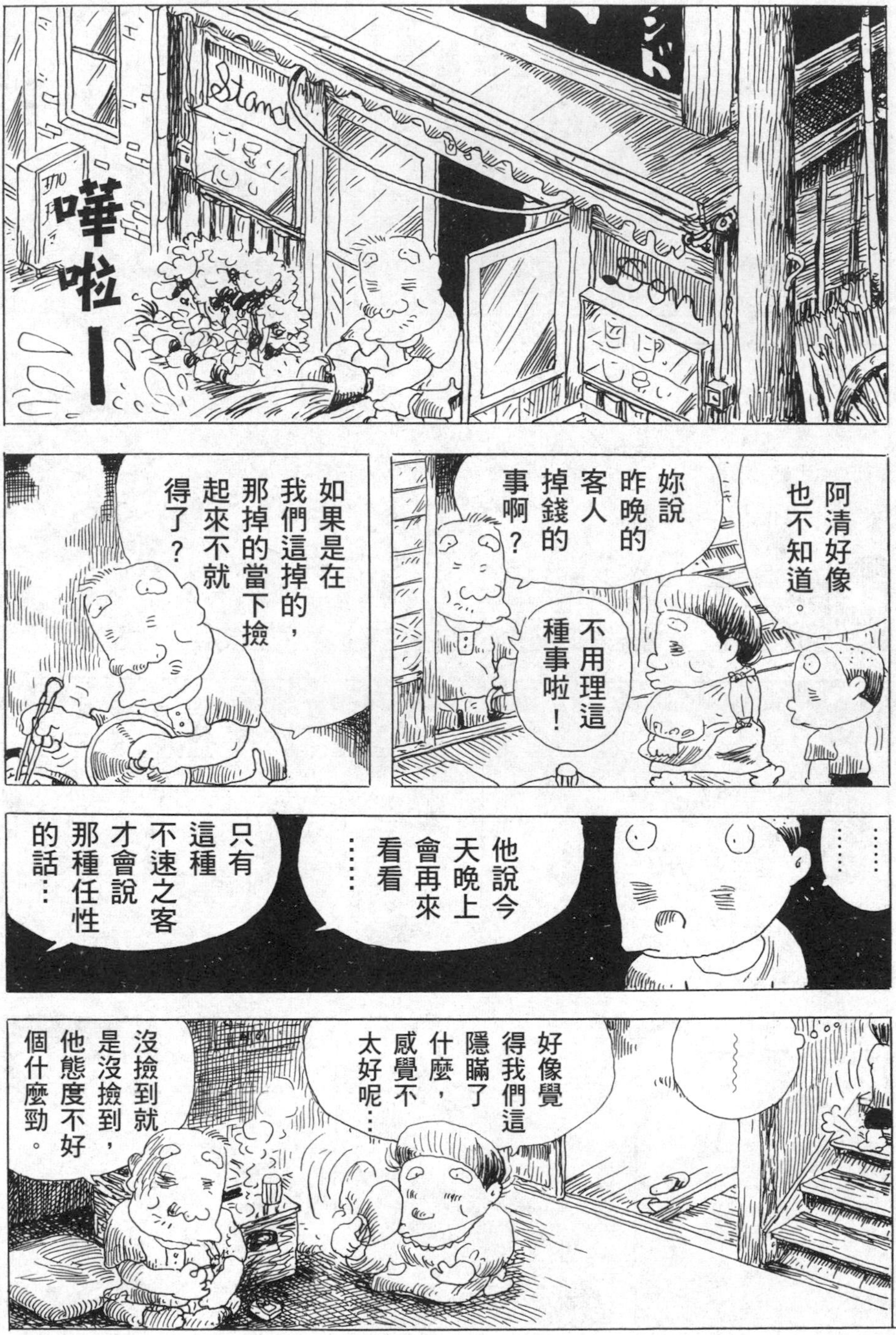
嘩啦—
阿清好像也不知道。
妳說昨晚的客人掉錢的事啊？
不用理這種事啦！
如果是在我們這掉的，那掉的當下撿起來不就得了？
……
他說今天晚上會再來看看……
只有這種不速之客才會說那種任性的話…
～
好像覺得我們這隱瞞了什麼，感覺不太好呢…
沒撿到就是沒撿到，他態度不好個什麼勁。

可惡，
什麼嘛～
踏踏
哈—呼—哈—呼—
呼—嘶—呼—嘶—
錢哪有可能那麼容易就掉了？
阿清—

去「丸八」買兩貫目*的冰塊回來吧！
今天這種日子你得趕快去幫我拿回來才行…
嘩嘩—
唰
不可以中途跑去別的地方玩啊—
喔—
有耶!!
—興奮

＊貫目，冰塊的單位，一貫目大約12X27X13公分，重3.75公斤。

阿清—
喀啷
喀啷
喀啷
喀啷
嗯哼~~
不用去冰店，我已經拿回來了！

唰—
大原醫院
X線科
婦人科

唰—
哇哈哈—
哇— 好涼
呼— 涼快 涼快—
唷~呼
那傢伙真是精力旺盛耶…
嘩—
嘩啦—
嘻嘻嘻~ 好冰~~

嘿嘿，嘿嘿！
你淋得濕搭搭了啦！
哎~呀！
啊哈哈哈哈哈哈哈！

磨磨
磨磨
瞄
冒煙
……
……
啊，請幫我撥一下火…

磨—
磨—
磨磨
都冒蒸氣了呢—
是呀……
呵呵，呵呵，啊，謝謝，辛苦你了！
嘩啦—
啊～洗得真舒服！
喂，雖然沒什麼事，不過妳會不會太開放了？
什麼啊……？
簾子有掛著，門不用關也沒關係吧？
才不是門的問題，妳這笨蛋！

看
呵呵，看來你是在吃醋囉～～
呵呵呵呵
笨蛋，誰在吃醋了!?
混帳東西！
……
幹什麼？開口閉口就能隨便罵人啊？
妳別吵！
聞聞
喔，在蒸茄子南瓜扁豆嗎？

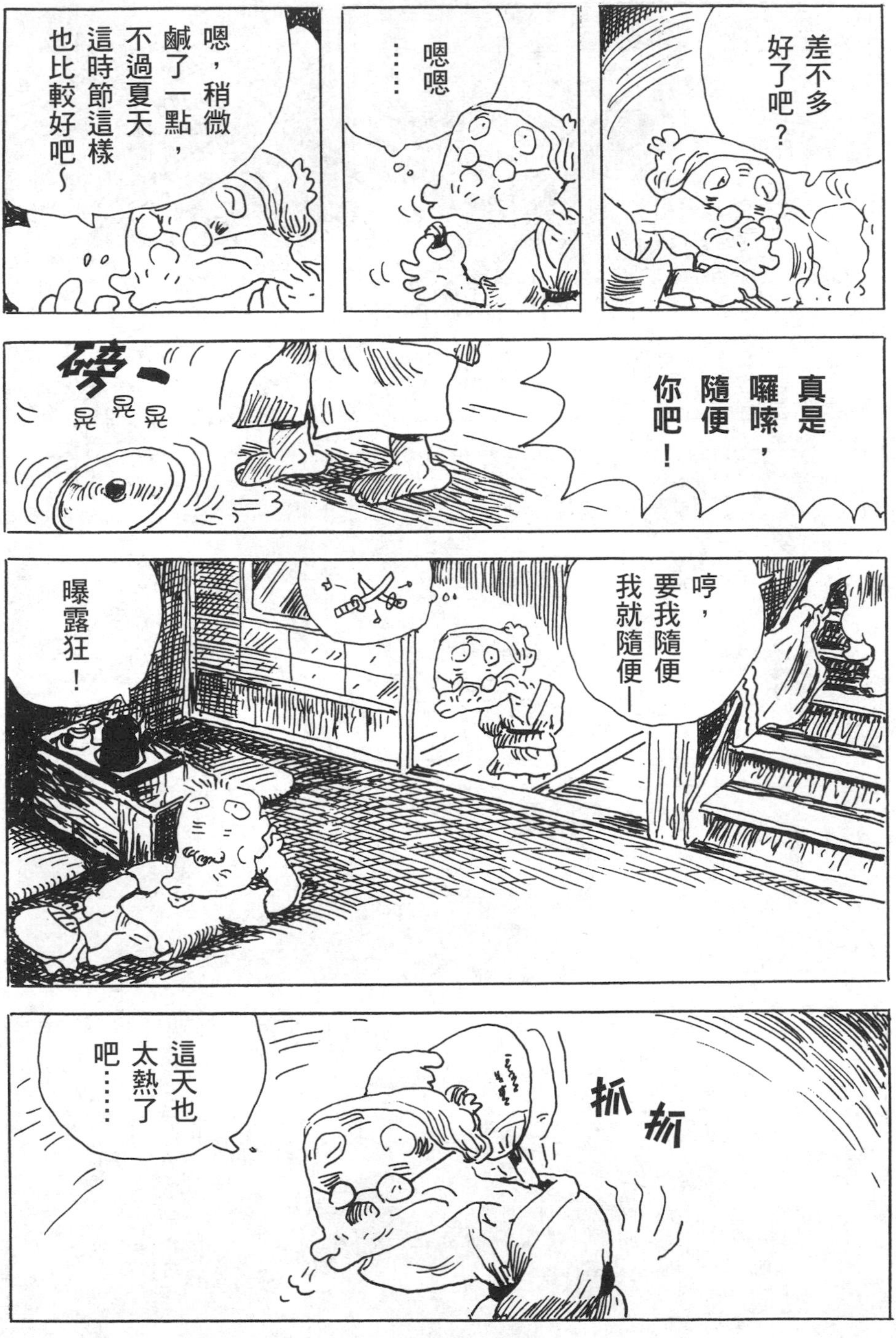
差不多好了吧？
嗯嗯……
嗯，稍微鹹了一點，不過夏天這時節這樣也比較好吧~
真是囉嗦，隨便你吧！
磅—
晃晃晃
哼，要我隨便我就隨便—
曝露狂！
這天也太熱了吧……
扒扒

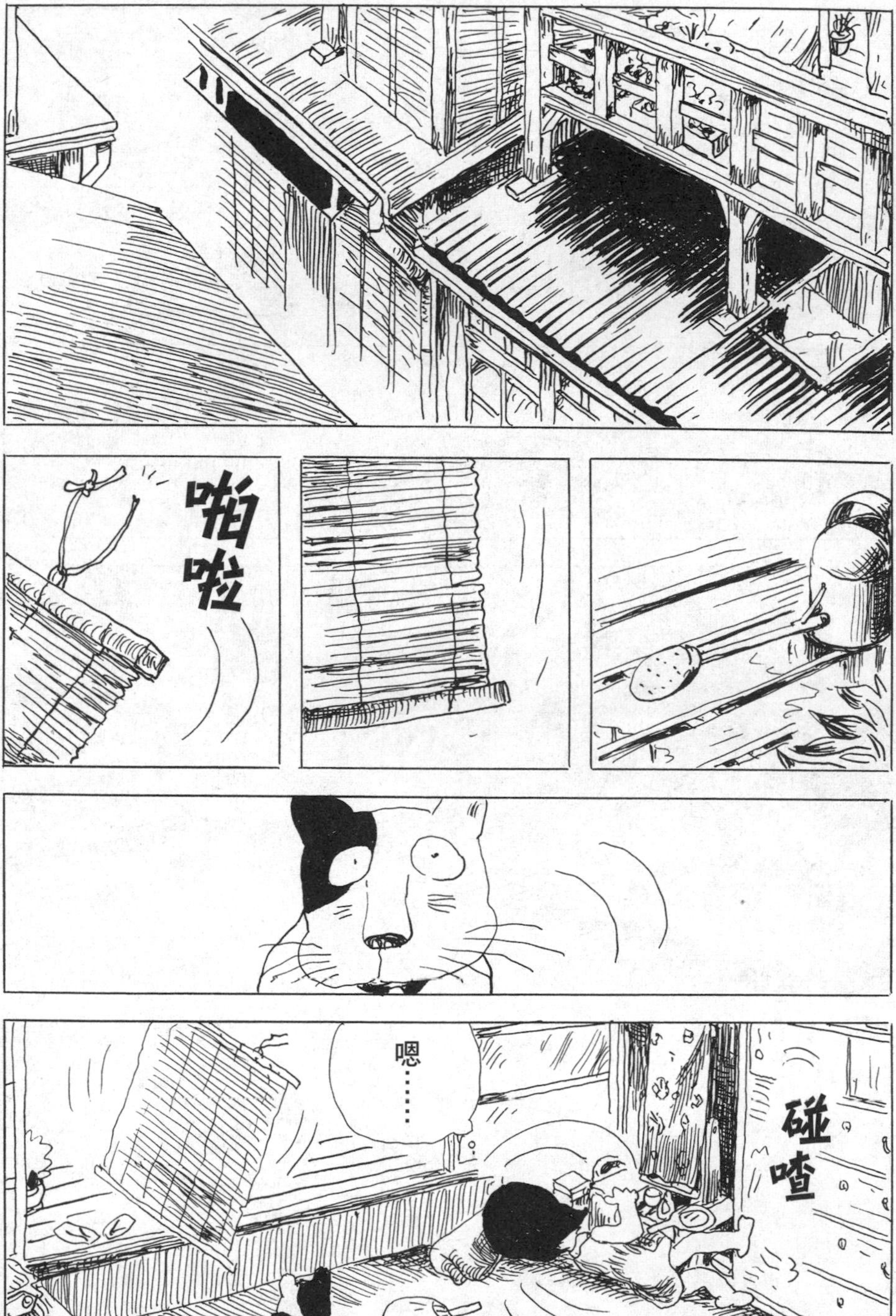
啪啦
嗯……
碰喳

啊，可惡！
打
打
打
打
啊—真癢！
是阿清嗎……
是我……
幫我拿常備藥的藥袋過來。

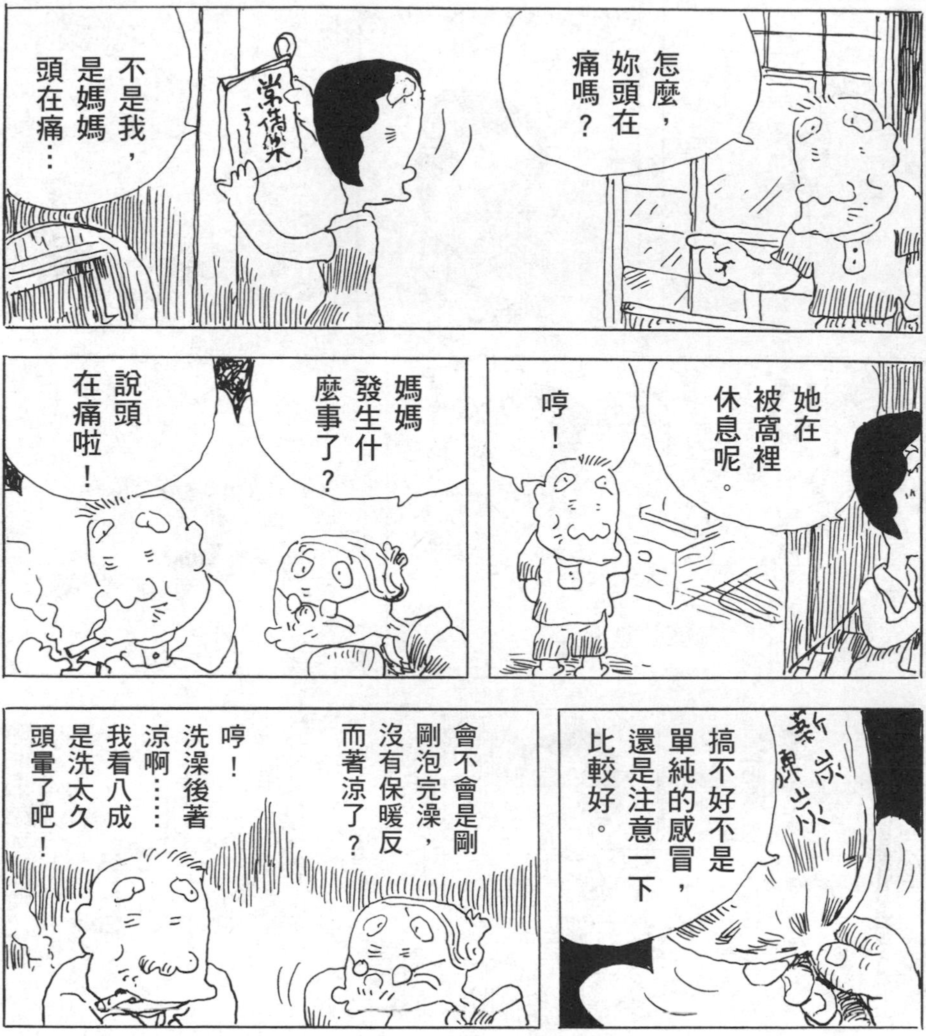
怎麼，妳頭在痛嗎？
不是我，是媽媽頭在痛…
她在被窩裡休息呢。
哼！
媽媽發生什麼事了？
說頭在痛啦！
搞不好不是單純的感冒，還是注意一下比較好。
會不會是剛剛泡完澡，沒有保暖反而著涼了？
哼！洗澡後著涼啊……我看八成是洗太久頭暈了吧！
話雖如此，這屋子通風也真差啊…
慢慢走進—

溜
嗅嗅
來。
呼呼呼呼
啪啦啪啦啪啦啪啦
老是喝生水對身體不好唷—
奶奶，我在水壺裡加冰塊唷—
喔喔!!

呼ー哈ー
呼ー哈ー
呼ー
呼ー
哈ー
呼ー
齁ー
怎樣，好喝嗎？
好喝啊！……對吧？
嗯！
喀噠噠
喀噠噠
不過現在這種季節有人會喝甜酒嗎？
妳在說什麼，沒問題啦！

喀噠噠
喀噠噠
攤位會擺在夜市的哪邊呀？
這個嘛—今天是這一側，所以第一天會擺在「雀壽司」的前面這帶吧？
喀噠噠
喀噠噠
喀喀噠
喀喀噠
啪滋
嗚哇！
你在幹什麼，真是的！
敲

安全道

ぬけられます

*雨～下了起來～月亮～給雲蔭遮住～
雨看起來要下不下的，真討厭！
啪
亮光
都發燒到38.6度了，是不是看一下醫生比較好啊？
她說不用，就別管她了！
喝
呼～
嗡
咚～
話說阿清做什麼去了？

*歌詞，出自〈雨中的月亮〉（雨降りお月さん）1925年（大正14年）。

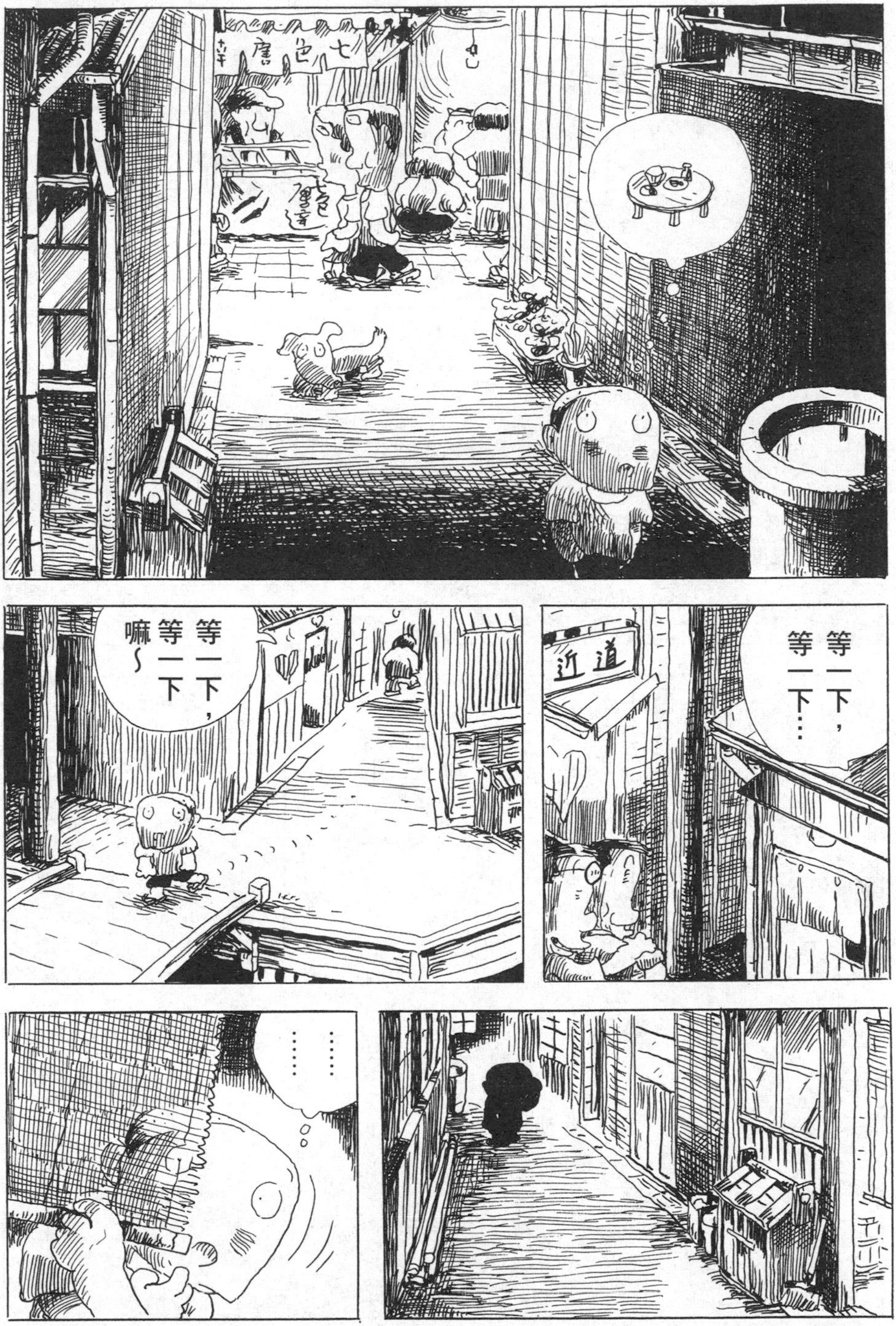

等一下，等一下嘛～
近道
等一下，等一下…
……

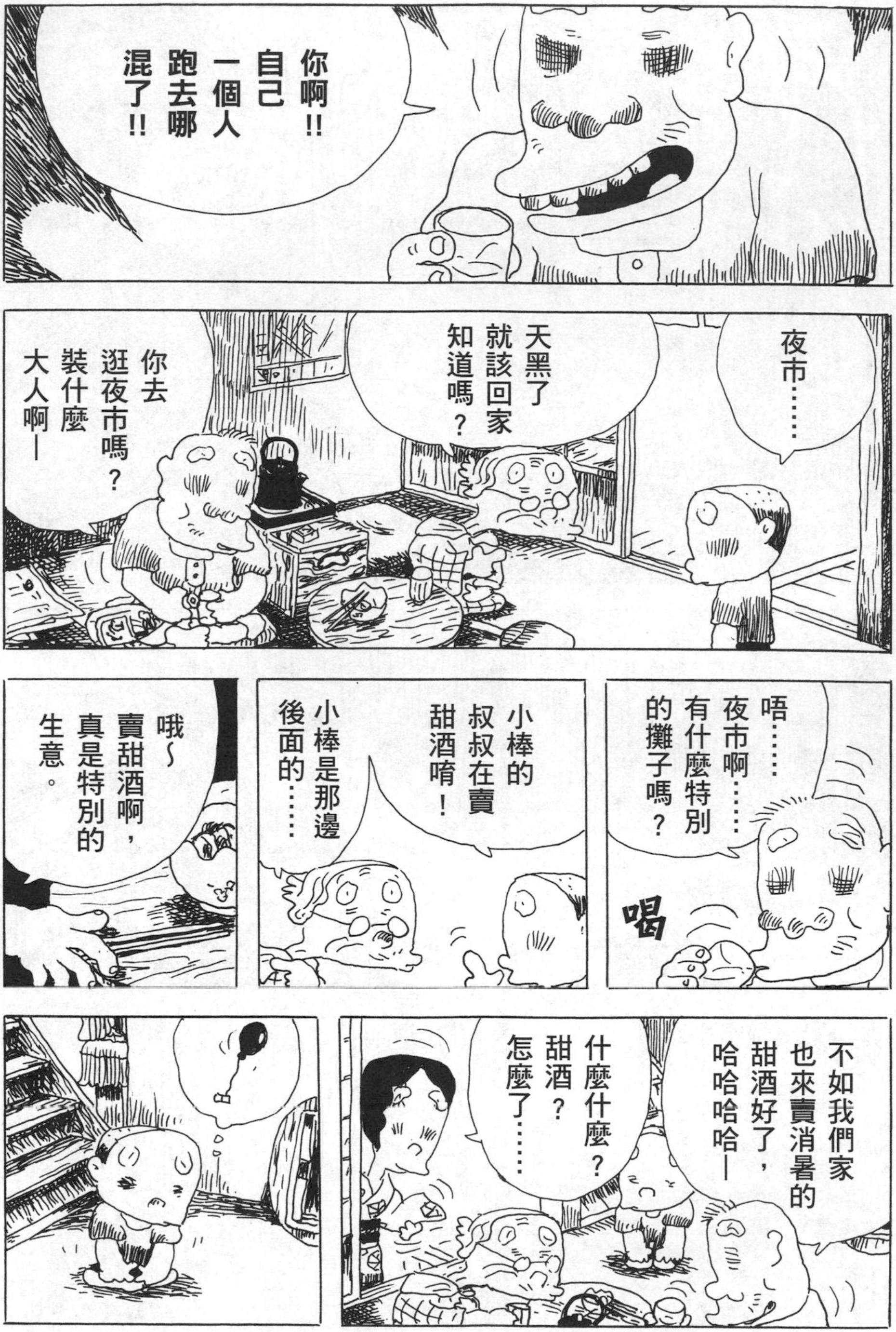
你啊!!自己一個人跑去哪混了!!
夜市……
天黑了就該回家知道嗎？
你去逛夜市嗎？裝什麼大人啊—
唔……夜市啊……有什麼特別的攤子嗎？
喝
小棒的叔叔在賣甜酒唷！
小棒是那邊後面的……
哦~賣甜酒啊，真是特別的生意。
不如我們家也來賣消暑的甜酒好了，哈哈哈哈—
什麼什麼？甜酒？怎麼了……

＊歌詞，出自〈盲眼千鳥〉（目ン無い千鳥）１９４０年（昭和15年）。

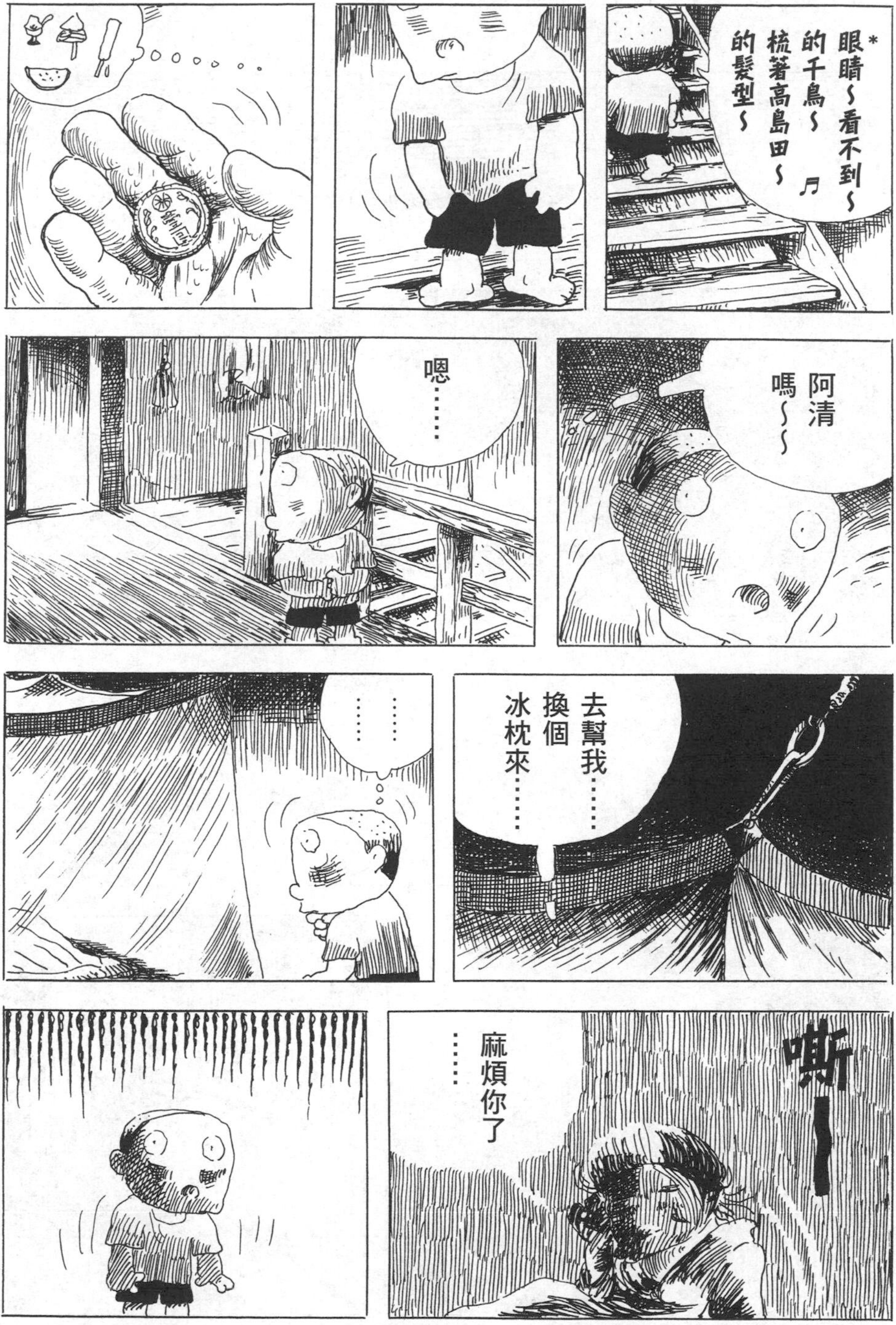
＊眼睛～看不到～
的千鳥～
梳著高島田～
的髮型～
阿清
嗎～～
嗯……
去幫我……
換個
冰枕來……
……
……
嘶－～
麻煩你了
……

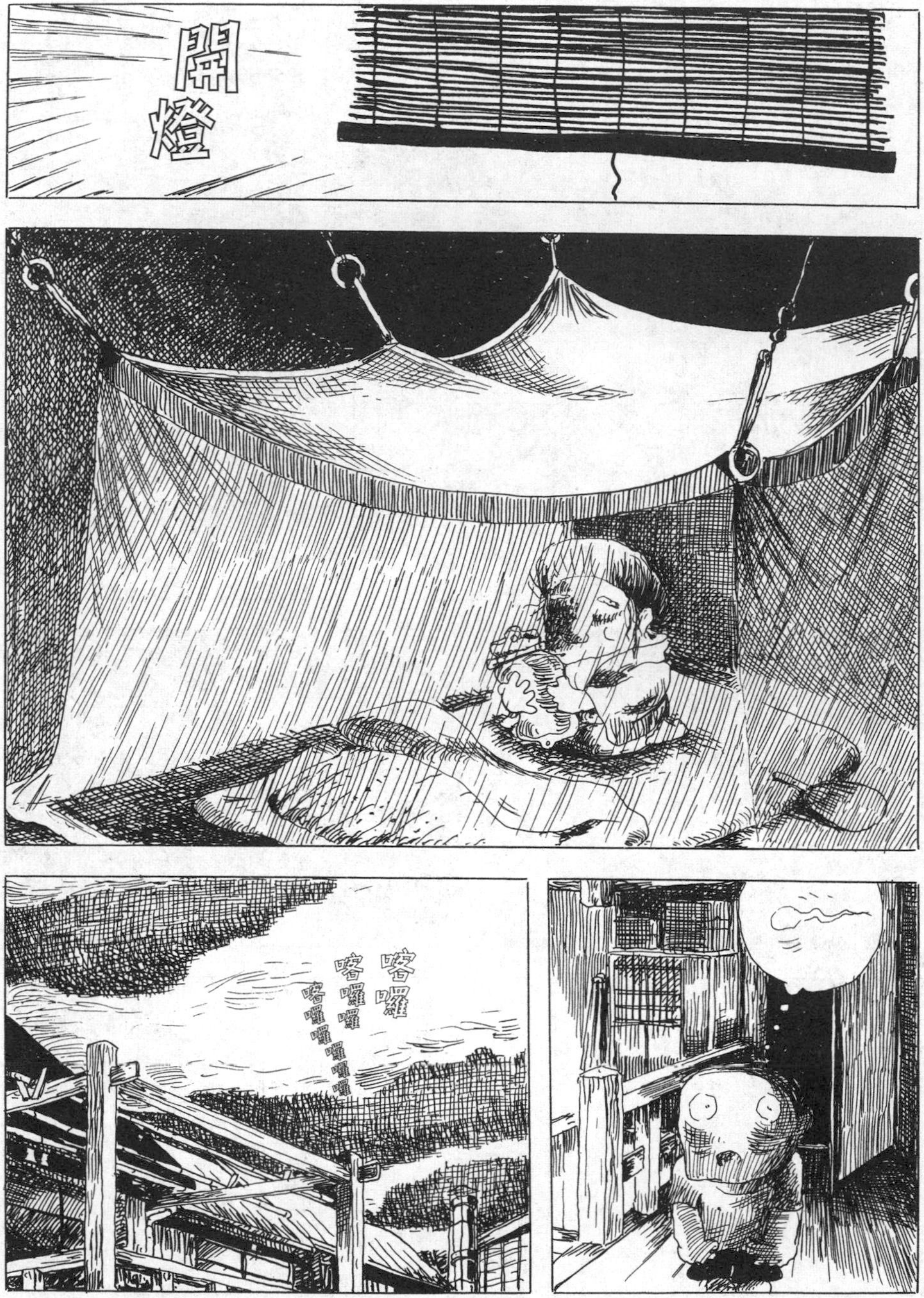
開燈
喀囉
喀囉囉
喀囉囉囉囉囉

寺島町奇譚

零れ灯の町

燈火飄零的街道

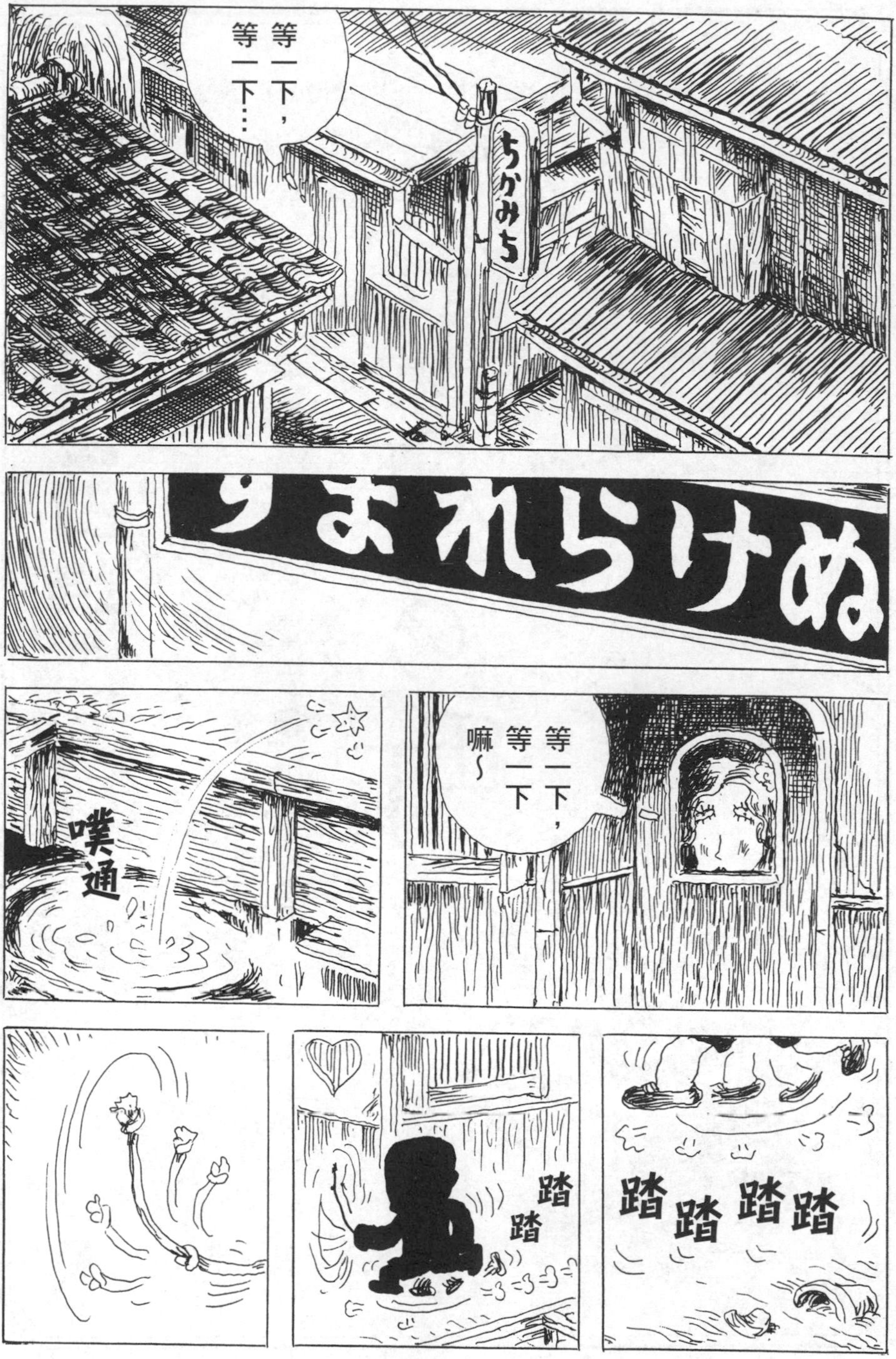
等一下，等一下……
ちかみち
ぬけられます
等一下，等一下嘛～
噗通
踏踏
踏踏踏踏

喀咚
喀咚
喀咚
等一下嘛～
踏踏踏踏
咚
幹什麼!!
喀噠噠噠噠噠噠噠…
嘻嘻—

ドンタス
等等，再一瓶銚子，一份醋味噌小菜—
好，來囉！
喔呵喔呵喔呵
老闆娘的笑聲真是獨特！
對啊，很性感喔—
哎呀，還好啦，真害羞…
啊哈哈哈…
喔呵呵呵呵…
……
……

喀噠
喀噠
是阿清嗎？
嗯—
我不是跟你說了，晚餐後不可以再跑出去玩嗎!!
啪嚓
你不用回來了！
滴
防火用
喀噠

來，快進來！
腳擦一擦，快進來吧。
好～
喂，擦腳，擦腳啊！
啪嚓
……
嗨。
小朋友回來了……

奶奶，那個人是誰呀？
我也不知道，爸爸認識的人吧？
是喔。
咚嘶
けられます
ちみかち
等一下，等一下…

すまれらけぬ
御婚禮家具一式
堤ふとん店

喀噠
喀咚
嘰
哈啾！
哎唷喂呀，閱兵操練可真是讓人累慘啦…
你回來啦—
原木呢……
他在二樓。
*nan mak sa mada harada send an ma—

*前段為不動明王真言梵文發音，後段為亂唸。

這次的生意不知道能不能順利談成…
別擔心啦，今天或明天對方可能就會聯絡了。
我們又不是裝好心才讓原木留在我們家，這麼做，換句話說算是在擔保他啦！
擔保也不要緊，我只想抱著湯*湯婆睡覺啊—
啊？
跟在二樓不一樣，睡在樓下老是冷颼颼的…
妳在說什麼色色的事情呀？
要不叫原木半夜下樓上廁所時，來給妳暖和一下怎麼樣啊？
哦，我是不排斥啦—
*此時此刻的半七啊~登~~登~~♬
呵呵，呵呵，說那什麼話啦，討厭……
呵呵！
小玉~

*湯湯婆（湯タンポ）即為熱水袋，湯婆與擔保日文發音相同。 *出自《艷容女舞衣》。

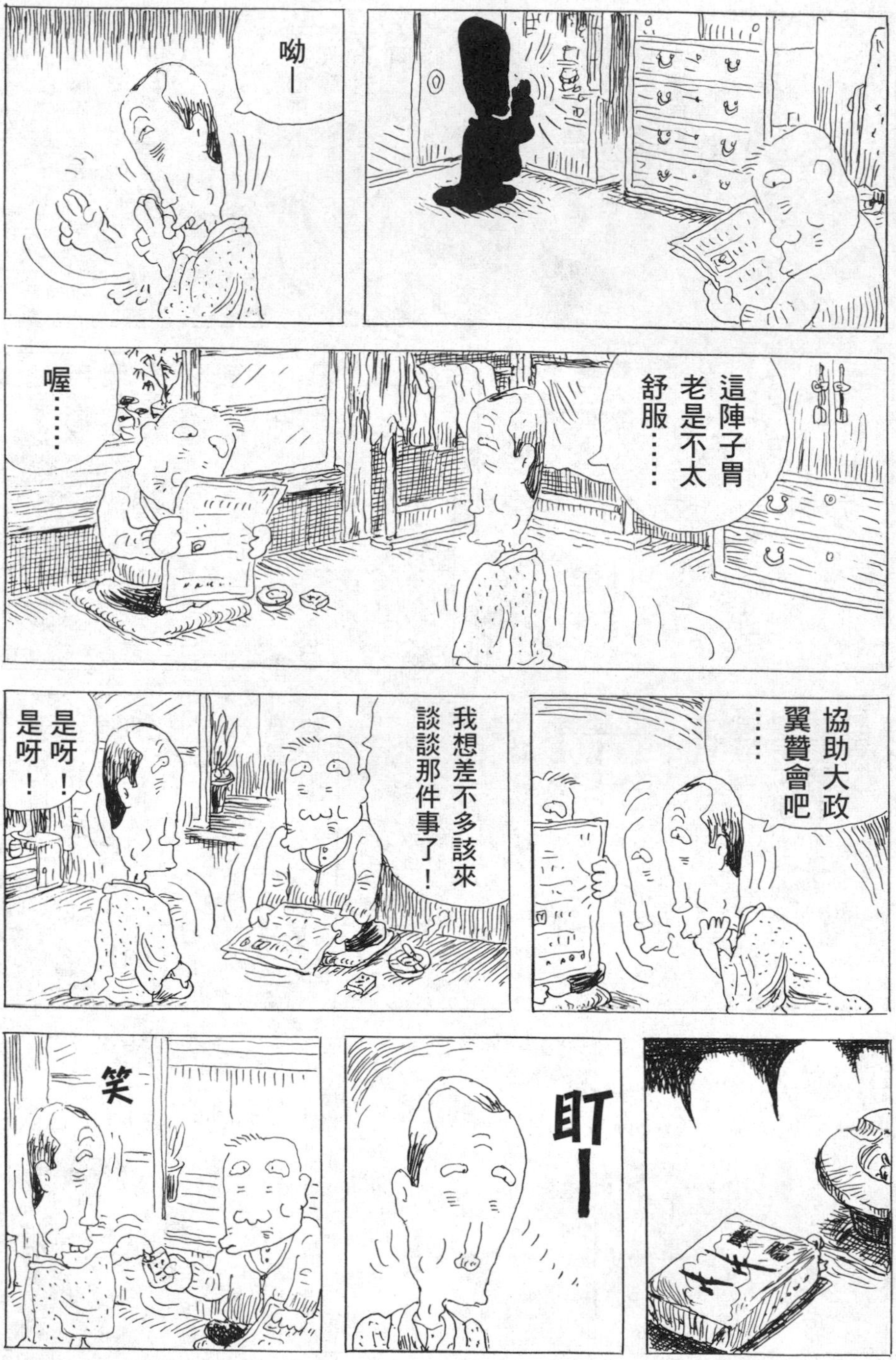
呦—
這陣子胃老是不太舒服……
喔……
協助大政翼贊會吧……
我想差不多該來談談那件事了！
是呀！是呀！
盯—
笑

咚嘶
奶奶，那個叫原木的人要一直待在我們家嗎？
我也不知道呢……
還有，ㄗㄔㄢˇㄐㄧㄚ是什麼意思啊？
ㄗㄔㄢˇㄐㄧㄚ……？
我聽爸爸媽媽說，那個叫原木的人是ㄗㄔㄢˇㄐㄧㄚ。
啊啊，你說資產家啊…
ㄗㄔㄢˇㄐㄧㄚ是什麼？
多餘的事不要問!!
啪!!
待會姊姊要工作，你先去合作社的配給所排隊喔！
嗯—

哎，說是配給，給的量也是像麻雀的眼淚一樣少得可憐，根本沒辦法支撐店面—
以前常常可以營業到半夜一點、兩點……
現在一天分配的量就那樣，又不能不營業，結果八點就差不多得關門了。
……DON
STAND
……DON

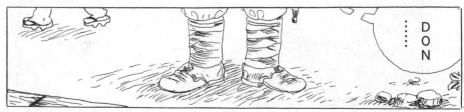

嘶嘶嘶嘶
哎~煩死了，真想偶爾忘掉店，忘掉生意的事去泡泡溫泉啊……
要不要這麼做一次看看呀—
這次的事雖然很傷神，但是看來似乎可以做個好夢了。
說來說去，都還是得用上那些私房錢啊……
我們就暫時休店，然後從關西一路去到九州，再繞到靠日本海那側的地方，從那邊去北海道……
繼續做白日夢吧！呵呵呵……
不好意思，打擾了！
來了……

ドン
スタンド
ンド
和洋酒
Stand
哎呀，比起用您的名字問路，用店名問更快呢。
我代表池田上等兵前來向各位問候！
公用
真是謝謝你了！
還讓你專程跑一趟。
不會，順道而已。
池田先生是我們家的常客，跟我們就像親人一樣了。
來，請喝。
是—
真開心呢，還特地寫信請人送來……看看裡頭寫了什麼吧！
哎，別急別急—
嗯~敬啟，入秋轉涼之際，希望您的身體狀況愈來愈健康……嗯嗯嗯嗯……
此次……我將轉調去南方……
嗯嗯，這樣啊。
現在回想起來，三月的春天，也就是彌生之時……

怎麼啦？
咦？
呣……
唔……
這是寫給和枝的信耶……
啊，是的，的確是給和枝小姐的信。
喂，裡頭到底寫了什麼啊？
他們的關係看起來不太尋常唷！
唔……
「我將從吳市的軍港出發，*雖然希望妳來送行，但應該是無理的要求吧？」這是當然的吧……這個厚臉皮的男人……
該不會已經一起睡過了吧？
不會吧……
哎唷，什麼情書呀～讓我看看。
啊！這是…
哎～呀，真懷念耶，這不是池田先生嗎？

＊吳市位於廣島縣西南方。

呵呵，要不要乾脆跑去吳市跟他見一面呢？
妳在說什麼啊？
妳真的對池田先生有意思嗎……
妳還真的打算要去啊!!
哈哈，哎唷，怎麼可能去啊，我們這裡在勤勞奉仕*，而且坐中島飛行機去也太花時間啦～
……
呼—
咚
謝謝各位的招待，山上一等兵向各位告辭了—

＊勤勞奉仕，戰爭期間政府動員平民百姓義務勞動。

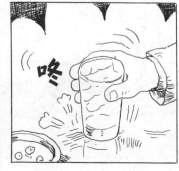

昭和病院
*比花～
還漂亮的～
花～子～小姐～
花～子～小～
姐～啊……♪
阿兵哥～～

*歌詞，出自〈數數歌～花子小姐〉（数え唄～花子さん），大正時期民間傳唱的歌曲。

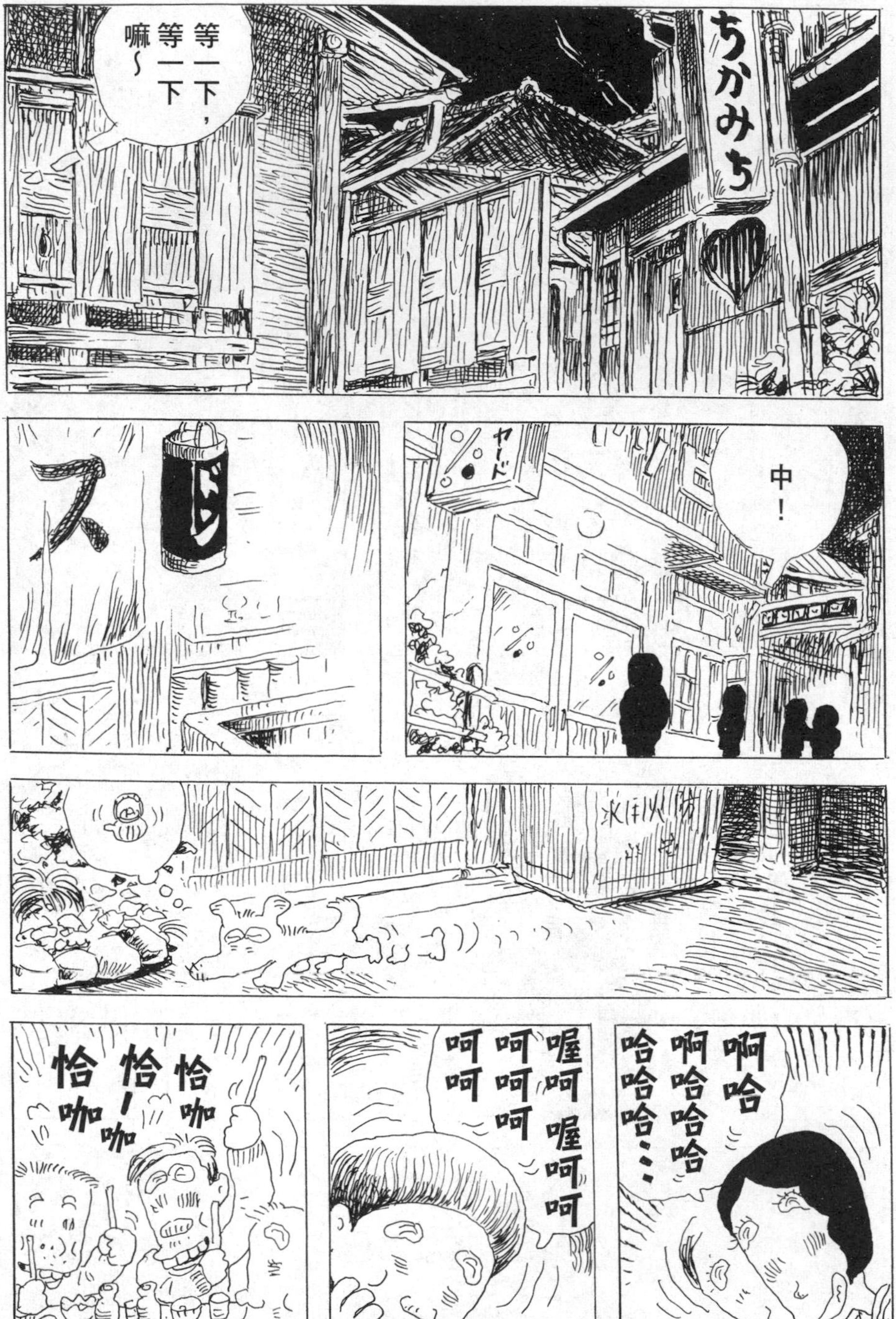
等一下，等一下嘛～
ちかみち
ヤード
中！
啊哈啊哈哈哈哈哈哈……
喔呵喔呵呵呵呵呵呵呵
恰咖恰！咖恰咖

*歌詞，出自〈勘太郎月夜歌〉（勘太郎月夜唄）1943年（昭和18年）。

嘿、、嘿、、嘿—
把你的撞翻！
看我的，通通撞飛出去—
喀嚓咖嚓
喀嚓咖嚓
喀嚓咖嚓
啪
啪
啪
霹哩
最後關頭了啦～

到底該怎麼辦啊，喂—
妳對我發脾氣也沒用啊！
我也沒想到那個男的會被帶去日本堤*署啊。
有信用的人怎麼會被帶走？
*即現在的警察署。
我一開始就覺得他話都講得天花亂墜……
妳覺得他講得天花亂墜，當時阻止我不就好了!!
是因為你興致很高，我才信任他的呀!!
嘿嘿，新消息，新消息—
ぬけられます
啪踏
啪踏
啪踏
啪踏
啪踏
啪踏

奶奶～
喀啦
咳，咳
嘿唷—
叩
叩

唔……
叩
叩
nan mak sa mada harada send an ma—
叩
碰
怎麼啦？
沒事啦！
疾步
總之，我要原木負起責任—
給我站住!!
踏
踏
踏
踏
現在這樣慌慌張張也於事無補啊！

*前段為不動明王真言梵文發音，後段為亂唸。

原木先生!!
知道原木在哪裡嗎!!
剛，剛剛從陽台……
啪！
笨蛋，怎麼不早點講！
原木!!
原木他、原木他他他…他逃走了!!
我才不管呢。

*對於心神喪失或精神耗弱導致無法處理自己事務的人，以法律使之無法支配自己的財產。

嘩啦 嘩啦 嘩啦
他被禁治產的話那也沒辦法了呢…
這麼說來，原木他是有精神病還是有其他問題呀？
ㄐㄧㄣˋ ㄓˋ ㄔㄢˇ 是什麼啦—
吵死了，去尿尿，尿完快去睡！
哼—
……
咳哼

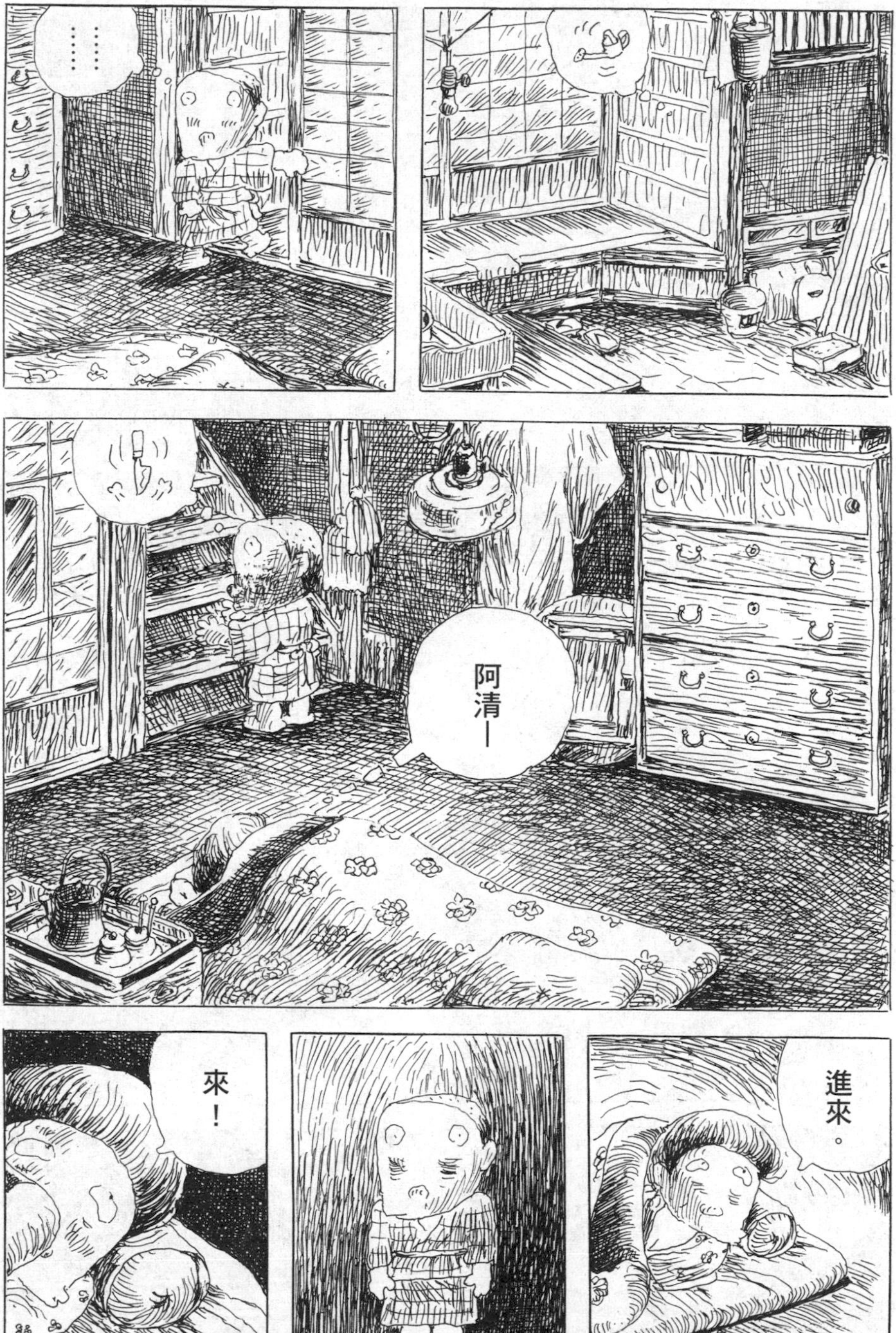
……
阿清—
來！
進來。

叮鈴叮鈴叮鈴
你的身體真溫暖啊……
來……這是你小時候常吸的東西唷～
來，吸吧……
滴
滋滋滋滋—

寺島町奇譚
鰯雲は西へ
向西飄行的卷積雲
ぬけられます

*蜆仔的日文「しじみ／shijimi」音近似「去死吧（死んじめ／shinjime）」。

*歌詞，出自〈出門就騎腳踏車吧〉（お使いは自転車に乗って）1943年（昭和18年）。

哈欠—
妳那什麼模樣，根本就像銘酒屋的女人嘛？
哎呀，牙粉沒了耶—
磨啊—磨啊—
唉唷，用不著一大早就準備貓咪的食物吧？
阿清—!!
喀啦喀啦
喀啦喀啦
喀啦喀啦
喀啦喀啦
喀啦喀啦
喀啦
喀啦
喀啦
喀啦

叮ー
真光院大寬重圓居士惠光院清心貞久大南無阿彌陀佛……
父親早安，母親早安，奶奶早安，姐姐早安ー
喀啦
好。
呣。
嗯！
喔ー
我開~動~了ー
喀喳
什麼東西一直在喀啦作響，拿出來我看看。
你怎麼還在迷那種東西？
說那麼多次都不聽!!
喀啦喀啦
碰
唰ー
噗嚕
噗嚕
噗嚕
噗嚕
噗嚕
噗嚕

哼……
不要老是想著玩，要多用功，快去念書！
看看人家狸貓藥局的秀夫多聽話！

噠
噠
噠
噠
吸
吸
ㄉㄩㄝ—
捏
捏
凹嗚！
哈哈，快逃啊！
哇—
病院
噠
噠
凹嗚凹嗚！

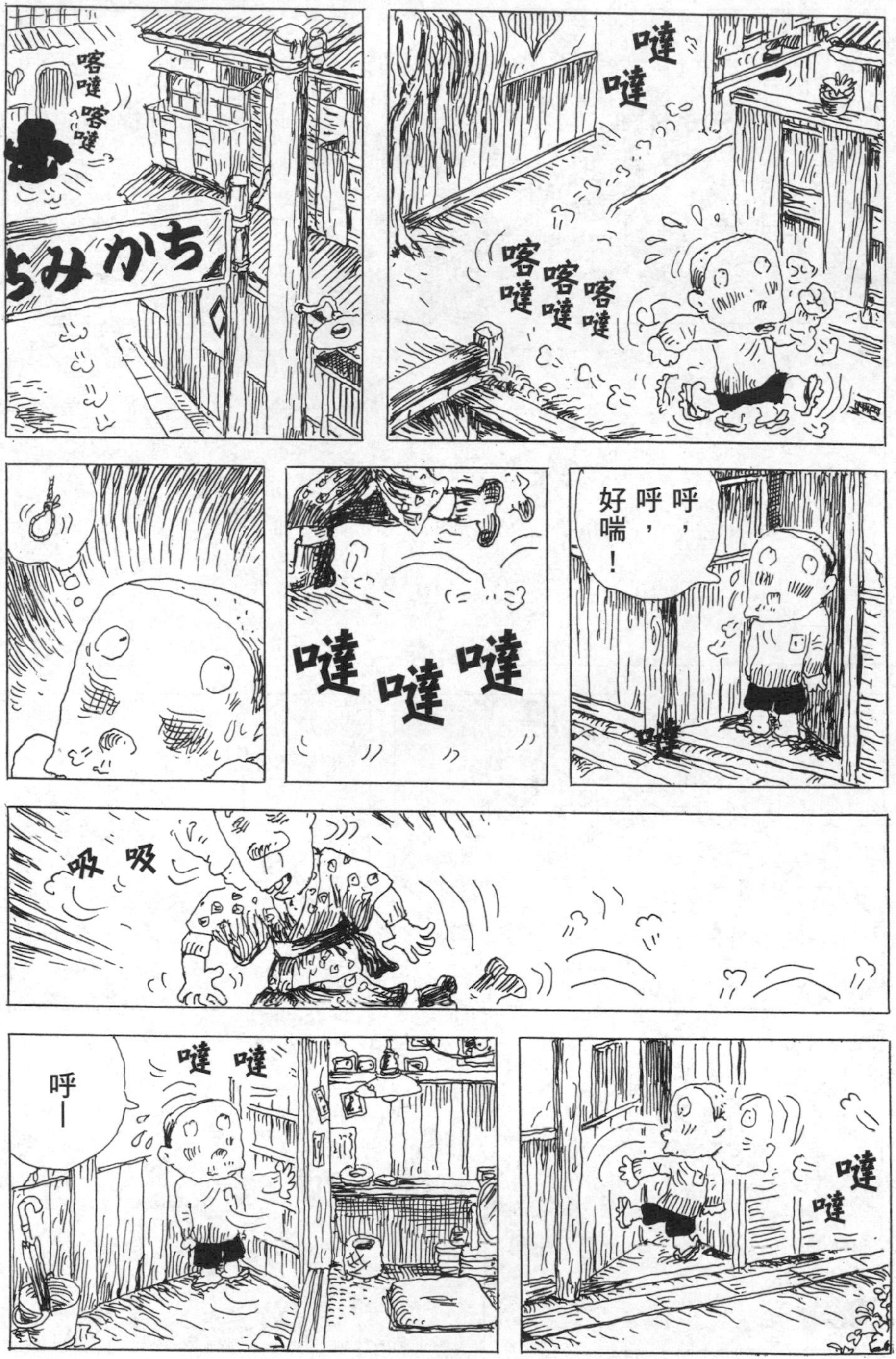

喀噠喀噠
ちみかち
噠噠
喀噠喀噠喀噠
噠噠噠
呼，呼，好喘！
噠
吸吸
噠噠
呼—
噠噠

*歌詞，出自〈湯島的白梅〉（湯島の白梅）1942年（昭和17年）。

每～當～經過湯島～就會～想～起～♪
唷！
……？
啊，小朋友，你來－
……？
你早上跟我說車站在哪，這是謝禮。
……
鏗啷
啊……謝謝叔叔！
怎－麼忘得了－我的青梅竹－馬～*

*歌詞，出自〈湯島的白梅〉（湯島の白梅）。

鏗
喀噠 喀噠 喀噠 喀噠 喀噠
唷，已經在玩了啊！
有沒有人可以賣給我？
他問有沒有人要賣—
好啊！
快點，快點！
院
抓
嘿嘿，畢竟那個管家婆很囉嗦嘛—
隨便你挑，三個一錢就好囉！
碰咚
阿清
喳啦

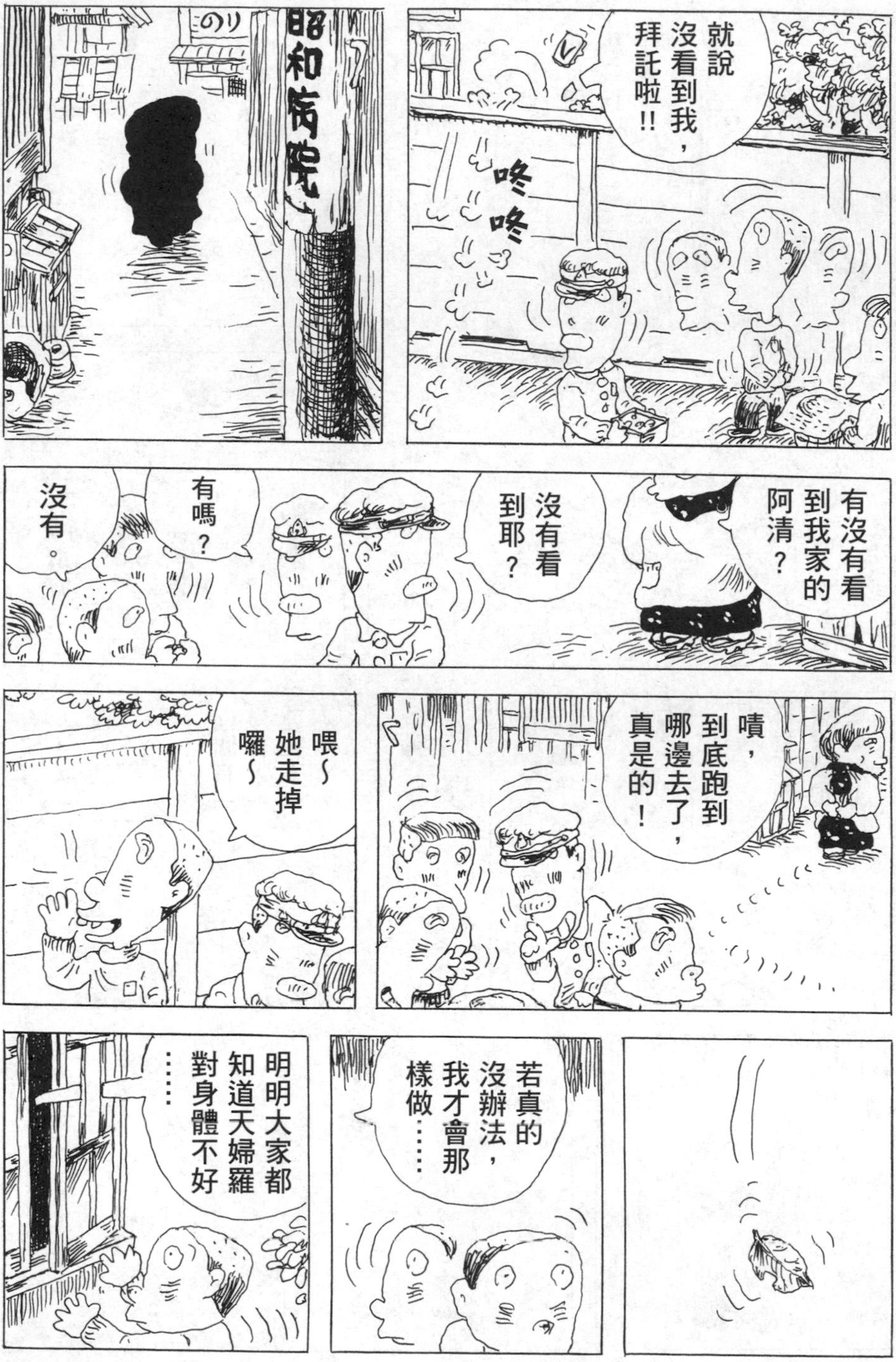
就說沒看到我，拜託啦!!
咚咚
のり
昭和病院
有沒有看到我家的阿清？
沒有看到耶？
有嗎？
沒有。
嘖，到底跑到哪邊去了，真是的！
喂~她走掉囉~
若真的沒辦法，我才會那樣做……
明明大家都知道天婦羅對身體不好……

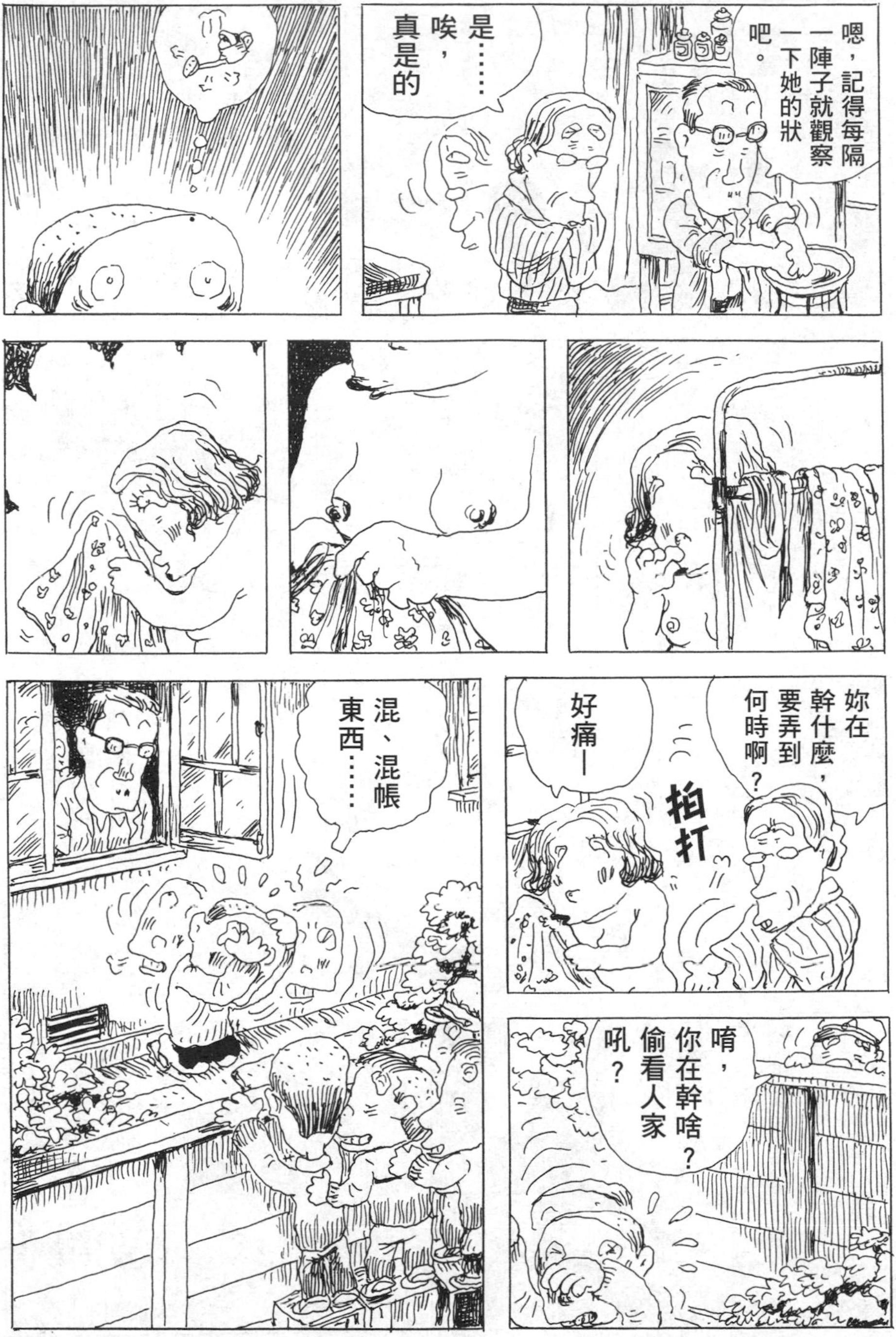
嗯，記得每隔一陣子就觀察一下她的狀吧。
是……唉，真是的
妳在幹什麼，要弄到何時啊？
好痛—
拍打
唷，你在幹啥？偷看人家吼？
混、混帳東西……

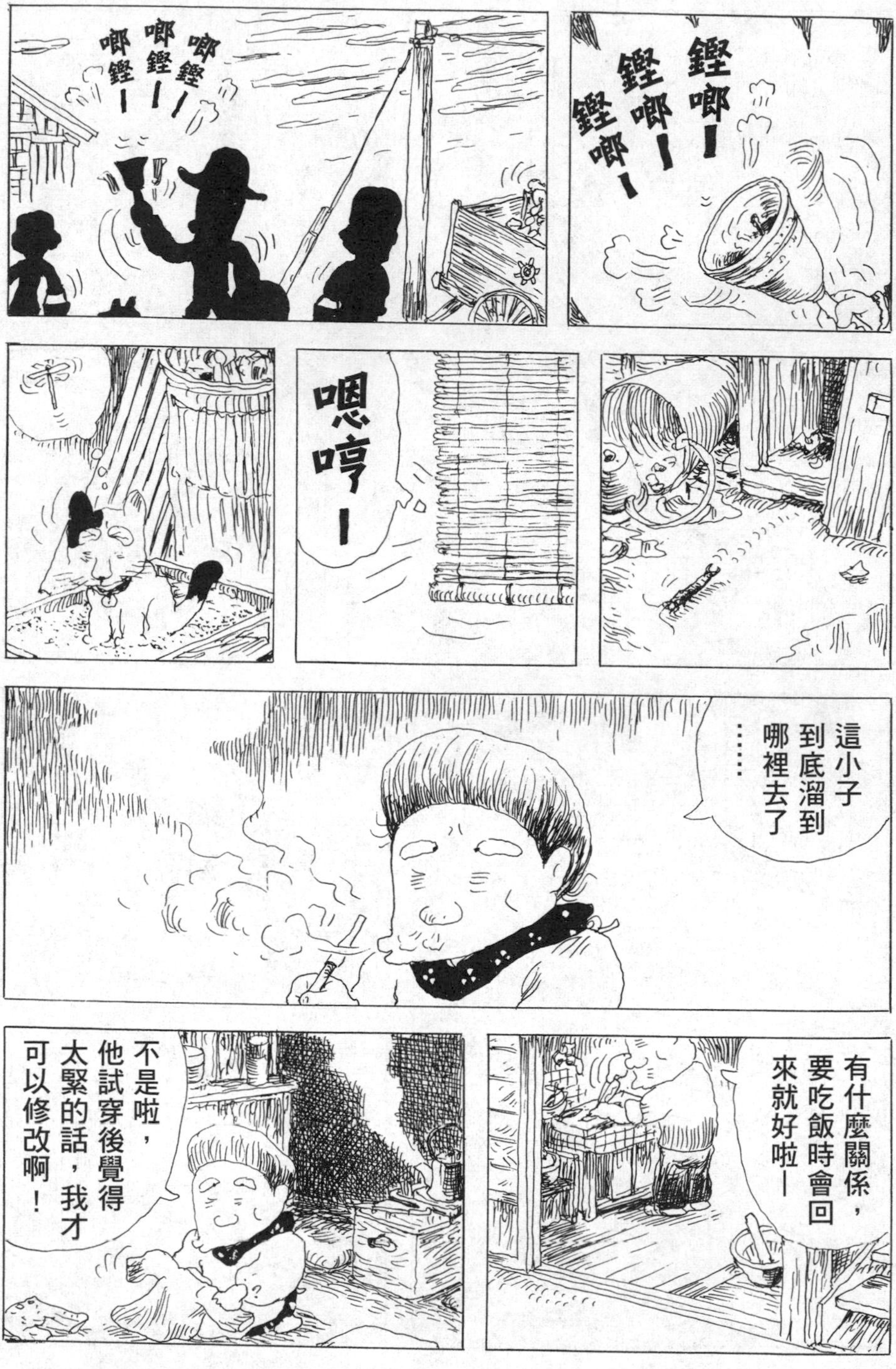
鏗啷—
鏗啷—
鏗啷—
啷鏗/
啷鏗/
啷鏗—
嗯哼—
這小子到底溜到哪裡去了……
有什麼關係，要吃飯時會回來就好啦—
不是啦，他試穿後覺得太緊的話，我才可以修改啊！

不過如果穿得下的話，法事的時候就穿這件好了。
東奔西跑不見人影，真是麻煩！
是不是去YAMA那邊玩了？
妳說的YAMA是指本來是京成的停車場那邊嗎？
什麼—那邊以前通到京成嗎？
哎呀，妳不知道嗎？
從押上一～直走，再從向島車站這～樣走，就會通過東武上方直到白鬚唷！
哦—
喂，那些都不重要啦，來幫我壓住研磨缽吧！
哦，你要做什麼東西呀？
魚丸啊，沙丁魚的。
叩叩叩叩
那時候白鬚橋還是木造的，記得過橋費還要二錢呢……

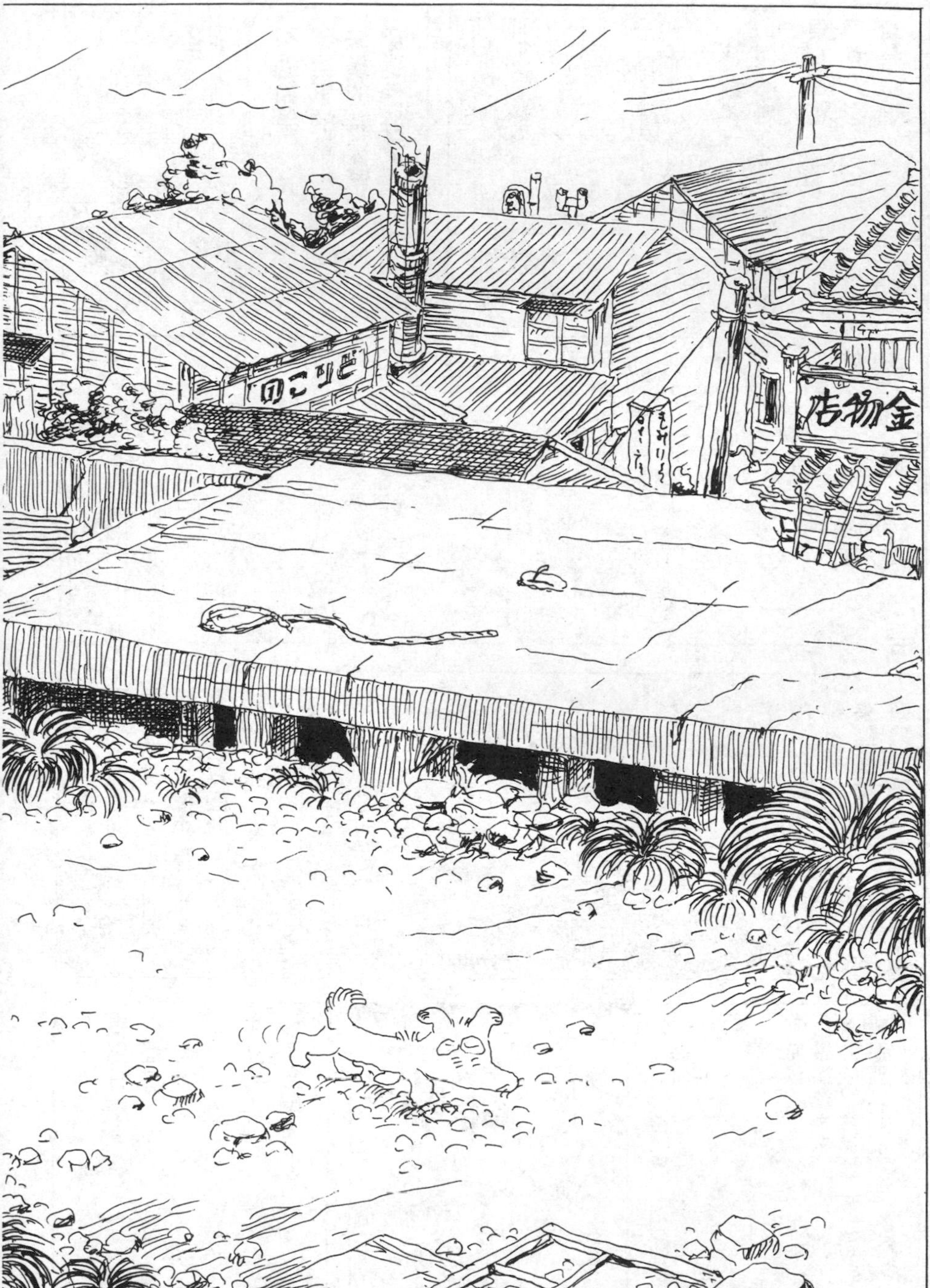
どりこの
金物店

大倉
吸吸

スタンド
嗯，好像不用修改也沒關係－
喂，站好，抬頭挺胸!!
褲子刺刺的……
不要那麼不懂事，現在哪有小孩穿得到羅紗*做的褲子啊？
鏗
對吧，爸爸？
嗯……

*一種羊毛織品，保暖而耐穿。

和枝—趁沒客人的時候準備晚餐吧~
好—
嗯嗯，聞起來好香啊！
啊，對啦，今晚有魚丸！
嗯嗯……好吃~
哈呼
湯也很入味。
哈呼
沙丁魚這樣做也很好吃呢！
好吃歸好吃，也要小心魚骨頭刺刺的啊！
說什麼傻話，這魚骨可是價值所在啊！
噎
咚嚓

＊即玉之井此地的私娼區，此為玩笑語。

ぬけられます
喀嗟
等一下，等一下～
喀嗟
哈啾……
喀啦 喀啦
似乎起風了呢……
唔—好冷，好冷。
擤—
要我幫你準備點暖和的嗎？

小浜—
什~麼~事~
妳下樓來一下。
什麼事……？
這孩子發燒到38．5度了，是怎麼回事啊?!
38．5度!!
怎麼辦？
也不能怎麼辦啊，得讓她好好休息才行……
妳在醫院時怎麼沒有說呢？
那時沒燒啊……
之前醫生說是什麼毛病？
就說了是天婦羅食物中毒啊……
唷！
啊，先生…

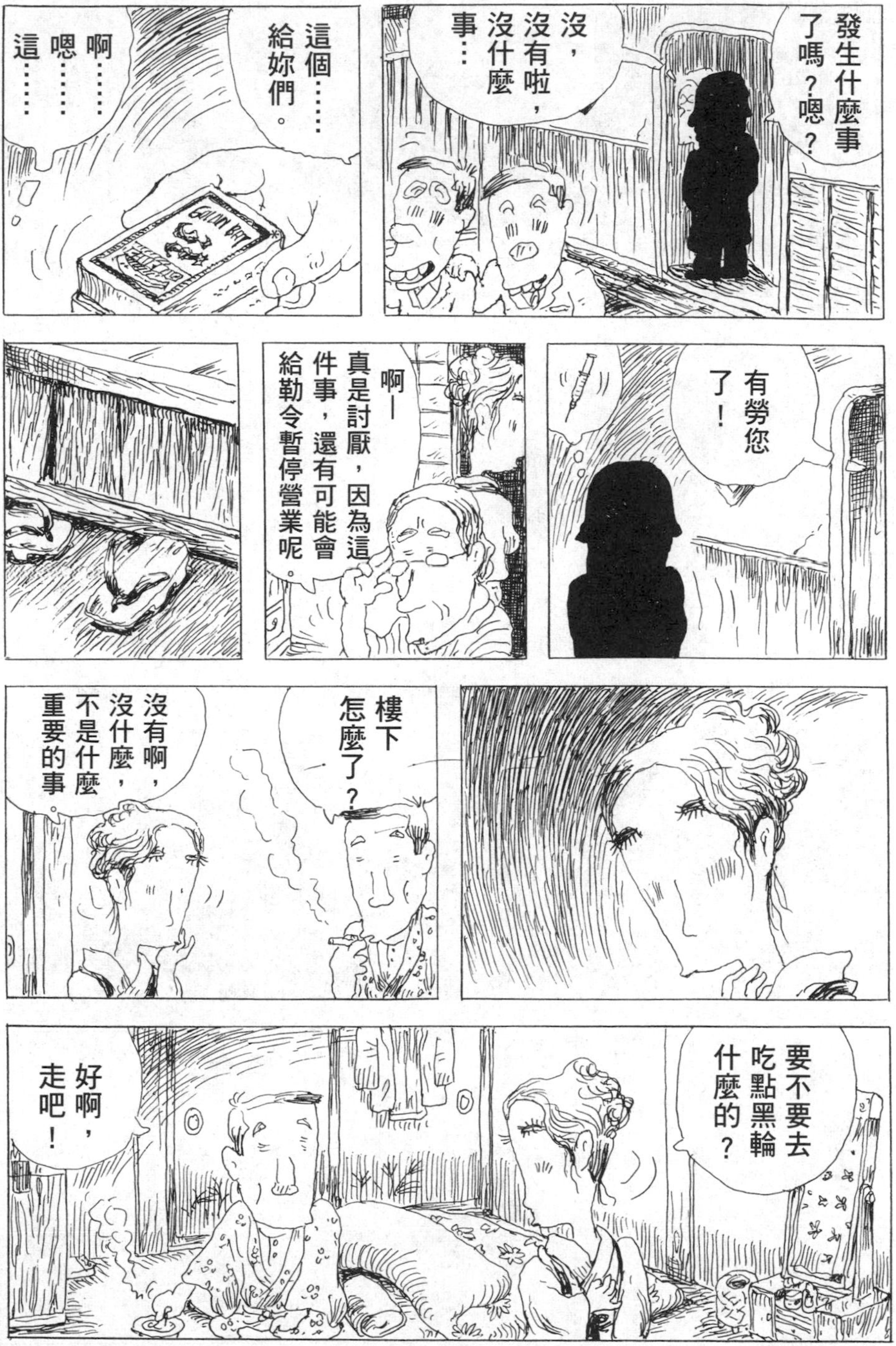
發生什麼事了嗎？嗯？
沒，沒有啦，沒什麼事…
這個……給妳們。
啊……嗯……這……
有勞您了！
啊—真是討厭，因為這件事，還有可能會給勒令暫停營業呢。
樓下怎麼了？
沒有啊，沒什麼，不是什麼重要的事。
要不要去吃點黑輪什麼的？
好啊，走吧！

*1906年（明治39年）發售的香菸「Golden Bat」。

ちかみち
等一下，等一下
來嘛，來嘛～
等一下嘛，大哥，進來坐嘛～
鏗啷、鏗啷—
啊，已經在搖鈴了嗎？
那是什麼鈴聲啊？
關店的鈴聲呀！
已經結束了啊？
別緊張，玉之井的街道人潮現在才要開始出現…
啪噠 啪噠 啪噠

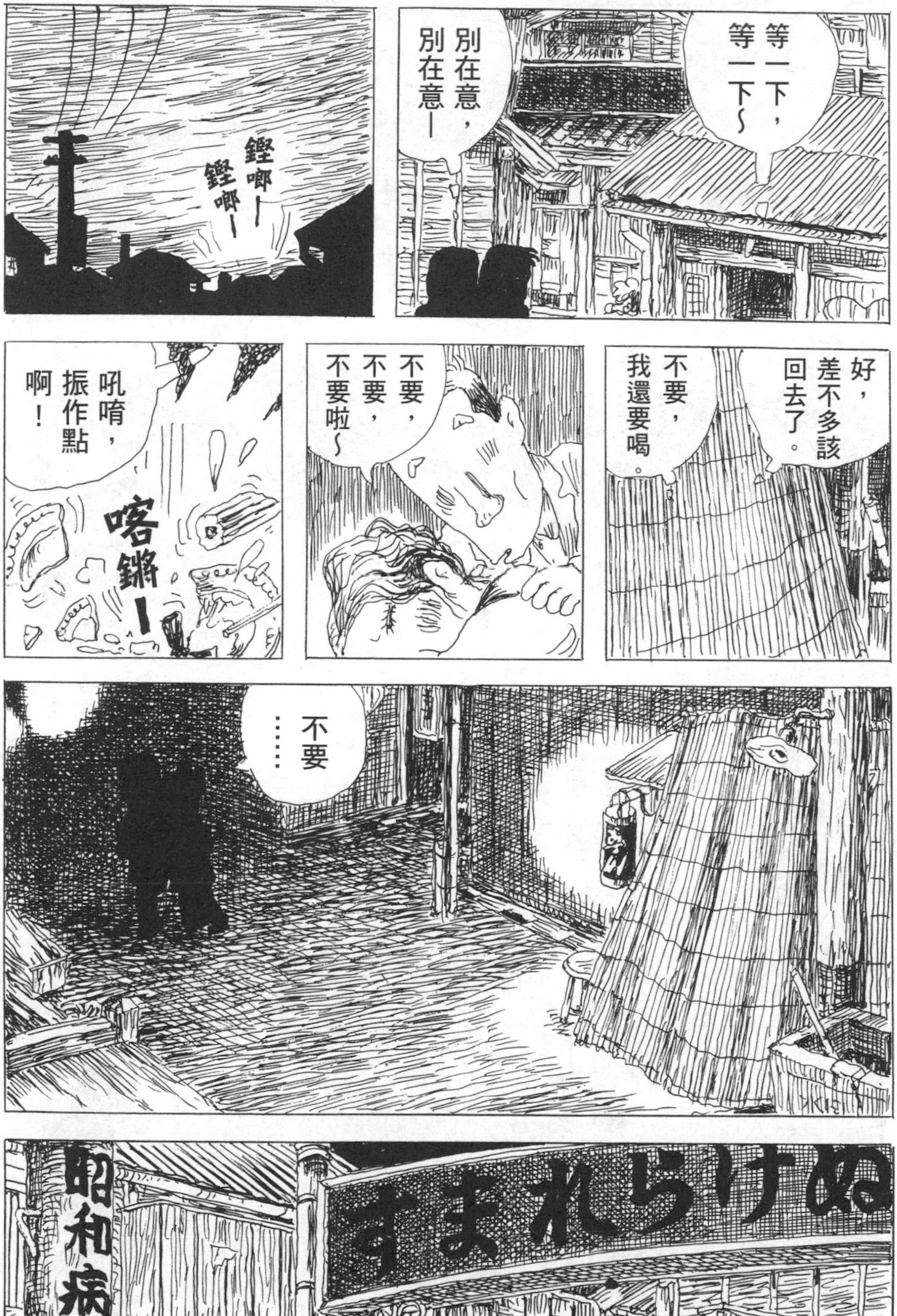
等一下，等一下～
別在意，別在意—
鏗啷—鏗啷—
好，差不多該回去了。
不要，我還要喝。
不要，不要，不要啦～
吼唷，振作點啊！
喀鏘—
不要……
ぬけられます
昭和病

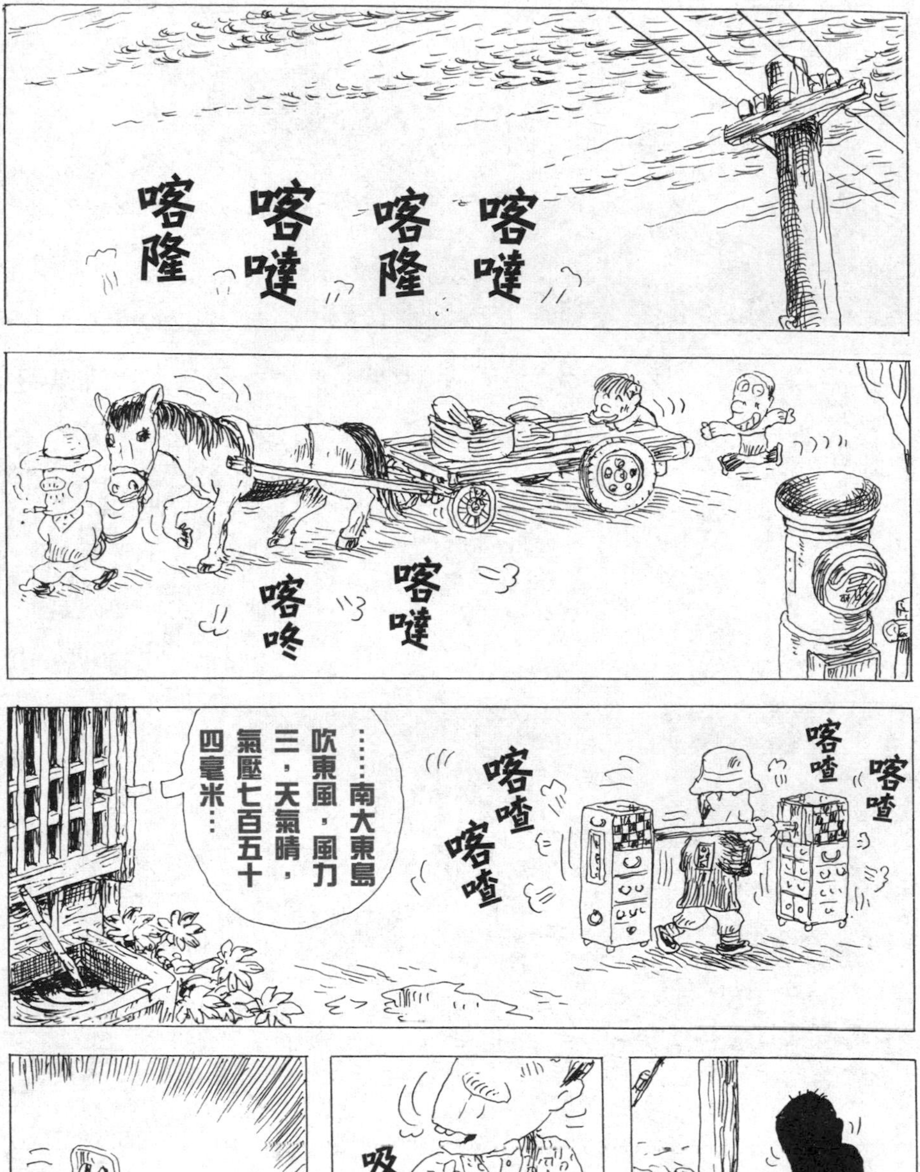
喀噠
喀隆
喀噠
喀隆
喀噠
喀咚
喀喳
喀喳
……南大東島吹東風，風力三，天氣晴，氣壓七百五十四毫米……
喀喳
喀喳
吸
啵

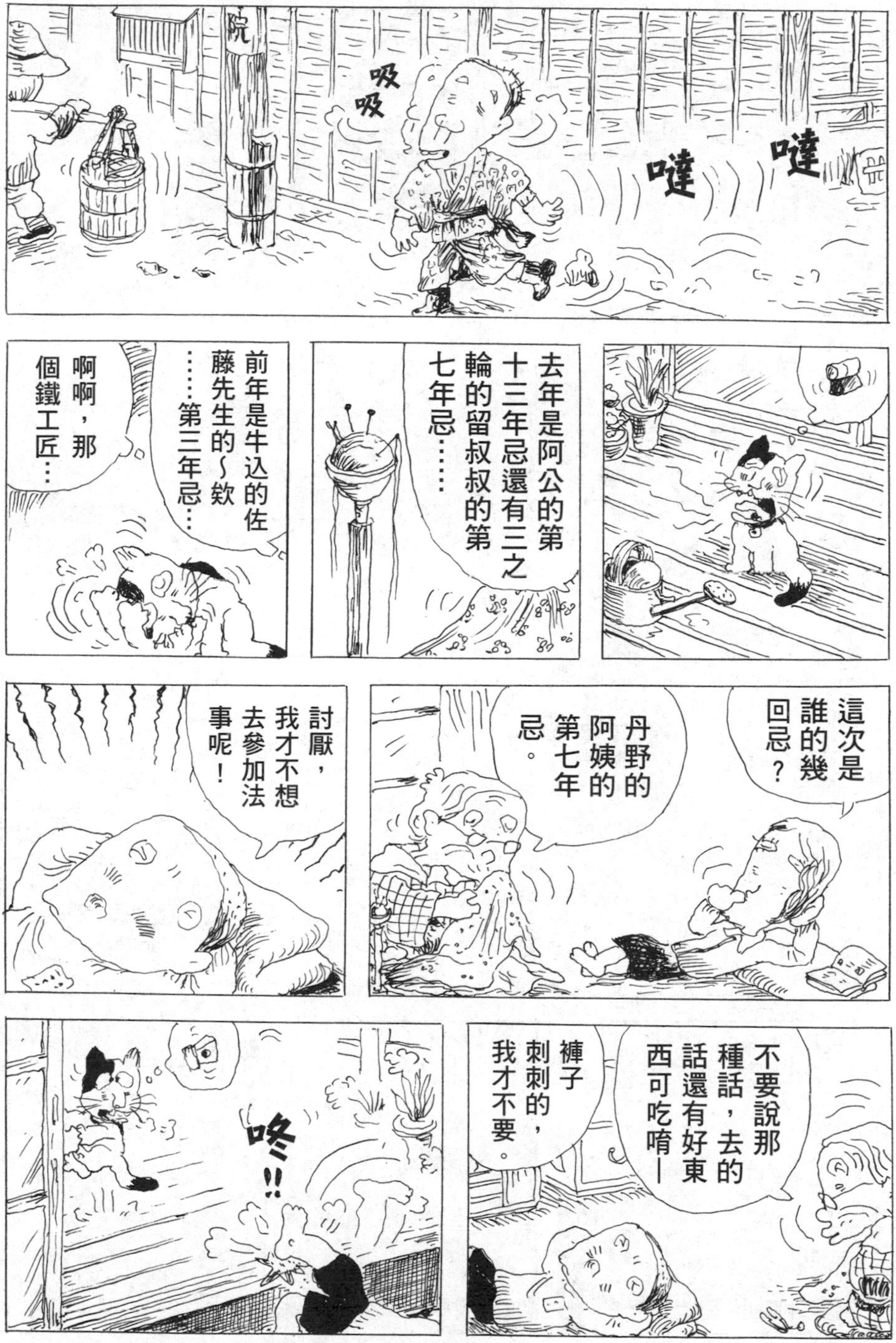
吸吸
嗟嗟
去年是阿公的第十三年忌還有三之輪的留叔叔的第七年忌……
前年是牛込的佐藤先生的～欸……第三年忌…
啊啊，那個鐵工匠…
這次是誰的幾回忌？
丹野的阿姨的第七年忌。
討厭，我才不想去參加法事呢！
不要說那種話，去的話還有好東西可吃唷ー
褲子刺刺的，我才不要。
咚!!

啪嚓
哎，真是認了……
啊，回來啦，結果如何？
我說啊，妳就別再關心法事了。
什麼，又怎麼了，為什麼這樣說!!
還說什麼怎麼了，我們因為這事給批評得要命！
有好好說明了吧？
還不就是超過一百五十元*，要收一成的遊興飲食稅……
這一開始不就知道了？
……那最後呢？
明天負責人要來視察……

*遊興飲食稅，戰爭時期需繳納一部分自家收入給地方政府的稅制。

開什麼玩笑！明天要辦法事耶!!
笨蛋，怎麼可能照我們原定的計畫進行啊？
哼！反正你去那都在講些沒必要的話，要緊的一項也沒說吧？
吵死了!!
碰
哼，到底是幹什麼去了？八成是在別的地方做了什麼更沒良心的事－
鏗
混帳，我又不是銘酒屋的老闆娘，人家對著我們面前的客人指指點點還裝作沒關係，我還沒那麼逆來順受!!
看來法事要取消了⋯

嗶
就差那麼一步，結果還是被他甩掉了。
沒能讓您立下大功，真是抱歉…
那個男的是什麼人物呀……
這麼說也許不太好，但是現在景氣差，不是能夠一直流連在銘酒屋的時節，所以對他的身分大概有點頭緒了。
總之，我會幫妳處理好每件事。
有勞您了。
……
……

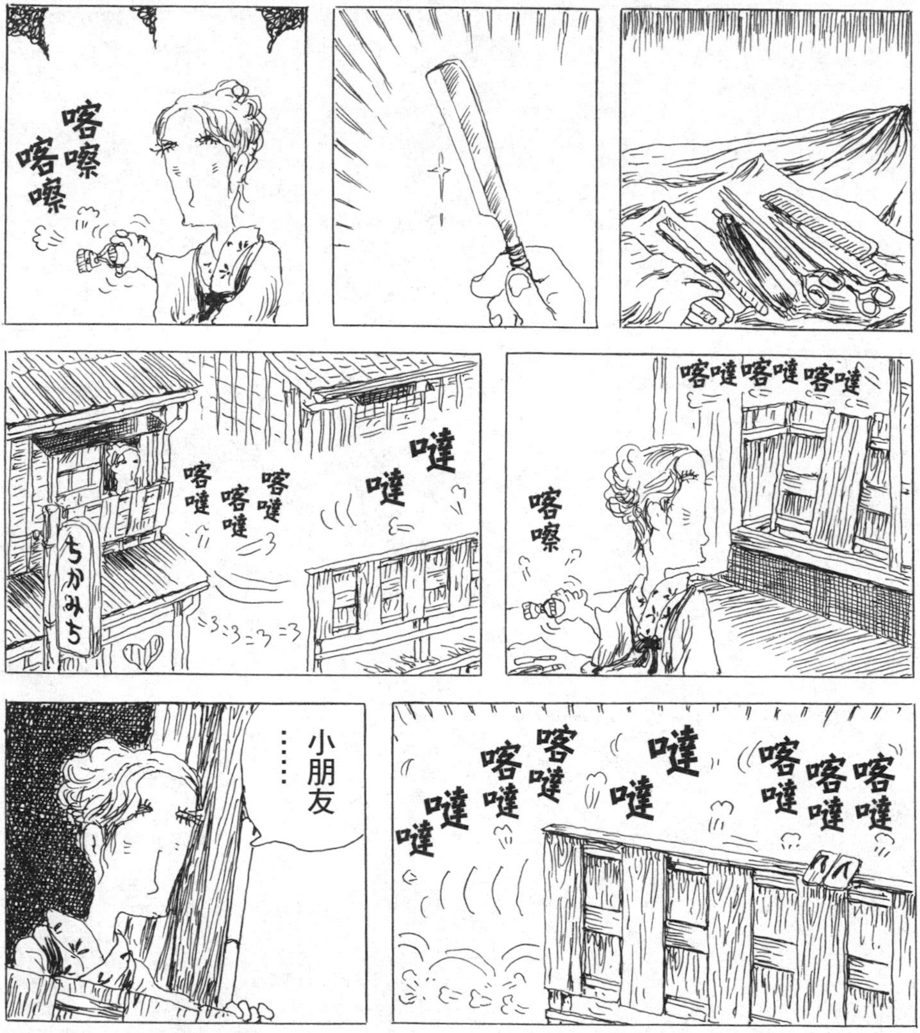
喀嚓
喀嚓
ちかみち
喀噠
喀噠
喀噠
噠
噠
喀噠喀噠喀噠
喀嚓
小朋友……
喀噠
喀噠
噠
噠
噠
噠
喀噠
喀噠
喀噠
喘
吸
吸

喀嚓
喀嚓
哎呀，遠方的卷積雲真漂亮呢！
吸吸

寺島町奇譚

あさがお日記

朝顔日記

啪踏
啪踏
啪踏
啪踏
嘩啦—
啪踏
啪踏
啪踏
啪踏
啪踏
唰
把簾子先捲起來啊！
唰
哼！

*罔蔽（もんぺ）為日本於戰時規定婦女參與閱兵或防空演習時須穿著的衣服，外型近似農家的工作服。當時有些人會將它改成日常生活穿的便服，另有一譯名為燈籠褲。

傷腦筋耶，這些是你種的對不對？
我可是都知道喔！
波浪捲燙髮
唔……
阿清——
水要滿出來啦——
用水已經儲備很多了。
這樣的話就更要關掉水龍頭啊，啊—已經關掉了。
反正這桶是洗腳用的水，又沒差。
噗
喂，妳看看這個——
哼嗯……看來是小松菜啊！

阿清!!
你為什麼要做這種惡作劇!!
是小民說種下去很快就會發芽……
種這種植物是能有什麼用啊？
這麼一講，這附近的空地多了很多農園吶—
自給自足，*正所謂在戰爭勝利以前要控制欲望嗎……
滋滋
入谷的朝顏市今年會變成怎樣呢？
鏗

*日本於二戰時期教導國民的精神標語之一。

喀鏗
喀鏗
喀鏗
喀鏗
喀鏗
開始滅火!!
啪啦—
嘿!
喝—
唷!
嘿!
嘿咻!
啪啦—
出動幫浦!!

＊歌詞，出自軍歌〈空襲來了〉（なんだ空襲）1941年（昭和16年）。

＊雲朵從米山山ー飄來ー
是ー不是要下起雷陣雨了呢
匹喀啦查喀啦
咚喀啦鈴〜
……
喀鏘
啊！桿子掉了。
嗯？啊，沒關係啦，反正也還是要繳納給政府ー
不知道＊真鍮是要用來幹嘛？
做步槍的子彈啊！

＊歌詞，出自新潟縣民謠〈三階節〉。
＊真鍮，銅與鋅的合成金屬。

……
*發出這樣的聲音～♪
真空閒。
*一年一度去宇治抓螢火蟲～♪
叮～
不曉得是什麼原因，也不是大詔奉戴日…
*與我朝思暮想的～初戀情人～♪
叮～
ふきん
喂，準備一盆牽牛花拿去給双葉，妳覺得怎麼樣？
嗯……也是，畢竟欠了他們不少人情……
再一兩天就能夠移植到花盆裡了。

*歌詞，出自新潟縣民謠〈三階節〉。

*出自淨瑠璃與歌舞伎的戲劇《生寫朝顏話》（生写朝顔話），又名《朝顏日記》。

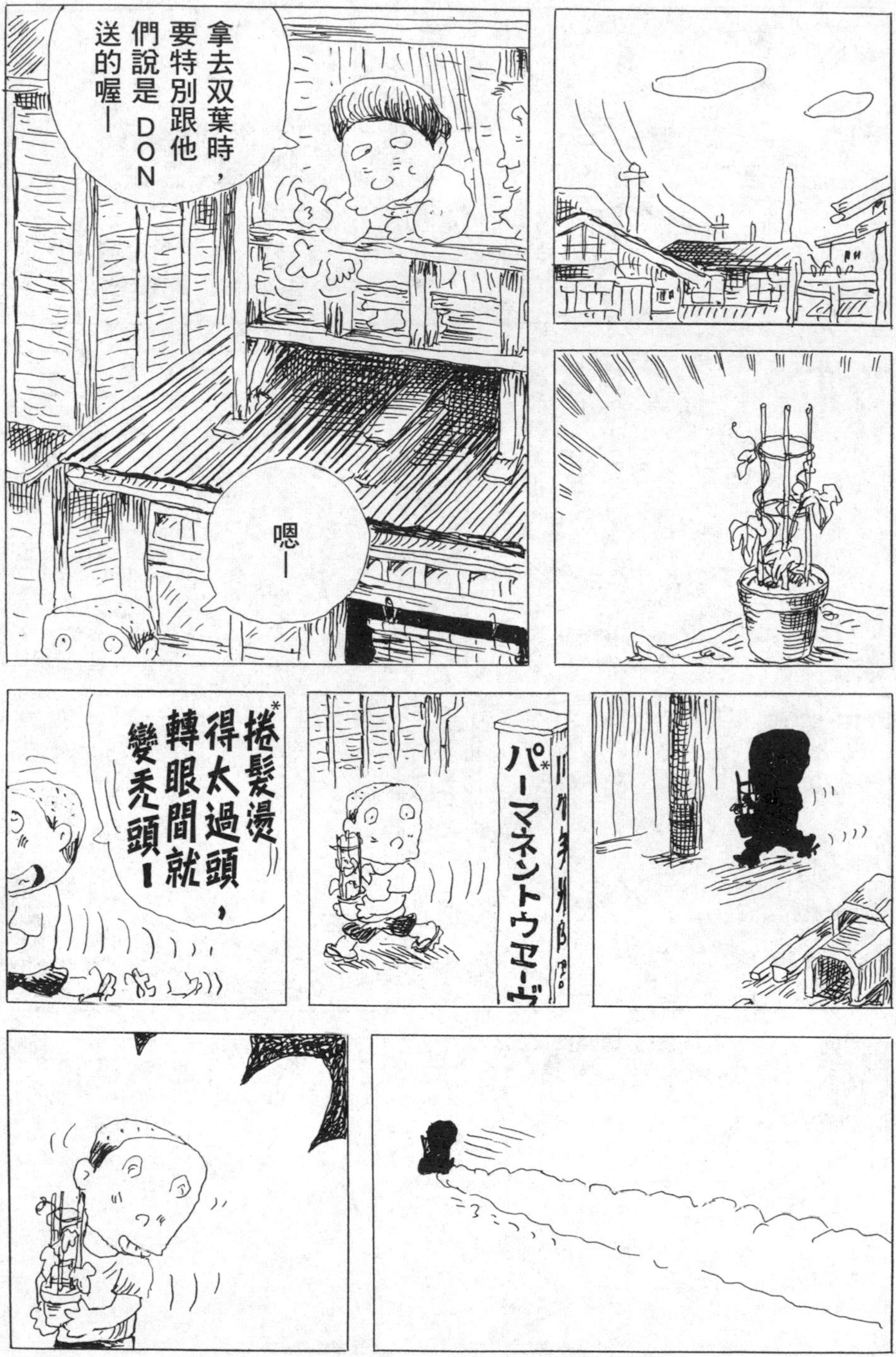
拿去双葉時，要特別跟他們說是DON送的喔—
嗯—
パ*ーマネントウエーヴ
*捲髮燙得太過頭，轉眼間就變禿頭！

*波浪捲燙髮　*歌詞，出自民間傳唱的兒歌。

是日本嗎？
是啊—
還有下一局嗎？
沒有了。
沒了啊……
玩了幾局啦？
三局三回—
啊—有了有了有了！
危險危險—
如果反過來放的話牌會掉喔~~
你真吵耶……

阿清……
呼—原來是奶奶啊，嚇死我了
你在這裡偷懶會被罵唷！
喂，她來了!!喂—
一起出門呀？
啊啊……是呀……呵呵呵……
呵呵呵呵呵…
呵呵呵呵呵..

ちかみち
すまれらけぬ
你好……
來了……
哪位啊？

呃……這個……是DON送給你們的……這個……牽牛花……
啊……請收下……
啊啊，那頭的那間DON啊—
哇!!
喀啷
……
對不起對不起，我真是沒用。
……
沒事沒事，盆子稍微裂開而已。
啊，等一下—
來，給你的跑腿錢。
謝謝！
臉紅

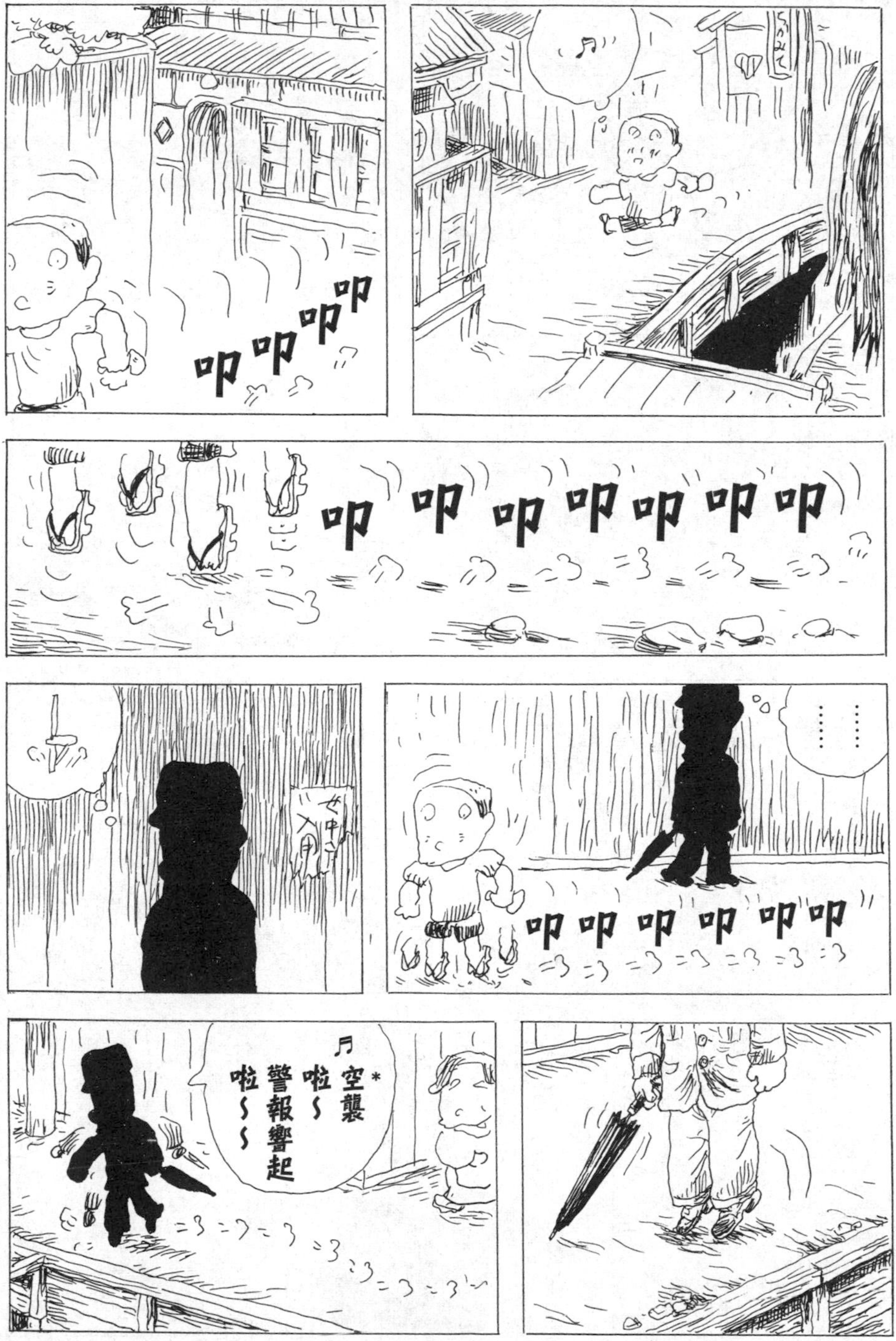
叩叩叩叩
叩叩叩叩叩叩叩
叩叩叩叩叩叩
♬空襲啦～警報響起啦～～*

*歌詞，出自軍歌〈空襲來了〉。

我再次受國家徵召，將為國粉身碎骨而戰
能夠三次為國犧牲奉獻……倍感光榮，受之有愧……
此外，請容我說件私事……
晚上要不要去大倉別墅*抓螢火蟲？
嗯，我要去我要去—
不過會有螢火蟲嗎？
有啦，有啦！
關於這件私事……
不知道會不會給看管那邊的人發現耶？
那邊現在已經沒有人囉！

＊大倉別墅為日本企業家大倉喜八郎所建造。

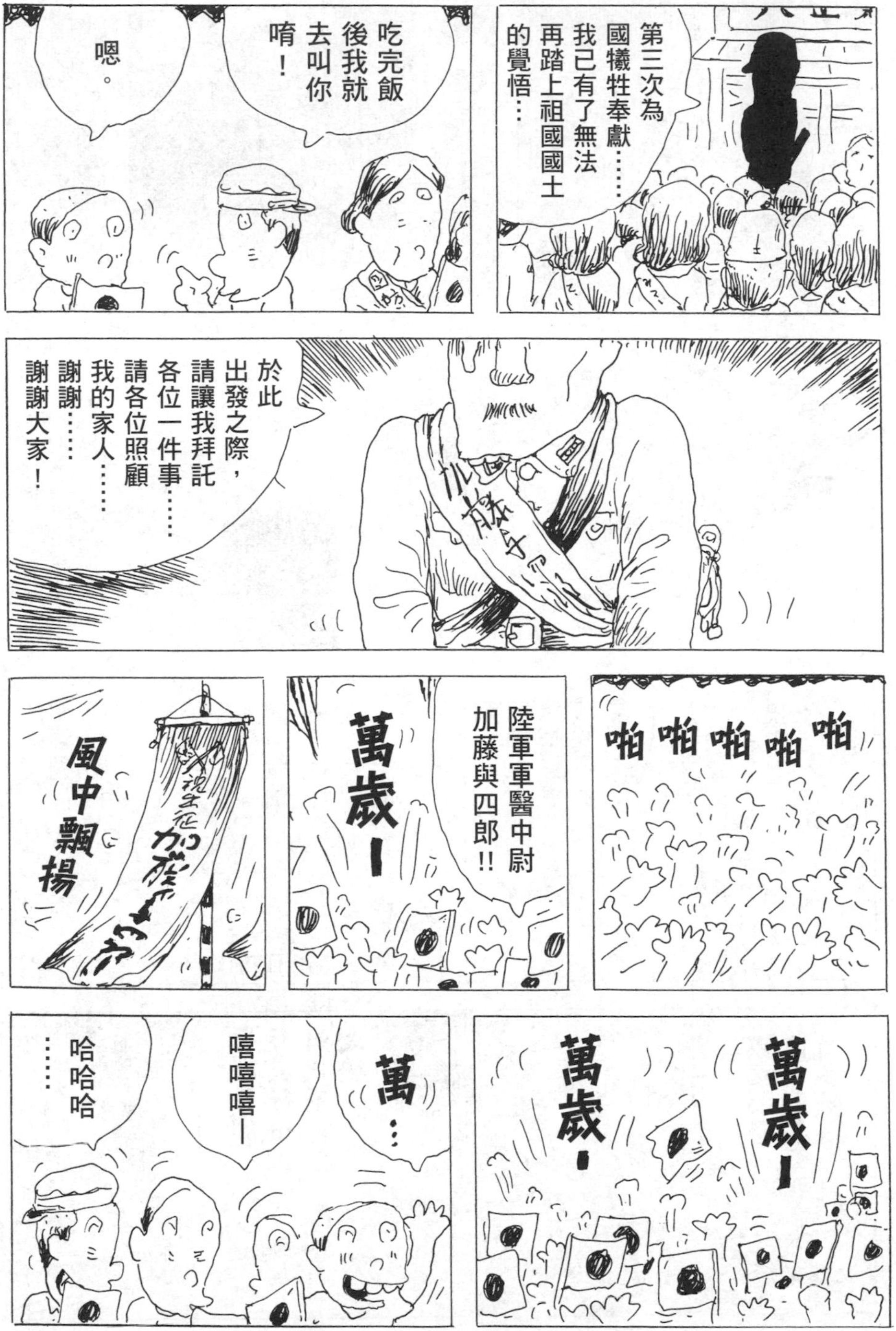
第三次為國犧牲奉獻……
我已有了無法再踏上祖國國土的覺悟……
吃完飯後我就去叫你唷！
嗯。
於此出發之際，請讓我拜託各位一件事……請各位照顧我的家人……謝謝……謝謝大家！
啪啪啪啪啪
陸軍軍醫中尉加藤與四郎!!
萬歲！
風中飄揚
萬歲！
萬歲！
萬…
嘻嘻嘻—
哈哈哈……

奶奶—
咳
阿清啊，不要嚇我……
給妳看個好東西—
哦，冰糖……現在這種時候很少見呢！
双葉的姐姐給我的～
♪讓我們*替天行道，討伐不義之徒～
搧搧
双葉那邊能拿到的東西真多呀……

*歌詞，出自軍歌〈日本陸軍〉（日本陸軍）1904年（明治37年）。

♪忠～勇～無～雙～是我們陸軍～*
嚼
嚼
啊，阿清，幫我拉一下。
嗯—
含
什麼標準服嘛，明明就鮮豔得不得了！
你在吃什麼？
冰糖。
我要。
已經沒囉！
騙人！
真的啦，已經沒了。
……
……

*歌詞，出自軍歌〈日本陸軍〉。

*歌詞，出自軍歌〈愛國機〉（愛国機）1936年（昭和11年）。

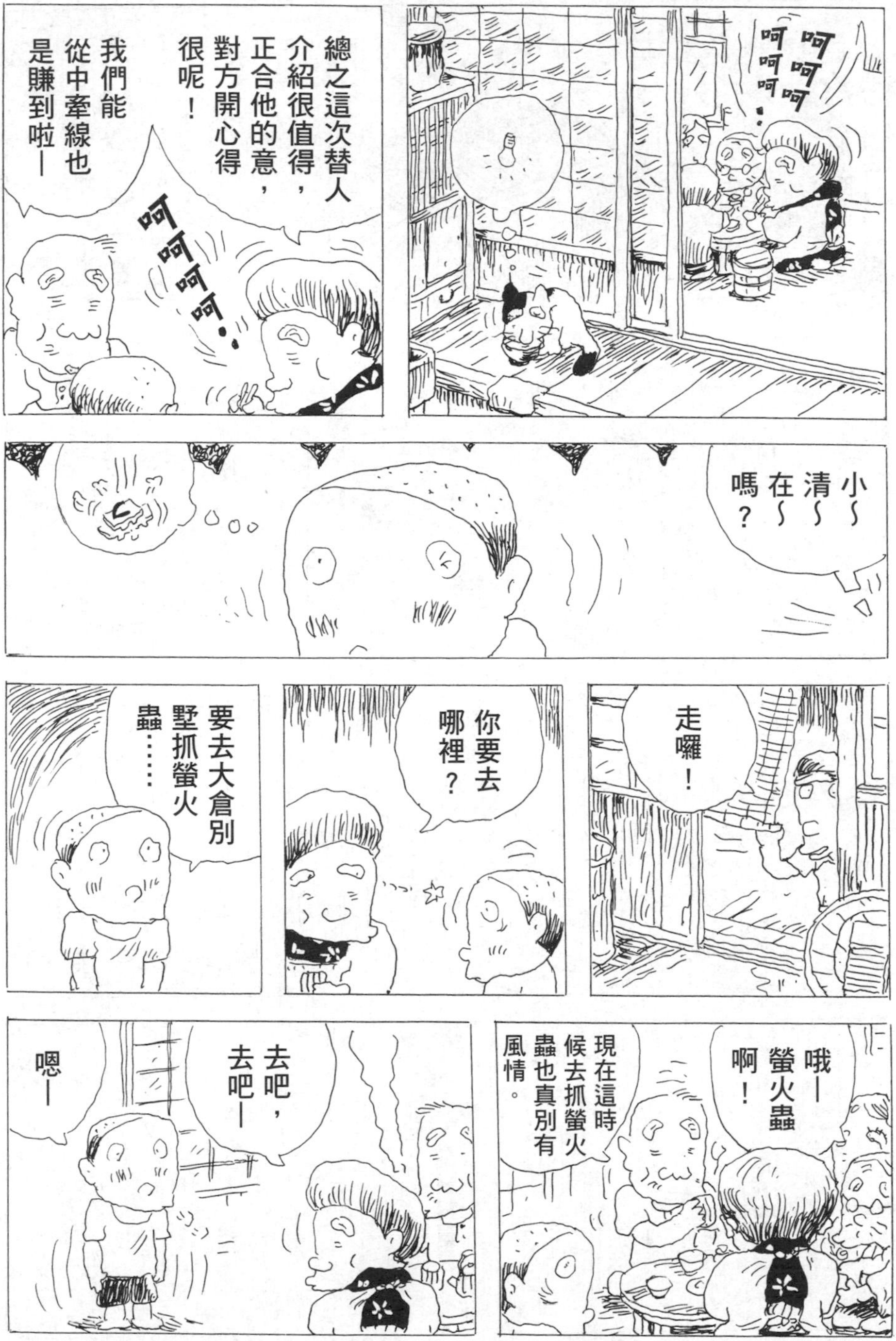

呵呵呵
呵呵呵…
總之這次替人介紹很值得，正合他的意，對方開心得很呢！
我們能從中牽線也是賺到啦—
呵呵呵呵…
小~清~在~嗎？
走囉！
你要去哪裡？
要去大倉別墅抓螢火蟲……
哦—螢火蟲啊！
現在這時候去抓螢火蟲也真別有風情。
去吧，去吧—
嗯—

ぬけられます
等一下，等一下～
滴
滴
滴
滴
哎呀，下雨了唷～
嘩啦—

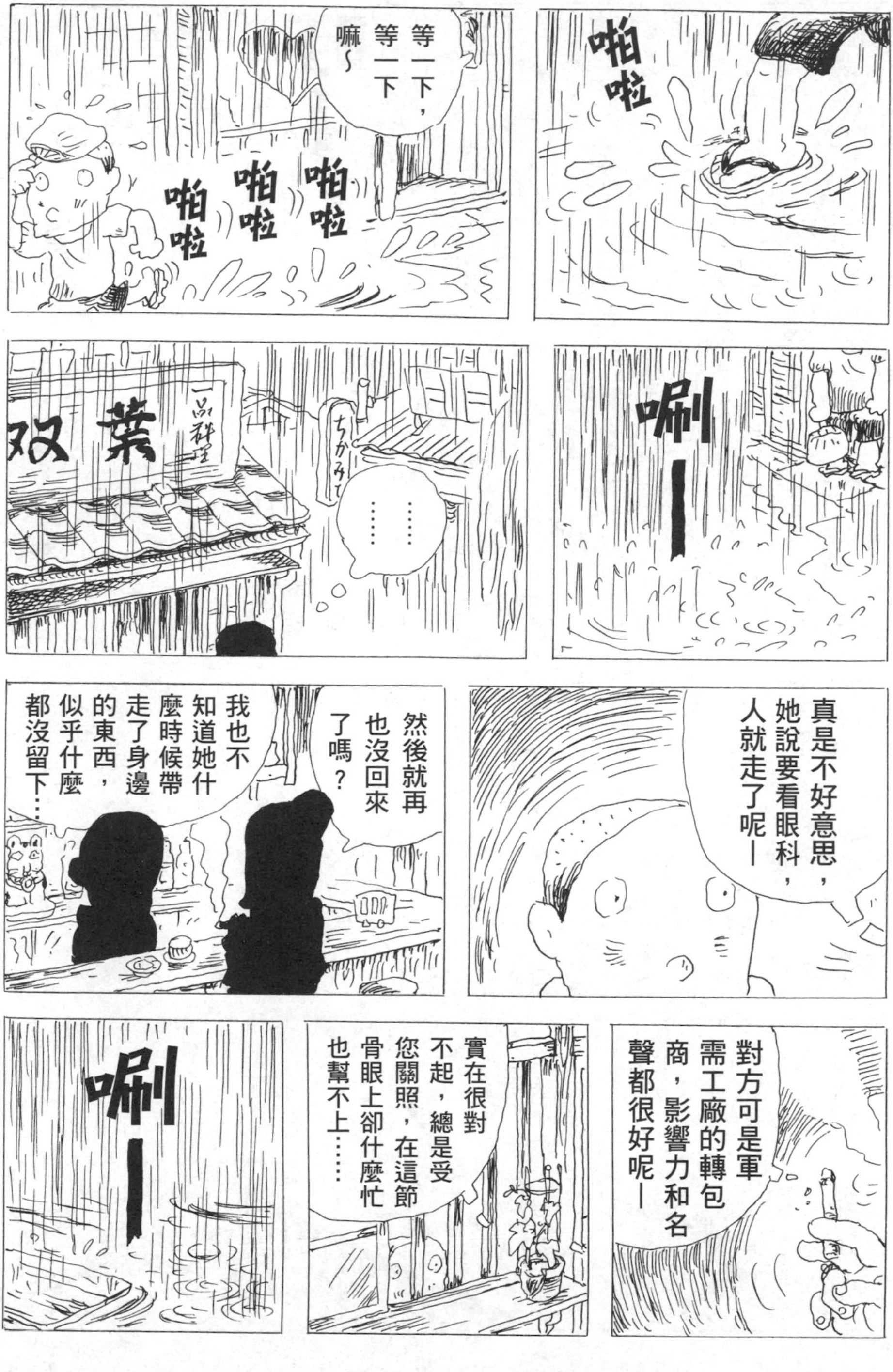
啪啦
等一下，等一下嘛～
啪啦
啪啦
啪啦
唰—
……
双葉
真是不好意思，她說要看眼科，人就走了呢—
然後就再也沒回來了嗎？
我也不知道她什麼時候帶走了身邊的東西，似乎什麼都沒留下……
對方可是軍需工廠的轉包商，影響力和名聲都很好呢—
實在很對不起，總是受您關照，在這節骨眼上卻什麼忙也幫不上……
唰—

*一年一度，去宇治抓螢火蟲～♬
叮～
與我朝思暮想的～♬初戀情人～～
叮～
啪沙啪沙
哇～不得了啦!!
來一下，你們來看!!
怎麼啦？
發生什麼事?!
水淹進來了!!
妳也太誇張了！
每次都這樣啊！

*出自戲劇《朝顏日記》。

水也沒淹到大井*川得禁止渡河的程度。
淹到那樣就不能演*宿屋的段落了呀。
這種天氣也沒辦法抓螢火蟲了—
抓螢火蟲？
喀啦
阿清啊—
嗯，這孩子真不知道在搞什麼…
喀啦 喀啦
啊，忘了重要的事啦!!
我的牽牛花還放在外頭！
噠 噠 噠 噠
哼嗯……
喀啦 喀啦
那可真不得了啦!!

*德川幕府時期曾以防衛為名，不准任何人未經許可就駕橋或坐船渡河，只能騎馬或步行，但若大井川水位高過某個程度，便禁止任何人渡河。

*宿屋的段落指的是《朝顏日記》中，為女主角深雪為了追隨男主角阿曾次郎，在雨中橫渡大井川的劇情。

縫紉加工
山本
昭和病院
寺島

玉の井驛

小玉!!
啪啦 啪啦 啪啦
你啊，這種雨天還跑去哪邊亂玩了?!
逃—
啊，等等—
阿清—
奶奶—小玉跑上二樓了，請幫我抓住牠把腳擦一擦~!!
阿清到底跑去哪玩了……

啊—真是累死我了！
牽牛花怎麼樣啦？
喀啦
哦，運氣不錯，多虧有簾子擋著，否則差點就要報銷啦！
爸爸，我們能領的是只有這麼多嗎？
嗯……啊啊，之前說的那個啊？
螢火蟲啊—
喀啦
呼……雨終於停了。
咚喳—
唰—
嘩啦

螢~火~蟲~快來!!
……
……

寺島町奇譚
螢の光
螢之光

ぬけられます
嘩啦—
♪今天～*我能跟哥哥肩並肩～一起去上學～～
咕嚕咕嚕咕嚕
都是阿兵哥的功勞～♪
倒—
唷，在淘井呀？
是呀！
才一個晚上就變這樣了…
嘩啦—
畢竟這一帶是填海造的地區，處理起來很麻煩。
都是春天了卻異常地冷呢…

*歌詞，出自〈妻戀道中〉（妻恋道中）1937年（昭和12年）。

今天休息嗎？
嗯，一整個月都在增產突擊*，已經連熬兩夜了，所以今天公休。
可是前陣子真嚇死人了，突然有機槍在掃射，搭搭搭~的……
機槍掃射？
就是格魯曼啊！格魯曼戰鬥機像這樣急速下降搭搭搭搭搭掃射……
搭搭搭搭搭搭……
哎呀~
開門
歡迎光臨。

*增產突擊，二戰時期日本發起的國民行動，其中包括增產戰鬥機、食糧等等。

今晚我也是要在本部一直待命，妳記得把門關好，注意火源……知道嗎？
是—
勞您費心了。
嗯……
是這邊的老闆嗎？
對。
他是特別警防團的人，很辛苦呢！*
老闆明明就該去伙食房做事比較好，畢竟他那麼粗枝大葉……
……
……

*特別警防團為負責消防、防災、監視防空、發布警報等等的組織。

啪啦
浮
哎呀，小清沒跟親友一起疏散嗎……
我家的定男本來也因為第二次集團疏開，已經要跟大家去同一個地方了……
不過想說還是去鄉下比較好，所以先走了。

＊二戰末期由於戰況不佳，日本為防止居住在都市的老弱婦孺因其他國家攻擊該地而受波及，遂令居民離開都市去投靠鄉下的親戚，此稱之為「緣故疎開」，其他還有「學童疎開」等政策。

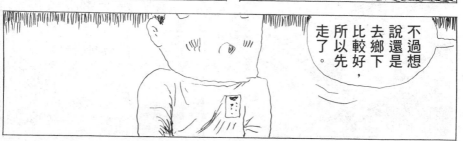

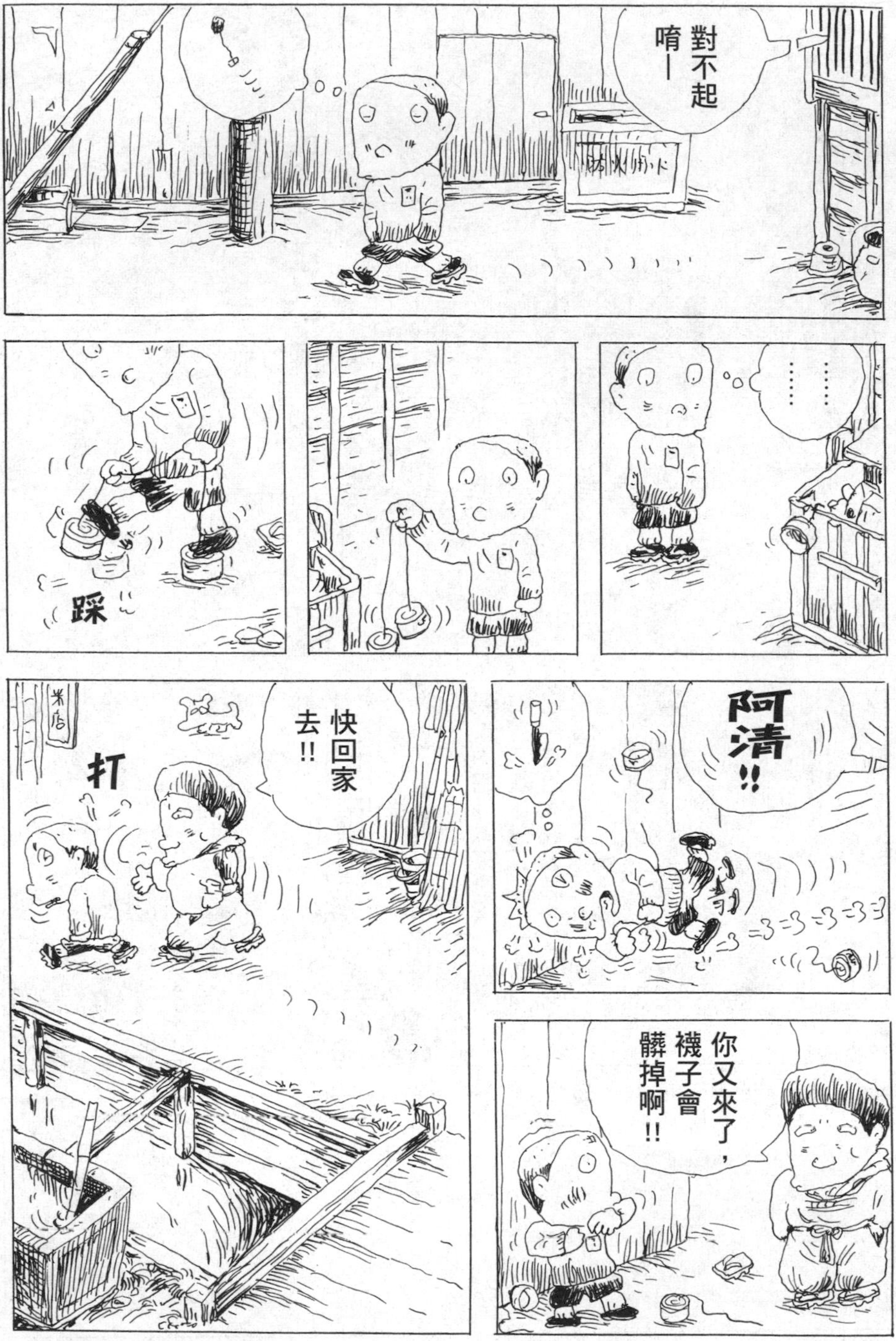
對不起唷—
……
踩
阿清!!
快回家去!!
打
你又來了，襪子會髒掉啊!!

ブリキ
快要開始疏散了，不要在外面溜達！
……
……
後面！從後面進去！

你看，連裡頭都黑黑的！
唔—
要把腳洗乾淨才行唷，聽到沒？
喔—
嘩—
嘩—
到底是誰呀，大白天的，廁所燈都開著沒關…
喀啦
唉，真是的……
砰

這咬起來都不脆耶—
配給的都浸過水，所以才會這樣吧？
沒有比較好的嗎？
這根本不是乾燥地瓜，是淹水地瓜吧?!
啊，阿清你來穿看看這個⋯⋯
如何？
嗯—
那是什麼？
腹帶啊，這樣他去疏散時睡覺才不會著涼。

*敵發音「てき／teki」，美妙的原文為素敵，發音「すてき／suteki」。

阿清不在的話會變得很寂寞耶～
如果我們也有鄉下的親戚家可以去，就能一起走了⋯⋯
阿清⋯⋯去到那裡要寫信回來唷！
嗯⋯⋯
要趁奶奶還活著的時候回來唷！
嗯⋯⋯
嗚⋯⋯
熱騰騰的玄米麵包

原肛門科

ちかみち
の

ンド
スタンド
和洋酒
每個人只能喝兩壺銚子嗎?!
我才喝了一壺而已啊……
那個*OTTOHOR是什麼？
是海狗的內臟唷—
……用那個作的酒嗎？
感覺好像會很有效！
像養命酒之類的吧~
咕咕咕
喔，電氣白蘭，真懷念~
裡頭沒有酒唷。
裡頭沒有酒也沒關係！
嘿，久等了！醬汁浸菜—

*OTTOHOR（オットホル）為1935年（昭和10年）VITALIS公司生產的藥酒。

這個……是什麼的浸菜啊？
爸爸，這是什麼的浸菜
蘿蔔的葉子跟踊子草＊—
哈哈，蘿蔔跟跳舞的女子嗎？
像是玉木座的阿研跟小千合在一起嗎？
哈哈哈哈…
哈哈
哈哈
好，再喝一杯OTTOHOR，然後去轉一圈吧！
唷呼～
咚
STAND DON
電燈好暗呢…是幾燭光的？
二十燭光。

＊踊子草為短柄野芝麻，踊子原意為跳舞的女子。

等一下……
再見了……
我會等你唷……
呼—

*歌詞，出自〈妻戀道中〉。

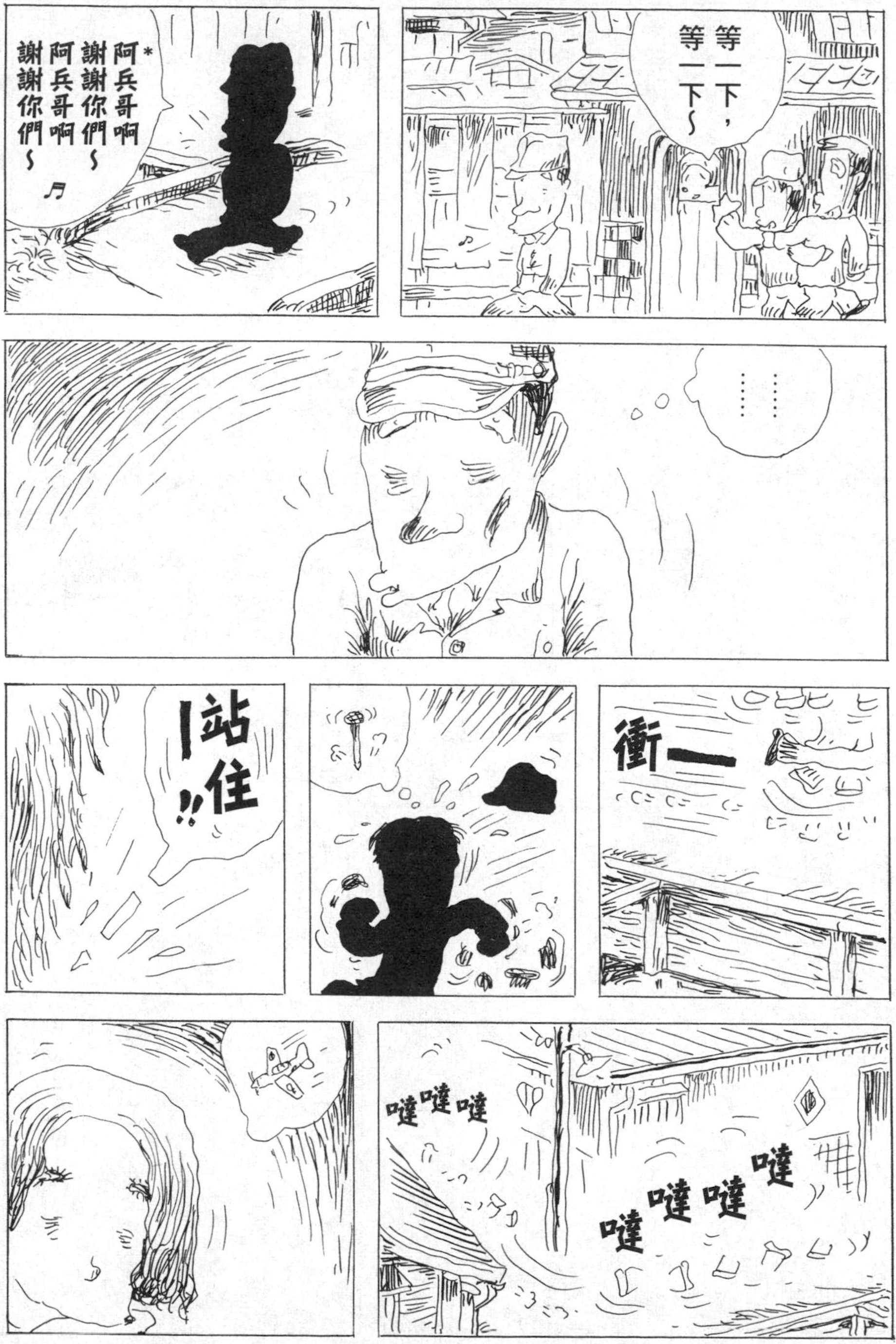

怎麼了？怎麼了？
偷東西嗎⋯
還是喝醉了？
扒手嗎？
不是，好像是軍隊的修理員。
那就是逃兵了
不要擋路不要擋路！
退後退後！
喂，外面怎麼了？
嗯，好像是徵用工逃跑，刑警來抓人。
真可憐啊⋯⋯

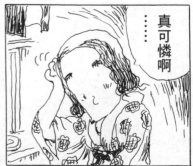

嗡——
看吧，警報果然響了。
你呀，不能因為這樣就不做了唷~
嗯……
咳嗯—
碰
軍管處消息—
軍管處消息嗎？
空襲警報發布——

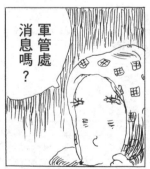

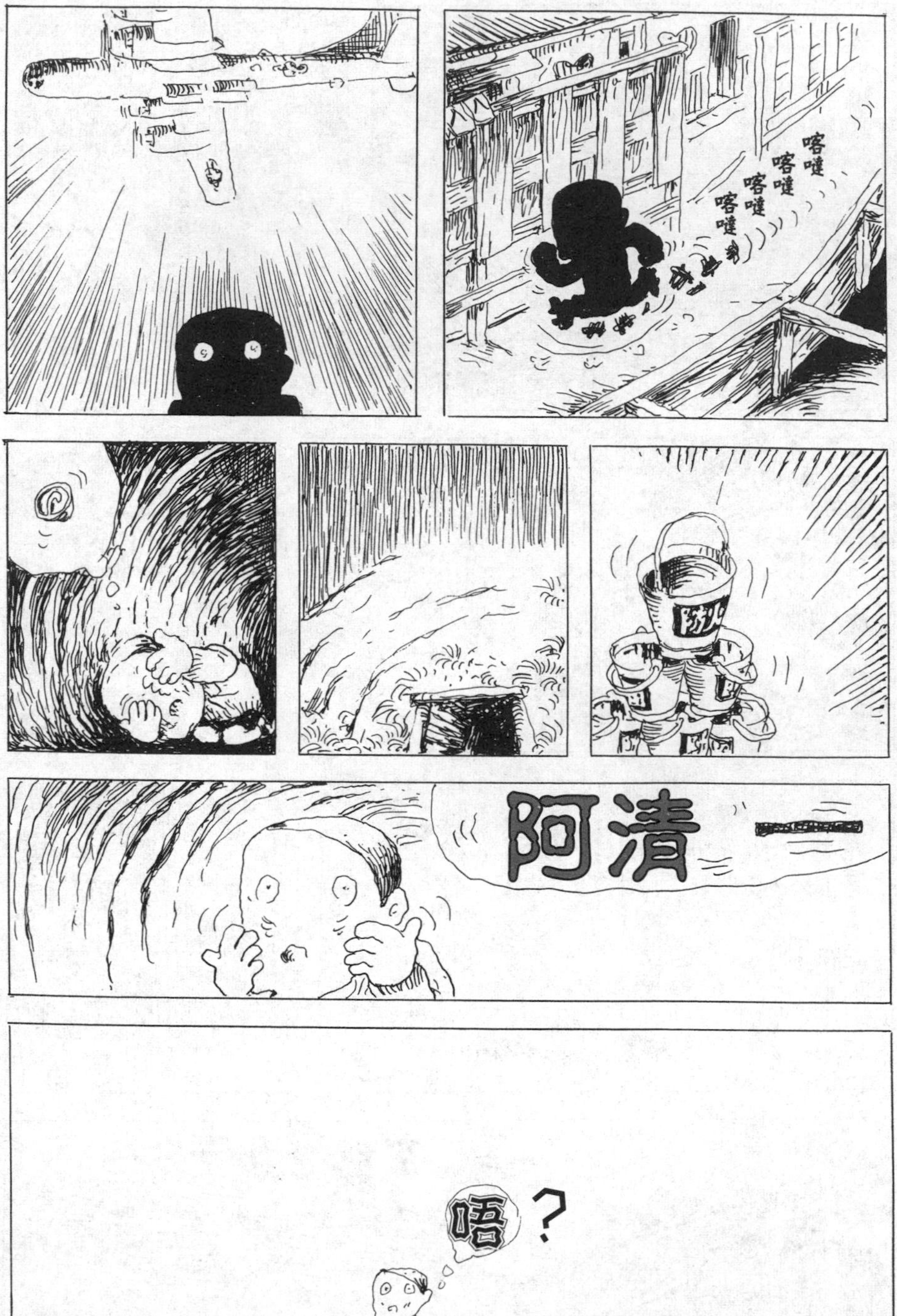
喀噠
喀噠
喀噠
喀噠
防火
阿清—
唔？

嘩啦—
嘩啦—
快逃往荒川的堤防!!
言間橋那邊比較安全!!
啪滋啪滋
啪滋啪滋
嗡嗡嗡嗡

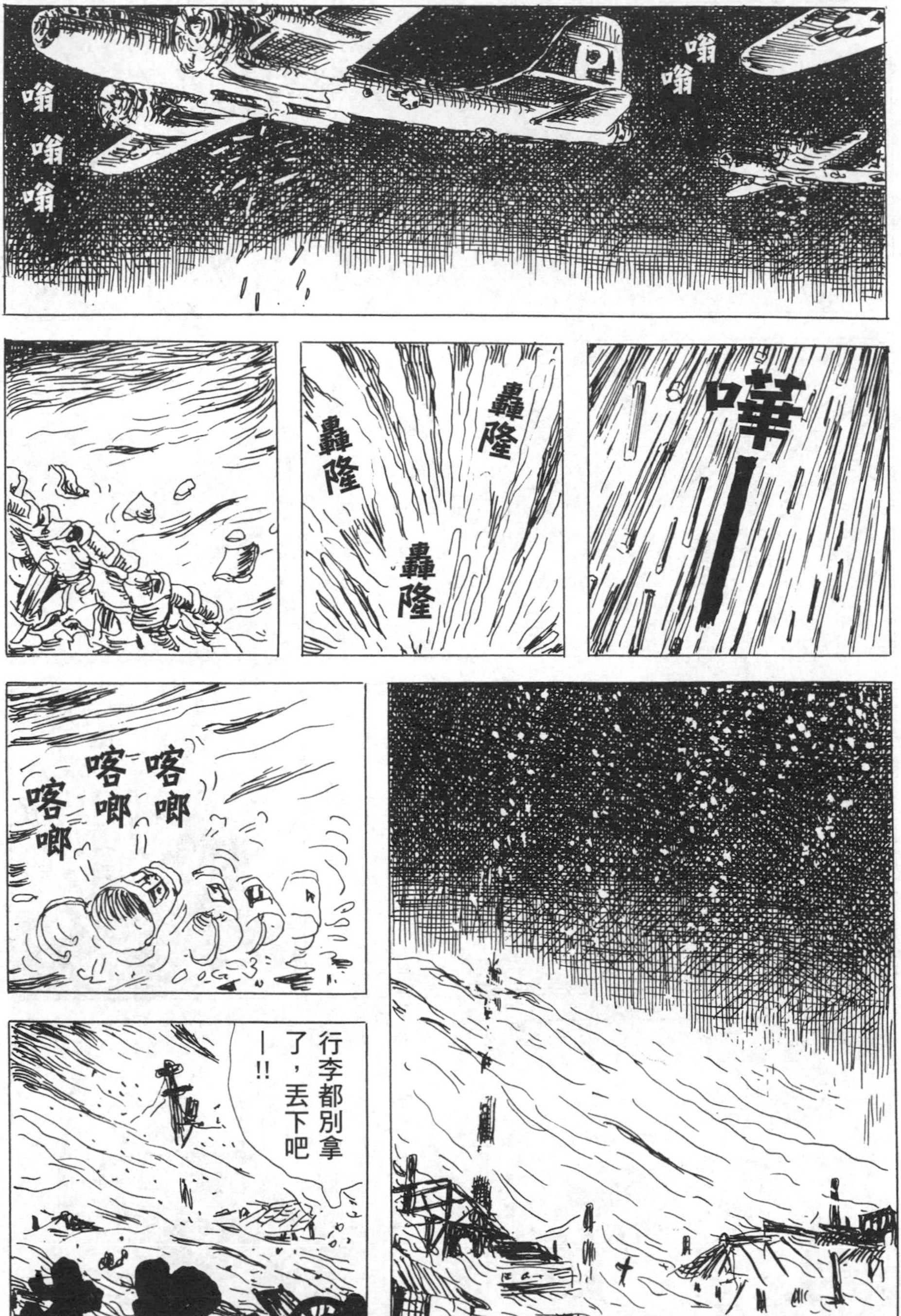
嗡嗡
嗡嗡嗡
嘩—
轟隆
轟隆
轟隆
喀喞
喀喞
喀喞
行李都別拿了，丟下吧—!!

媽媽…
嘩
嘩

咳咳…
咳！
轟——
轟——

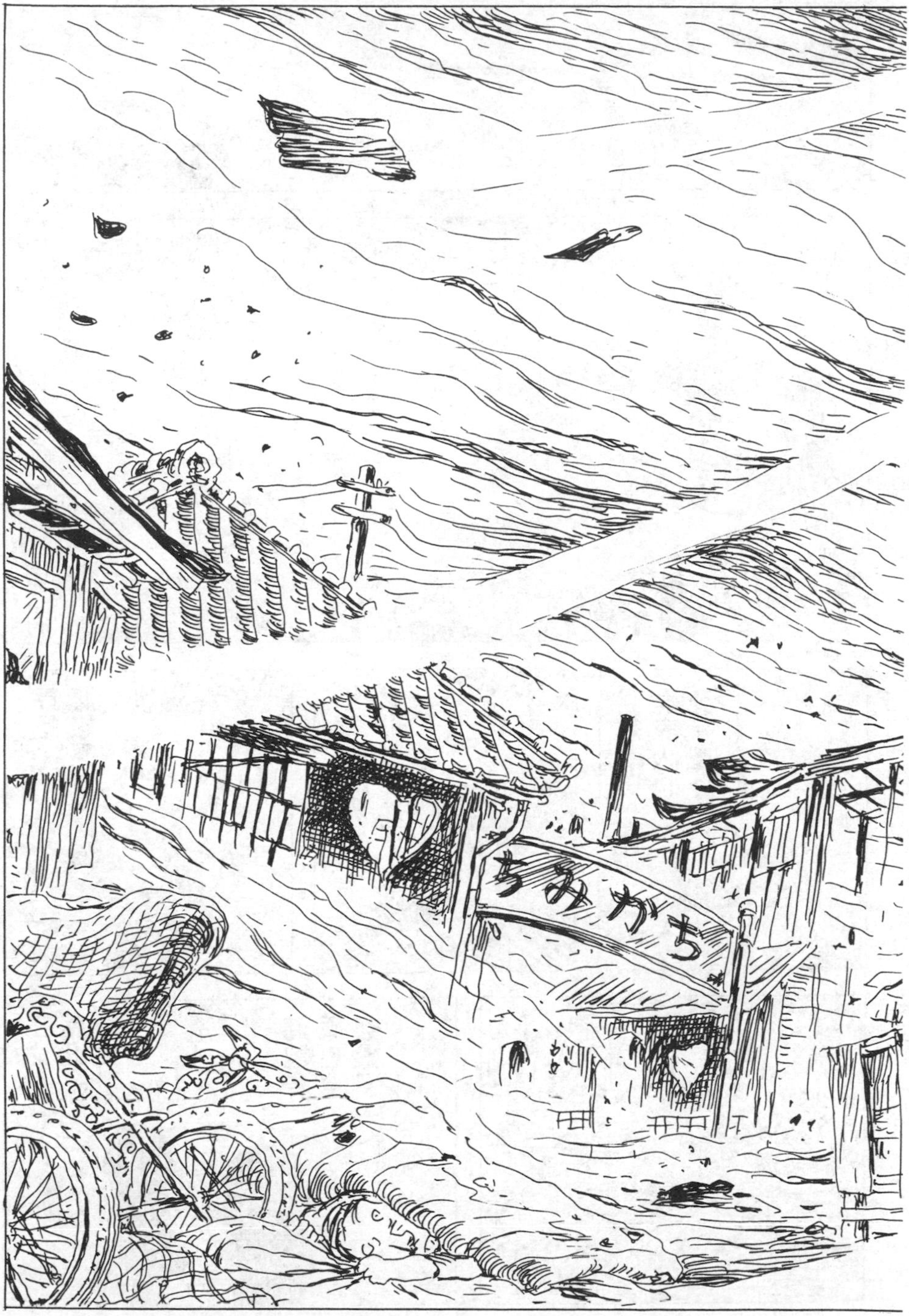
ちみかち

真是悲慘啊！
小池屋的婆婆在曳舟上死掉了…
我想森田全家人也死了吧？
玉之井就此消失了…
聽說吉原也全部毀了。

不過我們真是命大呀！
媽媽她們不知道有沒有事？
聽說隅田公園那邊死了很多很多人……
哎唷，怎麼會這樣……
喂，不知道小玉怎麼樣了呢
嗯—對啊，不知道呢？
各位居民打起精神加油吧—!!
嗚～好冷……
我們去學校那看看吧！
噗滋—

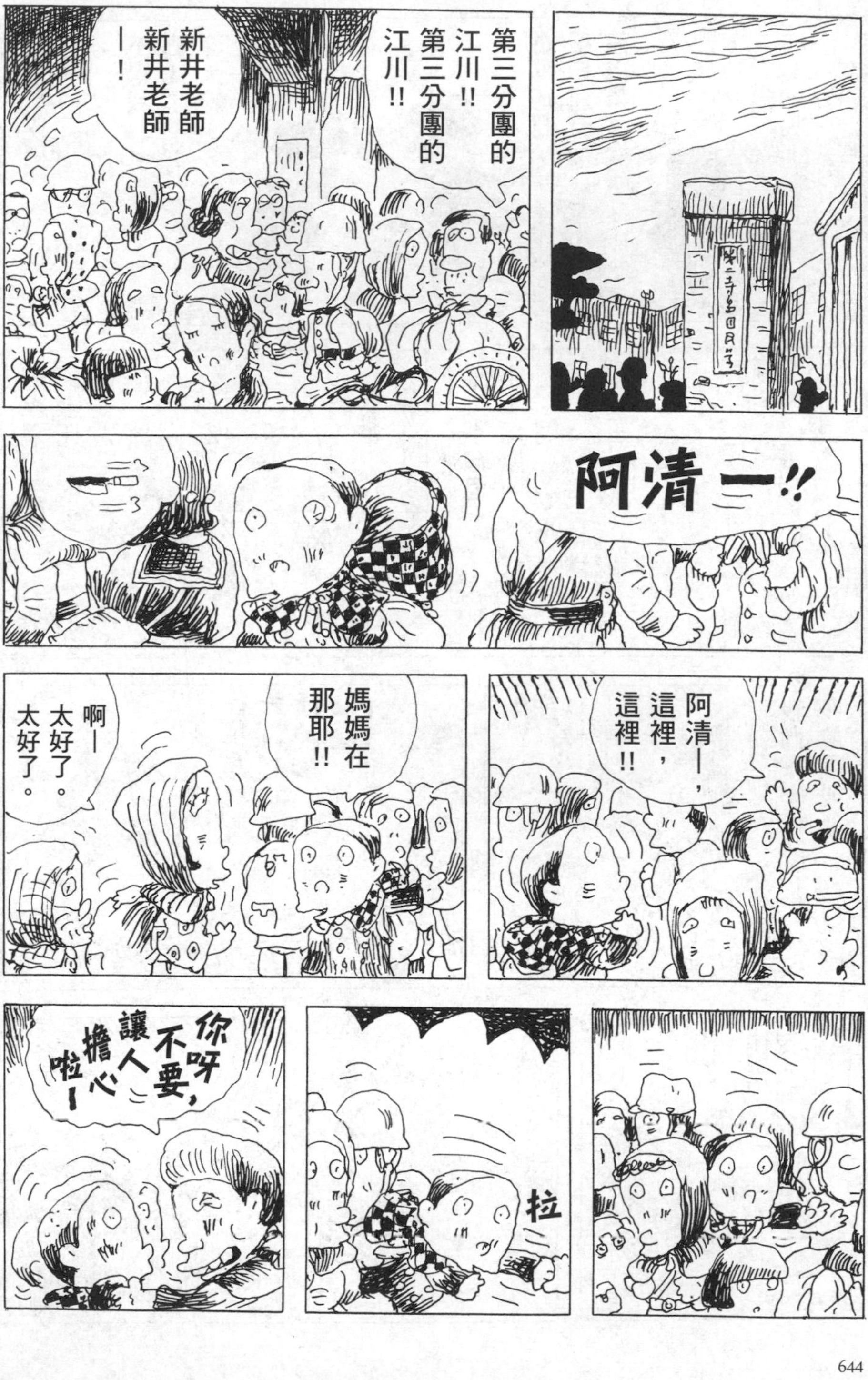
第三分團的江川!!第三分團的江川!!
新井老師新井老師——!
阿清——!!
阿清——，這裡，這裡!!
媽媽在那耶!!
啊——太好了。太好了。
拉
你呀，不要讓人擔心啦——

爸爸你們往哪邊逃跑的啊？
都沒有看到燒掉的痕跡，我們真的好擔心唷！
我們這邊才在擔心你們…
小玉怎麼了呢？
沒燒死的話就會回來吧？
這段時期暫時到隅田町的丹野家借住一下吧？
其他地方不曉得是不是也燒燬了。
就算那樣，也沒其他地方可以去了吧！
嗯，不過阿清會優先疏散吧？
總之，現在事態發展不得了啦！
螢*～火～蟲～的～光……

*歌詞，出自〈螢之光〉（蛍の光）1881年（明治14年）。

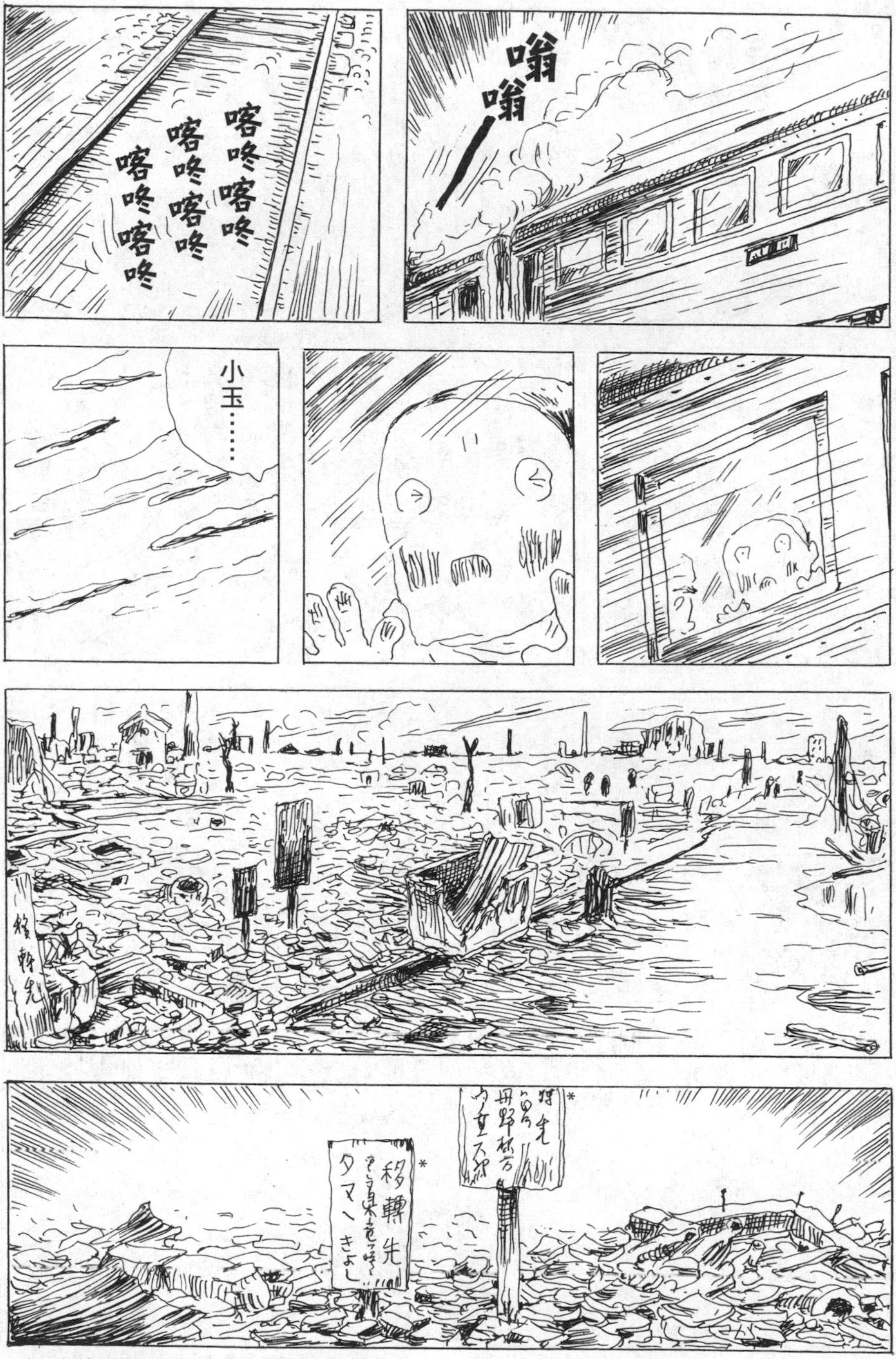

＊此次東京大空襲發生於昭和20年（1945年）3月10日，空襲後日本政府於同年4月對向島區（阿清一家人的所在地）的學童施行「學童疎開」，阿清的家人則如前頁所述，與阿清暫時分開，前往隅田町的丹野家借住。

＊右：新址　隅田町　丹野先生寓所　重太郎
＊左：新址　群馬縣○○○○　給小玉　阿清

解說　瀧田祐與玉之井

吉行　淳之介

現在，我的書桌上正放著一張精雕細琢的玉之井地圖，這是瀧田祐的手繪稿。地圖畫滿了「KOKUYO 文具公司」的稿紙背面，學校、神社、稻荷神石像或是派出所都一個不少，甚至連轉角的酒屋都有畫出來。行在隅田川上冒著煙的蒸汽船，白鬚橋旁的瓦斯槽也都躍然紙上。

這張地圖本身幾乎等同於瀧田祐畫筆下的世界，彌足珍貴，我打算好好地保存它。

至於為什麼會有這張地圖，那是因為我對戰前的玉之井一無所知，只曉得當地因遭遇空襲一切都被燒毀殆盡，戰爭結束後，靠近隅田川附近出現了「鳩之街」這樣的赤線地帶[1]，而「玉之井」則移往寺島町（現為東向島）七丁目一帶。

那時，我拜託編輯幫忙確認上述資料，結果瀧田老師就送了這張地圖來，想必他也花了很多工夫吧？不過看了這張地圖，完全想像得到瀧田老師將充滿腦海中的地圖流暢地描繪下來的模樣。讓人有股錯覺，以為滝田祐現在還住在玉之井，即便他其實只在那裡度過幼、少年時代而已。也許是因為孩童時期的記憶已深刻銘記於心，所以才能畫出這張地圖，甚至連鳩之街的地圖也能如此詳實地補上一筆，這番作業還真是不簡單。

總而言之，依據這張地圖來看，不是玉之井的位置移動了，而是範圍擴張到了寺島七丁目那裡。瀧田老師出生於昭和七年，終戰那年十三歲，也許記憶多少有些誤差，但那種問題就交給考證學家吧。

這張地圖上，白鬚附近的河岸有個地方叫「水神之森」，還註明「三月十日空襲時，因為逃往這裡所以得救了」，可以想見他在繪製這張地圖時，是如何細細回憶著往事。

我是一個打從骨子裡熱愛漫畫的人，現在[2]的大學生常常說自己愛看漫畫，但有半數只是在裝模作樣，我跟他們可不同，我是認為漫畫蘊含了知性水準而欣賞它，也因此無法接受大部份的劇畫[3]。主要原因是劇畫的繪圖實在太糟糕了，不過也有可能是一碰到色情的內容，那種畫風就令我容易聯想到真實的下流猥瑣感。

幾年前，我看到義大利籍漫畫家 Guido Crepax 的作品〈Bianca〉時，那繪圖之精緻讓我目瞪口呆。裡頭出現大量的裸女，筆觸線條硬質冰冷又銳利，從中感覺得到情色，卻感受不到色情。可惜不知是不是這原因，所以他在日本一直沒有紅起來。

瀧田祐正好與 Crepax 相反，他的繪圖線條溫暖又充滿人味。我所喜愛的瀧田祐和柘植義春[4]的作品當然不能稱為劇畫，但是他們已經自成一格，真要我說的話就是「帶有文學氣息的連環畫」吧！

是這兩個人的作品，才讓我重新關心起遺忘許久的漫畫。

瀧田祐的作品整體的人情味，我想還是來自於玉之井一帶的人事物。我並不是指銀座或新宿就沒有人情味，新宿也是有條酒屋聚集的黃金街，但跟玉之井還是感覺不同。回想起過去，即使只限定赤線地帶，那畫中的味道當然不是來自新宿二丁目，也不是龜有、小岩、立石這些地方，甚至不是四處掛有寫著「進得來出得去」（ぬけられます）看板的鳩之街。說到底，只有玉之井才有這般風情。

我少年時期常常有機會聽到玉之井的事情，其中印在腦海最深的，就是聽說在那條猶如迷宮的巷子入口處的攤販喝到的酒「電氣白蘭」[5]有多麼猛烈。因此戰後有機會前往玉之井時，我首先嘗試的就是「電氣白蘭」，酒色偏深，猛烈程度如火燒灼，與我預期的大相逕庭。前些日子我跟瀧田老師見面時聊到這件事，他說他印象中的「電氣白蘭」的酒是鮮豔如群青色。戰前與戰後，除了酒變得不一樣，其他像是私娼從客人那收到十錢硬幣，她們為了不讓樓主奪走這筆小費而將錢藏進火盆的灰裡……，這類有名又令人哀傷的故事在戰後想必也都消失了。有名的玉之井娼家的窗戶（可以透過這小窗子近距離看見屋內娼妓的臉）也不再有，取而代之的是女人們站在店門口熱情有精神地拉客。不過，玉之井異於其他地方獨特的風情，還深深印在我的腦海，這樣的記憶也與瀧田祐的作品連結在一塊。

而且，遠比這更重要的是，這部作品並非只傳達那狹窄的場所裡的氛圍，而是走進寬闊的世界、並溫柔地從心底深深擁抱著住在那生活的人們。也正因為包含了這些社會民情元素，才沒讓這部漫畫最後只成為一部分特定族群的愛好作品。

話說回來，瀧田祐的漫畫有個特徵，那就是他會在「對話框」裡畫小圖。這種畫法讓讀者有些看得懂有些看不懂，雖說也不是非得要懂那些圖案的意思，不過清楚明瞭還是讓人比較安心吧。

曾有幅圖是有個意志消沉的女子將行李箱放在月台上，她的「對話框」裡畫了隻螃蟹，聽說石堂淑朗[6]看到這幅圖，這樣向其他人說明：

「這個女人是個剛離開都市回到鄉下的脫衣女郎，正處於不上不下的狀態。」

但也許作者想表達的，似乎只是把螃蟹放在榻榻米上行走時，會產生嘶嘶沙沙的磨擦聲，那聲音聽來令人覺得寂寞無助吧！

雖然我不知道石堂淑朗這麼說是不是想逗人，但他試著用這種玄妙又帶點穿鑿附會的方式解讀，倒也挺有趣。「解釋」這回事，某些時候太清楚不免會讓人覺得無聊掃興，可是發生在瀧田老師的漫畫時，反倒引人發噱，趣味橫生。像是在屋簷上蹲著的貓的「對話框」裡，瀧田老師畫了三味線和撥子，如此直截了當的「對話框」不會太過正經，令人會心一笑。

除了長著一棵樹的無人島、料理魚類用的菜刀、掉下來的骷髏頭、尿壺、電燈泡以外，即使只挑這本書收錄的一兩則作品，在屢屢出現的「對話框」裡還是看得到其他圖案，像是風鈴、蚊香器、澆花器以及帶子斷掉的木屐等等。

就算覺得這些圖案再怎麼滑稽，它們還是惹人憐愛，這是因為這些作品都是瀧田祐滲透在畫裡的人格特質所支持著。如此哀愁、溫暖、寂寞、愉悅卻又不幸，充滿這些豐富內容的作品，絕對不是隨處可見的。

譯註：

1 赤線地帶為戰後獲警察認可的風化區，於1958年因施行「賣春防止法」而廢止。

2 此篇文發表於1976年。

3 「劇畫」一詞的創始者為漫畫家辰巳嘉裕，由於當時多數人認為漫畫為兒童讀物，內容幼稚不夠成熟，劇畫作家遂希望創造新的風格，並將內容與作品改為較偏成人取向，其中除了嘗試結合文學藝術外，也有些為描述社會與人性黑暗面的作品。

4 拓植義春（つげ義春），漫畫家，同樣也被人歸類為劇畫作家之一，與本書作者都曾於著名漫畫雜誌《GARO》連載作品。

5 參閱第54頁譯註。

6 石堂淑朗（1932～2011），電影與電視編劇、評論家。早期因與大島渚等名導演合作而出名，此外也擔任過《超人力霸王》（ウルトラマン）之編劇。

PAPERFILM 視覺文學 FC2016

寺島町奇譚

原著作者　滝田ゆう（瀧田祐）
譯　　者　謝仲庭
責任編輯　謝至平、沈沛緗
行銷企畫　陳彩玉、陳玫潾、朱紹瑄
封面設計　馮議徹
排版印刷　漾格科技股份有限公司
出　　版　臉譜出版
發 行 人　涂玉雲
總 經 理　陳逸瑛
編輯總監　劉麗真
城邦文化事業股份有限公司
台北市民生東路二段141號5樓
電話：886-2-25007696
傳真：886-2-25001952
發　　行　英屬蓋曼群島商家庭傳媒股份有限公司城邦分公司
台北市中山區民生東路141號11樓
客服專線：02-25007718；25007719
24小時傳真專線：02-25001990；25001991
服務時間：週一至週五 上午09：30~12：00；
下午13：30~17：00
劃撥帳號：19863813 戶名：書虫股份有限公司
讀者服務信箱：service@readingclub.com.tw
城邦網址：http://www.cite.com.tw

香港發行所　城邦（香港）出版集團有限公司
香港灣仔駱克道193號東超商業中心1樓
電話：852-25086231或25086217
傳真：852-25789337
電子信箱：hkcite@biznetvigator.com
新馬發行所　城邦（新、馬）出版集團
Cite（M）Sdn. Bhd.（458372U）
41, Jalan Radin Anum, Bandar Baru Sri Petaling,
57000 Kuala Lumpur, Malaysia.
電話：603-90578822
傳真：603-90576622
電子信箱：cite@cite.com.my

一版一刷　2016年8月　一版三刷　2021年6月
ISBN　978-986-235-522-0
售價：450元

TERAJIMACHO KITAN
by TAKITA Yu